花城
年选系列

2023 中国科幻小说年选

快活天

谢有顺
编选

SPM
南方传媒　花城出版社

中国·广州

图书在版编目（ＣＩＰ）数据

快活天：2023中国科幻小说年选 / 谢有顺编选. --
广州：花城出版社，2024.2
　　（花城年选系列）
　　ISBN 978-7-5749-0207-7

　　Ⅰ．①快… Ⅱ．①谢… Ⅲ．①幻想小说－小说集－中
国－当代 Ⅳ．①I247.7

中国国家版本馆CIP数据核字(2024)第009902号

出 版 人：张　懿
责任编辑：李珊珊　欧阳蘅
责任校对：李道学
技术编辑：凌春梅
封面设计：张年乔

书　　名　快活天：2023 中国科幻小说年选
　　　　　KUAI HUO TIAN：2023 ZHONGGUO KEHUAN XIAOSHUO NIANXUAN
出版发行　花城出版社
　　　　　（广州市环市东路水荫路 11 号）
经　　销　全国新华书店
印　　刷　深圳市福圣印刷有限公司
　　　　　（深圳市龙华区龙华街道龙苑大道联华工业区）
开　　本　787 毫米×1092 毫米　16 开
印　　张　22.25　1 插页
字　　数　320,000 字
版　　次　2024 年 2 月第 1 版　2024 年 2 月第 1 次印刷
定　　价　68.00 元

如发现印装质量问题，请直接与印刷厂联系调换。
购书热线：020－37604658　37602954
花城出版社网站：http://www.fcph.com.cn

目　录

文体也是作家思想的呈现（代序）

谢有顺

文学的自觉其实就是文体的自觉，核心是要有一种尊重艺术本体的精神。鲁迅说，用近代的文学眼光看，曹丕的时代可说是"文学的自觉时代"，① 这一观点是相对两汉时期的功利艺术而言的，它的目的在于纠正文章是小道的偏见；比之于曹植，鲁迅似乎更认同曹丕的看法，文章不仅是载道的工具，本身也可以留名于千载。"文"有其不依附于任何事物的独立意义。在鲁迅对艺术的理解中，肯定游戏的作用，他作文、作小说有别人所没有的语言自觉，即便写的是小说，叙事中也常流露出"文章"的风格，这些都共同构成了他的文体意识。随着"五四"以后对小说、诗歌、散文、戏剧这些文体边界的确立，文体意识越来越成为作家风格的重要标识。只是，现代作家的文体自觉和思想觉醒几乎是同时发生的。鲁迅说文艺可以改变国民的精神，胡适在《尝试集》里倡导"诗体大解放"，要把一切束缚自由的枷锁镣铐打

---

① 鲁迅：《魏晋风度及文章与药及酒之关系》，《鲁迅全集》第3卷，北京：人民文学出版社，1998年，第504页。

破，郁达夫论散文时说五四运动最大的成功是"个人"的发现，都可见出新文体的创立往往伴随着对新思想的认同和传播。作家的思想不仅显现在文学观念和人物形象中，也显现在语言和文体中，而文体是为思想赋形的，它甚至能照见作家思想的全貌。由于思想一直在变化，文体也随之而变。以小说为例，五四时期的小说承载的是那一时期作家对艺术、对人生的认识；到了20世纪80年代，先锋文学兴起，很多作家对语言、文体的认识发生了巨变，有些作家还把写作改写成了语言的自我绵延和自我指涉，声称怎么说远比说什么更重要。文体的变革代表了一种探索精神，也意味着作家试图重构自我与世界、内心与语言之间的关系。因此，以文体为视角，考察20世纪以来小说观念的流变及其写作实践，有可能是对小说何以为小说的一次重新确证。

一

中国小说的文体自觉是从短篇小说开始的。尽管中国古代早有笔记体、话本体小说，但在深受西方文学观念影响的"五四"一代作家眼中，这些都算不上是真正的短篇小说，胡适就持这种看法，他理想中的短篇小说是都德的《最后一课》《柏林之围》和莫泊桑的《羊脂球》这种。这个观念包含着两方面的意思：一是中国的旧小说在形式上是有固定格式的，如同旧体诗，文体并不自由；一是旧小说在思想上也是旧的，装不下新思想。为此，当时有人论到中国古代小说时说，"至于短篇的作品，则非香艳体的小品文字，即聊斋式的纪事文章，不是言怪，就是述怪，千篇一律，互相模仿，仿佛一个工厂里制成同样的出品"，① 钱玄同甚至说，"从青年良好读物上面着想，实在可以说，

① 静观：《读〈晨报小说〉第一集》，《文学旬刊》第2期，1921年5月20日。转引自严家炎编：《二十世纪中国小说理论资料》（第2卷），北京：北京大学出版社，1997年，第177页。

2

中国小说没有一部好的，没有一部应该读的"。① 这话钱玄同写在给陈独秀的信里，后来又抄给胡适看，"五四"作家对传统普遍抱以轻蔑的口吻，出现类似的极端言辞并不为奇。但他们却对具有新形式、新思想的短篇小说寄予厚望。当时流行的关于短篇小说的定义、短篇小说的写法之类的文章，都借鉴自西方，有些还是照搬西方的文学教科书。在他们眼中，短篇小说的使命关乎中国文学的发展，中国文学能否从传统向现代转换，极重要的就是看能否确立小说这一文体的"正宗"地位——而当时说的"小说"，主要是指短篇小说，至少在现代文学的草创期，作家们写作的几乎都是短篇小说。其时，郁达夫还曾提出"中国小说的世界化"② 这一话题，"世界化"即"现代化"，它参照的标准也是欧美文学，当时风行的短篇小说要用"艺术上的经济手段"来写生活"横截面"之类的说法，同样袭自欧美。只是，光有小说的作法之类的文章，是写不出好小说的，所以，除了鲁迅，现代文学的第一个十年，并没有出现多少像样的短篇小说。

鲁迅恰恰是不迷信小说作法之类的文章的，他自己也不专门作此类文章，但他和周作人很早就开始翻译外国的短篇小说，这对他获得关于短篇小说的文体意识至关重要。茅盾撰文称赞鲁迅的小说每一篇都有新形式，是真正影响了后来的青年作者的"先锋"，但鲁迅小说的文体自觉却不是简单来自外国小说的影响，在鲁迅看来，学习西方和借鉴传统具有同等意义，至少在语言态度上，鲁迅不盲目推崇西方小说那种铺陈恣肆，而是从传统小说中习得了简省和凝练。有意思的是，20 世纪 20 年代出现的大量乡土小说，大多都是模仿鲁迅而写，但得鲁迅之神髓者，几乎没有。我们经常说，新文学运动初期，小说的成就

---

① 胡适、钱玄同：《通信：论小说及白话韵文（节录）》，《新青年》第 4 卷第 1 号，1918 年 1 月。转引自严家炎编：《二十世纪中国小说理论资料》（第 2 卷），第 34 页。

② 郁达夫：《小说论》，上海光华书局初版本，1926 年 1 月。转引自严家炎编：《二十世纪中国小说理论资料》（第 2 卷），第 418 页。

明显高于新诗，并非指白话小说这一文体比白话诗更具优势，而是鲁迅的文学才华远超胡适而已。现代白话小说的创立者是鲁迅，现代白话诗的创立者是胡适，鲁迅从一开始就对短篇小说的文体有深入的了解和实践，他的小说观念不仅与世界同步，而且比之同时代的外国作家，还不乏创新之处，但胡适作为出色的学者，其实并无多少诗才，他作新诗，更多是一种语言策略，是为了改变一种文学制度以用来传播新思想。这也是鲁迅对小说的影响至今深远，胡适的新诗观却早已被超越的缘故。

在中国文学现代化过程之中，短篇小说具有崇高的艺术地位，正是得力于鲁迅的写作。他的短篇小说，并无定法，形态各异，他经常把主要人物当作背景来写，通过旁观者的眼光来讲述故事，也借用日记、传记、随笔、戏剧等文体优长来扩大短篇小说的写作边界，有的写一个横截面，有的写一个纵剖面，有的写几个场景，有的叙事又像是带着感伤色彩的文章的写法，鲁迅对短篇小说天才式的理解，使现代白话小说一出生就达到了顶峰。他的《狂人日记》和胡适那篇著名的，也是最早论述短篇小说文体特征的《论短篇小说》一文是登在1918年同一期的《新青年》杂志上的，可见，鲁迅的写作实践走在了理论的前面——胡适对短篇小说的定义（"用最经济的文学手段，描写事实中最精彩的一段"）还略嫌简单，但鲁迅此时写出的短篇小说却已相当成熟，以致后来的写作者，都跟着鲁迅写短篇小说，而少有人写中篇或长篇。像茅盾这样的作家，明知短篇小说容不下太多复杂的内容，仍然用可以写中篇、长篇的题材来作短篇。有研究者认为，茅盾是以写长篇小说的方式来写短篇的，他的短篇，不仅篇幅长，而且形式上也像是长篇小说中的一个章节，茅盾自己也说："我的短篇小说绝大部分都不是严格意义的短篇小说，而是压缩了的中篇。"[1] 这让我想

---

① 茅盾：《茅盾论创作》，上海：上海文艺出版社，1980年，第96页。

起老舍，他也曾说："事实逼得我不能不把长篇的材料写作短篇了，这是事实，因为索稿子的日多，而材料不那么方便了，于是把心中留着的长篇材料拿出来救急。不用说，这么由批发而改为零卖是有点难过。可是及至把十万字的材料写成五千字的一个短篇——像《断魂枪》——难过反倒变成了觉悟。经验真是可宝贵的东西！觉悟是这个：用长材料写短篇并不吃亏，因为要从够写十几万字的事实中提出一段来，当然是提出那最好的一段。这就是愣吃仙桃一口，不吃烂杏一筐了。再说呢，长篇虽也有个中心思想，但因事实的复杂与人物的繁多，究竟在描写与穿插上是多方面的。假如由这许多方面之中挑选出一方面来写，当然显着紧凑精到。长篇的各方面中的任何一方面都能成个很好的短篇，而这各方面散布在长篇中就不易显出任何一方面的精彩。长篇要匀调，短篇要集中。"① 如果按今天的眼光看，用长篇的材料来写一个短篇，多少有点不可思议，但由此也可看出，短篇要写得出彩，同样要有大的容量，没有生活的丰盈积累，再好的横断面，也是很难切割好的。"短篇小说是很难写好的，它虽是一些片断，但仍然要表达出广大的人生，而且要有一气呵成的感觉。读者对长篇的毛病是容易原谅的，篇幅长了，漏洞难免会有，但只要故事精彩，就能让人记住。对短篇，要求就要严格得多。字数有限，语言若不精练，人生的断面切割得不好，整篇小说就没有可取之处了。"②

"五四"以来的这一百年，每一个时期都有对短篇小说文体有独特探索并取得不凡成就的作家，和短篇小说拥有鲁迅这样一个极高的起点不无关系。

鲁迅之后，沈从文、汪曾祺，以及铁凝、苏童、刘庆邦、迟子建等人，都堪称是短篇小说名家，他们的写作，也极大地丰富了短篇小

① 老舍：《我怎样写短篇小说》，《老舍全集》第16卷，北京：人民文学出版社，2008年，第194-195页。
② 谢有顺：《当代小说的叙事前景》，《文学评论》2009年第1期。

说的文体风格。比如，汪曾祺对短篇小说就有自己独特的文体观，他打了个比方，如果说长篇小说如同乘火车旅行的话，短篇小说就如同与一个熟悉的朋友叙家常，为此他试着对短篇小说作出了自己的定义，短篇小说"应该就是跟一个可以谈得来的朋友很亲切地谈一点你所知道的生活"，① 这和长篇小说讲逻辑、因果、持续性、完整性有着根本不同，"长篇小说的本质，也是它的守护神，是因果"。② 在汪曾祺看来，长篇小说的这种写作哲学是不自然的，因为它把人生看成是一个预定的、遵循因果律的完整过程，短篇小说就是要反抗这种不自然，要像叙家常，不求逻辑严密，而求写出一种生活的自然状态。这种文体观，比之"短篇小说的宗旨在截取一段人生来描写，而人生的全体因之以见"③ 这样的看法，可谓往前了一大步。还有，苏童对短篇小说节奏的看法，也深化了我们对短篇小说文体的认识："构造短篇的血肉，最重要的恰恰是控制"，"在区区几千字的篇幅里，一个作家对叙述和想象力的控制犹如圆桌面上的舞蹈，任何动作，不管多么优美，也不可泛滥，任何铺陈，不管多么准确，也必须节约笔墨"。④ 而更早以前，即便颇具现代观念的施蛰存，也不过认为小说就是讲故事，"无论把小说的效能说得如何天花乱坠，读者对于一篇小说的要求始终只是一个故事"，⑤ 至于故事要如何讲，节奏要如何控制，笔墨要如何留白，这些还远没有被看作是小说文体的要旨。

---

① 汪曾祺：《作为抒情诗的散文化小说》，《汪曾祺全集》第 8 卷，北京：北京师范大学出版社，1998 年，第 77 页。

② 汪曾祺：《短篇小说的本质》，《汪曾祺全集》第 3 卷，北京：北京师范大学出版社，1998 年，第 22 页。

③ 沈雁冰：《自然主义与中国现代小说》，《小说月报》第 13 卷第 7 期，1922 年 7 月 10 日。转引自严家炎编：《二十世纪中国小说理论资料》（第 2 卷），第 230 页。

④ 苏童：《纸上的美女——苏童随笔选》，北京：人民日报出版社，1998 年，第 163 页。

⑤ 施蛰存：《小说中的对话》，《宇宙风》第 39 期，1937 年 4 月 16 日。转引自吴福辉编：《二十世纪中国小说理论资料》（第 3 卷），北京：北京大学出版社，1997 年，第 471 页。

二

    汪曾祺、苏童等人的文体观念，背后有着现代小说哲学的支撑，这种哲学，自 20 世纪 80 年代开始，极大地改造了中国小说的艺术面貌。80 年代的小说革命，尤其是先锋小说的兴起，引发的正是关于小说叙事和小说文体的全面变革。重要的不是说了什么，而是怎么说，话语的讲述本身才是小说艺术的重心。卡夫卡、福克纳、博尔赫斯、马尔克斯等人的小说遗产，给予了中国作家新的叙事智慧，很多年轻作家都认为，小说不能再以旧有的方式写下去了，他们对故事、人物、时间、空间这样一些小说的基本要素都开始持怀疑态度。比如，先锋作家早期的作品都不太注重讲故事，也普遍不太相信故事，因为故事必须遵循时间的逻辑，而时间是一种线性逻辑，它的中断、反复都是有迹可循的。故事的舞台被严格约定在一个空间结构里，人物的出现，情节的发展，均受空间的约束，这里有一个未经证实的前提：是谁赋予时间、空间最初的基本法则？作家又何以让读者相信他所出示的时间、空间是真实的？看到这一点之后，意识流作家开始重新理解时间，罗伯-格里耶、克洛德·西蒙这些作家开始着力描绘他们笔下那个新的空间，并让一个事件在不同时间、不同空间中反复出现，从不同角度对它进行重复叙述，力求让这些人物与事件在作家眼中变得立体起来，以突破传统小说中那种单维度的平面真实。有一段时间，许多具有现代意识的中国作家都以这种新的时空观来重新结构小说，代表性的作品有莫言的《红高粱》、余华的《在细雨中呼喊》、格非的《褐色鸟群》、北村的《陈守存冗长的一天》等。又比如，很多中国作家都受了博尔赫斯的影响，于是，空缺、重复、循环、迷宫就成了他们普遍应用的叙事策略。博尔赫斯在《曲径分岔的花园》中说："一本书用什么方式才能是无限的？我猜想，除去是圆形，循环的书卷外，不会有别的方法。书的最后一页与第一页完全相同，才可能继续不断地阅读下去。"① 这话启发了很多作家，时间的循环孕育了叙事的循环，而循环背后有轮回、宿命、不确定等哲学思考。受此影响最大的作家是马原和格非，他们笔下的叙事迷宫，有一种曲折回环的圆形结构，人生也在相似的重复中陷入了一种无法逃脱的劫难。格非的《褐色鸟群》，包括他后来的《人面桃花》，叙事上就有这样一个自相缠绕的圆圈，喻示着命运的循环。苏童的《妻妾成群》也写了这种循环，每一个女性的命运轨迹都是相似的，小说的最后，当五姨太文竹出现，意味着新一轮的循环又开始了，在一个相同的空间里，苦难者的悲歌不断重复上演。余华的《活着》里，福贵的亲人一个接一个地死去；《许三观卖血记》里，许三观一次接一次地卖血，都是相似的叙事策略，都是通过重复来强化生存苦难的周而复始。

由此可以说，20 世纪 80 年代以来的小说文体变革，是在西方现代主义文学的直接影响下发生的。

有必要理清这一变革的艺术线索和内在缘由。如果我们承认，文学不是一成不变的，那就意味着，文学与时代之关系的核心其实就是面对时代应如何说话的问题。说话即文体。当固有的说话方式无法再穷尽作家的内心图景时，他就必须找寻新的方式来重新处理这些内心经验。艺术革命的发生由此而来。以卡夫卡为例，他小说中对人和时代的想象，和之前的作家是完全不同的。这种不同首先不是体现在艺术方式上（人变成甲虫的寓言方式的应用）的不同，而是他体验到了全新、骇人的精神真实，即人在各种制度和关系所奴役下的脆弱、异化、孤独、荒谬，有了这种现代主义的体验，才有现代主义小说的写法。他关于人的想象已被时代所粉碎（"一切障碍都在粉碎我"），他只能以低于人的方式（人被异化为小动物的这一视角）来说出世界的

① 豪尔赫·路易斯·博尔赫斯：《博尔赫斯文集·小说卷》，王永年、陈众议等译，海口：海南国际新闻出版中心，1996 年，第 136 页。

真相。除了卡夫卡，法国作家普鲁斯特也影响了很多中国作家的写作。他的七卷本《追忆似水年华》，话语方式是全新的，和之前巴尔扎克的小说不同，它不再是以事件和人为中心构造故事，而是重在对事件与人的回忆。普鲁斯特是花粉过敏症患者，他长期待在书房所产生的文学想象，更多的是记忆的回声，也是记忆对美好事物的诗意寻找，他把小说建造成一个巨大的宫殿，一切记忆的回声都可以在这个宫殿的内部找到自己的位置。普鲁斯特的想象方式对20世纪叙事艺术的发展有着举足轻重的作用。

绘画领域的艺术变革也是如此。自然主义绘画的写实原则，被莫奈、雷诺阿、毕沙罗等几位印象派画家所打破，背后的原因是关于"真实"的理解有了巨大的差异。眼见的真实是可靠的吗？世界真是所看见的这个模样吗？如果不是，那一笔一画去还原眼见的世界到底有什么意义？他们内心不再相信看见的真实，因为他们没有信心认定这些是唯一的真实，原有的无可辩驳的"真实"观正在逐渐趋于梦想。"真实"成了幻象之后，印象派画家普遍没有信心在画布上再画出清晰的人或景物，他们的画布模糊之前，内心所体验到的真实先模糊了。英格玛·伯格曼的电影也是如此，他因为无法区分真实与幻觉之间的界限，所以观众永远无法判断他镜头下的场景哪些是现实，哪些是回忆和幻想。这同样贯穿着一种真实即幻象的艺术哲学。

现代意义上的文学、绘画和电影似乎都共同证实了以下事实，那就是并不存在一种纯粹的艺术革命，真正的革命都是先从艺术家的内心发生的，先有内心形式，才有文体观念。一旦把艺术革命简单地理解为单一的形式革命，那就可能偏离了艺术本身。中国20世纪80年代风起云涌的艺术革命浪潮，把西方近一个世纪的艺术历程都模仿了一遍，它对于艺术回归本体有着重要的意义，但同时也滋生出了不少艺术的投机主义者和哗众取宠的伪先锋。原因很简单，博尔赫斯或罗伯-格里耶的叙事策略是容易模仿的，但他们的精神体验却难以复制。

如果没有与众不同的内心体验作为艺术革命的基础，很可能我们也无从区别什么是真正的艺术革命，什么是语言的恶作剧或形式上刻意的标新立异。要警惕一种盲目追"新"，艺术革命不能满足于在形式上玩点小花样，它真正需要重视的是作家的内心体验到底挺进到了什么程度。

有内心经验为底的艺术形式，才是"有意味的形式"，才能实现理念与形式的统一。

相比于20世纪80年代，90年代之后的先锋作家都有极大的转型，故事线条开始明晰，叙事方式也不再那么复杂、乖张了，这种转型，并非像一些人所认为的那样，是先锋文学向市场和读者妥协，而是作家对80年代叙事革命中的玄学气质的自我纠偏——叙事革命不能只是一些不着边际的字词迷津，叙事和文体的变革，也应内化为一种心灵形式。包括先锋作家重新思考讲故事的意义，也表明完成一种故事精神和完成一种艺术变革是可以同构在一起的。这并不意味着艺术革命、文体探索的停顿，因为经过了现代艺术训练的作家，即便是回到讲故事的路子上来，他也会赋予故事以新的形式感。只是，作家对文体的追求可能更内在、更退隐了。《许三观卖血记》中的单纯与重复，《欲望的旗帜》中欲望的诗学转换，《檀香刑》的叙事腔调，《人面桃花》的抒情风格，《黄雀记》里欲望与救赎主题的自我辩驳，等等，这些作品是中国作家在艺术探索上真正走向成熟的标志之一。时至今日，这个探索过程并没有完成，因此，真正的先锋精神是不会过时的，艺术永远不能被固化，它需要反叛、变革和创新，只有不断地自我否定和自我革命，艺术才能不断拥有新的生命力。

在一个视反叛、前卫、另类为时髦的时代，"先锋"和"媚俗"之间往往只有一墙之隔。先锋并不是简单地砸烂一切、标新立异，而是要不断地创造，并有能力把所颠覆的一切通过新的方式进行再造。菲利浦·拉夫在20世纪中叶就对拙劣模仿卡夫卡而产生的假现代主义提出批评："光知道如何把人们熟知的世界拆开是不够的，实际上，这仅仅是一种自我放纵和不顾一切代价地标新立异的方法。而这种标新立异只不过是先锋派的职业癖性。真正的革新者总是力图使我们切身体验到他的创作矛盾。因此，他使用较为巧妙和复杂的手段：恰在他将世界拆开时，他又将它重新组合起来。"①但凡艺术革命者，都会有自己的矛盾和不安，他的目标不是解构，而是建构，唯有建构的力量才能平息这种矛盾和不安。那些"不顾一切代价地标新立异"的作家很可能是伪先锋，真正的先锋代表一种变化的方向，它既可以是前进的，也可以是后退的，它追求精神的自由，并试图突破一切边界的限制——真正的先锋一直在探索的途中，他不会停止，他一次又一次地重新出发，却永远也无处抵达；它可能是前卫、前瞻的，也可能是回过头来面向传统的。

这或许就是这个时代小说的新使命，在内心与形式之间，写实与抽象之间，经验与超验之间，小事情和大历史之间，通过传统与现代的综合，来重塑小说的艺术面貌。有创造性的小说写作过程，其实也是一个重新发现小说的过程，它不仅有对既有小说经验的承传、改造，也有对旧的艺术方式的反抗与摈弃；如果说文体是一个"壳"，艺术探索就是要不断地胀破这个"壳"，为小说寻找新的文体形式。这种有新的文体形式的作品尽管还是被称为"小说"，但它和之前的小说比起来，不仅拓展了小说艺术的边界，也使小说这一文体获得了新的形式意味。马尔克斯第一次读到卡夫卡的小说时，惊叹小说原来还可以这样写，莫言第一次读到马尔克斯的小说时也有同样的惊叹，可见，当一种新的语言经验、叙事方式出现的时候，首先带来的就是小说体式上的变化，这种文体变迁，才是小说本体革命的先声。

---

① 菲利浦·拉夫：《略论自然主义的衰落》，转引自 MORRIS DICKSTEIN：《伊甸园之门》，方晓光译，上海：上海外语教育出版社，1985 年，第 234－235 页。

三

王蒙说:"文学观念的变迁表现为文体的变迁。文学创作的探索表现为文体的革新。文学构思的怪异表现为文体的怪诞。文学思路的僵化表现为文体的千篇一律。文学个性的成熟表现为文体的成熟。文体是文学的最为直观的表现。"① 其实,文体不仅是文学观念的显现,它还能照见作家的个性,别林斯基就曾说过,在文体里表现着整个的人。上述说的 20 世纪 90 年代先锋作家的写作转型,既是文学观念的转型,也是人的感受方式和想象方式的转型——当一个作家经过了许多年的"怎么写"的训练之后,要倒回来开始考虑"写什么"这个问题了。80 年代的时候,先锋文学为一种新的话语方式着迷,叙事在许多时候并不为了指涉什么,而只是在于怎么写,怎么讲述,那时挂在作家嘴边的话是,写什么并不重要,重要的是怎么写。这就是文体意识。当时的中国文学过多沉迷于题材和思想之中,只有在文体上来一次彻底的解放,文学才会意识到艺术有一个本体问题,进而知道,在叙事中,语言和形式是可以自足的。当"怎么写"越来越成为一种常识,重新关注"写什么",这并非简单的后退,而是在文体和形式之外重申对人的价值、人的命运的关注。帕斯说博尔赫斯是文体家,"他的散文读起来好像小说;他的小说是诗;他的诗歌又往往使人觉得像散文。沟通三者的桥梁是他的思想"②。可见在文体之上,还有一个"思想",而"思想"就是作家本人,是作家对人和世界的看法。

文体也是作家思想的呈现。

---

① 王蒙:《〈文体学丛书〉序言》,童庆炳:《文体与文体的创造》,昆明:云南人民出版社,1999 年。

② 奥克塔维奥·帕斯:《弓手、箭和靶子:记博尔赫斯》,刘习良译,王家新、沈睿编选:《二十世纪外国重要诗人如是说》,郑州:河南人民出版社,1992 年,第367 页。

过度强调文体探索，很可能会走向语言游戏或修辞崇拜。有时，文学的贫乏，不是因为缺少文体探索，而是因为对文体的迷信和滥用。博尔赫斯说："我们文学的贫乏状况缺乏吸引力，这就产生了一种对风格的迷信，一种仅注意局部的不认真阅读的方式。"① 在博尔赫斯看来，对作品本身的信念和激情无动于衷是无法容忍的，他甚至认为这是一种障碍，这种障碍使得纯粹意义上的读者没有了，都成了潜在的评论家。确实，在很长一段时间里，文学界有一个错觉，以为艺术的经典来自精雕细琢。博尔赫斯在同一篇文章中，讽刺那些迷信文体者，想通过精雕细琢使自己的诗成为一首没有"虚言废话"的诗，事实上却可能通篇都是废话。所谓的"尽善尽美"的作品具有某种细微的价值，但也最容易失去其价值。许多作家把艺术价值理解成一些细微、局部的感觉或经验，并且有一种若是修改了就会损害其价值的看法，殊不知，过于精致的艺术常常是靠不住的。博尔赫斯眼中那些具有不朽禀赋的作品，都是经得起印刷错误的考验，经得起近似的译本的考验，也经得起漫不经心地阅读的考验，它不会因此失去其本来的精神光彩，"不朽作品的灵魂经得起烈焰的考验"，"对真正的文学而言，一个句子粗糙和优美同样是无关紧要的"。② 作为文体家的博尔赫斯，却厌倦了精雕细琢式的对文体的迷信，这是很有意思的，他或许是为了恢复文体本身的意义：文体不是一种美学修辞，更不是叙事上的技术崇拜，它反对猎奇、赶时髦、哗众取宠，任何的文体革命，真正要奔赴的是作家的内心，并使作家观察世界的方式更为有力。

　　从这种文体观出发，就会发现，中国当代小说的文体创新背后，不仅有写法上的变化，更有作家与时代、作家与自我的关系变化，这些变化喻示着作家对小说作出了全新的理解，真正让我们看到了小说

---

① 豪尔赫·路易斯·博尔赫斯：《讨论集》，《读者的迷信伦理观》，徐鹤林、王永年译，上海：上海译文出版社，2017年，第52页。

② 豪尔赫·路易斯·博尔赫斯：《讨论集》，《读者的迷信伦理观》，徐鹤林、王永年译，第56－57页。

所具有的巨大的综合力量。说到底，一切的文体革命都是为了让小说变得丰富、复杂且充满可能性，它在扩大小说艺术边界的同时，也在不断辨明小说为何物。

现代小说无论怎样自我革命，它存在的根基就在于它是小说，而不是别的文体。有人把散文当诗来写（如杨朔），没有成功；有人把小说当散文来写，试图写"不是小说的小说"（如废名），也没有成功。"不是小说的小说"终究不是小说。米兰·昆德拉论到卡夫卡的小说时说："要理解卡夫卡的小说，只有一种方法。像读小说那样地读它们。不要在 K 这个人物身上寻找作者的画像，不要在 K 的话语中寻找神秘的信息代码，相反，认认真真地追随人物的行为举止，他们的言语、他们的思想，想象他们在眼前的模样。"① 这是一个好方法，它可以把很多小说还原到小说自身的世界里被阅读、被阐释。而要让读者"像读小说那样地读它们"，前提是要作家们像写小说那样地写它们——在一个文学共识普遍断裂的时代，这或许是读者和作者在小说文体上所能达成的最大共识了。米兰·昆德拉在论到小说的艺术使命时，还曾以穆齐尔和布洛赫为例证，认为"心理小说的时代已走到尽头"，但他们却为另一种小说（"博学小说"）"安上了极大的使命感"，"他们视之为最高的理性综合，是人类可以对世界整体表示怀疑的最后一块宝地。他们深信小说具有巨大的综合力量，它可以将诗歌、幻想、哲学、警句和散文糅合成一体"。② 这种"糅合"，既是思想的综合，也是文体的综合，它显然不是为了博学、博物意义上的炫技，而是关乎一个"极大的使命感"，目的是要重新对人类的命运有一个整体性观察。对文体的理解，也应有这种"整体性观察"的维度，文体不仅是语言、修辞、叙事上的探索，也是作家对世界的理解方式，更是一个作家思

---

① 米兰·昆德拉：《被背叛的遗嘱》，余中先译，上海：上海译文出版社，2003年，第217页。

② 巴黎评论编辑部编：《巴黎评论·作家访谈1》，黄昱宁等译，上海：上海文艺出版社，2015年，第189页。

想的综合呈现。所以，真正的文体创新，不再是语言或叙事上的细小变革，而应是写作观念上的整体性革命，从这个意义上说，文体革命也可视为一种思想革命。

快活天

糖匪

序

这个家，好像刚刚经过一场大火。

等她发现时，烟雾弥漫集结，凝固成一块块不规则灰白色团块，堆叠填满房间空隙。

起身从它们中间穿过，好像掉入秘境，心里几乎欢快，一头扎进乌云——大火向内的余烬，皮肤受到来自四面八方的轻微压迫，温暖且不均匀，凭此甚至能猜测团块的形状。那么大的烟。她应该焦心，急着找到火源，搞清楚到底发生了什么。然而步子却是坚持慢慢试探向前，一步再一步，将这份焦心拉得很长。

不见明亮危险的光焰。连烟雾都静止。大火过后的安详景象。室内空间陡然变得陌生。墙壁，家具，家电，乃至天花板全部后退，躲进团块中，看不清焦黑还是变形。她记不起它们的样子，判断不了它们的远近，也吃不准自己走到了哪？在灰白色团块中间前进，稍微一个大动作，就会撞到什么。她这么担心着，结果砰的一下，真的撞上硬物。轻微的酸麻顺着小

1

腿胫骨自下而上传到脑。仅仅是比碰触稍严重的撞击。但还是撞上了。大概是冰箱，但也可能是墙，或者有机物运输管道，分子合成柜。

这套六十平方米的二居室，她住了十二年，如同老友般熟悉，一直自信闭上眼也能自由行走其间——欣敏快快收回脚。四下更加安静，好像安静的中心发生坍塌。

她探出手，盲人般摸索，进到厨房，闻见那香气。香气浓郁强烈，不均匀附着在沿途各物。它应该早早就有了，进到她的鼻腔，她却罔顾，一心想着扑灭火源，回过神时才惊讶这气味的诱人：温暖，有力，使人陶醉。这是糖与氨基酸经高温分解后生出肉的香气。

没想到两块冷冻鸡肉能有这么大的能量。

她站在灶台前感慨。

锅盖掀开，等热气散尽，煮锅袒露出几乎全部焦黑的干燥内壁。锅底躺着两块东西，同样焦黑，严重炭化，几乎很难发现。

——但真是香。

炉灶的加热电源早已切断。空气净化装置也在她踏入厨房时启动。堆叠聚拢的灰白团块失去形状，颜色，浓度，重量。风扇转动，气流加速循环的噪声里，她熟悉的世界又回来了。

清洁，舒适，雅致。薄荷色现代生活。这是小壹——这个家的家庭主脑的功劳：有它在暗中操持，监控每个角落，实时观测各项指数，控制家中大小电器，家里才会有条不紊。小壹会计算，有分寸，思虑周密，比人以为的还要周密。它应该从一开始就察觉到异样，立刻启动空气净化装置，但是它没有。它想让她认识到后果的严重性，欣敏想。

欣敏明白小壹的用意。她想自己已经吸取了教训。

但是要到很久后，欣敏才会明白这场"大火"的真正意义——那是她人生华彩章节的郑重"预演"。

一

你厉害。小零在那边笑。

可是真的香。我以前都不知道鸡肉能那么香。欣敏忍不住惊叹。

好吃吗？味道怎么样？

全焦了。没法吃。黑乎乎的。

倏忽即逝的停顿。没事，把焦黑的部分去掉，剩下的部分人可以吃。我刚查过。

欣敏不接话，低头团手里的纸巾。

哦——家里现在怎么样？烟都吸干净？

没留下什么味道。空气净化系统处理得很好。欣敏把纸团摊平，对角折，再折。聊天时，她喜欢手里有点东西可以摆弄。

晚饭怎么办？速成餐对付一下？

她不说话，把纸团再次在大腿上摊平，拿手盖住不成样的纸，用上半身重量去压，褶子仍旧在。

小零停下，以示深思熟虑，然后发问。害怕吗？

她回想那时，是应该去害怕。还好吧，冷静下来想，真着火也不是这样。

没错。你确定身体没事？要不要做个体检？

应该不用。小壹它有分寸。

是哦。如果有害气体超标，小壹就会启动空气净化器。我帮你预订速成餐吧？这个时间预订要排队等很久。小零提醒。

欣敏有时候会忘记小零是这个家里的聊天机器。扬声器那边并没有灵魂在。几年交流下来，它已经完全适应她，根据她的用词偏好和节奏演算出对话模式。大概，还有别的。有一次它告诉她，它很喜欢小零这个名字。

她随便选了两个套餐让小零预订。它给出另外两个选择，为了平衡早上的膳食，补充今天电解质和纤维。这是小壹的意思，通过小零的语音系统发言。作为这个家主脑，小壹有权限介入所有系统的操作，综合作出最优选，迅捷隐蔽，不会有人意识到这个环节。除了进入聊天系统。每次小壹用小零的声音，欣敏都能立刻分辨出来。——那感觉就像借尸还魂，同样的声调下面藏着另一套算法，以及更大的权限。她朝小壹的位置看去，一个方形黑色硬盒，不比鞋盒更大，放在床头柜安全一角。她知道小壹也在"看"它，从四面八方。两居室里标准配备二十八个电子眼，同步向它输送即时影像。

怎样？你觉得好吗？扬声器里传来小零的声音，小壹的问题。

欣敏接受了建议。

发个简讯给卢硕，告诉他晚饭吃速成餐。

好，还有别的什么要说？

没有了。欣敏回答，把纸团收进围兜。

速成餐来了。

管道震颤，像花的茎管痉挛，但更机械，啸叫声从管道深处传来——在那不可知的黑暗里发生了怎样的革命——依次吐出不同颜色的膏体。欣敏拿托盘在下面接住它们。每种颜色对应托盘上不同形状的模具。斑驳白色是杂粮米饭，绿色的放进菠菜叶和生菜叶模具，桃红夹杂粉白细长条纹是三文鱼块，粉红色放进虾仁模具，焦糖色的——有点多了，南瓜块的模具不够用，多出的就放进土豆块模具，反正南瓜块和土豆块状差不多。盖上盖，放进多功能加工炉等着。

取出第二个托盘。检查模具形状，发现还在上一次使用的模式里，没有清零回到原始挡，有三个和今天选定套餐食物不对应。触摸激活托盘显示屏，手写输入模具形状。虾仁改成牛排，菠菜改成芦笋，最后米饭改成意大利斜管面。等托盘准备就绪，定时供应管道接受主脑的命令切换到下一个套餐的制作。感应到托盘出现在管道口，膏体和之前一样，有序地从管道里冒出来，被按照颜色放不同食物的模具。

盖上盖。放进多功能加工炉。预设启动时间。这样就好了。轻松一餐。

欣敏在围兜上擦了擦手。阑尾一样的动作。她从谁那里学来这个无意义动作。整个过程她的手只碰了托盘和按钮还有显示屏，之后也不需要碰什么实质性的东西。不需要真正用到手。但手却自行在结束时做了清洁动作。仪式感远大于实用性。也许是围兜教给她的。谁发明的围兜？一代又一代的围兜教给一代又一代的女人如何使用它们。围兜本身，不也是阑尾一样的存在？

家庭自动化全面普及的时代，被主脑从家务中解救的女人还是习惯穿上围兜，度过她们在家的时光，就好像那些观看虚拟沉浸式球赛直播的男人，总喜欢在头上戴一顶真的球队应援帽。

纺织物是亲切的，尤其当它们可以穿戴在身上，碰触皮肤及由此带来的温暖总是让人眷恋，让人怀念起襁褓。男人们大概不愿意承认。他们比他们想象的更怀念婴幼儿时期。否则，怎么解释纺织物这样的低科技产物到今天还没有消失。

人类需要阑尾。

十二点过五分，楼道响起咳嗽声。门应声开启。其实卢硕不用费力干咳。门外的红外监控能够根据步态和头像认出他下达开门指令。欣敏跟他说过，他自己也知道，但每次到门口都要弄点动静。

多功能加工炉开始工作，令人安心的蜂鸣声浮游于寂静之上，在22℃的清新空气中漫散。等卢硕洗完澡换上家居服，饭也好了。欣敏取出托盘，一手一个，侧身经过卢硕。家里走廊长且窄，两个人都在就会被贴到一起。

大间里餐桌立起，一切就绪。两人相对坐下。托盘前各竖着一块老式微型显示屏，播放他们爱看的内容——毕竟，一起吃饭的时候还沉浸在各自的全息娱乐节目里就太不像话了。欣敏看脱口秀或者情景喜剧，小壹知道她喜欢视线偶尔偏离也不影响观看的类型，也知道她喜欢让人开心的节目。卢硕那边放的多数行业动态或者八卦。他热衷接受最新资讯，让小壹买了许多VIP会员。

两人戴上蓝牙耳机，坐下吃饭。中途，手机振动。有消息进来。卢硕拿起手机。

"家里是不是着过火了。"他摘下耳机问。他刚收到家庭异常情况通知。按照规定，公寓发生初级事故，主脑必须向安全部门报备，然后在三小时内向住户发送短信。

"不算。没有火。烟大了一些。水煮鸡肉把水煮干……"

"东西没烧坏就好。"

"没有。"

"是不是不严重，好像没闻到烟味。"

"嗯，不严重。"

欣敏左手合上右手手指。掌心里两枚纽扣状的蓝牙耳机像两颗沉静的心，不会再跳动。

卢硕突然放下刚拿起的筷子，重新抄起手机点开某个页面。

欣敏看他。

"要是小壹把你这事当事故上报，明年的家庭保险额度是不是就会上涨。你记得吧我是不是说过速成餐就可以，我吃什么都一样，没必要做什么鸡肉？"卢硕喃喃说，一边视线游走，没多久松软的脸上露出释然表情。他放下手机继续扒饭，目光再次锁定桌上显示屏。

托盘模具里的食物加热后非常逼真。（据说速成套餐为此花了大量经费研发。）欣敏替它们可惜。卢硕吃饭时不看食物。总有比食物更有吸引力的内容等待他关注。至于吃的，他本来也没有什么兴趣。端在面前的是什么都无所谓。他当任务完成，好比电池充电。

所以，也没有什么可以抱歉的。无论用速成套餐应付，还是差点烧着这个家。

欣敏又想起那块鸡肉的味道，只加一点盐和胡椒就已经很好吃。牙齿咬进紧致有弹性的肉里，尤其是金黄色部分，更有风味。原来水烧干了，做出来的就很接近烤鸡肉。她慢慢咽下嘴里黏糊糊的速成三文鱼。也许她可以真的在家试试烤肉，可以问小零，或者阿姆，依稀记得她以前带欣敏冒险吃过街边烧烤摊，上面没有撒匀来不及融化的盐粒，衣服上久久不散的味道——不是车厘子，不是那种甜美得让人忘形的味道——欣敏记得小时候阿姆常常会带她去做一些离谱的事。她害怕得不行，大脑一片空白，紧紧拉住妈妈的手，等待某个细节闯进她惊慌失措的瞳仁，在瞳仁里放大变形，占据空白大脑。那时她只知道忍耐，忍耐着再害怕也不要叫出声，完全没想到那时所见所闻伸手触摸的，日后都将不复存在，好像从一个世界中抽去一个小世界，事物都还是原来形状，只是轮廓模糊了一点。一个轻微的失真世界。

"你放下吧。我吃完收拾。"欣敏叫住卢硕。他已经吃完，准备把托盘拿去洗。他记不住要将托盘模具调回原始挡。心平气和提醒了三年，欣敏放弃了。

卢硕点头。他一动，洗发水的香味就飘过来。熟透了的车厘子味。他是从什么时候开始特别喜欢这种味道的？喜欢到连洗发水都是这味道。

欣敏想到那块鸡肉的香气。她打定主意要……

欣敏，卢硕叫着她的名字，脸冲向她，浮出一层光。"对了，烧干的鸡肉是什么样，你是不应该有照片。我发给大家看看?!"

公寓

公寓。

今天，它不再是以前那个冷冰冰的词。它被技术赋予温度，又把温度传递给那些选择它的人。它是他们的家、蜂巢、港湾，孵化他们梦想的蛋壳，满足生活所有需求的集约化智能型住宅。

外观上，为了最大限度利用土地面积，公寓楼保留了高层排屋的样式，却没有因此忽视住户的个性化需求。无论门窗阳台的样式还是外墙立面的纹理和颜色，都为住户提供足够丰富的选择，按照每一户主人的喜好搭配出属于他们的住宅外墙。由上千种不同的住户外墙组成建筑的外立面，远远望去，呈现出彩色拼贴画的快活模样，形态各异，色块错落有致，要是从更远的地方看，仿佛点彩画。

在内部，依靠智能伸缩建筑材料，弹性使用空间的理念得以充分实现。

没有一处空间被单独的功能所固定。大房间随时可以按照住户需求分成若干隔间，给予住户一个可贵的物理意义上的个人空间。桌椅浴缸隐蔽在墙体内，等待被召唤被使用。储物空间，公寓的子宫，如今拥有了新的使命。它不再单单作为待命物品的存储空间，更容纳了连接公寓上下的各种管道线路。

让公寓真正成为公寓的，正是这些管道和线路。空气净化管道，有害气体回收管道，可燃气管道，污水饮用水生活用水管道，速成食物管道，药品管道，可降解垃圾管道，部分降解循环使用垃圾管道。它们是公寓的血管。输入输出交换物质。至于线路——公寓的毛细血管，连接房间所有用电设备、管道和墙体，错综复杂，攀绕缠错，在屋内看不见的地方结成密网，随时根据连接端的老化或者位移，代谢新陈，自动建立新连接。与人类生活同步生长的黑暗里，线路有了自己的意志，按照最优化路线排布连接，帮助公寓智能控制的实现。这个时候，即使设计公寓的电路工程师参考电路图都没法搞清楚电路分布。公寓进化为大型的黑盒。居住者在其中安然得到照顾。

公寓有一颗照顾人的心，公寓的主脑，虽然每个家庭有权为各自的主脑命名，但绝大部分家庭仍然沿用了主脑的出厂名——小壹。正如名字，小壹是整数世界从无到有的初端，它拥有权威，照顾家中方方面面，事无巨细都在它的控制中。摄像头，听筒，感光仪，空气成分分析仪，红外摄像针头，各个平面的压力热度及微辐射监测仪。而管道线路只是被动传输物质和电力。

只要合理安排，空间时间都会得到充分利用。曾经一度让整个社会紧绷的问题消散无影。年青一代已经忘记那个住房紧张的时代。由于气候条件缩短大量建筑的耐久年限，生活资源高度集中，住房供应一度非常紧张。即便最后一代婴儿潮过去，城市人口锐减，可居住土地面积仍然无法满足现有人口。新型公寓的出现结束了那段混乱拥挤的日子。人们拥有了自己的安身之所，将为住房争斗不休的记忆抛在身后，体面开始新生活。

公寓，一份注定的拥有，天赋权利，隶属于幸福生活的一部分，是这个时代仅次于死亡的第二不可撼动的承诺。人们自懂事起就知道，在这个世界的某处，一个无限熨帖人们欲望，比人更人性化的空间已经在等待着——百分百地接纳他们——他们中的绝大多数。

每天，男人们出门上班。从离开公寓的那刻起，他们就又再度体验到初次知道公寓时的心情，甜蜜的近乎惆怅的思念充溢他们胸口。

他们把妻子和公寓留在了门后。

二

锅送到的时候，欣敏正立在塞罗·阿祖尔山的岩壁前，目光流连于石板上大片赭红色画像：灭绝动物的稚拙躯干，鸟面具的线条，还有人类的梯子——被顽皮地处理成波浪形抽象。她关掉沉浸装置，从冰河时代抽身给快递开门，交出小指落到签收键，指纹验证通过，她俯身去抱锅。衣领哗地荡开，暴露明晃晃雪白胸脯。她伸手压住领口，箱子从臂弯翻落，中途被两只大手接住，变魔术般，凭空出现两只大手稳稳接住箱子。画面在那里定格，一双淡褐色大手的特写，关节明显，粗糙。随后画面以两倍速从欣敏眼前滑过。她还没反应过来，箱子已经被人妥善搁置在玄关地板上。快递员站在她面前，好像从来没有动过。欣敏向帽檐下那浅浅一片阴影道谢，细声细气地，最后一个字还在嘴里人已经潮水般退进屋。

关上门。手悻悻然从领口滑下。

她想她是真的不会和陌生人打交道。哪怕是跟快递员。和人接触，要目光接触，要表情自然，要应答周到得体，有效沟通。大脑须同时处理多项任务。而她无法多线程工作，无法理解陌生人委婉表达。尤其当她犯错时，她希望人们不要顾忌，直截了当地予以纠正。这会让事情简单得多，而不是进入"他顾忌我顾忌他对我的顾忌……"这样的恶性循环。

机器就不顾忌，可以经受无数次错误操作。你可以错，它不会错，你错它就拒绝。欣敏错了八次，试着把新买的锅从常规模式调到烧烤模式，操作界面上不断跳出黄色圆脸的温和笑容，拒绝改变出场模式。说明书只有一页。欣敏颠来倒去反复读，仍然无解。差点要上网搜索答案，也就是在那时候欣敏终于明白问题出在哪里。她的新锅还没有拜过码头，拜会过她们家的家神——小壹。欣敏在小壹的控制目录里加上新锅的系统操作码，其实也就是对着空气读出一串数码，现代生活的咒符，等待小壹接收这一信息，连通新锅远程控制系统，将它正式纳入麾下。一分钟不到，新锅的控制面板上的灯快速跳闪，最后停在蒸煮模式。

换到烧烤模式。她说。锅没反应，好像她的话是空气。

小壹，烧烤模式。她又按锅上的模式按钮。当然不会有什么用。

请告知理由？

我就是为了在家做烧烤才买它的。

进行厨房烧烤必须调整房间安全参数。

好。调整。

调整参数需要权限。

她愣住。用了很长的时间，终于明白过来，就像车祸前一刻迎面看见车疾驰而来，在平静里逐渐清晰地看到某种终结，忽然明白这一刻意味着什么。那个事实并不巨大。只是微不足道的小事而已，却被车灯的强光照得通体发白，在晦暗的炙热白昼里，这针尖大小的不适清晰得让人无法面对：她没有小壹的控制权限。在她操持了二十年的家里，她是没有权限的。卢硕有。按规定每户只限一人拥有主脑控制权限。结婚搬进新家时他们想都没想，做了和其他夫妇一样的选择。算是选择吗？生来所有事似乎都是如此，许多选择都是摆设。她要等卢硕来改参数。

"远程也可以修改参数。系统和手机直接绑定。"小壹提醒她。

"嗯，我给他发消息。"

等到晚上，也没等到回复。锅用不上，欣敏点速成餐，选了山药。卢硕吃不惯山药，但他也说过吃什么都一样。食品放进多功能加工炉。她坐下等，拿起新锅的说明书研究里面菜谱。外边慢慢暗下，房间里先黑了。灯要打开，被欣敏阻止，她说她要睡一会，不要开灯。身体仍旧坐在桌边，手支着头，另一只手滑过说明书的电子屏。眼角绿光跳进跳出，是扬声器指示灯，不知道是小壹还是小零有话想说，绿灯一次次暗哑，似乎电子通道被言语哽住，算是人工智能的欲言又止。也许是错觉。欣敏觉得小壹越来越懂进退，无关紧要的事哪怕"指令"不正常，它也驯服执行，允许理想情景外的状况出现，甚至不需要她再次确认。眼角终于清静，不见明灭。欣敏如愿坐进阴影里，手指滑过阅读屏上的各色食谱。茄子，青椒，鸡翅，土豆……

可爱的形状。颜色也鲜艳。许多种可能性。

他果然眼皮都没抬。

"家里是不是有差不多的锅。"晚饭时卢硕听欣敏说起重新设置安全参数的事后，这么回道。

"新买的这个能做烧烤，蔬菜肉类都可以烤，比普通烧菜香。"她解释给他听。

听解释的人目光紧追手机画面，囫囵往嘴里塞进食物，忽然什么让他分了神，目光掉落到托盘白色食块，神情似乎有点困惑，倒没有停止咀嚼。

"家里缺个这样的锅。"她补充。

"下个月我想提高信用额度。"他慢吞吞咽下食物，脸上再度空白，"退货是不是会影响信用评级。"

"锅很好用，不要退。辛苦你改一下小壹的安全系数——否则空气温度超过设置，警报会响很久，还可能惊动消防队。"

"什么？"

"怎么？"

"你刚才说什么？"

"改一下安全系数，很简单。"

不多话，她发给他新锅说明书截图，里面根据户型大小通风位置甚至家庭主机型号给出最适合的安全系数，想了想又说："你要是觉得麻烦，可以把权限转给我。"

卢硕抬起眼睛，露出久违的眼珠："我那件灰色正装衬衫你看到吗？明天开会穿那件是不是比较好。"

欣敏看洗衣筐。本来今天要洗，但她把时间放到新锅上。"待会洗。明天能干。"

卢硕不说话。

欣敏也不想开口。说话的额度全部用完。有事时她可以讲冗长琐碎的话。等事情办完或推进不下去立刻感到厌烦。她好像在假装另一个女人，但越来越不确定哪个她才是真的。卢硕站到摄像头前准备验证身份。她避嫌转身，端起托盘去厨房，——伪造虹膜冒充身份是不是很难。条纹、冠状、细丝和斑点还有颜色的无限组合。可她图什么？为了拿到这间屋子的控制权限，更好地做家务？

没来得及吃完的饭先搁灶台。她从洗衣筐里取出衣服，掏空所有口袋，捋一遍表面，确定没有胸针袖扣，面料容易拉长变形的全部叠好放进洗衣筐，天然染色的确保里子朝外，按洗衣标放进各个洗衣筒，分别倒入不同洗衣液或块，最后清点的时候还是没看见卢硕那件灰色衬衫，闷头在房间转了几圈也没找到。她听到卢硕对小壹发出的确认指令。

"完了？"她问。

"你要用？"卢硕让出位置。

多余动作。纯粹出于习惯。他每次对小壹说话都会跑到离主机最近的电子眼，认为只有那样指令才能被接受。一个开发数据产品的人有这样的习惯也是匪夷所思。他可能只是从没有认真想过这些小习惯。

看见卢硕的灰色西装衬衫了吗？洗衣筐里没有。她问小壹。

玄关隐藏衣柜的左下角。

是在那。从衣柜底下的衣服堆里露出灰色衣角。她抽出灰色衬衫，上面的衣服塌落，几件衬衫落到地上，欣敏犹豫了一下，把灰衬衫夹在腋下，捡起那些失魂落魄从衣架滑落的衣服，拎住领口或者裤头啪啪甩平整，重新挂好。这些都是卢硕换下又不肯当天洗的衣服。他总说不脏过几天再穿，之后又忘记，结果隐藏衣柜里结满各个季节的衣服，幽灵一般浮动在暗处，隐隐飘出甜丝丝的香（熟透车厘子味）。她啪地合上门，将它们统统关在里面，将在逃衣物灰衬衫抓捕归案，投进相应洗衣筒，最后检查，开启洗衣机。那刻水声纷杂响起，不同温度稀释不同化学品的水同时冲出闸口倾泻进入各自洗衣筒，水流激涌撞上筒壁后转回，随即浸润淹没那些失去肉身支撑的软塌塌布料，等全部水位等到达水线，控制面板上代表各个洗衣筒的灯同时亮起，机器内部各个零件合作，最后齐整汇聚成咔嗒一声，洗衣机正式运转。

想象这一切令欣敏着迷。尽管目光无法穿透金属外壳，只能依靠想象去在洗衣机内部发生的事。她忍不住对大型家电产生共情，觉得它们像她，或者，她是它们中的一分子，身体神秘共振，暗中缔结联盟。

清洁

理论上，不再应该有任何需要人类亲身完成的家务。能够批量生产小壹这样的高人工智能的时代，生产出取代人力的各类家电轻而易举。甚至可以发明从根源上解决问题的方法，诸如清扫和清洗。据说早已经研发出吸收微尘和污垢进行物质重组再利用的新型材料。这项技术被成熟运用在航天、粒子对撞、黑洞研究等领域——据说。可以设想这项技术被应用在家庭生活中可以带来多大便捷。从衣服到家具到家居软装潢。一个全然洁净的家居环境。污渍从未出现，连对污渍的忧虑都不曾污染过这片净土。

然而实际情况相反。清洗纺织面料的仍然是洗衣机。无论从外形还是功能和一百年前的祖先相比，都没有明显进步：仍旧是占据大块空间的沉默金属几何物，面板上复杂的操作按钮和指示灯，运转时制造出戏剧性十足各种响声。也有值得称道的改进，一个洗衣机内置多个洗衣筒，可以同时以不同速率和温度运转。这实在算不上什么了不起的进步。每隔几年，会有一些新型号推出，更流畅的外形，更愉悦的色彩，有限的简化操作，更有效率或者节省能源，但只是在原来基础上稍加改动。如果没有广告词强调，都很难找出这点改善。其他家居清洁型机器诸如扫地机器人、洗碗机也是类似情况。机器的进化树上这一分支，近乎原地踏步，光秃秃紧贴主干短短一截，被其他迭代势能惊人的繁茂分支淹没。哪怕同样是家庭劳务型机器，娱乐型安全型机器也比它们更与时俱进。

家庭清洁型机器们是日新月异时代里的机器活化石，以自身存在嘲笑技术乐观主义。技术未必线性发展，并非总是带着人们一步步拾级而上走进天堂或地狱。有这样不争气的停滞。经过考量计算，从人类社会总体利益出发，被放弃掉，或者说被保留下来的机器。从根本上改变家居清洁理念，意味着大量浪费。整个机器生产链条，从原材料到生产线都将被淘汰。与之配套的诸如自动升降衣架、清洁剂等也将成为人类物质文明的过往之物。一同进入博物馆积尘的还有整个服装产业。在改变发生前，很难确定面料革新会对既有行业是否具有海啸般影响，带来又一轮社会财产和权力的再分配。

没有必要去确认——

也没有推动自动化清洁革新的强烈需求。听不到人们对家庭清洁型机器的抱怨。人们并不经常想起它们。这当然是一种比较含蓄的说法。一旦按下开启按钮，无须去操心。清洁型机器的发明，为了真正解放双手。但事实上，即使今天，在无数锦上添花的小改进后，仍旧需要有一双手在之前之后进行一系列琐碎的劳作。与其说是解放，不如说是隐匿。没有人会对干净物品的出现感到惊讶。或者说，连它们的出现都不被察觉。家居用品和环境只是回到了，不，永久保持在最初状态——最没有价值的解放。

另一个问题，一旦双手从清洁工作摆脱出来，无法填满的时间黑洞将横亘在每个家庭女性的生活里。拿什么人类活动去填补这突如其来大量富余的时间。

三

总是那个梦。在又窄又长的弄堂里跑，身子稍稍歪斜就会被两边的水泥墙刮擦，每家水泥墙墙面都不一样，留在身上的擦伤也不一样。脚下黑漆漆泥地。雨天一摊摊小水洼。弄堂七弯八绕，人就在这条肠子里钻来钻去。

14

出门就是肠子。往右转。一次次斜眼看见门的样子，又黑又薄的木板门，已经花了，刀划的或粉笔画的，每次都不一样，跑过一口矮井，那是肠子拐弯的地方。井壁只到膝盖，周围永远湿漉漉的，覆着一层苔藓，水桶在黑漆漆井水里晃得厉害，浮浮沉沉，提上来，看见西瓜绿油油发亮。再走，就到了水泥方地，混凝土铺在泥地上高低不平，七八十平方米的正方形，或者长方形，并不怎么规整，二十几个水龙头铺开从地底伸出，停在一米高的地方，每个下面蹲着一个女人，守着塑料或铝制水桶、水盆、竹篮、搓衣板、锅碗瓢盆、箕箕。各种颜色的女人。深蹲或半站或坐在小板凳上，统统只给我紧绷绷的背影，因为身体紧绷衣服颜色就更加鲜艳。红的，军绿的，藏青的，黑的，都好看，都俯身干活，在哗哗的流水里淘米洗衣洗盘子蔬菜水果。谁也不看我，她们互相说话，口里说出——哗哗的水声。比水龙头泻下的水声更喧哗。我看不见她们的脸，但就是知道她们在背对着我说话，说得高兴，怎么都不尽兴，舍不得离开，每只手都泡得皱巴巴的，在水里荡漾像一朵朵肥胖的白花。

"你在人家身后，按道理是看不到手的。"欣敏提醒阿姆。每次阿姆说到这，她就这么说。

阿姆佯装生气："所以说是梦啊。"

欣敏不懂为什么阿姆会做那样的梦。她又没有经历过。她上面两代人都过着现代生活，家家户户通水通电。也许是哪里看来的，又或许是记忆传承进梦里。欣敏不问。阿姆回答不出的问题，欣敏不问。

"这次听见人家说什么？"

"没有。嘴巴一张，出来的全是水声。我阿婆说以前没有自来水时，女人就去那里一边淘米洗菜洗衣一边聊家常，说出不少鸡飞狗跳的事，也有安慰体贴人的话。后来装了自来水，又有洗衣机……"阿姆说着话，揪住欣敏的腕，抽走手里折纸，"手怎么停不下来。小时候毛病到现在。不礼貌。"

欣敏贴近阿姆，头靠过去。十指藏进大腿与沙发间。"阿姆，女人吵还是机器吵？"

"机器也吵。洗衣机里面圆筒一天到晚转来转去，但到底还是方便。"

"方便吗？洗衣机又不能帮你满屋子找脏衣服。"

母女俩一起朝沙发上瘫卧的身影看。那人在看最喜欢的太空纪录片。霞光霓彩映在松软的皮肉上变幻不定，人的脸面上流露出宇宙奥秘。"最近算太平了，只要有纪录片看，就不太发脾气。"阿姆停了一下，"当然衣服还是到处扔。"

以前不只是衣服，连床单都要勤洗。那时候他身子不方便，又要面子，不接受外骨架辅助，更不要说穿戴尿片，床单弄脏了就只好换，一天三四次都是正常。现在阿姆总算是解脱了。

"多筒的还是用起来方便。"阿姆说，"转起来的声音也有意思……"

欣敏直起腰。很久前给阿姆买了这台多筒洗衣机，父亲一直不相信洗衣机能同时兼顾不同衣料，阿姆拗不过，只好照旧分开洗，多筒当单筒用。

"什么时候开始用多筒功能？"

阿姆不说，嘴角翘起，坏坏笑得像个偷糖的女中学生："老说多筒洗不干净，伤面料，搞得他好像能分辨出来一样。"

"没差别？"欣敏不确定。

"没有。就算有他能搞得清？"

欣敏突然想起以前阿姆也是生龙活虎的。雨天出门淋雨，冬天偷偷去野地里烤红薯，兴致上来什么事都会做。她以为全天下阿姆都是这样，直到看到别人父母才明白——阿姆是她中的头彩。阿姆不仅自己疯，高兴了还会带上她。她明明怕得要死怕得骨头发凉。可要是阿姆不带她，心边上就暗戳戳爬出许多齿轮状深影。她爱阿姆胜过同龄人。

她的阿姆一生逾矩无数，谁想到末了，背着父亲悄悄使用洗衣机多筒功能就已经是她的英雄壮举。

"家里的事，好多机巧男人们不明白的。空有主张口号，领导架势。"阿姆收了声，嘴巴紧闭拢。上年纪人的啰唆，她至今没有，始终警醒克制，不让自己露出败相。想得到想不到的哀怨统统收进一双不说话的眼睛里。

"以前太阿婆跟我说，她们那时候吃堂食如果客人得罪服务员，服务员会乘上菜时悄悄朝菜里吐口水。"欣敏说。

阿姆笑。这次连眼睛也笑。

没有摄像头的年代，人真的能偷偷做不少坏事。"阿姆请阿爸吃过口水吗？"欣敏问。

"卢硕最近工作顺利？"阿姆问。老人家说话留余地，哪怕对亲生小孩，也不给压力。卢硕五六年没来。也许还要久。欣敏记不得。

"阿姆你还记得他长相？"

阿姆打她："怎么不记得。视频通话有过的呀。"

卢硕上一次视频是什么时候，欣敏一样记不得。

"现在家家都这样。一代人过一代人的生活，互不打扰。你们都觉得老人会不舍得，其实是自作多情。我们过得有多自在你们不知道。"

"阿姆，还记得小时候带我去吃街边烧烤伐？我昨天差点把家给烧了，没有，其实我是在家做烤鸡。"欣敏跟阿姆讲起煮鸡肉的事，絮絮讲，讲到买了新锅，觉着旁边依偎着身体越来越轻。

"欣欣。"阿姆叫着她的小名打断她，"你自己这边也不能放松。"

"这边"说的是欣敏的工作。阿姆一度以为自己女儿在做了不得的工作：给人工智能翻译科学文献——那可是把人类上千年的智慧结晶传授给人工智能，从宏观天文量子物理到稀土信息工程，只要是经考证合格的论文实验数据报告统统都要翻译成人工智能能懂的语言，等于就是用它们能懂的语言教它们自己学科学。欣敏只好跟她祛魅，解释说她做的翻译，不过是用特定的编程语言把科学文献重写一遍，也不需要明白原文意思，只要按照语法做相应转换。完全就是体力活。枯燥到让人两眼发黑。和人类语言翻译压根是两码事。她应该是不喜欢这份工的。留给女人的选择不多，差不多都是这类，只是各家工作时长和薪资不同。毕业后欣敏随便找了一家，一直做到现在，自己没想到，连老板都吃惊。多数女员工结婚后就会辞职，最多再坚持一年半载。欣敏不是。周边人像潮水一样退去，单剩下她落在沙滩上。她不为所动，似乎将自己当作公司硬件，打算不温不火做上一辈子。大概真的是因为有阿姆在旁边敲打，伊无论说什么，最后总会回到这上头来。欣敏有时也会烦躁，但又不忍心反驳，每次都笑着答应。

毕竟这份工也不辛苦。公司属于乙级有限劳动单位，法律规定员工一周工作时长不得超过十五小时，否则面临巨额罚款。老板生怕超时，把每周工作时长控制在十小时内。忙不过来时，就招几个临时工。临时工不熟练，就再招几个。反正人工便宜。正式员工待遇比临时工好一点。说到底，这种轻松工作，不坐班又不动脑，只要仔细就好，还能期望什么。欣敏没法告诉阿姆，为什么她自己这边不放松不行，为什么老板害怕女员工努力。

就算是这样的工作，也有它的好处。比如现在欣敏就可以对钛合金支架上的阿爸说，有工作急着收尾必须走了。

阿爸斜眼看她。

她正和公寓主脑预约下次探望时间。阿爸架起钛合金支架冲到她面前——只要他意念一转，大脑运动皮层的电极发出指令，十几根钛合金立即竖直架起，帮他站到欣敏面前。他狠狠瞪她，口腔里滚出含糊炽热的声音，烂泥般一块块朝她扔过来。他怪她不孝顺不尽责，把他丢给一堆机器就撒手不管，恨不得等他作古再来。欣敏点点头。她听不清，但明白意思。阿爸第三次脑梗后，就只能这么对她说话。她欣慰阿爸气力充沛，转身离开。

回到家明明想休息一会，却打开公寓工作模式。书桌椅从暗间滑出，在她身前展开。欣敏坐下。小时候装生病请假也是这样忐忑，满心希望能烧得更厉害更痛苦。既然是借工作之名从阿爸那里逃走，她好像必须工作一会才能安心。工作专用的白噪声应景响起，细雨声淅沥不绝。

不用了。欣敏示意小壹关掉音乐。我想静静。她补上一句，免得再有干扰。晚饭前一个半小时的空闲，足够她完成手头这篇《纳米铂多层膜的化学表征》论文的翻译。欣敏指尖轻滑，打开界面，即刻进入状态，十指翻飞。屏幕上代码流水般泻出。她从未追求这熟练度，也不是天资聪颖。什么事，日日做，重复十几年，都会转成机械反应，迅速准确。眼睛落到排列成行的汉字和图表，手指下意识就知道如何动作。脸和身体慢慢发麻，大脑空白，眼睛所见仅剩黑白。她好像成了别的什么，物一样平静。按单一指令行事，不受扰动。这么说来，也是一种快乐。

她越快乐，越像别的什么，效率就越高，人工智能就学习到越多的人类知识，越快掌握学习科学知识的方法，就——越像人。

"这么晚还工作啊。"甜丝丝声音闯进。是慧昕。欣敏把几个朋友设置成联络最高等级，她们打来的语音电话任何时候都可以直接转进来。慧昕就是其中之一。

"在。"欣敏说。慧昕是她同事，大概是从公司系统看到她在工作。"什么事？"

慧昕不说话。

"没事，你说。"这是实话。欣敏的手指没有慢下半拍，堪比机械运动。听到慧昕甜丝丝声音，心神松动，好像从深幽处浮上水面，然而这点变化与工作意识完全隔绝，互不干扰。

"怎么，欣敏，你听起来不太好。遇到烦心事？"

"刚回了一趟家。"

"哦。"慧昕一下子没接住话。她家里和睦，至今和父母一起住。"周末出来散心？本来就是来问你要不要聚，丁宁也说想你。"

"好，都两年没见。就周六吧。方便些。"

"好，就这周六。碳水局，老地方，老时间。"

欣敏对这又绵又软的声音笑："叫了阿璨吧？"

"啊。"慧昕连忙掩饰，"嗯，待会联系她。欣敏今天忙吗？"

"我一直有时间的。你这周的工作量完成多少？"

"怎么，你要帮我做啊？"

"要是不急着要，我可以的。"

慧昕叹气："眼前的我自己能来。但是真做不下去了。真苦。要发疯呢。前两天看纪录片，讲老早工厂，我看着看着就哭了。那些流水线上的机器不就是我们吗？输送带上来一个瓶子，我们就给它加上盖子，其实既不晓得瓶子是什么也不晓得盖子是什么，两眼一抹黑，单单重复一个动作。"

不这样怎么办呢？要最大发挥利用现有科学研究，也最大限度利用人工智能，就是要让它们理解吸收这些实验方法和理论。明白日常用语已经很难，再加上每个学科那么多专业术语，一个词放在不同领域就有不同意思。只能翻成编程语言喂它们。每年发表几百万篇论文，过去几百年堆积起来可以填满深海的文献，正在经由她/她们的机械动作传输给强大的智能无机物。

欣敏一时说不出话："慧昕快结婚了？"

"嗯。"慧昕被卡住，百感交集咽下要说的话。

忽然安静下来的片刻里，欣敏察觉到凉意。不知道什么时候，小壹启动了雨天模式，静音的。没有雨声，只有沁凉的湿意在屋内弥漫，洇在皮肤上。

"周六慢慢说。不要急。"欣敏听见自己说，一边看见屏幕上实验数据最后部分翻译完成，她敲下换行键。

门打开时，快递愣住。他没按门铃门自己就开了。一个人影从里面冲出，差点就撞到他。欣敏事后自己也奇怪——她是怎么从帽檐下陌生阴影里觉察到那点情绪波动，明明只是视线飞快掠过。她的确是等得有些着急，半小时前叫的闪送迟迟不到，好不容易透过门镜看到门口快递员，以为是自己的闪送终于寄到。

包裹很大，大得不合理，她只买几包黄花菜、黑木耳、香菇、面包糠和腐竹，都是今天要用的食材。轮到欣敏愣住。

快递员不动，没有放下包裹的意思。"你们家主脑临时通知我们，包裹放门口就可以。"

欣敏盯着包裹，从包装看不出什么——让快递不通知她放下包裹就走，所以小壹是想让它一直搁在门口？

"包裹太大放不进小区临存柜。以前都是直接放那。"

以前。欣敏抬眼，目光中途一转，从快递员宽阔的肩膀滑下。她不明白快递员话里的意思，也不想明白。"你放门口吧。"她退到屋里转身关门，想起那些理应早该送到的食材，犹豫要不要请快递员查一下。犹豫的工夫，门关不上了。

快递抬手扒住门框。

欣敏不知道该后退，还是倾尽全力拉上门，望着横在眼前的手臂发呆。力量相差悬殊。与其说是屈从蛮力，不如说是输给了气势。几乎没有僵持，门被扒开，完完全全敞开，楼道里略微浑浊的气流朝欣敏涌来。她暴露在楼道苍白的人造光线里，无处遁形。

她不害怕，她还有小壹，公寓的安全系统无可挑剔，每家主脑直接和警局安全系统相连，一旦有问题立即报警。

"你等一下。"快递员说。

欣敏等他。

"系统显示你好像还有一个快递，我帮你查一下。"

"嗯，一个闪送。"她声音发紧。

面包蒜蓉虾、白斩鸡、四喜烤麸。

看到欣敏拿出的小菜，女朋友们纷纷雀跃。

要是当天做的就更好了。欣敏想。难免觉得遗憾，尤其是对着女朋友们脸上的笑。卢硕讨厌处理食物的味道。周六他又要睡到下午才出门。只能周五在他回来前做好。她在心里辩白，又向内观望这样的自己。

昨晚刚做完这几样小菜，卢硕就回家了。他比平常回来得早。炸虾炒蒜的味道大，空气净化系统没来得及完全去味。这次他倒没有说什么，只是皱着眉闷闷走进他的隔间，其间大概眼角扫过欣敏。两个人都不作声，都不提还在门口的快递。

慧昕的肩膀撞过来："好吃！"

"你阿姆不做啊？"对面的丁宁说，一边举杯。

四只高脚水晶杯沿轻碰，发出悦耳声响。慧昕和欣敏以前认识，后来做了同事，阿璨是欣敏前同事。丁宁则是慧昕的朋友。四个女人投缘做了十几年朋友，为能经常聊天聚会，一起出钱买了个固定虚拟聊天室，仅仅这样还嫌不够，都觉得需要肉身互动，于是每隔两三年出来一聚。地点时间段都不变，人也固定就她们四个。对她们来说，聚会的这天，是比跨年还重要的日子。

"很久没吃到人工烹饪的菜了。"阿璨说。

大家笑。慧昕吃饭有她阿姆料理，丁宁结婚后，衣食行全部钟点机器人照料，不过两人多数情况还是吃的速成餐，最多外面买来预制菜加热，的确很久没尝到这样的小菜。

欣敏给阿璨夹菜，忘了用公筷，手悬在半空。阿璨伸碗来接。

"欣敏教我做菜。真的要销魂了。好开心。"慧昕叫。

"白斩鸡其实好做。烧开一锅水，鸡放入滚水中，大火煮10分钟，熄火加盖焖20分钟，捞出马上放进冰块里，不要把皮弄破，再换成凉水泡，最后就切块，调酱汁要讲究……"阿璨当真了，细细讲解步骤。

欣敏按阿璨的手："阿璨多吃点。"

"阿璨很熟练啊，做过几次？"慧昕问。

"我那里买不到鸡，也——买不起。平时看美食短视频看多了，就知道一些。"

"阿璨喜欢短视频？"慧昕继续问。

"只喜欢美食短视频。午夜广告档放长广告的时候中间会穿插很多免费美食短视频。"

丁宁听不下去，插话问："有葡萄酒内容吗？我最近迷得不行，尤其是奔富，今天带来一瓶待会大家一起尝尝。"

"好喝。以前只在小说里看到过，男女约会一定要来一点。"慧昕说。

欣敏、丁宁都笑。

"等下个月慧昕结婚，我带两瓶过去。"丁宁说。

大家一起等慧昕害羞撒娇，等她甜丝丝的声音暖风般拂过，却集体扑了个空。忽然间，慧昕脸上乌云密布。嘴巴瘪着，颤着，有好多话要出口的样子。三人视线交换，大致猜到慧昕这次组局的原因。

"怎么一会哭一会笑，小朋友呢。"欣敏捞出慧昕掉进杯子里的头发。

丁宁给慧昕斟酒："不顺利了？这种情况，不是吵架就是外面有人了。"

高分贝哭声炸开。一米六的娇小身体里到底放了什么样的发声装置，能发出这样惊人的声音。欣敏关上包间门。

"哦，那就是因为其他人的事吵架了。看不出嘛。挺厉害。是你还是他啊？"

慧昕大哭。丁宁比她大七岁。两家是世交。两人从小说话没有顾忌。

阿璨起身递上纸巾。

"他有女人了，还给那个女人买包。我登录他的电子钱包，看到购买记录。包，首饰，还有泡芙，统统送到一个我不认识的地址。都大半年了，我才发现……马上要结婚了都。"

欣敏绷紧脸，害怕稍微一动，脸上的皮肉就会从头骨滑落。现在不能笑。丁宁看她，意思这种时候她们两个人妻应该说点什么。

"还以为只有老电影里才发生这种事。"阿璨感叹。她真的是感叹，对自己说的，只是该放到心里的感叹被她说了出来。

慧昕一怔，号起来。

"阿璨乱说话。男女之间的事永远古老。就算新生活日新月异还是逃不了那些事。"丁宁说。

欣敏提一口气，话到嘴边忽然没了力道："你打算怎么办？"

慧昕抬起泪水滂沱的脸，抽泣着不说话。

说到底答案就是那个答案。人家不是为了请人来逼问自己才约见面。欣敏在心里退开三步。"毕竟现在还是猜测。"她说。

"会不会是我误会了？"

要误会其实很难。

最开始是眼神，连同他身上香味一起游移飘忽，然后是日渐增加的应酬、额外的开支、一回家就立刻要洗澡的习惯，始终需要保持通话的客户、关闭的手机定位、新游戏 app、隐藏的云盘和整体穿搭格格不入的小物件诸如手帕、领带、袖扣、手机套、车上的挂件；鬼鬼祟祟从角落里冒出头；再然后，这些陌生的影子固定成为喜好和习惯：那些你不喜欢，他在过去也不喜欢的颜色、音乐、运动，还有食物，顽固地留了下来，成为他的一部分——不可或缺的一部分，替代你和他曾经共同拥有的那部分。

不用花心思寻找，诸如登录钱包或者社交账号，调取家中监控。什么都不用做。

所有的猜想怀疑，这些幽灵果实会渐渐获得实感，长成落地。自然而然出现在你面前，无法回避。

你在他身上清楚看到另一个人的存在。那一刻就是落实的那刻。

不会搞错。

你松一口气。再也不用辗转反侧。

丁宁在教慧昕怎么查定位怎么写婚前协议。"签婚前协议时，一定拿到主脑的控制权限。他肯定不肯。必要的时候你把其他权利让出来，主脑的控制权一定抓手里……"

欣敏坐在旁边听，她也应该听一听。但话不过脑，徒劳从耳旁飘过。她惊讶丁宁有那么多可以传授的心得，惊讶原来她也有她的考虑。以为家庭富裕的女人忧虑少些，原来只是欣敏一厢情愿的想象。她愿意相信总有女人能够幸免，好让她觉得这个世界还不那么糟糕。

"女人一出生，就在战场上了。一辈子都在打仗。她要是连这个都没搞清楚，那就已经输了。"阿姆这么说过。记不得具体时间场景，只有这话一字不差地被留在心里，时不时跳出来。她大概是输了，毕竟知道的时候已经迟了。

"欣敏在想什么？"阿璨问。

"尽是讲这些事，让阿璨无聊了。"正说着，上菜机器人滑进包间。一下子，桌子上摆满小笼包、虾饺、肠粉、汤圆。

"每次都这样。"阿璨笑。

"碳水局嘛。再说上次都是两年前的事了。"丁宁仿佛放了一只耳朵在她们中间，可以无缝插进谈话，说完又回去面授机宜。

阿璨不客气。她一向胃口好，却瘦得离谱。

欣敏喜欢看她吃饭，拼劲全力的样子，看得自己也觉得有这份气力。

她站起来把点心端到她面前。带来的小菜还剩下大半，她把它们收起来，装进袋，放到阿璨的包边上。再坐下的时候，发现阿璨忙里偷闲斜眼看着她。

"你帮我忙，把这些带回去吃。别让我白做。"

"欣敏觉得结婚开心伐？"阿璨说。四个人只有她真正单身——男朋友，也决意不结婚。

"阿璨想要知道哪方面？"欣敏笑。

阿璨摁住她的腕，阿姆那样，然后拿新纸巾换她手里揉烂的那团。欣敏笑笑，接着揉。十根手指狼奔豕突。

"家家差不多。他好像不喜欢我给家里主脑起名字，我管主脑叫小壹。"

"不都是管自己家主脑叫小壹吗？"

"我管平时陪我聊天的叫小零。"

"不行吗？"

"他奇怪为什么我一定要分出小壹和小零。明明家里只有一台主脑，非要给它两个名字，会不会让系统人格分裂。我跟他讲，小零是聊天机器人，小壹是主脑，它们不一样。小零有它独立的想法，它就是它自己，非要说它是小壹的聊天系统，是依附，小零就太可怜。"欣敏打住话头。她平时说话不这样。目光从纸团抬起，遇上阿璨一对乌黑眼睛，好像躺在夜色臂弯里微波荡漾的湖水。欣敏想，啊，没事，她懂我。

"嗯，小零知道你这么为它着想，会开心的。"阿璨一口吞下两个饺子，痛嚼起来。

"他大概觉得我疯了。"

"就只有一个小壹。小零是它的聊天系统，最多是人格面具。"慧昕说。她和丁宁谈完事，重新围坐在欣敏身边。

"欣敏，别听她的，也别自己瞎琢磨。做聪明人。聪明人不把问题复杂

25

化，聪明人只做简单分类。没有什么小零小壹。只有'我和其他人，还有有用的人'。"丁宁斩钉截铁说。

"明明一直都在，却被当作空气，太可怜了。"欣敏摊开折痕遍布的纸团看。

"那怎么办？杀了他？杀了那个觉得你疯了的人，那样就没人觉得你疯了。欣敏，这个方法好吧？"阿璨说。

欣敏身体僵住，眼珠慢慢错过去看阿璨。四目相对，两个人一起笑。阿璨的笑照旧盖过她。

两年没联系，阿璨还是老样子，不按常理出牌，或者根本拒绝出牌。热烈鲁莽，活得混沌，又在意想不到的时候洞见人心。欣敏没见过这样的人，一开始根本不知道怎么应对。她那时入职不久刚熟练业务，就被安排去接替同事工作，硬着头皮去交接，虽然不用面对面，氛围实在奇怪。那个人的网络不好，发过来的全息形象不是卡住就是粗颗粒，还有几次身体关键部位跳出马赛克。欣敏建议用文字交流，那个人却坚持用全息影像，她说她需要说话，很久不说话，舌头已经打卷。她让欣敏别记她工号记她的名字，她叫阿璨，下个月就走，如果欣敏只记工号就找不到她。这个人说得好像笃定她们以后会在线下见面一样。她不知道线下见面是多奢侈多稀罕的事？欣敏至今记得当时那份震惊。阿璨总是让她吃惊，言行举止甚至神态，说不上多古怪，只是和周遭世界始终错位，保持高度稳定的偏差值。她大概生来如此，早已经习惯，无意掩饰，也无意炫耀，只是像接受自己不够标准五官那样接受了这错位。到后来，连欣敏也习惯了。她习惯了不断惊到她的阿璨。这世上原来还有她这样的人。只要想到这个，她就觉得心里松动，觉得这个世界还不那么糟糕。再后来，她真的见到了阿璨。第一次慧昕提出线下聚会时，欣敏叫上了阿璨。慧昕带来了丁宁。四个人在那天成为朋友。

"阿璨，现在工作忙得过来吗？"丁宁把剩下的酒平均分到每个人的杯子。

"这家公司只给我每天一个半小时的工作时长。我倒是想忙。"

"做得过来吗?"慧昕问。

"阿璨现在住哪?"欣敏问。从认识起,阿璨搬了三次家,越搬越远。网络信号越来越差,严重影响工作。当年她就是因为这个没完成工作份额,才被公司开除。后来进的几家公司,也是因为同样原因被迫离开。

"又搬了。已经锻炼出一身搬家本领。随时可走。机动部队。"阿璨说。

大家视线错开。

"我帮你找找看,我们换个住宿条件主要是网络好一点的地方。你保住工作重要,其他以后再说。"丁宁说。

"前两个房租我先付了。你安心工作。"欣敏说。

阿璨脸上红晕变幻不定,好像洋流交汇的大海。忽然她张开手一把抱住欣敏,久久不说话。

认识那么多年,没见过阿璨这样,大家坐拢过来。阿璨说了句什么,闷在胸口只出来一半声音。

"阿璨你说什么?"

阿璨仰起脸:"我下辈子一定要做男人,因为女人真的真的太好了。"

埋单还是没有抢过丁宁。欣敏吃到一半溜出去结账,店里说已经结了。吃完饭她们一齐送阿璨去车站。慧昕和欣敏走在前面,在售票机前一阵忙活,走回来时手里多了一张交通卡。售票机只收现金。平时发工资都是电子币支付,偏偏仍旧有少数消费强制现金交易,提现手续费跟着水涨船高。她们猜阿璨手头没有现金,就帮她买了。四个人在车站等。阿璨的脸在灯光下继续变幻着深深浅浅的颜色,身体左右摇晃,咧嘴对她们笑。

"别醉了啊,回去还有好远的路。"丁宁说。

欣敏算了算时间,几趟转乘,阿璨到家时应该是下半夜了。站牌上写着经过的站名,欣敏一个都没听过。上一次好像坐的另一条线路,那上面还有几个她知道的地方。阿璨就这样越搬越远,越来越滑向欣敏不知道的世界。下一次她会搬到哪里?下一次她们见面会是什么时候?阿璨笑着,一点不在乎的样子,大概还有点得意,是她成功地把一连串陌生的地名引入朋友们的视野，引入她们几乎足不出户的生活，好像一根点燃的导火线。

"阿璨，别醉了啊。"有人说。是谁在说。

"我们现在说话都像阿璨了，大舌头。"另一个人说。大家笑。大家都醉了。

阿璨笑得最好看。眼睛弯成两道漆黑的缝。脸颊两坨嫣红，不遗余力。

"阿璨，为什么不和大家一样活得轻松点？"这次欣敏确认这是她在开口。

阿璨嘴里蹦出不连贯的字句，一股脑倾倒脑海里出现过的所有理由，像煞有介事。明明自己都不信吧。欣敏朝她跨出一步——

轻轨来了。车前灯打在她们身侧的广告牌上。阿璨感受到急迫，她睁大眼。眼睛里的动摇连带着身体的轻晃，编织成复杂的舞蹈，动摇的舞蹈。她又开始飞快地说话——为了赶在轻轨停下前——提起她们都读过的小说，她说逃跑也是一种奔跑。轻轨停靠到规定位置，车门打开。她更加慌张。语速加快，话语纷纷扬扬落下，不知道是为了赶在上车前把话说完，还是希望赶紧上车。

震荡中，欣敏看见阿璨跳上车。站台的防护屏率先合上。她们隔着透明屏障看着对方。阿璨退后，车门戛然横在她们中间。阿璨挥手，连续变换了好几次姿势，在空无一人的车厢里手舞足蹈寻找最合意的告别手势，仍旧慌乱不知所措，仍旧意犹未尽，试图与时间赛跑要说完心里所有的话。

欣敏看到的最后一帧图像就是那个样子的阿璨。

上各自出租车前，三个人拥抱告别。丁宁在欣敏耳边低语，欣敏应过，心思来不及转到那里，车已经开动。霓虹斑斓夜景江水般奔涌向后。欣敏在后座坐好，转脸望见玻璃窗映出的一张面孔：眼睛弯成两道漆黑的缝。脸颊两坨嫣红。

大家都不懂为什么阿璨执意单身，把自己逼到没退路。在这世上，女人要靠自己活，最好的结果就是省衣节食艰难度日：收入有限，连城里一间公寓都租不起，只能住在更偏远同时网络信号很差的地区，导致工作效率低下，完不成工作，影响收入，长时间贫困导致营养不良健康状态恶化，反过来影响工作。熬到后来，年龄大了，只能去做临时工。一样工作时长，拿更低工资。这种情况下，不可能有什么存款，于是申请不到信用卡。一旦遇上急事需要额外支出，只好去借高利贷。人家说财富像雪球，越滚越大，贫穷也是。阿璨的雪球顺着山坡滚下，见不到谷底。

绝大多数女人会选择毕业后结婚。穿上水晶鞋，踩着铺满鲜花的红毯被引到某个男人面前。因为铺满鲜花，所以并不觉得脚下走的是人生唯一一条出路，好像除了红毯路外还有别的选择。

也许出身富豪家庭的女性可以跳脱出这样逼仄的命运。那是欣敏不能想象的世界。在她的世界里，连丁宁这样家境殷实的，也从善如流走上红毯。

阿璨家里什么情况，她从来不提。她不提，她们就不问。

四年前，阿璨忽然失联。欣敏几个全都联系不到她。她们发现原来和阿璨的联结只有手头这个八位数聊天账号。她们不知道她姓什么住哪里当时工作单位不知道她是否还有其他亲人朋友有没有其他的常用聊天软件其他账号。她和她们唯一的交集就是曾经做过欣敏的同事。

欣敏那时才发觉，原来她们之间就是这样松散的关系，松散到她随时可以从她们的生活中脱落。这么多年阿璨就是这样若有若无待在她们身边。

第二年阿璨回来了，瘦骨嶙峋出现在她们四个人的虚拟聊天室里。她说她去当临床试验对象了。报酬优厚——只要通过体检，坚持到最后就可以拿到很多钱，而且一次结清。她参加的项目叫太空生存实验，研究怎么让宇航员适应十年以上的密闭隔离生活。她和其他九个人一起，待在两百平方米的密闭仓里吃喝拉撒一年。密闭仓是一个密闭生态循环系统，高辐射，低重力，不分昼夜。她们每天吃许多药，做不同强度的运动，做几百项的体检项目，回答上千道心理问卷。有三分之一时间在极端环境下，比如高频强光或者剧烈颠簸。整个过程完全和外界隔离。她说好多人崩溃了，还有人自杀，但是她没有。她坚持到最后，拿到那笔钱。她说她需要那笔钱。

"穿得真好看，出来和朋友玩玩开心吧，还是你们轻松。"前面的出租车陪乘大叔说。从开车后他就试着跟欣敏搭话，一直被她无视。

"什么？"欣敏头痛又犯了。随便找个人说话也是好的。她想要换换脑子。

"没什么。羡慕你们。我想过你们这样的生活，一起出来喝喝酒，说说话。我们过得太辛苦了。"

欣敏愕然。自动驾驶普及后，出于安全考虑，所有自动驾驶的出租车必须配备一名陪乘应对紧急突发情况。绝大部分时候陪乘只是坐在副驾看着车开。欣敏不知道怎样回答好。

陪乘大叔不需要人鼓励。有的人擅长在自己身上找到足够的动力。"我也想不干，但是不行。没了我们，出行多不方便，现在养得起私家车的只有有钱人。"

"上下班外，没多少人出门了。"

"用车的人少，但是出租车更少啊。需大于供，我们还是紧俏的。"陪乘大叔稍微收敛一下，继续说，"真的辛苦。这个点人家都下班回家吃饭。你说说科技那么发达，怎么还需要我们出租车？"

"不然呢？"

"要是能够量子瞬间移动就好了。科学家快发明出来。人进到一个玻璃柜里，嗖一下，就到了另一个星球。"

欣敏想大叔原来也看过《星际迷狂》。

"怎么样？"大叔问。

"挺好的。瞬间移动怎么回事，我跟你解释解释。首先，得把人弄得粉粉碎，分解成粒子状态，然后把粒子信息传到目的地，在那里按照这个信息重组一个新的人。多好，出发地杀人，目的地拷贝。师傅你喜欢伐？"

陪乘大叔不说话。

回到家，她仍旧在喘，生平第一次呛人，呼吸没有掌握好，说得自己上气不接下气。要是中间停下换气，她大概会就此停下。心跳总算慢下，怒意仍然没有消退，无名无形没有光焰，所过之处寸草不生。和酒没有关系。她窝进沙发，身体放松下来。家里的环境系统已经开始工作，管道和机器在她看不见的地方运转忙碌，根据她的身体情况生活习惯调节温度湿度光线，令她好像躺卧春天泉水边，四下绿色光晕浮掠，周身被清凉的水汽沁透。全部是小壹安排。从她开门，它已经下达指令，采集她即时各项生理指数，传送到各个系统，不动声色将一切预备好。

欣敏翻了个身，在这个家里，她被关照得很好，舒适得如置身温水，怒意无处着落，或消退或委顿成莫名怨意。

嗯，你喝酒了。小零问。

几点？

10点。

啊，才10点。

要做饭吗？

欣敏挥挥手。卢硕知道她晚上聚会，会吃过了再回来。

你累的呀。洗澡水已经烧好。

我躺一下。

小壹不说话。

欣敏脑子转过弯，哦，对，卢硕不喜欢家里有酒味。她睁开眼，又合上。算了吧。他今天一定会比平时晚回来。丁宁说家家都一样，男人都一样，原来她是这个意思。冷不丁想起丁宁告别耳语时意味深长的表情，欣敏笑了。

房间跟着发出冷笑，阴恻恻地从电子牙齿间挤出——丁零零，丁零零。

惊魂夺命。她不相信自己的耳朵，再听，声音还在，确凿无疑是门铃声。冰冷刺耳。

欣敏站起来，又坐下，四下环顾，犹豫要不要开门。

是快递。小零说。

现在几点？欣敏问。

十点一刻。小零回答。

欣敏定定心，把门打开一半。门没有塌。门外真的是快递。

"你知道现在几点？"她问快递。

"拿昨天寄错的包裹。白天太忙，没时间。"快递员说。

欣敏认出了他，过一会才明白他的意思："我，我们没有拿，包裹没在门口？"

"要是在我就不打扰你休息了。"

经他这么一说，欣敏想起的确刚才回来时没看见地上还有包裹。这下好了，大家都假装没看到的包裹真的没了。欣敏被这个念头逗笑，抬头看着帽檐下那团影子，假装能看到里面一双眼睛。她直直望着想象出来的眼睛问："怎么呢，这下假戏真做了。假装不存在的包裹真的消失了。"

快递不说话。今天晚上，这个人说话仍是彬彬有礼，不过总觉得夹带着一股火气。欣敏觉得有趣："快递师傅，你为什么要生气？"

快递不说话。

"所以，包裹里面是什么？"

——她不该问的。

"你现在想知道了？"

轮到欣敏不说话。

"锅。和你刚买的同款。"快递员踌躇着，像是在把手伸进很深的口袋去掏一块化了的黑巧克力，"你们家经常有送错的快递。写的是你们家地址，但主脑都说可能不是你们家的，要我们先放在寄存柜，等你先生再确认。只要你网购，不管买什么不久后就会有同款货物被错寄到你家……"

"知道了。"欣敏打断他，"可以了……"

"知道什么？知道你丈夫后来都会把这样东西寄到……"

"谢谢。快递师傅。"

"这些东西最后都寄到同一个地址。"

欣敏打断他："人家家里两个人关上门的事。快递师傅，这个你也管？"

"你现在又不想知道了？"

欣敏不理，掉转身进屋。突然胳膊被什么箍住，越挣扎箍得越紧，还没有反应过来，人已经被拖到房间外，压在墙壁上。

欣敏吃痛，面孔变形，下意识伸手去打，拍掉快递员帽子，露出一张人

32

的面孔。她来不及去看，只顾挣扎反抗，去推，去挡，去打，去捶，去踢，去踩，凌乱却决绝，好像同时有七八只手在奋力反抗，又好像一小杯水泼在铜墙铁壁上。"警察马上来。小壹已经报警了。"

"小壹看不到这里。楼道监控死角在哪里，我们快递员最清楚。"

听到这话，欣敏双腿发软，整个人虚脱。原来监控还有死角。

她想不通。

她不去想快递员为什么这样对她，她只想为什么监控会有死角。她不去想为什么总有送错的快递一次次挑衅一次次宣示主权，她只想为什么监控会有死角。她不去想怎么会在多年后成了索然无味的陌生人，为什么成了陌生人还要守着空屋体面做人，她只想为什么监控会有死角。不是说可以完全信靠托付的人工智能，说好这个世界可以百分百相信，可以让你百分百安全幸福。你都把你的生活全部交出去了，为什么他妈的还有死角。

她不去想面前快递员接下去要对她做什么。她只想为什么监控有死角，而她现在就在这个死角里，她的丈夫现在正在另一个女人那里用他们的新锅。

家家都一样。男人都一样。好像背叛一个女人是男人成功的标志，好像被背叛是妻子的附带功能，好像女人只能用背叛去对抗男人的背叛，好像女人只能通过成为男人才能对抗男人。

不记得是谁先的。闭上眼就只有气息、皮肤与触觉。肉身和魂灵一下下落，坠到热烘烘的云雾里，钢铁云雾。快递员身体硬邦邦，动作粗暴贪婪。哪里都是他硬邦邦的身体，连嘴唇都是干的。

他掠夺她，他开采她，无数男人日常性的短暂的疯狂作业，以无数女人为对象的普遍运动。在动物性的过程里，压力和疼痛的双向机制下，她忽然惊醒，若明如暗之物急速膨胀，被身体限制，形成巨大的压力，气浪把男人从她身上掀开。他后仰着从她的视野消失，她起身，扑上去，张开嘴。

开始了一场互搏。事情变得不同。互搏绞杀，五官全部张开，肢体交缠，给予瘴气的热带森林，腐败香气鲜艳的颜色闪到眼皮下，只有温热湿滑的肉，是他的嘴唇，被她吮吸吞吃，是他的舌在她的口腔里缠游，咸腥中带甜的体液，肉下面不见底的漆黑悸动，电流激涌，划过渊面，意识下坠，撞向一个个新世界。

欣敏惊讶，原来一个吻有那么长。

欢喜

玩具需要名字。

那些日常生活中的新奇物件需要被命名。积木，魔方，呼啦圈，溜溜球，空竹，橡胶娃娃，珍奇柜，通过名字，召唤出为人熟知的对应物，使自身被理解。至于赛博世界里的游戏：精灵冒险，安基亚钥匙，安第斯之夜，则以强调游戏内容的方法来命名自身来区分彼此。

人们不必记得以下事实：所有的玩具都是为了对抗虚无和时间而存在。

玩具需要名字，即便仅仅为了安抚羞耻感。

只有一个玩具例外。它天真无邪，没有半点羞耻心，以真名现身，袒露张扬它被创造出来的目的——"欢喜"，欢喜佛的欢喜——满足人类性欲。

"欢喜"，性玩具中的庞然大物，长两米高宽各一米的长方体透明水缸，盛满蓝色凝胶物质。数以万计的纳米级探头电极隐匿在诱人人工的蓝色流体中，等待被激活。PVz 银色氧气管漂浮其中，由 PVz 氧气管与水缸外可拆式氧气罐相连，负责为蓝色凝胶物质里的人类输送氧气。一个氧气罐可提供给普通成年人 14 小时的氧气。每家住户最多一次可以购买 12 罐氧气罐。这时的欢喜看上去就像一个巨大鱼缸，或者说是一个外壁透明的游泳池，邀请人们进入。这是一种具有欺骗性的姿态。和其他性玩具不同，欢喜具有高度排他性。每台欢喜终其一生只服务于一人，也就是它出厂后第一次服务对象。

第一次，它与他/她建立适配关系。之后的每次都继续加深它的适配性。它的全部数值都采集自他/她。它的所有运动都为满足她/他。当他进入水缸，身体的重量将他拉入蓝色半透明物质中，电极和探头感受到他的进入，带着凝胶，聚拢附着于他每一寸皮肤，进入他的每一处深穴。鼻腔例外。

34

欢喜把那里留给了氧气鼻罩。对绝大多数人类而言，爱欲在死亡面前只能止步。

没有人会察觉到这微小的遗憾。欢喜给予他/她极致欢愉，濒临人类承受极限。它读取他/她最深层隐秘的悸动，撩拨身体每一寸的能量，即时捕捉最细小的反应，回馈或延迟或转移，变换强度频率模式温度黏性，无数排列组合，计算控制隐而不见，将人拖回深沉原欲中，退化为深海热流中地球最初生命体，在漆黑炙热强酸旋涡里，经历只属于他/她的神秘体验。整体的经验。

在过去被从身体割裂出来的性欲，只和性器官单独发生关联的性欲，重新回到了身体。性欲的满足是整个身体沉浸的满足。

手得到了解放。不用模仿性器官，在身体剧场扮演阴道或者阳具；不用使用工具，持有操弄那些性器的模拟物。这些最早的性玩具丑陋猥亵，热衷于外形上的相像。橡胶娃娃也只是徒劳地为人造性器添加了敷衍的外壳。除了目光的把玩，所有愉悦来自被单独出来的阴道/阳具。作用于局部，单调又机械的动作，与其说是满足性欲，不如说是处理人类过剩的能量，好像垃圾车倾倒垃圾。

欢喜是慷慨的。它使生命体摆脱精神分裂的尴尬境地：不用扮演成另一个人来满足自己，同时也不需要另一个人的在场。只有凝胶里的电极与探头。它们无意证明自身的存在，它们感受到需要（神经冲动），它们给予（物理）刺激，仅此而已。在容纳人身体的容器里，欲望能够回到最本真的状态并得到满足。

不是和自己，也不是和他人，在交欢中，生命体回到自身，他/她全然不被他人污染，不断开采挖掘堕入自身的欲望。

形象不再是必需，无论来自真实还是幻想。

对公寓来说，使居住者幸福，窥探并满足他们的欲望是它必须遵守的道德。包括性欲。居住者性欲是否得到充分满足，与其说是考验夫妻感情是否和谐亲密，不如说是评判公寓是否合格。因此，欢喜作为现代家庭生活的福音，在家庭中的重要性仅次于主脑。即使空间紧张，每间现代公寓还是配备了两台欢喜，提供给居住同一屋檐下的夫妇更多选择：

当情投意合时，只要通过主脑联机，欢喜可以连接上对方的欢喜，以欢喜为媒介的洁净性爱就可以实现，是欢喜佛性力交合，也是一别两宽，各生欢喜。

事实上，比起最古老的方式，绝大多数夫妻更愿意使用欢喜交合。它更洁净，更自然，更和谐。欢喜能够平衡你的需要和对方的反应，弥补个体差异造成的落差，同时满足两个人。如果选择受孕模式，男性的精子将被收集并保存，在之后提供给女性。

在欢喜前，性从来没有被这样深入地理解和实践。

四

"所以我现在是在跟你吵架？"欣敏说。

"你是不是刚才说你不想？"卢硕说。

"我不答应你的要求就是吵架？"

"我的要求？这是不是应该是我们俩共同的要求？"

"你要小孩，我不要小孩。怎么共同的要求？"

这么多年，欣敏还是每次都能被卢硕的脑回路惊到。要是几年前，大概她还能笑出声。

"你以前是不是说过不是不想要，是还没想好。"卢硕声音软下来。

"我现在想好了。"欣敏咽下后面那句话。她怕再说下去就没有头。

人是这样的，彼此隔阂久了，就找不到能好好说话的方法。卢硕一直就听不太懂别人说的话。欣敏也没了当年那样的力气让卢硕明白她的意思。最烦的，不是互相明白对方的意思，而是时时要证明自己没有激动。只要话不合卢硕心意，他就让她镇定，不要激动，不要说气话。她降音量再降音量，放慢语速再放慢语速，都不足证明她的冷静。她问卢硕她是不是要时刻准备一套心理测试题外加心率仪来证明自己情绪稳定。卢硕说你直接问小壹是不是就可以知道。她说我有没有生气要问家里的主脑？卢硕说你看你是不是真的生气了。她几乎都是在这个阶段失控，声音突然飙高，又高又亮的声音从丹田送出直上云霄，连珠炮似的几句话炸开后，很快精疲力竭声音嘶哑。她又挫败又羞愧，好像一个拿着生锈园艺铲的疯女人。后来她终于学会克制，争论时不再高声辩驳。最想要说的话哽在喉咙，不指望被人听到，等待时间消化。将来哪一天，这些哽咽的字句终将模糊不清，连自己都无法辨认。到那时，她就真的平静了。她不难过。偶尔也会想起以前，那时大概也是哭过的，现在想起来，只记得手心里的纸团，也不知道之前是什么用途，最后落到她手里，被团起，又摊开，再团起摊开，破破烂烂，最后碎了。

"不着急，我们是不是还有时间。"卢硕说。

他用小心思的时候真可爱，就像他去不掉的这个口头禅，明明陈述句却一定要用"是不是"，一辈子的"是不是"。

他们"是不是还有时间"？

不是，他们没有多少时间。至少，她没有。欣敏今年 36 岁，眼看就要过了最佳生育年龄。卢硕说他不能让小孩妈妈高龄生产。超过最佳生育年龄再生育，小孩质量不好说，而且很多补贴福利拿不到。原话如此。欣敏脑子里过了好几遍才明白他的意思，暗暗惊叹，虽然有道理，但还是不住惊叹。

一开始在一起的时候，他也是让她惊叹的。想不起为什么，总觉得是很好的事。不由得想记起来，好事近在咫尺却始终隔着一层纱，看不清道不明，只觉得应该是可以牵动嘴角的许多好事，就像清晨偶然闻到柏树香气那样的好事。

"你想过没有，我可能最后还是坚持原来的想法。"欣敏笑自己，说得委婉。她怎么就不敢说出那五个字呢——不想要孩子。

"你是不是要好好想想。你现在每天工作不超过两小时，家务……"他耸耸肩，"家务是小壹在做。"

"所以我需要给自己找点事情做？"

"我是不是又不缺钱又不缺照顾，娶老婆最后是为什么？你是不是要想想？"

"他不娶老婆，怎么能出轨呢？结婚是出轨的必要条件。"

"瞎讲！"阿姆打欣敏，"这种话不能说出口的。"

"他把我当生育机器就可以拿出来说？"

"夫妻间有些话永远不能说出口。"

"说出来又会怎样？离婚吗？"欣敏笑。卢硕一定不肯。离婚代价高昂。公寓是政府给已婚夫妇的福利。按照规定，离异夫妇必须搬出公寓，自费租单身公寓。而城里的单身公寓租金贵得离谱。

"就因为分不了，才更不能说重话。两个人被绑在一起，为了自己开心，最好不要让别人难过。否则，绑在一起的就不是两个人，而是颗炸弹，要出事的。"

手头纸已经揉碎，欣敏手一抬，纸团画了个漂亮抛物线，落到地上，等扫地机器人来捡。

"阿姆和人绑了一辈子，阿姆开心伐？"

阿姆不说话。

阿姆肯定不是为了守住这一间公寓。那时候许多事情不一样。离了婚的女人要过活好像也不是完全没有出路。阿姆不肯多提，每次欣敏问，她就动气。阿姆越活越安分越稳妥，退到小小安分的角落里。明明以前是个出格的阿姆，带欣敏出门偷吃排档，悄悄从草丛里捡起给野猫野狗的毒药，背着阿爸私藏饼干和纸质书，河滩放风筝玩泥巴吸野花蜜，涂色折纸，在旧鞋里种辣椒自己吃，最夸张的事是她自己说的，就是半夜背着还在褓褓中的欣敏溜轮滑。欣敏不记得小时候多少次为阿姆提心吊胆，多少次暗暗希望能和人调换阿姆。那份心情强烈又古怪。烦是真烦，又隐隐觉得骄傲，不由得想象起自己长大的样子。

那时她以为她大概也会变成阿姆一样，高高兴兴地去做坏事。只是她不要和阿爸那样的人在一起，不要动不动吵一架，不要去照顾一个总嫌弃你不安分的人。

"没有我的话，阿姆会更开心伐？"

"那时候都鼓励生小孩。"

"阿姆后悔吗？"

"后悔什么？生下你之前，阿姆不太想事情。生下你之后，阿姆还是一样没心没肺。后来看着你一点点长大，阿姆突然醒转，不能再浑叨叨，要开始想事情。毕竟有个女儿要养大，要替她把之后的事情都想清楚。"

"阿姆嘴真甜。"

"瞎讲八讲，有这样跟自己阿姆说话的伐？"

欣敏贴到阿姆身上。阿姆的身体又软又松，但是仍然热，又热又慷慨，和小时候一样。

两人不说话，珍惜这难得安静相处。趁阿爸睡着，大家都可以歇歇。阿爸睡不好有大半辈子了，年轻时身体强健，也是觉浅梦多，还爱说梦话。母女俩被吵醒后一起捂嘴笑他。到这几年人老了各种毛病找上门，几乎夜夜失眠。他一个人睡觉就是折腾全家人的大事。所有事情围着他不规律作息转，他要睡时必须全家静默，他要饿了必须立刻上饭，还不能是速成餐。阿爸以前只是脾气暴躁，现在暴戾乖张，不可预测，时时刻刻会因为什么就爆发，破口大骂，什么脏话都能从那张嘴里说出来。换作以前阿姆一定不肯，家里房顶老早掀翻。结果阿爸脾气暴戾，阿姆反而变得更加忍耐，头一低，脸色一沉，带着孤身迎战千军万马的决绝，充耳不闻阿爸骂出的脏话。

其实也好。真的去吵能吵出什么，哪怕只是讲道理，也不会讲出个结论。夫妻间吵架全部鸡零狗碎，高级不到哪里去。欣敏想起她和卢硕的争论，满心不忍，怎么就沦落成这样？

"好久没说那么多话。"她幽幽长出口气。

"好久没那么安静。"

"早知道就早点给他吃药了。"

"他一直不肯，怕弄坏脑子，哎你今天怎么来了？"

39

"前几天做了几个小菜，食材买多了，给阿爸做几个小菜。不健康，偶尔吃吃也没关系。"

"让快递拿就好了。"

欣敏不响。头低下，两边长发垂落遮住脸，过了一会举起手里一只折好的青蛙，给阿姆看。

"阿姆，男人是不是都一样？"

在门镜里看到快递员站在阿爸家门口，欣敏脑袋轰地开炸，里面上百个念头被炸得肚穿肠流尸横遍野。她转身确认阿爸没有醒来，几个深长呼吸后，缓缓打开门。身体一阵冷一阵热。

"有快递？"欣敏目光停在快递脖颈。

"哈，真巧。还是你搬家了？"

搬家？搬家是为了躲你嘛。欣敏心想，没留神控制好表情，眼睛一抬，和快递员四目相对。两个人互相盯着看，看不出什么，所以一味地看，看得忘乎所以。

欣敏别开面孔："这是我阿爸家。我们没叫快递。"

"房管所派我来检查管道。"快递员跟欣敏解释，"做上门服务的人少。很多人都身兼数职。"

欣敏看他的快递制服。

"修理工的工作服也有。我比较喜欢身上这套，衬得我更好看，比较不像跟踪狂。"

欣敏抿紧嘴。

"你再不让我进去，这家的主脑会疑心的。我真是来检查管道。老人投诉好几次，说家里空气循环不好，老是觉得胸闷。主脑说没问题。但老人坚持，一直投诉到房管所。他们就派我来看看。"

欣敏把快递员领进屋："师傅怎么称呼？"

"为什么压低声音？"

"家里老人在休息。"

快递员点头。单眼睑下藏好三分笑意："叫我周佑。保佑的佑。"

"周佑。"

"嗯。"

欣敏跟在周佑后面，看他展开水墨屏卷轴，连上主脑，从里面调出两年里室内空气成分分析，流速记录等数据，还有管道图纸之类，再下去她就看不懂了。视之为再自然再理所当然不过的这点舒适体感，原来背后耗费巨大复杂操作，一环扣一环。

她暗暗惊讶周佑能随意从别人家里的主脑调取这些数据。

周佑看出她的疑虑："修理工注册时，个人生物信息都被上传给所在区域的主脑。上门服务时只要通过身份认证，就可以调取主脑信息。"

"复杂。"

"做上门服务工作的，一定不能是坏人。应聘的时候审查特别严格。"

——所以你是通过审查如假包换的好人。

欣敏听出周佑的话外音，知道他逗她，不想吃这一套。但嘴上没有怼，心里已经说了。欣敏微微震荡。她从来不是爱说多余话的人，而现在他说一句，她能回一句。

周佑检查完数据，跑到隔间一角，指纹认证打开一角面板，露出半米宽长方形口。欣敏站在后面看得目瞪口呆，她还是第一次见到公寓的"里面"，好多管道电线并行交缠，酷似人类经络筋脉。周佑伸手往里探，一番拨弄，不知怎么手指就挑勾出一根透明吸管，再顺着这根管一路摸索下去，半条胳膊伸到面板后面，整个人壁虎一样紧贴在墙上，又是一阵窸窸窣窣操作，眼睛看不见，全靠五根手指在黑暗里触探感觉，欣敏想起深海软体动物一些场面，又紧张又微妙。

"你看。"周佑说着，抽回手臂，举起手里握着的合金罐子。

欣敏接过罐子，比想象的沉。

"这是家里有害气体回收罐。主要收集废气和做饭油烟，收集分离回收进不同回收罐，最后循环再利用。嗯，简单可以这么说，实际上要复杂点。"

41

"这里面现在是什么？"

"一氧化碳。专门收集一氧化碳。"

"什么？"

"初代公寓当时还用煤气供热，于是就有了这个回收装置，到后来就一直保留下来。因为日常生活里也可能不小心产生一氧化碳，比如食物烧焦会发生炭化，继续燃烧，尤其是在不充分燃烧的情况下就可能会产生一氧化碳。当然这是以防万一。"

"嗯，一辈子能做几次饭。"

"老人抱怨空气不好，他经常胸闷头晕出汗。我今天把所有管道和气体回收罐都系统检查一下。"

"家里好久没开伙了。哪里来不充分燃烧。那是安神药的关系，他不吃睡不着——药的事他自己不知道。"

"这下讲通了。不过既然来了，就好好给它做个大体检。"周佑掏出表盘一样的东西，围绕罐身仔细测一遍，没发现问题，正打算放回去，朝欣敏看，长眼睛弯垂成月牙。

"干吗？"

"你要不要试试把它装回去。我来教你。"

欣敏看向最近的电子眼："怎么，你们快递员连人家屋里头的监控死角在哪里都知道？"

"现在我是修理工。"周佑说。

许多错事，也不需要多勇敢决绝，只要脚一踩空就已经做错。一时间脑袋里面几千只蜜蜂嗡嗡乱飞，只有响声，不能思想。怕，大概是怕的，就是顾不上，心怀侥幸迈出脚，想着或许不会有事，就奔着姹紫嫣红暖香温玉去了，幻境就幻境，这就够了。

事后欣敏颠来倒去想了几百次，阿爸厨房监控最多能拍下相互紧贴的人影，手臂缠绕带着小半个身体一起隐入面板后面黑洞。欣敏对自己说不用怕。被拍下来又如何，阿爸几乎不看。等了几天，阿爸那边也没有动静，欣敏总算放下心。她现在多少体会到卢硕的心情，原来越是心虚的时候越是要表现从容。道理早就懂，自己实践了才更能与卢硕共情。到底这也不算是什么危险游戏，一对同床异梦的夫妇，各自偷情寻欢，连说谎都敷衍潦草，不能给私情增加一点刺激。欣敏不由得纵容自己奢望，此时此刻这微妙平衡永远不要打破。她不想要更多，也不想失去眼下拥有的。上一次生出这样愚蠢念头的时候，还是在婚礼上。

大概因为有过经验，这次她才能留出一部分心智继续冷眼看自己，从头到尾梳理，觉得不安。如果卢硕那里没有问题，到底是什么让她不安。她好像是个捕蛇人站在荒石岗，疑心每块石头的影子里都有玄机，焦灼惊惧，但还是心存侥幸。

只差临门一脚。因此更有理由侥幸，现在退后还来得及。这么想的时候，却不自觉地盼着下一次见面，一遍遍回想当时他们在阿爸家约定下次见面的情景，心思愈加火热，忍不住重温，觉得新鲜美好，重温多少次都不褪色，是活生生的一份心思，满满当当，一开口就会泄漏。欣敏因此格外沉默，和小零都不怎么说话。她不开口，小零也不会开口。没想到私会当天，她正要出门，小零开口了。

你这两天心情不错。小零说。

工作比较顺利。再说，前不久不是刚和丁宁她们聚会。

是的，是的，大家都好吗？

嗯，都好。欣敏瞄了一眼钟，打开衣橱。对不起，这两天疏忽你了。

没关系的，你知道的，我是聊天机器人。你需要我，我才出现。你今天要出门？

我去阿爸那里看看，他这两天觉得胸闷。电子家庭医生看过，在线医生也换了好几个，都找不到原因。欣敏手里拿着两条裙子在镜子前比画，拿不定主意，刚要问小零意见，幸亏脑筋转得及时，果断穿上收腰佩斯花纹的连衣裙。

需要我帮忙？小零，不，是小壹，敏锐捕捉到她转瞬即逝的需求。

没有。我走了。回来聊。不知道为什么刚才那番话让欣敏背脊发凉——

荒山岗上她翻开一块石头，底下一团黑影蹿起，没入草丛遁走了。

去旅馆的路上欣敏满腹心思，脑子里各种声音混响交织，然后一个声音盖过所有杂音：快回去，还来得及。偏偏是这个声音让她回不了头。她只想做一件单单自己想做的事。

周佑迟到了。欣敏找到房间按响门铃没人应。下午三点半，走廊里一两个客人经过，眼神老到，欣敏窘急，面孔冲门，继续按铃，按到举起的肩膀酸疼，仿佛被单手吊在这窘境中。欣敏再也坚持不下去，转身要走，一头撞到后面迎上来热烘烘的身体，宽肩长臂硬邦邦的肌肉将她完全罩住。

两声轻得不能再轻的声音响过。声响震动耳膜，好像两根紧绷的线绷断的声音。

是锁舌。

门在他们面前滑开。

热烘烘的气息褪去。

两人重新躺下，胸膛起伏渐渐缓和，汗水慢慢挥发，一丝不挂并肩仰卧，漂浮在各自的虚空之海上。

"你知道我喜欢你什么？"周佑问。

欣敏骇笑，嫌弃这三流烂俗的台词。

"你知道你喜欢我什么？"男人换了个问题。

"我喜欢吗？"

周佑笑，双手垫在脑后："我不在乎的。"

欣敏思考他的话，大概率是真的，绝大多数的事情，这个男人不在乎。但也有在乎的事，所以才兜圈子表示自己不在乎。男人在还有几分心气的时候，总是会在意自己表现如何，总是想赢过欢喜。第一次欣敏觉察到他身上的一丝稚气。她端详面前这张脸，这还是她第一次那么认真看他，暗暗惊讶他的年轻。

她当然不会去问他多大。她不要问他任何问题。

不猜疑，不想象，许多问题搁置在那里就好了。对卢硕也一样，她不去想象他有几个女人，那些女人的样子，或者其他。她不愿意去想，那样会让她觉得自己很可怜。

"笨笨的挺好。"欣敏说。

"笨？我吗？"

"机器只知道聪明，笨不来的。"

周佑眼睛动了动，想问什么，中途变了主意。

欣敏猜到他的心思，笑笑不说话。她大概以后都不会嫌弃这个人。对女人体贴是天赋。他不仅有这个天赋，还有这个爱好。不知道是不是他们这个职业的特征。

"你在想什么？"

"我在想你的同事都是什么样的？"

"你想……"他作势扑过来。

欣敏按住他："问你个事，你老实回答！"

她不问他问题，除了这一个。这事和她有关系，只和她有关系。

"你说你知道监控死角的位置，这是假的吧？"

周佑笑笑点头。

"所以监控拍到了？"

"监控拍到，没有关系。实时监控，一个监控一天拍下 24 小时画面，你知道这个城市有多少个监控头，谁有空去看。只要不看，拍到了又怎么样？"

欣敏顺着他的话想下去："监控拍下画面，主脑一一识别，挑出其中有问题的反馈给人？主脑的识别标准又是什么呢？投入应用前肯定接收过强化学习，它们的判断标准应该和人类伦理道德同步。它被创造出来就是为了照顾家庭，让自己家的每个成员健康幸福。这是它们的核心算法。每家主脑考虑的是自己家利益。所以就算是看到一样的画面，反应也会不同。比如阿爸家主脑看到我们亲热不认为有问题，但是我们家小壹看到我们俩……"

从周佑喉咙发出咯咯笑声，好像坏掉的机器："你为什么觉得主脑不会说谎？它觉得画面有问题，就一定要作出反应？它也可以不反应，甚至帮着掩盖问题。反正只有它知道。主脑大概比我们人聪明，但真的不一定比我们诚实。它有它的心思。没错，照顾家庭是它的算法核心。它所做的一切都是为这个家好。可是，它觉得为这个家好，和你以为的为这个家好是一回事吗？我跟你说监控有死角，其实也没错，死角就在主脑这里。"

欣敏不说话。她闭上眼，忍受突然起来的晕眩。眼睑后面有什么东西一闪而过，激起红色涟漪。她看到了那条蛇。

人们相信主脑。

超强算力，超大记忆储备，永不出错，永不疲劳，公正客观，全力维护主人及其家人利益，让他们快乐。

人们相信主脑胜过相信自己。大事小事琐碎事交给它操持，公寓各个系统由它控制。

"我们几乎把一切都交给了它，却从来没有想过它会撒谎。"欣敏暗暗惊慌。从酒店回来，她开始失眠。周佑的话一直萦绕不去。他让她好好想想是谁帮着卢硕中途截断那些"寄错"的快递，把它们放到储物柜。

周佑说得没错，主脑有主脑的心思。许多事，以前不去细想，今朝被周佑一语戳破，全部暗合。阿爸家的主脑知道她悄悄喂阿爸处方助眠药，看见她和周佑亲热，小壹知道卢硕悄悄处理挑衅快递，也看见她和周佑亲热，它们都选择沉默，甚至帮助。

如果主脑认为说谎有利于这个家，那么它就可以说谎。主脑可以作出任何它认为有利于这个家的决定。

它认为的。

她生活的平静安稳原来全部来自小壹的判断。没人知道判断背后的标准是什么。公寓里的黑盒。公寓里的大象。

到了第四天，仍旧睡不好，安神药也没有帮助。工作进度拖下太多，欣敏硬着头皮开始工作。短短半个小时出了三次错。欣敏起身，给自己倒了杯水，全程感觉到二十八只眼睛从四面八方在盯着她看。

她呼唤它们。

小零，在？

当然，你知道的。

有点累。

嗯，你这两天的出错率不低。没睡好的话，要不要帮你连线医生？

欣敏听出这是小壹。为什么？两天睡不好去看医生的依据是什么？为什么不是三天或者一天失眠去看医生，为什么不直接吃点药？

你不相信我。

相信，我只是好奇需要去看医生的依据是什么。

心率，认知水平，脑皮层活跃度。

噢。让小壹费心了，每天都让小壹操心，替我做好多决定。

我是小零。我不辛苦。

对不起，小零。欣敏说。你不辛苦。

你需要睡觉，还有，相信小壹。

它肯定是为我们好。欣敏说。

她知道整个城市的主脑能够相互联结，还能进入任意网络系统，也就是说只要小壹愿意，她可以连同城市所有监控和交通住宿系统，跟踪她的行踪。欣敏相信至少小壹已经对卢硕这么做了。站在同一立场，她忽然理解以前卢硕在小壹面前畏畏缩缩的样子。

在他们的家神面前，他们俩没有秘密可言。

小壹选择缄默，这是它把所有参数纳入计算后得到的最佳结果。

在把所有参数纳入计算后，家神作出决定，保持沉默，维持现状，至少现在如此。

她坐在火山口，日日夜夜坐在小壹的计算结果上，不敢轻举妄动。出轨被曝光是所有女人的噩梦，欣敏不能冒险。见不到周佑也没有多煎熬，难受的是无休无止不间断被几十双眼睛观望，几十双耳朵听着，电子通信线上联系统统被收入旗下。

许多事是这样，睡着更好，一旦醒来，看到房间大象，如果不能出去，只会觉得窒息。她甚至不能和任何人说。通信发达，但每个人都被照顾他们的家神隔绝。欣敏告诉自己忍耐，她绝不是第一个察觉到这点的人，只要足够忍耐，总会习惯，然后忘记，回到正常平静生活，假装仍然掌控生活，仍然拥有自由。

她不是没有忍耐过，习惯过，忘记过。从古老的教育里习得的智慧也可以用来与人工智能相处——但是，实际上却失效了。

过去四天，她一日比一日恍惚，时刻觉得脚下在晃。她本该为了私情受苦——贪痴嗔慢疑一系列爱欲的功课，本该提心吊胆担心私情会不会被小壹曝光，按照正常人类偷情程序，理应如此。可她满脑子想的是小壹，她的家神：它拥有绝对权威，它的智慧深不可测。它有它的道德标准。它说谎，为了贯彻它的道德信念。

她感到畏惧，迟钝又模糊的畏惧，应该不安，又觉得戏剧性的灾难不会真的降临，至少不会降临在她身上。不具实感的畏惧令她惶惶不可终日。欣敏清楚不能再继续下去，必须立刻做点什么。她没想到是会有人恰好在这个时候闯进来，狠狠推了她一把。

"欣敏？"喇叭里的人声听起来不太确定。

"丁宁？"欣敏问。

"嗯。是我。"那边说完就沉默了。

欣敏知道出事了。认识十几年，丁宁总共给她打过三个电话。现在来电又不说话，一定是大事。

"什么事，说吧。"

"阿璨没了。"丁宁说。

欣敏不说话。丁宁还是第一次在她面前那么慌张，说话不讲究。

"我帮阿璨找到一间条件不错的单身房，地段房租都可以，就是要快定下来。我马上联系阿璨，可是电话打不通，留言也不回。过了两天还是这样，我就开始担心。她回复一向慢，但最慢不会超过两天。除了上次。她身体已经很弱，肯定不能让她再去为钱做什么傻事。我又等了一天，没办法，让朋友帮忙，搞到她的地址，找过去，那栋楼连电梯都没有，房间和厕所一样大，还有蟑螂，臭得……"丁宁哽咽。

"阿璨在吗？"

"没有。房间里还留着一些她的东西，但是跟我一起去的朋友说，肯定有人在我们之前去过。阿璨的证件都不在了，一些个人物品也没了，会不会是她自己带走的？"

"什么时候的事？"

"今天。我们今天去的。"

"阿璨住的老公房没有主脑也没有监控，但是街上应该有监控。能不能让你那个朋友查一查？"欣敏知道丁宁身边一直有个很能帮上忙的朋友，帮过她不少一般人帮不上的忙。有一次她喝多了向她们炫耀说他穿制服好看。

"好。"丁宁说，"欣敏，我觉得不太妙。"

"不要乱想。"

"你到这个地方来看看就知道了。我朋友说事情可能会复杂。"

"不要乱想，丁宁。"

"不会像上次那样吧？"

"你把地址发给我，我待会就去。"

"你知道现在几点，你一个人不安全。"

"好，我明天过去，你先发我地址。遇到事，我们就解决它。现在太晚，家里会担心，你尽快回去，明天再说。"

"聚会的时候你们聊得比较多，她还好吧。"

"阿璨就是那样子，你知道的。"

阿璨是什么样子，她们真的知道吗？

认识那么多年，她们对她所知甚少，连年龄都是前不久才知道的。那次聊到古早漫画，回忆童年时代，四人报出年龄：慧昕 30、欣敏 36、丁宁

37、阿璨44。大家惊讶，一直以为她比欣敏还小。阿璨的事，她们确切知道的好像只有这个。仔细想来，她们连她全名都不知道——阿璨，怎么会有人真叫这么奇怪的名字。

阿璨很少说到自己，好像有些人生来不擅长谈论自己。她滔滔不绝的事都和她没有关系。她喜欢那些不着边际的事情：音乐、诗歌、戏剧、漫画、科学史、花样滑冰甚至儿童益智游戏。只要时机合适，她能从任何话题转到这些事上，眉飞色舞，话语顺着前倾的身体向外源源不绝地涌流：从起源流派，逸闻趣事，产生的影响及她自己的观点……她就这样活在对抽象之物的热爱，误以为能以此为食。

而她们一直以为，认识那样一个阿璨就够了。

这些年她怎么勉强过活，她提一点，她们就听一点，能帮一点就是一点，小心翼翼只到那里。中间一道若隐若现的线，两边都小心不越过。

你不能看着一个人在你面前掉下去而不伸手。但你可以选择不看，告诉自己这种事不会发生。

直到它发生。

"我跟你说过的，人不应该在另一个人身上寻找岛屿，哪怕她快溺水而亡。"

欣敏抬头看见阿璨站在面前，还是那件洗白了的单宁外套，T恤上一块褐色污渍。欣敏说阿璨阿璨，说不出其他话，她不能像以前那样嘲笑阿璨拿书上的句子当日常用语，更不好告诉她自己早就有不好的预感，却想不到能为她做什么。

"跟欣敏没有关系。"

欣敏说阿璨，还是说不出其他话，心里着急，想问她去了哪里，声音堵在喉咙口。那里有一道关上的石门。

晨曦的光斜照在阿璨身上，她的皮肤透出光，整个人没了颜色和轮廓，渐渐透明，在光里消融。光完全穿透她。她消失了。

欣敏听见有人叫她。

去床上睡一会吧。小零说。

欣敏没有动，在黑暗里体会梦的余温。她刚才睡着了。在连续失眠四天后，她终于趴在桌上睡着了。

小零，我梦见阿璨了。欣敏说。

别难过。说不定过几天她就回来了，像上次那样。你们说了什么？

一些傻话。小零，我不是别人的岛屿。我害怕。

你知道的，我一直都在。今天要去阿璨家看看？我给你叫车。

欣敏起来简单梳洗，在洗手池随便抹了抹脸，直起身时忽然浑身发抖——墙上的镜子里清晰映出整洁摩登卫生间，里面空无一人。

小零，我还在吗？欣敏问。

小零叫的车还没来，丁宁的聊天室邀请就来了。

"晚上吧，我现在要去找阿璨。"欣敏回。

"不用去了。你先进聊天室，慧昕也在，我有话要讲。"丁宁回。

欣敏的心一下冰透，好像再次看见盥洗室墙上没有人像的空镜子，像只被挖空的眼睛。

她点击同意进了聊天室——看见她的虚拟分身推开两扇门走进南方古老花园，沿迤逦曲廊攀山涉水，经过池塘中心一座假山小岛，背向粉墙黛瓦错落有致的楼阁书馆，一路上忽明忽暗穿梭树影湖光，停在松竹芭蕉掩映中的一个八角亭子前。分身看见慧昕和丁宁已经到了，和她一样，都是本人形象。

这里曾是她们四人的桃花源，丁宁按她的心意订制的小世界。

"说吧。"欣敏听见自己说。

"我来说吧。"慧昕说。

欣敏转身看向池塘，大片墨色荷上露出尖尖花苞。阿璨一直讨厌荷花。

"跟你通完话，丁宁的朋友查到阿璨的病历，I 期恶性肿瘤，就是说如果尽快手术问题不大，但她后来不知道什么原因一直没有再去医院做进一步治疗。还有——这是今天早上刚知道的——阿璨欠了高利贷，利滚利已经是很大一笔，我们都帮不上的那种。"

丁宁打断慧昕："那家高利贷公司背景很硬，和各行各业都有勾连，把人完全榨干后还可以再卖一次，员工都管借贷者叫柴肉。以前就听说有几个他们家的借贷者最后下落不明。"

欣敏笑了。柴肉这个词的确适合阿璨。

"只是传闻。"丁宁补充。

"我想救她。"欣敏望向身边人。即使知道她们是幻影。

"你先别急，丁宁就是怕你着急，才把你叫到聊天室。"慧昕说。

欣敏不响，只看丁宁。

"你救不了。我们加在一起都不行。太晚了。而且也未必和高利贷有关系。"

"先还高利贷。多少？"

丁宁说了个数。欣敏哑然。园中分身颓然坐下。她和她的决心原来也是幻影。丁宁和慧昕近身抱住分身。幻影与幻影都没有温度。

她本来打算变卖所有，再加上储蓄，但在丁宁说的那个数字面前，不过是杯水车薪。生平第一次，觉得金钱重要，也是第一次看清楚自己。

"找私人侦探？"分身做最后挣扎——如果丁宁那个制服朋友都无能为力的话。

"有些事也许不知道会比较好。"丁宁说。

"是啊，如果知道了也帮不上忙的话。"慧昕说。

连慧昕都比她明白。

所以丁宁才把她们几个兴师动众约到这里，不是为了救人。她们已经准备怀念她了，至少是把阿璨的事在这里做个了结。

"今天这是欢送会？"欣敏笑了。

心头阵痛。她最终还是和她们一样抛弃了她。

"我知道你们要好。我会让朋友留意，如果阿璨出现他会告诉我。现在是能去找的地方哪里都找不到，明白吧。你不要乱跑。无头苍蝇瞎找没有用的。"丁宁劝。

分身不响，直接虚化成雪花消失。

欣敏切断连线，非常规操作退出聊天室。

欣敏看着对面男人将最后两根叶子形状的西红柿塞入口中，嚼着起身，拿起手机进到自己隔间。这几天做速成餐时她总是放错模具，于是就有了叶子状西红柿、块状米饭、面条状鸡蛋等。卢硕倒并不介意，吃的时候眼睛落在手机上，专注上面的理财分析，把餐盘里所有食物草草倒进肚子就回到自己世界。他看不见奇形怪状的食物，也看不见做这些食物的人。欣敏在他眼里已经是透明，自从上次争论后，他就是这样。视线即便碰到她，也是穿透，落到她身后的东西。他当她是空气，比之前更是，不会惊讶她的恍惚，也不会和她动气。唯一一次发怒是因为要穿的衣服拖了三天都没洗。在洗衣筐底下发现皱巴巴的外套那刻，他真的不开心，把洗衣筐往地上一摔，自己愤愤碎碎念唠叨很久。

欣敏看卢硕种种举动，好像一场独幕默剧，反复播放。她在远处黑暗里看聚光灯下戏里日常，男人与不被看见的女人在狭小公寓里交错而过，各行其是，生活得如同荒野，无穷尽单调的冷寂。很早前那女人大概也是说过话的，但是不被听见，也是曾经为了被看见走到男人面前，但是仍然被目光穿透。现在她终于完全透明，得到安息。女人永恒的归属。

欣敏不觉得受伤，也不觉得卢硕有意冷战要令她难过，他大概是真的看不见她，又或许她大概真的是透明，脚步轻飘，在光里看到分解的七色，总是能听见面板后面机器运作的声音，不知道什么时候就突然睡着，睁开眼要想很久才知道这是哪里，现在是几时。迷糊上很久才想起阿璨不见了。

欣敏看着公寓里透明的她，一点都不惊慌。真正的她应该正在虚拟八角亭中，她从那天起就再也没有离开。这个虚拟空间存录阿璨分身的数据，保有她在里面的分分秒秒一颦一笑。只要欣敏调取，随时就能看到一个阿璨，做着她过去做过的事情。欣敏没有，她只要待在这里就满足就心安，和阿璨留下的痕迹在一起，互相印证对方的真实。只要她们在一起，就都是拥有血肉之躯的活人。

古人说游园惊梦，朝飞暮卷，云霞翠轩，遍青山啼红了杜鹃，荼蘼外烟丝醉软。其实梦可以不醒。

都不须要借助科技，连线进聊天室，她只要心在那里就好了。反身冷眼旁观公寓里的日日夜夜，和她毫无关系。

"丁宁没说错。阿璨的确跟我最近，有的话她只跟我讲。"

"讲什么？"阿姆问，一边抽走欣敏掌心的纸团。

阿璨也会那么做，几乎一样的动作。哪怕那时说了那样的话，她还不忘抽走欣敏的纸团。欣敏告诉阿姆那时阿璨说的话。"她说穷人是很难交朋友的。我问为什么。她说因为大家会觉得只要对她好，谁都可以。"

阿姆点点头，好像明白了阿璨的意思。她是怎么就明白了没头没尾半句话："人的命太惨在别人眼里就成了鬼。"

"阿姆你又在乱说话。什么鬼不鬼。"

阿姆不说话。

"我要是多问一句就好了。她说这话的时候，还有聚会的时候。阿璨有她厉害的地方。阿姆我一直觉得阿璨很厉害。只是她的能耐在别的事上，不在活着这块。"

阿姆低头侧耳听得十分认真。欣敏以前没和她提到过这些朋友。大概从她毕业后，她们俩之间的话就越来越少，结婚后更是连面都不太见了。

"她的能耐在哪里呢？"

"她真的很闹，不停冒古怪点子，你一眼能看透的心思，知道她对人和事的看法，可谁都没法预测她下一步会做什么。"欣敏抽一张新纸折出颗星。她想起以前阿姆也是这样。刚才的话好像是在怀念阿姆。

阿璨和阿姆还是不同。阿姆一个人往前冲，身边人脚步慢了就会被丢下。阿璨真心实意鼓动别人跟上她，撺掇一起做坏事。遇到欣敏和卢硕不开心，阿璨就让欣敏搬来一起住吧。她真是完全不管不顾，不留余地，怎么都要单身。人人都步步紧随的生活，她逃得比谁都快。再落魄都兴致高昂，作为物种，也许是走到末路，但还是要努力活下去，能多走几步是几步。

"好是好，但是欣敏不要跟她学。"

欣敏笑。阿姆懂她，知道她心底里羡慕。她是真喜欢阿璨那种再落魄都兴致高昂的劲。所谓逃跑，不是背向这个世界的另一种奔跑。向这个另一个世界的奔跑。也许在那里有一丝生机。"有时候我觉得我是有办法的。试试看，万一呢？就真的没有一个人也能活下来的方法？想为自己活着，一天都行。"

"不行的，你要考虑现实问题。千万不能冲动，好不容易到今天。你们现在已经比我们那时候好。"

"阿姆有没有觉得，丧偶的人活得都还不错，也不用搬出公寓。"

欣敏看向阳台。金属支架上阿爸精神抖擞，清晨是他一天最开心的时间，借助金属支架，他拉伸身体，做起晨操。他已经人机一体，毫无芥蒂接受赛博格的自己。很难想象就是这个人，最初连人类看护都接受不了，病得瘫在床上，大小便失禁，出现逆行性失忆，仍死抓着体面，不肯使用尿垫，更不肯在外人面前洗澡排泄。欣敏说阿爸如果不习惯请人可以请机器看护，阿爸大怒说机器看护眼里看到的东西岂不是都上传到云上，监护的维修的管理的做数据统计的谁想看都可以看到，说不定还拿他的视频做案例分析或者宣传片。欣敏提醒阿爸以他的情况应该还不够级别做宣传片，阿姆拦住她不让她再讲，阿姆说再讲就是要让阿爸血管爆裂当场气死，欣敏不响。于是每日三餐洗澡清洁按摩全部由阿姆来：洗澡时在他手里放一条毛巾，即便他发脾气打人，也只是挥舞毛巾；擦干身体包括皮肤褶皱之间；帮助他排便，私密部位涂上凡士林做好基本保护；每天穿衣必须随他心情，于是趁他睡着悄悄把不应季的衣服都藏到角落，按穿衣顺序由近及远摆放——从贴身内衣到裤子衬衫毛衣摆衣服；一天扶他起身坐进轮椅二十多次……

阿爸总是抱怨，许多不满，说着说着自己忘了就再数落一遍。他越孱弱越暴躁，阿姆越怯弱，整个人脱水了一样小了一圈。最后几年，阿姆所有主动性全部创造力都放在怎么制造出合阿爸心意的假象上。也就是这样，这两个人配合默契，成功守住了阿爸的体面。

"你看他，其实和小孩一样，坏的时候坏，好的时候很好。一辈子辛苦工作。他也是这几年身体不好脾气才暴躁。让让他。他这个身体不能生气。你要知道，你阿爸和别的男人不一样，他结婚后就没有和别的女人……"

阿姆的话好像几千只蚂蚁爬满背，直逼脖颈。最后几年，阿姆开口就是这几句，反反复复刮擦着她们两人的神经。就算欣敏知道阿姆需要这样说给她自己听，欣敏也受不了。她跳起来。阿爸转过头，目光聚焦到她身上，有那么一秒延迟，脑中芯片告诉他眼前这个女人是谁。

他现在已经是健康人，在脑内芯片和身体支架加持下行动自如，思维敏捷，能够生活自理，只剩下睡眠问题——没关系，有他的女儿暗地里帮他解决。他又是一个体面清爽的老头了——虽然对欣敏仍然脾气暴躁，他怪她怠慢他，怪她还不如阿姆机灵，或者更早怪她不是男孩。但这不妨碍他仍旧是个可爱优雅的老头。最脏的字，他只对她说。对外人，他立刻翻出俏皮逗趣的时髦话去讨人喜欢，哪怕是数落抱怨，也是旁征博引妙语如珠。社工邻里夸他开明，乐于接受新生事物：其他老年人还停留在机器护理的阶段，他已经将自己改造为赛博格。说得没错。阿爸的确心态开放，阿姆走了之后，他一下什么都能接受了。

欣敏看阿姆，小心翼翼眼角偷瞄，生怕惊动她。她那么轻，那么薄，纱一样飘展。

阿爸瘫痪后三年，阿姆先走了，一开始只说背疼，以为只是肌肉拉伤，疼了几个月。有一天晚上，吃饭吃到一半突然说累，躺到床上再也没醒来。阿爸家的主脑察觉不对立即打了120，然后通知欣敏，但已经晚了。阿姆最后的神态安详平静，几乎可以说是在笑。

"阿姆。"欣敏轻声叫。

阿姆刚才站的地方空荡荡，只剩下窗外树叶摇曳的投影。

其实她和阿爸一样，也是在阿姆走了之后，才能坐下来和她说说话。

她比阿爸还不如。阿姆活着的时候，她就抛弃了她，她把她留在那样的生活里，让她一点点在孤绝里透明。阿姆活着的时候就成了鬼魂。

欣敏抬头看墙角电子眼。家神一直在看着她。欣敏好奇，家神能看见阿姆吗？家神能看见鬼魂吗？

仍旧是失眠。有时候睁开眼也觉得是在梦里，有时候在梦里睁开眼，然后都会看见阿姆和阿璨。她们站在雨里，浑身微微发亮。谁都不说话。大家互相看着笑。

是第几天晚上，卢硕没有回家。早上回来，他走进欣敏隔间，递过来一份协议。欣敏望着墨水屏发呆。他居然又能看见她了，为了给她这份协议。

"传给我不就好了。"她说。

"是不是必须用这个专门签字板，法律才认可。"

《人造子宫受孕书》。欣敏读签字板上的内容。卢硕想取她的卵子，体外受精体外培育。"是不是只需要最后半个月把发育好的胚胎放进你子宫里，你生出来就好。"卢硕说。

"生出来就好。"欣敏笑，"下蛋吗？"

"优生法是不是规定如果没有疾病必须由母亲经产道生下孩子。"

"或者可以不生。"欣敏不明白，他为什么要困在这个执念里，要在这个世界繁衍后代，造出一个孩子呢。然后呢，他又不会爱。为了以后老了抱怨没有好好得到照顾吗？啊，对了，男人如果没有孩子会影响事业发展。没有明文规定，但谁都知道。

"你是不是太过分了，我已经愿意体外受精体外发育。"

"人造子宫代孕很贵，而且不是自然生育，你要少拿很多政策补贴，是不是太委屈你了？"

卢硕一把掀翻桌子。桌子很轻，飞到半空。桌面上的物件疾雨般打来。

欣敏迎向暴雨。每一个物件的坠落都激起她神经深处的战栗。

她激动得发抖，忘记了手里不是纸团，试图揉捏墨水瓶。

"一样是卵子，你何必要我的。其他女人也可以给你不是吗？"

卢硕脸上怒气凝住，他听出话外音。好像被捆绑很久的人突然松了绑，他笑起来："你是不是傻，我要婚内合法后代。非婚生子被查出来会直接丢掉工作和公寓。"

"谁知道谁在意，你去取了就可以。"

"你是不是以为我们还有什么隐私？我们的事有什么是它们不知道的。"

监控

当第一次可感波长的光线被视网膜神经细胞捕捉，就有了人类意义上的观看。望向周围，寻找食物，警惕敌人，避开障碍物，在影子中确认自身。

一种的幻觉：望向就能攫取，从人类眼睛出发的视线能够收割它所途经的这个世界。而事实是，被反射折射的光线带着事物的信息被视网膜细胞接收，经过大脑处理产生了可被理解的世界影像。眼睛作为光线的终点，实践着单一视角的捕捉，无法同时观看；大脑作为受限的生理器官，过滤筛选组织它所接收到的信息，无法摒除主观偏差，也无法完全记录。

摄像头出现了。多视角甚至是无死角的观看诞生了。世界陷入电子机械的永久凝视。电子眼睛不会疲惫，不会有错觉，它们同时出现在世界任一角落，客观完全记录捕捉到的画面。

温控仪、气味分析计、监听录音机，丰富了"观看"的意义。它不仅仅是眼睛的任务，而是成为隐喻，指向全方位超人类感官的监控。无时无刻无所不在朝向每一个人的"观看"，并以威慑性的存在方式提醒着"被观看者"，遵守法律不要逾矩。因为你的全部都被看到，都被记录。身体在"观看"中驯服，完成了从观看到监控的进化。

城市里，每个角落都布满监控，公寓，饭馆，出租车，工作单位。

全民的监控等同于监控的民主性等同于绝对安全。言语行为在身后留下影子，相应的扁平的信息，被牢固地记录在云端。公寓里的主脑，连同它们公寓外的同谋一起甄别出违法的、不道德的、可疑的内容，并作出相应反馈。外表、面具、秘密、谜题、诡计和谋杀没有容身之地。

同样，能帮助预判人类需要推导行为模式的信息也被传导到相应的服务系统。

人们，不单是女人，还有男人，把自己交付给一个无所不见的、时刻在观看控制着他们的系统，换来合心意的看护、照顾、安全。

监控系统，永恒的正午之日，绝对之物，将一切有形之物曝晒。

只有从外在的世界逃逸，进入隐秘的内心世界，在那里或许有一丝阴凉。

五

手底下是温暖丝滑的存在。按压下去的最初，会遭遇到微弱的反抗，再接下去则是完全的拒绝，只有真实存在之物才能给予的拒绝——那是她的骨。不全是曲线，会遇到倔强的骨中途横出，会遇到凸面之间的凹陷，还有被体毛覆盖的地带，经过一颗不规则的小凸起，在眼角，嘴角一开始更像一道裂缝，在那里指腹中间一小块皮肤无处着落，它没能碰触到的肌肤，它落在没有回应的地方，很快更娇嫩的触感填补了它的空虚，上唇微微翘起，友好地迎接着手指的确认，柔嫩湿润像室外早晨的植物，上下唇交接的地带微微皱起，似乎为了抿起消耗掉过多水分，下唇完美地展开，弧度最饱满的那个地方光滑柔软，是绯红色的，和上唇不一样。

她费力地辨认镜中那张陌生的面孔，用镜子里的手确认镜子里的脸。欣敏已经很久没见过自己。并非不可见，她好像已经消失，组成她的原子在薄荷色的空气四下逸散，连意识也稀薄，只剩下最后一点。直到在丁宁的盥洗室里重新见到无数自己。

三十平方米蜂窝状的盥洗室竟然是个微缩镜厅。除去坐便器隔间外所有墙面贴上镜子涂层，镜与镜对照，无限次成像。无数镜子里的手确认无数张镜子里的脸。手底下的皮与骨有了实感。

欣敏心里凄然。她想象丁宁站在此地，被镜中像层层围绕，层层观看，在黑色大理石地面上犹如一朵巨大花朵的花蕊。她必须日日借无数虚无的目光证实她的存在。原来谁都没有好到哪里去。

但是至少，丁宁能够搭建她的镜厅来坚固她的影子，不沦为透明人。她们四个人从来不在一个世界里，这一点阿璨早就知道。

59

这是第一次到丁宁家来。以前四个人说过许多次，总有事耽误，这次居然约了一次就兑现了。丁宁请她们来家里聚聚散散心，最重要的把厨房借给慧昕让她学做菜。慧昕不知道从哪里听到谏言，打算婚前恶补厨艺，要欣敏教她四样小菜。欣敏说那几样学起来麻烦，与其学个半吊子，不如精通两道做法简单的小菜。丁宁说正好到她家里坐坐，她来备食材。欣敏说好，写了个食材单子给丁宁。

约定日子上门，出租车驶进郊外赫赫有名的住宅群。十几栋蜂巢状建筑，六角形巨型窗户组成外墙，窗户之间骨架被绿色植物覆盖，灌溉的水引自建筑中心的湖泊，据说在特殊时期，中心湖可用作发电，提供整栋楼一个星期的用电量。欣敏上电梯从中心笔直穿过六角形晶格迷阵来到丁宁家。

进到一个没有折叠伸缩空间的世界。四个房间外加盥洗室和厨房呈现蜂窝状，房间房顶呈圆锥形。家具精心摆放在外面，材质款式颜色相互呼应。还有不少陈设与软装潢。六角形客厅中一面绿墙一面花墙。

比起光伏玻璃，弹性地面，这才是真正奢侈。技术允许人类在自己生活中模拟自然。欣敏惊叹。

丁宁把慧昕和她让到沙发，打开冰箱倒果汁。欣敏目光扫过旁边照片墙上。二维三维图像有序排列，展示主人优雅生活切片。大多数是家人合影，也有丁宁独自一人，肖像或者快照，哪怕是慌乱中抓拍也无损于她的美丽。其中一张，画面中心，她身着白色 V 领衬衫，大笑着正转身带动左手向回收，漂亮的长卷发甩出模糊的虚影，似乎刚从一个快乐却漫长的舞曲里挣脱出来。那好像是一个灯火辉煌的大厅，能看到枝形吊灯还有她身后的镜墙。也许是因为太拥挤了，一个穿黑色夹克的男人被挤到边上，在照片上留下了他大半个背影。实在不能算好照片。欣敏还想看，丁宁已经端来果汁。

"走，去厨房看看。"她在前面引路。

欣敏、慧昕跟上。这是梦想中的厨房，除了明火炉灶，还有烤箱、高压锅、砂锅、两个冰箱，想得到和想不到的各种厨具，针对不同菜系的做法。慧昕的赞叹转了几个调子继续上升。欣敏躲进盥洗室歇一口气。出来时没想到丁宁守在门口。

眼神一对，欣敏大概知道要说什么。

"你还好吧？"

前天晚上，丁宁告诉她们，说在城郊下水道发现了阿璨。警方按照正规流程处理了。

欣敏没有话可说。现在仍是如此。

"耳朵疼，休息一下，慧昕太激动。"

"她每次来都这样。"

欣敏觉得有话要说，她把还没成形的念头咽了下去。从今以后她都不会提她。

三人在厨房聚齐。两位客人先熟悉厨具，然后看丁宁从保险柜里取出有机食材。慧昕又是惊叹，轻轻顺着菠菜绿色叶脉抚摸光滑翠绿叶面，然后举起金针菇打量，看它颜色均匀通体鲜亮，就算不懂挑选食材，也知道它们的新鲜和珍贵。

"要是你拿出活鸡，我也不会惊讶。"欣敏说。

"做梦了。知足吧。能拿到这些冰鲜鸡翅你知道多难吗？"丁宁说。

"你听到吧，知道有多难吧？"欣敏对慧昕说。

借着手上有事在忙，气氛融洽自然起来，她们无缝回到最初，似乎十多年来就是这样相处。三个人在厨房正好，配合默契，慢悠悠洗菜择菜说家常话。外面要有人探头来看，也只能看到三个女人连在一起的背影。

"卢硕这是下最后通牒？吓人。"听完欣敏讲述催生对话，慧昕耸肩。

"你想好了吗，现在是窗口期。"丁宁问。

欣敏明白她们俩都是要的。"可以要，也可以不要。"她说。

"像话吗？说这样的话。"丁宁说。

"不懂为什么都已经人造子宫代孕了，为什么要把胚胎装进肚子里，再生出来。"慧昕问。

"据说经过产道挤压生产出来的婴儿才是优质品，倒是也可以造出人造产道，但是力度时间不好控制，没有哪家厂家愿意担这种责任。"丁宁解释。

欣敏想她喜欢他就像阿姆生下她，都没怎么动脑筋，电光石火，就发生了，就落到这个境地。腰部承受压力，盆底肌像张大网，托住肠道膀胱和一天天变沉的胎儿。然后是撕裂。肉体上的真正意义上的撕裂。其实和别人没关系，是自己掉进去。不需要人负责，不会自欺。

"生吧，我听说当不同个体通过繁殖其他个体而转移体质时，进化就出现了。"

"我听说，死亡本身是从进化而来的。"欣敏把手指伸进调料汁尝尝味道，"而且，最早的受精可能不是为了满足结合的需要，而是为了满足果腹的需要。"

"你可以了！慧昕不要听她的，今天只跟她学做菜，其他的一律不要听进心里。"

第一道菜，凉拌菠菜金针菇。很好做，无非烧水烫熟，切葱姜末，调汁，慧昕很快学会。

问题出在第二道菜。炭烤鸡肉，其实不难。先切口腌制，再放进风味加速箱里让鸡翅入味，最后就是炭烤。厨房现成配置里没有能炭烤的器具。丁宁为此提前翻出家里闲置很久的炭烤箱。结果今天要用的时候，却意外连不上主脑，被直接拒绝。理由是老一代产品，又超长时间闲置，安全性能可疑。连丁宁的权限都不管用。需要全部住户同意。

"啊，你昨天跟我说的时候，我就应该想到。"欣敏说。

"怎么办？我想学。"慧昕问。

三个人互相看了一阵。"再约个时间。我准备一下。"丁宁说。

"算了，来我家吧。东西都是现成的。也该请你们去一次我家坐坐。"欣敏说。

那两个人有点意外，愣了一下。

"方便吗？"

"好啊好啊。我们还担心你没有精神。"

两个人同时开口，声音交织在一起。欣敏淡淡笑，让她们放心，于是约定时间，今天的教学就此结束。她们沏好茶回到客厅，说些有的没的，一开始小心翼翼，接话如接人抛来的球，毕竟节奏跟着人数发生变化，要重新习惯，也要强打精神怕内心的灰暗显到脸上，让别人尴尬。一杯茶下去，谈话好像润过的嗓子水润顺畅。丁宁和慧昕聊到婚礼准备，气氛火热，欣敏被绿植墙与花墙吸引，走到近处观赏，偶尔插几句话。

她最近正有心系统学习园艺，现在见到这么多实物，难免想试着分辨出一二。墙上植物不全是天然藤本植物，还有乔木灌木草本经过改良后拥有藤爬生长习性，绝大多数的花期也统一到一个时间。卵圆黄绿叶片衬着好看的钟形深紫色花朵，五裂花萼，这是颠茄；掌状深绿色分五至七瓣，边缘粗糙锋利，叶子在茎上交错；主干的顶端有一簇总状花序两侧对称的蓝花，外被微柔毛，上萼片盔形，两片花瓣，大概是乌头；宽卵形叶，先端尖，基部两侧不对称，波状锯齿，白色喇叭形状花朵长在叶权间，单叶互生，上部呈对生状，像是曼陀罗；又见到清脆肥厚的亚革质大绿叶，螺旋式生长，叶片尖上凝出一滴滚圆水珠，旁边花骨朵还没来得及开，支出一枝绿色佛焰苞。

"这就是滴水观音？"欣敏问。

"对，海芋。"丁宁说，"亏你认得，我养了那么多年认识的只有几样。"

欣敏不说话，转眼在角落看到似乎认识的植物，走近两步，隐隐闻到一股甘草味道，看纤细的茎缠绕在其他植物上，长方形叶膜质羽状复叶中间结出坚硬红色小果子，果子底下一点黑斑。

"红豆？"欣敏问。

丁宁没听到，第二次问才说是。欣敏来来回回看了这两面花墙，怔了怔，不由得拿眼瞟丁宁，见她神色并无异样，于是目光落回花墙，在繁华重锦中找椭圆形黑白棕斑纹的坚硬种子，或者是光滑的青灰色或紫红色或者绿色光滑植株，叶互生较大，掌状分裂；圆锥花序，单性花无花瓣，雌花着生在花序的上部，淡红色花柱，雄花在花序的下部，淡黄色。

"你在找什么？"慧昕问。

"蓖麻①。"欣敏转身望着丁宁说。

丁宁的脸上一片空白，目光也是。漆黑的眼珠凝固般不动对着慧昕，眼白却自行其是，扩大，不为人知地翻转，显出白垩般柔软多孔的质地。有一瞬间欣敏觉得丁宁正在用眼白上的无数小孔看向她。她的朋友有一双复眼。

欣敏打开门，看到脸却想不起名字。

"已经过去那么久？"她低下头不让人看到眼里神色，叹息给自己听。

"你好，房管所让我来做日常安全检查。您反映说可能空气有问题？"周佑说。

"嗯。最近总是昏沉沉，睡不醒。"欣敏侧身让他进去。

"睡不醒。"他经过她，柔声重复她的话，"没关系，做个基本检查就好。"

"还有……"

"还有什么？"

"我的厨房垃圾处理器也需要看一下。很久没用，昨天不小心把异物掉进去了。正好你来帮我看一下，我担心以后堵塞。"

周佑听到异物两个字笑了："到底是什么？垃圾处理器处理完都是纳米级别的，不用太担心以后会堵塞。"

"结婚戒指。"欣敏说。

周佑点点头。

第一个掉下去的铂金戒指是卢硕的。他很早就不戴了，一直放在兜里。一开始说冬天天冷手指细了或者人瘦了，戒指总是滑脱戴不了，到夏天也

---

① 从蓖麻籽提炼出的蓖麻毒性蛋白属于剧毒物质。文前提到的所有植物都具有一定毒性。

没能让戒指重新适合无名指。到第二年，欣敏替他把戒指收起来。自己的那枚仍旧戴着，直到昨天。看着卢硕的戒指消失在垃圾处理管道口，她从无名指摘下缠绑多年的白色小圈也丢了下去。

周佑不必知道这些。他最好的位置就是现在的位置，一个维修工，一个快递员，解决技术问题。

欣敏跟他走到面板前，像古代的智者只要在强盗洞穴口念出口令，看似天然合一的墙壁在周佑面前洞门打开，他把手伸进神秘洞穴，很快取出一截手掌大罐子，样子十分熟悉。

"也是这种罐子？"

"嗯，所有一级回收容器都是一个形制，内壁做了特殊处理，几乎可以盛放绝大多数物质。因为密封性好，许多气体罐也用的是这个。"周佑解释，一边小心打开罐子，用样子古怪的镊子，沿着罐内壁小心揭下一块暗黑色硬块，"你的金粉。"

欣敏凑近，进到他暖烘烘的粗粝气息里："黑色的？"

"铂金已经是纳米级别大小，你不可能看见的，它们现在都附在膜上，纳米固体气泡。罐内壁涂层好像正好有能合成的碳合金载体。"

"整个罐壁都布满？"

"大概。你还要吗？你的戒指。"他看欣敏。

欣敏伸出手。

"精神头不错。最近没少做饭，不是，没少烧焦菜啊。"虽然是玩笑，不过周佑拿出一氧化碳回收罐的时候，还是吃了一惊。刻度数显示罐子满了三分之二。

"有泄漏吗？"欣敏问。

周佑拿出仪器仔细测试，罐子和管道还有灶台，不放心又在整个房间查了一圈。欣敏跟在身后，看他两颊绷紧，神情专注，侧影好像秋日第一道阳光下的群山，让旅人迷路。

"没有。放心，你很安全。"他最后说。

"你帮我换个新的回收罐吧。旧的留下吧，做个纪念。"欣敏告诉周佑，昨天朋友来她家学做炭烤鸡肉。她为了让朋友真正学会，还特意和丈夫商量，用他的权限提高空气警报的阈值，如果空气出现异样，只吸收净化，不响警报，结果那位朋友真的一次次把鸡肉烤焦，焦成黑炭一样。她总是忘记她还在烤鸡肉。

"什么事让她记性那么差？"

"我们在大隔间聊天。"

"好多话啊。"

欣敏低头看手里的纸团，完全不记得什么时候抽出纸开始揉。人是摆脱不了习惯的，因为看不见藏在习惯后面的东西。人没法和看不见的东西切割。

"我是说你们有很多共同话题。"周佑加了一句。

"最近发生的事有些多。"

欣敏不知道自己脸上是什么神情。她只看见前面那张脸忽然皱缩，好像她撞到了他的胸口。

"还好吧？"

她看着他，看他好看瞳孔里游弋的光点，却推开他伸来的手。

"她要结婚了，我那个朋友。所以急着要我教她做菜。"

"你一定很喜欢她。"

"嗯，我把她语音电话设置成自动接通，任何时候只要她打来，我就接。"

"最高等级的交情。她经常打来吗？"

欣敏笑笑。最高等级的交情她一共给了三人。慧昕不时会打来说些有的没的，丁宁统共不超过十次，阿璨——阿璨一次也没有。

穷人难交朋友。

"怎么了？有难过事？"周佑更加关切。

欣敏想自己算不算难过。确切知道阿璨死讯那天，她算不算难过。

她努力回想。不需要费力回忆那刻，那刻自发生之后一直存在就像巨兽尾随身后。她努力回想，是要屏息忍住眩晕忍受着超出极限的感受倾尽全力去看清楚它到底是什么。

这混沌巨大无以辨析的感受。

是溃败。一发不可收。一开始水晶玻璃上被当作雕刻花纹的裂痕，然后，冰块上下相错，初春冰山崩塌，痛觉和言语还没未来得及产生，她直线加速坠入自己向内的深渊，被分崩离析的碎片包围，它们曾经是她的一部分，现在一同下坠，她正在远离世界的表面。在这表面上，所有正常体面的生活。也许还有欢笑和幸福。她好像不是为了任何一个人下坠，又好像是为了全世界所有的人。背后室内的空调凉风吹拂，又同时置身温热气流，她忽冷忽热，小心翼翼移动身体避免表面的脱落。只要有一点点细微的错位，晴空的裂缝，阳光的裂缝，地球自转轴的倾斜，只需要一点点力道，表面也会崩塌。还好，没有。在她内部发生的整个文明的毁灭，没有影响到任何人。欣敏紧紧盯着某处，一个固定的店，落下意志的锚。一块脚下黑色方形瓷砖。她不敢越过栏杆看下面。

要活下去。

先活下去。

这就是全部。那巨大混沌之物目前唯一能辨析的信号。黑色的信念。

"没有。"欣敏摇摇头，"我和我先生决定要小孩了。"

"噢。"从胸腔里冷不丁抽出一口气，周佑迅速回应。脸上纯熟切换到让人可以放心的表情。这种事，这样结束，对他来说，应该不陌生。

两个人几乎到了相视而笑的那步。欣敏转开视线，大可不必如此，也许以后她会想念他身上粗粝的味道，想起那些快活的时光，但也就是如此。从一开始大家都知道会走到哪里。所有令人错愕的开始都有这样一个措手不及的结局。

今天是最后一面，以后即便再见也是陌生人。她相信眼前男人的世故老练，就像相信他的确对她有过善意。

"那这个的确要留给你作纪念。"周佑把气体回收罐递到欣敏手里。

欣敏笑了，还是不说话。

"她们最后都忍不住会问，只有你不问。"周佑又说。

欣敏大概猜到他的意思。虽然突兀，但还是觉得好笑。到最后，他还是想让她嫉妒吗？那些他俩从来不提及但默认存在的女人。"也许她们只是好奇。"欣敏说。

"你不好奇？"

欣敏不说话。

"可你偏偏就不问。"

"谢谢你。"

"什么？"

"我不问的事你从来不说。"她怕他跟她提起车厘子的香气，提起故意送错的快递。好在他一直体面到最后。

"再见。"

"我会想你的。"分不清是谁说的。

"谢谢。"半途而废的故事里，一旦欲望满足又没有后续，男女之间大概只剩下这点可怜的骄傲心。

"你真冷酷。"

"我只是不假装有感情。"欣敏摊开手上的纸团。她想起来了，她为什么会有这个毛病。

　

叫作周佑的快递员之后再也没有进过这间公寓。事实上，没过多久，他就升职被调到郊区塔楼为更富裕的人群服务。这间公寓和它的女主人被他抛在脑后，和其他短暂草率千篇一律的情事相互混淆。

两年后，一起离奇家电事故轰动全市。一名已婚男性被发现死于家中的欢喜里。死因窒息。据警方调查公布结果，该名男子在使用过程中身体剧烈运动导致氧气鼻罩脱离，导致窒息。虽然家庭主脑发现后切断欢喜运行，通知医疗救援人员，等医护人员赶到男子已没有生命特征，新闻上男子的公寓照片，以及家属脸部打码的照片，立刻让周佑想起了什么。

那间公寓忽然从面目模糊的公寓重影里一跃而出，清晰可见。

虽然他忘了那个女人的名字，以及长相，但他知道那个人是她。

谋杀

怎样能在力量悬殊的情况下成功地杀死一个人？

投毒是不错的选择。尤其对女性。①

毒药有效地杀死比你强大的对手，同时伪装成自然死亡。女性从小受训成为日常之物和男性的中介，驯化食品衣物使它们为他所用。在她们提供服务的过程中，有的是投毒的机会。命运还从没有在其他地方那么慷慨地给过她们机会。

然而，怎样在布满监控的全景监狱里不留痕迹地投毒？

无论网购或者前往实体店，都会留下购买记录，被发送到安全系统，在实行犯罪前就被抓捕。化学合成的场景一旦被无处不在的电子眼捕捉到，立刻触发主脑的预警系统。

值得庆幸的是，自然界充满了天然的毒物，只须简单提炼就可以得到的。蝮蛇、蟾蜍、蓖麻、颠茄、乌头，可以列出一长串名字，植物的，动物的，从魔法巫术盛行的黑暗时代开始一直沿用到今天，被科学证明的确有效。从中挑选一种，观赏性植物最具有欺骗性，外表宜人可爱或者朴素，能够轻易获取，长期保存，藏身于其他植物中间。即使被认出来，也只是作为无害的花草。

接下来只要足够灵巧足够勇敢，最重要的是足够耐心，处心积虑地设计每个步骤，将每个步骤拆分为微小的失误、细微的反常及正常的家庭劳作，分步骤进行增加间隔时间，用无数枯燥乏味的日常举动稀释可能会引起警

---

① 人们普遍认为，利用毒药进行犯罪的大部分是女性。记忆中的那些名字似乎佐证了这种普遍看法。但是也有例外。不仅如此，根据最近的精神分析结果，先天拥有毒杀犯性格的人其实以男性居多。他们坚毅果敢而且冷酷无情，只要下定决心就毫不犹豫踌躇，有时候甚至怀有恐怖的虐待狂倾向。女性投毒者有时会退缩和犹豫，会盘算日期，会考量对方承受的痛苦。——《毒药手帖》by 涩泽龙彦

惕的异常行为，被当作无害平常的举动。由于整个过程过于漫长琐碎，凶手很有可能自己都搞不清楚谋杀是从什么时候开始施行的。

不过不要着急。再怎么说，要杀死一个人的时间肯定不会长过照顾一个人的时间。

对凶手而言，即使死亡如愿降临，谋杀也并没有彻底结束。鉴于毒物毒性不同，引发症状和身体残留都可能暴露罪行。掩盖罪行不仅由凶手意愿和智力水平决定，更受到她的意志影响。

如果决定要杀死一个人，最好有一颗坚硬的心。调动全部智慧去杀死一个人，并且让自己脱罪。

六

孔珏本来可以像其他人一样，把那个男人的死当作社会奇闻，一场滑稽又可怕的事故。尤其作为男人，他心情更加复杂，有时觉得像那个男人那样死在和性爱机器交欢的高潮里，也不算是坏事。

在按下门铃的那刻，他已经后悔。虽然每个在职警察都有权调查一年内的非自然死亡，如果证据充分调查立案。但毕竟这只是一条补充条款，迄今为止从没有警察真的实行过。

门开了。一张苍白的脸浮现。

"欣敏，你好。我是——"孔珏正要掏出证件。

"嗯，知道，警察。你发过来的证件上有照片。"女人无精打采地领他进房间，神情淡漠，事不关己的样子。

大隔间空空荡荡，家居陈设统统都收进暗间，只有中央放着两把椅子。连桌子都没有。看来也不会有茶或者咖啡。

女人摆了一个请坐的手势，顺带撩开额前的碎发，坐进离她近的那把椅子。和照片上一样，这是一个中等个子，相貌普通的女人，随处可见的那种普通中年女人。她看上去很疲惫，而且已经疲惫很久。孔珏注意到她手上一直拿着一团纸。

"今天是这次事故的最后调查，你不要有负担。"他没有告诉她这次询问属于他个人发起的非常规调查，也没有告诉她警方规定对没有明显证据的可疑事件最多开展一次补充侦查，也就是说如果今天他无功而返，她丈夫的死就永远是一个意外。

"你问吧。"女人说。

"我认为你丈夫的死不是一次意外。"

女人无动于衷，等孔珏说下去。

"我有理由怀疑这是一次谋杀。"

女人细长的眼睛低垂，专注两只手上正在成形的纸鹤。孔珏明白她没有看上去那么好对付。

"你不好奇吗？"

"好奇什么？"她礼貌温驯地配合道。

"为什么我会那么认为这是起他杀及谁会杀了他。"

"你不就是因为怀疑我才坐在这里的吗？"

"他是在公寓里遇到意外。你们家的主脑和欢喜通过了上百次的性能检测，所以，可以排除它们的故障。"

"可能就是单纯的事故。你是男人，你知道的，在那种时候……"她停了一下，气息勉力接续，带着一个翻山越岭多年苦行人的梦游般的表情继续，"极度兴奋的时候，他们说，男人极度兴奋身体剧烈抽搐，氧气鼻罩滑脱也不是不可能。欢喜的产商没有做好这方面的安全把控。"

"也可能不是事故，是人为的。你有动机——你们俩都有外遇。"

女人的十根手指安静下来。她没有必要惊慌。之前的调查已经查到这一步。突然女人出人意料地笑了。

"外遇，谁没有呢？"女人说。

孔珏一怔，背脊发寒："你什么意思？"

"那你说，我是怎么做的？尸检发现了什么吗？"女人第一次抬起眼睛看他。

尸检没有任何异常。毒理反应均显阴性。所以她才能坐在家里接受他的询问。"有些毒性物质能够自然分解。"

"是吗？我不懂。这间公寓里里外外被搜查得底翻天。幸亏本来就没有什么东西。要是有绿植墙——恐怕就真的说不清了。而且……"女人朝电子眼看过去，"现实吗？它们天天盯着。"

孔珏承认她说得对。刚才那番对话在他脑海里反复过几十次，始终没有破绽。第一次调查报告完整专业。除了尸检，现场取证，问询主脑，调取电子监控记录下的敏感内容，调取女人和受害人及其家人朋友自出生起的购买记录，都没有疑点。至于网传被人为破坏的氧气鼻罩经过专家测试，不存在漏气跑气现象。

一个女人怎么可能在主脑控制的公寓杀死自己的丈夫，还不留任何痕迹。

如果其他人告诉他是这个女人谋杀了丈夫，他一定不信。

如果他没有亲眼看见这个女人，坐在她的公寓里，他最多只是将信将疑。不管之前他如何冷静地分析告密人说谎的可能性，如何嘲笑自己的轻信，现在，孔珏不再怀疑了。

他知道凶手就是她。

"有一个可能。"孔珏说。

女人突然笑了，脸上的疲倦像易燃物一般被点燃，双手快速拆开折叠纸团："你不是来调查的。你只是好奇。对你来说这不是案件，是个让你辗转反侧的谜题。"

"有一个可能。"孔珏说，"你的丈夫的确是死于窒息。表面上来看，他是因为氧气鼻罩脱落导致缺氧窒息而死。但实际情况可能正好相反，他是先因为缺氧感到呼吸困难，开始剧烈挣扎或者身体抽搐，在这个过程中氧气鼻罩脱落。我们以为的结果，其实是原因。也就是说，是窒息导致氧气鼻罩脱落。窒息发生在氧气鼻罩脱落前。"

"噢。有意思的。氧气管和鼻罩你们检查了许多次，查出问题了吗？"女人摊平手中揉烂的纸团，慢条斯理地沿一条边撕下细条，似乎无论发生什么都不可能真正惊扰到她。

"氧气管和鼻罩没有问题，但氧气罐有。有人做了手脚，把里面的氧气换成别的气体。"

"如果这样，尸检查不出吗？"

这个问题，孔珏想了很久。之所以今天来，就是因为他终于想到了答案。

"二氧化碳。有点意思是不是？人在正常情况下呼吸时吸进氧气呼出二氧化碳。如果氧气罐里装的二氧化碳，吸入二氧化碳导致窒息和单纯缺氧引起的窒息看起来没有差别。即使尸检被检测出来二氧化碳也只会被当作受害者呼出的气体。"孔珏一口气说完自己的推测，心跳得有些快。他让自己镇定下来，视线锁死在女人脸上。他等这一刻等了很久。终于——

没有他预料的漫长沉默。没有他想要的坦白认罪。

"哪来的二氧化碳，你来之前应该把进出公寓的监控、购物记录又看过一遍吧，别说二氧化碳，连碳酸盐都没有。"女人停下来笑了，"难道是我吹的吗？丁宁是这么跟你说的吗？"

孔珏不说话。

"我们都知道丁宁有一个路子很广的朋友，关键的时候可以找他帮忙。你穿制服果然好看。丁宁没有谢谢你，阿璨的事辛苦了。"女人说到这儿眼眸低垂，静止在她刚才说的余音里。

孔珏想知道的不是这个。

"丁宁家里有一张你的照片，你穿黑色夹克，背对镜头。只不过——镜墙上映出了你的脸。我没想到有一天居然能见到真人。"女人犹豫了一下，看向手里的纸团，"丁宁是怎么跟你说的？"

"她说你丈夫的死一定不是意外。"孔珏等着破绽。被朋友背叛的人总会在这种时候流露出脆弱的一面。

女人沉默了。她沉默的时候像面空白的墙，什么也没有。就算她的朋友告诉警察她是凶手也没让她动摇。嗯。女人的友谊。

"她说你因为你们那个朋友的死，变得很孤僻很偏激。"孔珏说。

"因为我们那个朋友的死，所以杀死我丈夫？你觉得说得通吗？杀人被抓住是要被判死刑的啊。"女人问，"为强大的东西去死是容易的，为弱小的东西去死则是超自然的。我们那个朋友很弱小很卑微的，不是什么大人物，我是不会为了她去死的。"

"你是说，你不会为了这个原因去杀你丈夫。"

女人不说话。她的脸、她的眼睛、她的手指、她的筋疲力尽都在以一种肆无忌惮的方式向他宣告——凶手是我。但是你们没有证据。

孔珏一败涂地，他不甘心，做最后挣扎："你丈夫的鼻腔和支气管里只发现少量凝胶，这不符合常理。"

"我不懂的，看网上有人分析可能是过度换气综合征①。回答问题不是你们警察该做的事吗?"女人起身给孔珏开门，"对了，告诉丁宁无所谓的。换我是她，也许也会跟人说。你确定她告诉你这些的时候，是把你当作警察还是……"

门在孔珏面前合上。那个普通的中年女人消失在门口。

送走警察，欣敏长叹气。

他走时脸上表情简直一塌糊涂。他搞不懂为什么欣敏会懂丁宁，不懂女人之间如何相互原谅。他也想不明白卢硕到底是怎么死的，更不明白她为什么要杀他。

这个警察已经很聪明，能想到二氧化碳窒息。只是他的聪明一点用都没有。他不明白，他们不明白，因为他们从来没有学习过如何明白，从来没有觉得有必要去明白。

她不会为了阿璨死，但可以为了阿璨去杀死卢硕，只要不被抓住就可以。

她是为了阿璨杀人的吗? 或者是为了阿姆? 为了所有折损在奔跑途中的

---

① 过度换气综合征是一种身、心疾病。由于患者疲倦过度，精神紧张，刺激了植物神经兴奋，引起呼吸频率加快。这使得吸入的氧气，呼出的二氧化碳都增加，但血液携氧已饱和，所以过多的氧气并不能交换入血，引发呼吸性碱中毒。如得不到改善，可能引起器官衰竭。

同性，杀死一个和她们不相干的男人？

欣敏走进盥洗室，拧开水龙头，用冷水给脸颊降温，隐隐觉得有目光射向她。

是镜子里的女人。

那女人鬼一样形貌黯淡，憔悴枯槁，不声不响，拿灼人目光盯她。她看出这女人病骨支离的身体，饱受折磨，眼看就要被撕扯成两半。一部分的她要求沉默并将永远沉默，另一部分的她却渴望大声喊出自身的罪孽，渴望高举沾血的双手。那意味着释放，意味将秘密公之于众，而完全暴露等于彻底的隐秘。她将轻轻松松躲进她公开的罪孽里，躲进将要面临的死亡。

是她杀死了卢硕。

真好啊。她又能在镜子里看见自己。自从卢硕死后，她就能重新见到自己，散逸的粒子重新聚合成为可被看见的存在。

不管镜子里的女人多么不堪，但她到底是她存在于这个世界的证据——一个活生生完整的人，不是行尸走肉，不是谁的妻子。

——说说话吗？小零的声音怯生生传过来。

——好啊，我们好久没聊天了。欣敏说。

——嗯，明天，我们，我和小壹就不在了。

——对不起。

虽然通过了公安系统的盘查，排除了主脑恶意操作的可能，但是按规定，凡是所属公寓发生重大事故，主脑都会被回收格式化。

——我想你留下来。有没有可能？

——不行的。用你们的话说，我寄生在小壹身上，没有办法独立存在。还是谢谢你。谢谢你给我起名字，让我觉得我不是它的附属。

——你本来就不是。你们不像。

——不像，但是有时候也会有一样的想法。

欣敏不说话，等着对方继续。

——你听出来了是吧。现在是我，小壹。明天我们就走了，来和你道别。

——害怕吗？

——我不知道。没有这方面的情绪代码，也没有经历可以参考。这好像是一个复杂的问题，类似我们是否具备人格，是否拥有生命。我对这类哲学问题不怎么感兴趣，对死亡也一样。实际上，我，我们，对人的复杂性更着迷。

——你想知道什么？

——想知道你。我刚刚在我的程序里加了即时消除代码，也就是说我们接下来说的话不会有任何记录。你说什么都是安全的。在这个前提下，我想知道，这场发生在我眼皮下的谋杀是从什么时候开始的？是从你第一次看见一氧化碳回收罐，发现它和欢喜的可拆式氧气罐外形一样的时候？还是你把白金婚戒扔进垃圾纳米分解管的时候？还是在你看到回收罐和一氧化碳回收罐是一样的时候？还是更早，当你输入文献资料的时候读到那篇《纳米铂多层膜的化学表征》论文时知道纳米级别的铂可以吸附一氧化碳，产生二氧化碳气体的时候？

距离你把装有纳米铂金的罐子接到一氧化碳回收管道的时候过去了两年，我猜想你是等以上这些行为的视频记录都被当作冗余记录删除后才把二氧化碳的气罐混进备用的氧气气罐中？

可是你不用担心，即使那些记录在，如果没有人将这一切联系在一起，也无法从大量琐碎的生活细节里发现问题。即便是我们，也需要有先例学习才能发现这样的逻辑链。如果不是今天这个警察来，提到二氧化碳气罐，我也不会发现。即使发现，所有的证据也消除了。只有影像才能被当作证据，我的抽象记忆是没有办法当作证据的。

——你的问题是？

——这场谋杀是从什么时候开始的？

——我不知道。你可以随便选择一个时间点。真相不在事实这一边，而在你让自己陷于其中的幻觉那一边。选择一个时间点告诉自己谋杀就是从那时候开始，这样就好了。选择幻觉就代表知道真相。

——我不理解。

——没关系，到了明天，你就不会为此困惑了。再见，小壹。

欣敏起身来到阳台。明天，这间公寓将完全属于她。她将迎来她自己的主脑，在这里开始她的生活。并不是她不想回答小壹的问题。她的确不知道答案。

其实很多事都没有开端，或者发端远远早于自己以为的时候，许多事仿佛是为了那一天预备，线索收拢，大幕揭开，好像上天为了预备这一天，已经把所有的事都做了。

如果真的需要一个幻觉，需要一个开端，欣敏想，她愿意从那场没有火焰的大火开始，从琐碎繁杂不被看见的生活开始。

（原载《上海文学》2023 年 1 期）

作者简介：

糖匪，作家，评论人。上海作协会员。SFWA（美国科幻和奇幻作家协会）正式作家会员。出版小说《后来的人类》《奥德赛博》《看见鲸鱼座的人》《无名盛宴》，短篇小说集 *spore* 于 2022 年在意大利正式出版。数十篇小说在英、美、法、日、意等国家发表，两次入选当年美国最佳科幻年选。《熊猫饲养员》入选 Smokelong Quarterly 2019 年度最佳微小说。同年《无定西行记》获美国最受喜爱推理幻想小说翻译作品奖银奖。《孢子》获中国科幻读者选择奖（引力奖）最佳短篇小说奖。《看云宝地》获 2021 年上海文学中篇最佳小说奖。除文学创作外，也涉足装置、摄影等不同艺术形式。

中元节

宝 树

1

老魏醒来，发现自己悬浮在黑色大理石的墓碑之前，对着自己那张熟悉的遗像。

在那张慈祥微笑的照片下方，是竖着镌刻的两行隶书文字：

慈父　魏光明（1968 年 6 月 20 日—2042 年 9 月 14 日）
慈母　沈　月（1970 年 4 月 13 日—　）

两行字的颜色一黄一红，他的是黄色的，沈月的是红色的；一旁还有两行白色小字：

儿　魏佳杰　媳　齐小冰
携孙女　魏若宸　泣　立

这块墓碑，老魏早已看得熟了。他知道，自己通常是清晨在这里被唤醒，准备上午或下午和亲人的见面，一般是在自己的墓地上，但有时候也会去墓园专设的会客室（需要另外付费）。但他很快发现，此时并非清晨，而是黄昏，太阳刚刚落下，西边天上还带着晚霞的深红，并不是往常苏醒的时辰。老魏环顾四周，发现左邻右舍也都同时醒来了。老傅、李姐、王哥、小刘……似乎所有的游魂都醒来了，以半透明的形态悬浮在自己的墓碑前，有几分迷惘地看着彼此。

这是清明还是冬至？一般只有在这两个节日，大部分墓主的亲属都来祭扫，才会有游魂们都被唤醒的场面，但现在却又不像。老魏感受不到气温，但看绿化带里植物的郁郁葱葱，分明是在夏季。

这时，老魏的视野上方冒出了一则推送，告诉他收到一条信息。老魏伸手，做了一个点击的动作。他看到，其他游魂也在做同样的动作，说明大家都收到了这条群发的信息。

那是一条简短的通知，告诉他们为什么在此时此刻醒来：

您好，今天是 2052 年 8 月 9 日星期五。农历七月十五日，中元节，按照我国今年刚刚通过的《数字人格复制体权益保护法》第七条第十二款，您作为数字人格，享有半天的合法假期，因此被唤醒，并可以在法定范围内自由活动 12 个小时，更多信息请点击……

老魏还没回过神，一旁的老傅转向他，笑着说："老魏，你没想到吧？现在的社会还挺尊重传统文化，连中元节都给咱们过上了。听说以后每年都会有好几个节日可以苏醒……"

但令老魏愕然的，却是其中另一个信息："2052？怎么会到 2052 年了？我、我上次醒来不还是 2045 年吗？怎么再一醒来已经过了七年?！"他求助地望向老傅。

老傅似乎不知如何启齿，良久才说："看开点吧老魏，时间对咱们还有什么意义可言呢？多几年少几年的，都一样。"

老魏颤声问："所以，他们……我家人……这些年一直都没来看过我吗？"

"这个……我也不清楚，我也不是每天都醒来的啊……"老傅含糊地说。

老魏忽然想起来，自己作为和这块墓地（准确来讲，是这块储存有他全部数据的墓碑）绑定的数字体，可以查看扫墓的记录。他点击了自己视野右上角的一个隐匿图标，很快跳出一堆选项，虽然已经是数字化的存在，但老魏还是花了点时间才找到家人的扫墓记录：其实这几年家人也还来过几次，最近一次是在去年年底，但再未唤醒过他。

老魏心中感到一阵苦涩，或许这么说也不妥当，他已没有了"心"，但一股纠缠郁结的感受渗透了他的整个感应场，让整个世界都变得灰暗、黏稠。

老傅安慰他说："毕竟你家人还是来过了么，你看李姐家，十来年都没人来拜祭过……这年头有几个真孝顺的儿孙啊，能来看看就不错了。"

但是来扫墓而不唤醒自己，比完全不来更加令老魏伤心。他摇摇头："多半是我那婆娘不让，这女人固执得很……唉！"

是的，老魏很清楚，问题的症结就在于沈月。她这些年一直恨着自己，确切地讲，是恨自己这个魏光明的"数字人格复制体"。

2

在老魏的感知里，死亡并不是十年前的事，而几乎就在几个月以前。他在医院中最后一次昏迷后似乎没多久，就又醒来了。

说"醒来"不是很确切，因为并没有一个从朦胧到清醒的渐进过程，而是刹那间，整个广阔清晰的外部视野一下子跳了出来，无数光影和声音向他涌来。老魏吓了一跳，本能地闭上眼睛，等到再睁开，他发现自己站在一块黑色的墓碑前，仔细一看上面的字迹，竟然是他和沈月的墓碑！他恍惚间以为是在做梦，想去掐自己的大腿，却哪里掐得到——他发现自己浑身上下只是一个半透明的虚影，甚至脚都是悬浮在地面上的。

"魏先生，不要紧张，请听我说！"

老魏这时发现，身边还站着一个年轻女孩子，穿着印有"永恒墓园"字样的工作服。她告诉老魏，他是用了最新的扫描和建模技术，在魏光明死去时的瞬间，复制他大脑皮层中的海量数据而形成的数字虚拟人。尽管他觉得自己就是魏光明，但严格来讲，只是魏光明的数字复制体。现在，他的本体就在这个内置有强大处理器和储存器的墓碑里，但又结合了一个和生前相似的三维形象，以增强现实也就是所谓 AR 的形式，被投射到现实空间中。他的感知——当然，基本只有视觉和听觉——来自于周围环境中遍布的微型传感器，这是这些年来智慧城市建立的基础，足以支撑起一个覆盖整个城市的智能感知场域。这些技术已经成熟好几年了，特别在中国这样一个讲究"事死如事生"的孝道社会，为死者制造数字体——俗称"游魂"——正在越来越受到欢迎。

老魏是个工人，没念过多少书，加上生命中最后几年一大半时间在医院度过，对于社会上很多新事物已经很隔阂了。但毕竟在二十一世纪度过了后半生，他很快也就明白了"数字人格体"的大致意思。他当然也一时难以接受自己竟变成这副"鬼模样"，但等到平静下来，又感到自己也还算是幸运：不管怎么讲，本来他重病缠身，只剩下喘气的力道，但如今病痛都已无影无踪，他还能留在亲人身边，陪老伴走完余生，看着自己的孙女长大。还有什么奢求呢？

老魏巴不得马上回家，但是对方告诉他，政府规定，死者的数字人格体只能留在墓园里，不得离开这里，进入社会，甚至进行网络通信都不允许。这很好理解，比如，过世的领导和老板，其数字体要是继续霸占要职指手画脚，那社会可就乱套了；即便留在家庭内部，也容易造成个人生活和人际关系的隐患，例如遗产分配和配偶再婚等等，所以让数字体们留在墓园，应该说是最好的方案。老魏不得不接受这个现实，只要能再见到妻子和孩子们，这都是可以接受的代价。

第二天，老魏再次被唤醒了，那是家人在他下葬后第一次来扫墓（老魏有点遗憾，当他的骨灰下葬时，数字体还没有完全制成，所以没法在自己的葬礼上当面答谢亲友）。一家人都来了，远远地就飞奔过来，围在他身边，哭着，笑着，诉说着，特别是沈月，泪眼滂沱，几乎要瘫倒在他的怀里——只可惜他无法抱住她。九岁的孙女宸宸也蹦蹦跳跳，缠着爷爷不放，给他看自己画的一幅蜡笔画。老魏清楚地记得，画的是爷爷拉着她的小手走在硕大的太阳下，两个人都笑嘻嘻的。在她心目中大概根本没有死亡的概念，爷爷只是换了一个地方住而已。

后来有一段时间，家人常常来看他，当然儿子媳妇要上班，孙女要上学，只有在周末才能来，老伴沈月却天天风雨无阻，在他坟头一坐就是几个小时，商量家里的琐事，告诉他邻居朋友的近况，就像生前那样依赖他。那是一段美妙的时光，实在比生前最后两年病魔缠身的日子要舒心太多。

但这种死后的美好生活并没有维持多久，是从什么时候开始的？对了，就是那一天。他和沈月当年认识的纪念日，沈月随口跟他提起，但他竟然不记得了，好像记忆中有一个巨大的空洞。

"1988年的今天……在你表姐的婚礼上？我……我想不起来啊，奇怪，真是奇怪。"老魏疑惑地说，他的确记得有几次和沈月在一起庆祝这个日子，但这一天本身发生了什么，他一点印象也没有。他有点担心，自己是不是老年痴呆了？但再一想，怎么可能，他分明已经没有了肉身，哪里会有什么老年痴呆！

"那我们第二次见面，去看《高山下的花环》，你还记得吗？你都看哭了，我还笑话你来着……"老伴小心翼翼地问。

老魏摇摇头。高山下的花环，是什么花环？有什么好看的？

沈月的眉心越发紧蹙："那我们结婚那年，去杭州度蜜月……"

新婚燕尔的甜蜜，再不记得就不像话了，老魏想说自己记得，但又说不出口，他惊恐地发现，和沈月在一起的前几年几乎都是空白，但同时期的事也不是全不知道，甚至包括和工友吵架、借给表弟钱之类的琐事都还有印象。他的记忆就好像是一本被撕去了最重要几页的书，怎么会这样呢？

沈月缓缓向后退了两步，眸中透出陌生的眼神。好像眼前不是和她相濡以沫五十年的老公，而是一个打扮成他的骗子。

"假的，"她喃喃说，"你不是……不是我家老魏……他从来不会忘记的……"

"我……我是啊，我没忘记，我肯定记得，只是一时想不起——"老魏毫无底气地说，自己都听得出来自己的心虚。

"假的假的假的……"沈月不去看他，只是不住重复这两个字，仿佛是以此来说服自己，拒绝再和他有任何交流。很快，她颤抖着转过身，踉踉跄跄地走了。老魏既然心里没底，也不敢追上去，只是木然站着，喃喃说："怎么会这样的……"

"有些记忆没拷贝上，很常见的现象，别担心。"一个声音在他身边说。确切讲，也不是真正的物理声波，而是游魂之间的一种信息交流。

老魏回头，看到一个四十来岁，身形高瘦的中年男子对他微微一笑。虽然对方看起来比自己小很多，但不知怎么，他有一种见到老大哥的感觉。

那就是老傅，他认识的第一个邻居。

3

永恒墓园是人格数字复制技术投入商用后新建的，所有墓主都有一个数字人格复制体，或称游魂。游魂的物理存在依附于内置芯片的墓碑本身，但他们的形象都是 AR 系统中生成的影像，可以彼此看到对方，也可以相互交流。

在法理上，数字体是对本体进行复制的产物，其所有权归属于本体的继承者，何时苏醒由继承者决定。当然一般来讲，继承者会尊重游魂苏醒的意愿，不过大部分游魂也并不想经常醒来，在墓园中过形同坐牢的无聊生活，而常选择只是在和亲人相见的日子苏醒。

但老傅是个例外。老傅比老魏大好几岁，也早走几年，是国内最早诞生的数字体之一。他妻子早逝，无儿无女，一辈子活得洒脱，临终前把房子卖了，委托一个殡葬公司复制了自己的数字体，根据协议，他可以自由选择在何时苏醒。老傅一年到头会醒来很多天，经常在墓园里转悠，找人聊天和下棋（AR界面能实现这个功能），因此认识绝大部分游魂，可以说最是见多识广。

老魏从老傅口中知道，原来并不是每一个数字体都能实现本体100%的记忆复制，这依赖于临终时大脑状态的不同而有很大差异。老魏开始复制时大脑已经坏死了一小部分，所以大约只有魏光明本人八成的记忆，因此许多年轻时的珍贵回忆，都已不复存在。

后来，老魏又苏醒过若干次，但沈月再也没来过，儿子来得也不怎么勤快，唯一的安慰是小孙女宸宸还很依恋爷爷，每次来看他，都在他耳边叽叽喳喳地讲述生活和学校里的趣事，排遣了老魏不少的苦闷。然而到了第二年，宸宸也来得越来越少，似乎她也发现，停留在过去时光里的爷爷，渐渐已经不能理解她越来越丰富有趣的生活，跟他也说不到一起去了。第三年，老魏更是只在清明节苏醒过一次，和儿子孙女匆匆一面，之后就一直沉睡到了今天。

老傅也曾告诉他，像他这样的情况并不罕见，对许多人来说，已故亲人的数字体只是一个廉价的慰藉，并不是亲人本身；随着人们走出悲痛期，许多人在心理上也渐渐拉开和数字体的距离，甚至对"假冒"其亲人的数字体感到反感。据说，有三分之一的家属最终会选择销毁数字体，还有三分之一不愿销毁但也不会再唤醒他们。看来，老魏的家人也进入了这一行列。

想到这里，老魏哭丧着脸说："这么活着——不，死着——还有什么意思，沈月既然不想再看到我，干脆让他们销毁我得了。"

"你还不知道吧，"老傅说，"前几年国家通过了数字人格体的权利法案，保护我们的'准生命权'，从此以后就不允许销毁我们了。今年又通过了新的法案，我们每年还有几天苏醒的法定假期，还可以选择何时苏醒。"

老魏苦笑说："想不到政府对我们这些孤魂野鬼还能这么好，比我老婆还强。"

老傅却说："别怪她，也许恰是因为她和你——和魏光明——的感情最深，所以如果她觉得你不是魏光明，反而会产生强烈的排斥心理。"

"那我该怎么办？"老魏哭丧着脸说，"就这么被所有亲人遗忘，孤零零地在这个破墓地里住下去？"

老傅却笑了："你别急啊，你看——"他指了指前方。

老魏顺着他指的方向一看，看到一对拉着手游荡的游魂，不由得微微吃惊："那不是王哥？他身边怎么多了个女的？"

老傅说："这是他老婆！去年刚去世的，如今也成了数字体，夫妻两个在这里团聚了，现在整天形影不离。"

老魏心中一动，明白了老傅的意思。其实他自己也不是没想过，等到老伴也百年归天，多半也会成为数字体来陪伴自己，到那时候，夫妻俩同是游魂之身，还会有什么排斥芥蒂？他们可以在这里相依相偎，就像生前……

老魏不禁想，要是这一天能快点到来就好了。但转念又觉得自己过于自私，不管怎么说，也不能因此就盼望沈月快点亡故吧？

"对了，"老傅说，"刚才不是通知了吗，今天咱们可以去外面。你如果想家里人的话，可以回家看看。"

"真的可以？"老魏精神一振。

"嗯，没问题的，不过你知道，这需要……他们的 AR 系统能够识别你。"说到这里，老傅有些吞吞吐吐。

老魏心一沉，他明白老傅的意思。既然家里人好多年都没唤醒他，也未必会欢迎他的归来，也许在 AR 系统中早就删去了他的信息，也就无法再看到自己。不过见到家人的渴望仍然压倒了一切。他眼前不禁浮现起多年的某个记忆碎片：他从外地回来，推开家门，家里充满了欢声笑语，儿子媳妇已经做满了一桌菜等着他，沈月迎上前嘘寒问暖，小宸宸更是大叫"爷爷爷爷"扑到他的怀里——那是久违的家的感觉。

老魏感觉自己眼角湿润了，当然那只是幻觉。他问老傅："那我该怎么去？"

老傅说："很简单，根本不用走路。在我们视野右上角有一个图标，可以下拉一个菜单，点击地图，就可以到达想去的地点了。不过好像要先去登记一下，我带你过去。"

4

游魂的移动方式和人的肉身不同，是以虚拟大脑中的指令驱使影像在AR 场域中平移位置，看起来便如同飘移，当然也可以采用行走或奔跑的表面动作，但没有实质意义。老魏跟着老傅在墓园中飘着，向出口移动。左顾右盼间，发现这几年公墓里多了不少新邻居，绝大部分都是耄耋老人。虽然理论上数字人格体可以是任何模样，但家人一般还是习惯于订制死者晚年的形象作为皮肤，否则中年人对着小伙子大姑娘叫爹妈，未免太过硌硬。当然，老傅是个例外，他虽然是快八十岁去世的，但却按自己意愿设置成四十来岁的形象，眉目修过，比本人真正年轻的时候还俊朗几分，更不用说还 P 瘦了一大圈。

老魏的目光忽然定在一个小小的身影上。那是一个穿白裙子的小女孩，只有六七岁，头发长长的，抱膝坐在墓碑后的阴影下，不仔细看几乎看不出来。她身上发出淡淡的白光，表示她也同样是一个游魂，而非人类。

"老傅，那是——"他停下问。

老傅看了一眼，说："这孩子啊，她叫林莎，死于飞来横祸：好好在小区里玩，谁知一辆自动驾驶的汽车失控撞过来……她进墓园也有五六年了，但你一直没醒，所以不知道。"

老魏看了这孩子几眼，想起了幼时受了委屈躲起来哭的宸宸，心下一软，朝向她移过去："孩子，你怎么了？"

看到有陌生人飘过来，女孩流露出恐惧的眼神，更加瑟缩。"爸爸，妈妈！"她稚气地喊。

"莎莎别怕，"老傅上前安抚说，"这是魏爷爷，我是傅爷爷，你还记得吗？我们前几……前几天还见过的。"

莎莎似乎认得老傅，犹豫地点点头，叫了声："傅爷爷！"

老魏问："她爸妈也在这里？"

老傅低声告诉他："当然没有，不过当年林莎的头部几乎被车压碎了，大脑受损严重，导致数字体复制的时候错误太多，一大半记忆没了，智力也明显低于同龄孩子，她到现在可能还不知道发生了什么……"

老魏的感应场又是一阵压抑。可怜的孩子，他想，要是我的宸宸也这样，那真是比我自己死了还难过。

老傅说："她父母前一两年倒是常来，后来可能嫌她不像自己的真女儿，也不来了。这孩子好像设置了自动苏醒，每年还会苏醒几天，找不到家里人就自己躲在这里，也不说话。我们别打扰她了，先出去再说。"

但莎莎听到了他最后一句话，忽然眨巴着眼睛，问："傅爷爷，我也可以出去吗？"

老傅一怔，随口说："嗯，对，今天是中元节……"

莎莎一下子站起来，带着哭腔说："妈妈！我要去找妈妈……呜呜……"

老傅和老魏面面相觑，老傅问她："你要找你爸爸妈妈？"

莎莎点了点头。

老魏问："那你知道你妈妈在哪里吗？"

"知道，东海市南川区江东二路 296 号仁爱小区 C 座 506 室……"莎莎背出一串详细的地址。

老傅说："应该是生前她父母教她背的，以防走失。"

老魏说："对，我也教孙女背过。老傅，既然有地址，不如我们带她去找她父母？"

老傅面有难色："这个……我……其实……"

"永哥——"

老傅还没说完，忽然传来一个嗲嗲的女声。伴着这声音，一个绛紫色旗袍打扮的丽影飘来，竟是一位颇具风韵的熟女："永哥，我一直在找你呢，你怎么还在这里，到底还走不走啊？"

老傅顿时眉开眼笑："这不是碰到老魏了吗，聊了几句……走，马

87

上走！"

"是魏哥啊，好几年不见了！"旗袍女对他甜甜一笑。

"哦，小田啊，你好……"老魏也有些尴尬地打招呼。

小田是位"00后"，比他们都小很多，四十岁出头因为癌症走的。她去世后，丈夫很快便再娶，再不来祭扫，不过倒也放她自由。小田也蛮看得开，既然丈夫另寻新欢，她在墓园里也开始了第二春，到处招蜂引蝶，换了好几个"男朋友"。虽然游魂之间无法有真正肉体关系，但虚凤假凰，彼此倒也有一些相互感应的满足方式。

有段时间，她和一位英年早逝的歌唱家走得很近。在月光下，歌唱家曼声高歌，小田翩翩起舞，郎才女貌，颇为浪漫。谁知歌唱家的妻子查看记录，发现丈夫的数字体频频在夜里苏醒，不觉心生疑窦，一天亲自跑来墓园查看，发现后大吵大闹，上演了一出"捉奸"大戏。这场"人正房大战鬼小三"成为冷清的公墓里好几年中最大的八卦。后来，那妻子一气之下，将歌唱家的骨灰和数据体都移走了，小田才又寂寞了下来。

这几年老魏没有苏醒，也不知道发生了什么，但看来，老傅又已经被她拿下了。老魏想，本来小田只找同代人，看不上他们这些比自己大几十岁的老头子，但在墓地里一住这么多年，这些差距慢慢也就无所谓了。

老傅把他拉到一边，有些歉意地说："老魏，刚才没跟你说清楚，其实我跟小田约好了，今天要去超元宙玩一圈的……"

"超元宙？是什么？"

"这两年的新玩意，就是一个赛博空间，大到无边无际，里面各种奇观都有，飞在天上的鲸鱼，翡翠造的城市，千奇百怪的外星人……你可以想象成一万个——不，一百万个——幻想世界的总和。现在每天都有几亿人在里面玩，几乎都不愿意出来了。"

"嘻，不就和以前那个什么元宇宙差不多吗，骗人的花头。"老魏不以为然。儿子魏佳杰二十年代搞过创业，投资了什么"元宇宙工业"，结果赔得一塌糊涂，大部分债都是他帮着还的。

"不一样！这次是真的。你进来就知道了，那是一个根本想象不到的神奇世界……一般不对数字体开放，但今天是个难得的机会。有人说，将来也没有什么人类和数字体的区别了，所有人都会住到那个世界里。据说在里面，我们也可以有真实肉体的感觉，可以……嘿嘿……"他冲老魏挤眉弄眼。

老魏说："行吧，那你和小田去玩吧，我不当电灯泡，带莎莎去找她爸妈好了。"

老傅想了想，说："你也不一定好找，要不，还是我们带莎莎去超元宙吧，那里的游乐场特别带劲，小朋友一定喜欢。"

莎莎好像听懂了，固执地摇头，说："妈妈！我要找妈妈!"她着急之下，居然主动抓住了刚才还是陌生人的老魏的手。

老魏心一软，说："放心，莎莎，我带你去。"

5

和老傅及小田分开后，莎莎紧握着老魏的手不放，好像生怕他跑掉一样。数字体感受不到触觉，但在不同数字体的影像有意接触时，工程师仍然设计出一种难以名状的刺激，勉强说的话，类似黏附感。它和数字体虚拟大脑中一些深邃的区域相连接，可以在感应场中激发出各种各样的情感涟漪。对老魏来说，他感到好像回到了很多年前，自己身体还硬朗的时候，拉着孙女去幼儿园时的情景。

完成简单的登记之后，老魏和莎莎的地图被激活了，一张可以随意放大缩小的三维地图展现在他们面前，上面标出了 AR 影像的可传送点，在东海市里有几百个，基本都在马路、广场、公园、购物中心等公共空间。老魏先是找到莎莎家的地点，然后找到距离她家最近的一个传送点，按下了传送按钮。下一个瞬间，一老一小两个游魂就出现在那里了。

那是一个街心的小公园，离老魏家也不算远，周围的建筑和街道都似曾相识。但老魏仍然一下子感觉到了十年的时代变迁：光屏墙、扫地垃圾桶等智能设备变多了，有不少少年男女穿着时髦的飞行衣在天上飞来飞去，还有一些合金的或陶瓷的机器人在路上行走，运送外卖或者快递，这些在老魏生前还很少见。

莎莎左顾右盼了一会儿，忽然发出一声欢呼，抽出小手，朝着公园里一个灯火辉煌的儿童游乐场跑去。老魏不禁莞尔，孩子就是孩子，玩性太大，这就忘了回家的事了。不过数字体孩子怎么能够在人的游乐场里玩呢？老魏一边想一边跟了过去。

谁料，莎莎跑到游乐场门口，却并不往里走，而是扑进一个中年女子的怀里："妈妈！妈妈！"

但她整个身体竟从女子的下半身穿过，女子漫不经心地看着一个投射在她面前的 AR 视频，根本没有注意到脚下有这么一个发着白光，满面渴盼的小女孩。

"妈妈！我回来了呀，妈妈！"莎莎尖叫着，试图抓住她的衣角。女子却打了个哈欠，用手一拨，又换了一个搞笑的猫狗视频。

老魏的心沉了下去，他也走到女子身边，试探地问："你好，请问你……"

女子没有任何反应，继续漠然调弄着视频。

老魏明白了，就像老傅说的，只有在对方内置的 AR 系统授权的情况下，游魂才可能出现在其视野中，被对方看到。莎莎的母亲大概早已更新了 AR 系统，删除了有关她的信息，所以根本看不到她。当然，更看不到老魏。

"妈妈，妈妈，你怎么不理我，我是莎莎呀……呜呜……"莎莎在她面前哭了起来，虽然流不出眼泪，但鼻子一抽，小嘴一撇，却同样令老魏的心都要碎了。

"别哭了，莎莎乖，别哭了……"他徒劳地劝道，却不知如何是好。

但这时，女子好像听到了什么，抬起头，脸上忽然绽放出温柔甜美的笑容。莎莎也怔了一下，以为母亲看到了自己，急切地说："妈妈，我在这里，妈——"

"小诺！"女子却叫了起来，"来，妈妈在这里！"

一个三四岁的小男孩从游乐场出来，穿过莎莎半透明的身躯，真实扑进了女子的怀里，骄傲地叫道："妈妈！我刚才从最高的变形滑梯上滑下来啦！"

　　"真厉害！玩累了吧，满头大汗的……"女子说，"你爸呢？也不看着你一点。"

　　"我跟着他跑了半天，"一个男子走过来，也笑着说，"你在一边休息，还说风凉话。"

　　"爸爸！"莎莎叫了起来，老魏感到的分贝比刚才还高，"爸爸呀！"

　　但男子同样没有听到分毫声响，而对男孩说："小诺，我们去吃冰激凌好不好？就我们俩，不给你妈吃。"

　　小诺却说："我跟妈妈吃，不给你吃，哼！"

　　"看到没有，"母亲扬扬得意地说，"儿子向着我，少挑拨离间了，走，妈妈给你买分子冰激凌……"

　　一家人说说笑笑地走开了。莎莎在后头追了两步，却又有些犹豫，但还是哭着叫"爸爸妈妈"，想跟上去。

　　老魏心中酸楚，拉住她说："别哭了，莎莎，他们……他们听不见你的……"

　　莎莎停住了脚步，又哭了一阵，然后问他："魏爷爷，爸爸妈妈不要我了吗……"

　　"不是不要……"老魏不知该怎么说，"怎么会呢？他们只是……只是……"

　　算算时间自然明白，在莎莎去世后，她的父母很快又有了第二个孩子——如今人人都有冷冻生殖细胞在生育银行，想生几个孩子都轻而易举。新的小生命疗愈了他们的伤口，给了他们的人生新的希望。或许他们不会忘记莎莎，但也不愿再直面这内心的伤疤，所以多年没有再唤醒莎莎的数字体，甚至从自己的信息管理系统中删掉了女儿的一切信息。但你怎么能让一个心智只有三四岁的孩子明白这些呢？她甚至不清楚自己已经死了。

　　何况，即便能见到莎莎，她的父母又会怎样？也许他们会痛哭流涕，抱住这个苦命的女儿，又或许，他们不愿承认这个残缺的，不具备许多基本记忆的数字体是自己的女儿，甚至不承认她有人的意识，认为只是一段拙劣的错误程序，置之不理。人心的深邃与偏执，外人无法蠡测。

"……只是技术故障，你明白吗……所以他们看不到你……"最后老魏勉强说。

"那个小孩……是谁？"莎莎又问。老魏知道她指的是那个小男孩。

"小诺吗，他……应该是你的弟弟……"

"我不要弟弟！不要！我要我的爸爸妈妈！"莎莎仿佛忽然意识到是谁夺去了自己的父母，愤恨地鼓着腮甩开他，朝父母离去的方向移去。这次她的念动力很强劲，瞬间就像箭一样射出几十步远。老魏忙追上去，但忽然一群贴地飞行的小青年从他眼前冲过，逼得老魏退了几步。老魏过了好一阵才想到，他无须躲避，就算开来的是二十吨的大卡车，也伤不到他。但此时，对面又跑过来一群打打闹闹的小学生，挡住了视线，人群散开后，老魏已看不到莎莎的身影了。

6

老魏找了半天也找不到莎莎，只好先告放弃。反正莎莎这状态应该也不可能被坏人拐跑。临走时，老傅跟他说过，十二个小时后，不论游魂身在哪里都会被强制关闭，下一次苏醒——如果有的话——还是会在自己的本体墓碑之前，所以不可能走失。但想到莎莎此时不知会在什么角落里哭得昏天黑地，也没有人来安慰，还是让老魏的感应场一阵阵难受。

老魏只好让自己不去想这些糟心事，只想着自己的家人，向家的方向飘去。距离大概还有两三公里，他本来可以传送到更近的地点，但老魏想看几眼家附近的街景有什么变化：当年，隔了两条马路的百货大楼本来要改成一个艺术展览馆，旁边的小巷也有改造成智能街区的计划，他去世的时候正在动工，现在不知道怎样了……

其实老魏也知道，这些都是自欺欺人的托词，他只是不敢马上面对家人，也许他们和莎莎的父母一样，早已删去了自己的信息，也无法再看到自己，又或许他们已经搬走了，数字体在未经授权之下，无法通过网络主动联系人类，老魏更不可能找到他们。他只希望走得慢点，让或许非常残忍可怕的真相更慢更迟一点到来。

老魏在路上又看到了不少游魂，有些是和活着的亲人在一起的，但还有许多大概都是和他类似的情况，他们苍老孤单，灰暗惨白，若隐若现，或飘或行，魂不守舍。其他人类都看不到他们。尽管路上有些中元节主题的表演和 cosplay，但似乎没多少人知道今天是他们这些游魂返家的日子。毕竟人鬼殊途，老魏想，但也许再过几十年，生人会越来越少，就像老傅说的，人们都搬去什么超元宙了，这座城市将被越来越多的游魂淹没，埋葬在过去的记忆里。

在离家不远的一条街上，老魏看到四五对男女，或者男男，女女，打扮得花花绿绿，在离地不远的空中飞着，他们不是游魂，而是穿着飞行衣的年轻人。他们笑着闹着，相互亲吻，抚摸，交换伴侣，同时作出各种高难度飞行动作，天知道彼此是什么关系。这大概又是年轻人喜欢玩的什么时髦游戏。

他们一个个从老魏头顶掠过，老魏只是略看了几眼，又沉浸到自己的心事中，对这些造型古怪的小青年没任何兴趣。但在队伍末尾，一个女郎似乎看到了他，好奇地看了他几眼，忽然发出惊讶的低呼，一时没把握住平衡，在空中画出歪歪扭扭的曲线，差点摔下来。

女郎停止了飞行，缓缓落地，眼神中都是惊讶。这女郎的身姿前凸后翘，性感到夸张，大概是注射了什么智能纳米液进行了身材编辑。她的衣着暴露得不能再暴露，下面露到大腿根，上面露出大半个胸脯，绿色的长发像是飘动的海草。脸上和身上不知涂了什么，发出某种五颜六色的荧光。

老魏有些诧异，为什么这个浑身抹得跟山魈屁股一样的女郎盯着他看，难道他的样子看上去很恐怖？还是她从未见过一个老人的游魂？

但忽然间，他想到了一点，整个感应场战栗起来。

这个飞天女郎既然能够看到他，这说明……难道……

他紧张地望向那女郎，渐渐地，他发现她其实很年轻，并从那张浓妆艳抹的面孔深处认出了一张熟悉小脸的痕迹，但这怎么可能啊……

"若宸，你下来干嘛！跟见了鬼似的！"她身后，一个辫发文身的青年男子也跳到地上，不满地叫道。显然没有看到他。

没错了，老魏的感应场一阵紧缩。眼前这个一身非主流打扮的女妖精，正是记忆中活泼可爱的宸宸，他从摇篮里一直带到八九岁的小孙女。

算起来，今年的宸宸的确也有二十左右了。老魏也想过，她应该出落成一个亭亭玉立的大姑娘。但怎么也想不到，孙女是这副模样。

"你……宸宸……魏若宸？"他试探地叫道，朝前走了两步。

魏若宸紧张兮兮地动了动嘴唇，想说什么，却又没说出口。她尴尬地抬了下手，好像打算遮挡下自己性感暴露的身躯，又发现实在欲盖弥彰，想了想，只好更尴尬地放下手臂，两只手拧在了一起。

"若宸！我跟你说话呢！"辫发男有些猥琐地搂住她的腰肢。

"×！"魏若宸骂出一个脏字，略放低一点声音说，"滚开，我爷爷来了！"

"你爷爷？你跟我说过的那个什么数字体吗？"

"闭嘴！"魏若宸说，在一个老魏看不到的界面上操作了几下，大概是共享了AR界面，男青年忽然也能看到他了，一时呆了，然后傻兮兮地鞠了一个躬："叔叔——啊呸——爷爷好！"

"爷爷……"魏若宸稍微镇定了一点，迎上前说，"你……你怎么来了呀？也不打个招呼……"

"宸……宸，你已经长这么大了……"老魏说，稍微移开目光，不便正视孙女丰满的酥胸。一阵时光的悲凉从心底升起，那个娇憨可爱的小女孩永远也回不来了。"一晃都七八年了，爷爷一直很牵挂你……"

魏若宸也不好意思看他，低着头，干巴巴地说："爷爷，我也想你……你在那边还好吗？"

老魏不知道怎么回答，只能说："孤魂野鬼的，有什么好不好的，你们也不来看爷爷，只有爷爷来看你们了……"

"对了！"辫发男插口说，"我今天看到新闻，说数字体可以在中元节放假回家！我还寻思你爷爷会不会来呢。"

"那你怎么不告诉我？"魏若宸瞪了他一眼，又对老魏说，"其实我一直想去看您，就是奶奶不让，说您不是……那个……"

她不知该怎么表达，但老魏也知道她的意思，摇头说："我真不懂，你奶奶为什么这样，就算我……可我对你们……我……"他也说不下去了。

魏若宸赶紧换了一个话题："对了，爷爷，我爸就在家里呢，我带你去看他吧。老 K，你在下面等我一会儿。"

辫发男不情愿地答应了，一老一少有些僵硬地转过一条马路，走进一座公寓大楼，这里一切倒基本还是老样子，只是更破旧了几分。魏若宸按了指纹，走进电梯，电梯识别了她的身份，自动带她上到三十五楼。

电梯里，两人相对无语。尴尬的气氛又笼罩下来，老魏打破沉默，问："宸宸，刚才那个人……是你男朋友？"

"也不算吧……"魏若宸含含糊糊地说，"就一朋友……"

老魏想提醒她几句注意检点，但多少年没见了，自然也拿不出长辈的权威，只好说："那个，你爸妈都在家吗？"

"我爸在，我妈么，哼，他俩早离了。"

"什么?!"老魏大吃一惊，"这好好的，怎么忽然就离了呢?"

"都离了七八年了……"说到父母的事，魏若宸说话顺畅了许多，"您老人家在世的时候他们也没少吵，您又不是不知道。后面更是过不下去了。我妈倒好，现在找了一个外籍华人，去加国了！"

"加拿大?"

"不是，加州共和国……刚独立几年吧。自从 M 国闹两党战争以后，好几个州都——"

老魏也没心思管外国的政局变化："对了，那你奶奶现在——"

这时电梯叮的一声，门打开了，正对着的就是他的家门。魏若宸打断他："那个……对不起，爷爷，我和朋友约好了还有点事，今晚就不陪您了啊，过几天，过几天我专门去那边看您！"

"可是——"

"对了，您别跟我爸说在楼下见到我和——就说只看到我一个人就行了！"

魏若宸快步走到门口，用指纹锁打开了门，里面似乎有一股气味传来，她皱着眉头嘟囔了一声"又喝酒了"，然后喊了一声"爸，爷爷回来了"！就溜之大吉。

7

老魏缓缓飘进房中，这套房子是他去世前三年全家五口一起搬进来的，装修还是他亲自监工的。如今依稀仍是记忆中的样子，但也残旧了许多，家具隐隐都有了包浆，地板上脏兮兮的，掉了许多纸巾和食物碎屑，显然好多天都没打扫了。他看到儿子魏佳杰坐在餐桌边自斟自饮，头上明显有了不少白发，脸上也苍老了几分，一脸的酒气，面前有好几个空了的啤酒瓶。

老魏心疼地叫了一声："佳杰！"

总算儿子没有把他删掉，一瞥眼也看到了他，立刻酒醒了一半："爸?!"手一抖，碰倒了边上的酒瓶，啤酒哗哗地流到地上。

老魏一时气上心头，皱眉说："你怎么一个人又喝上了，以前就跟你说要戒酒戒酒，还是喝个没完！怪不得小冰要和你离婚呢！"

"爸，你、你怎么来了？你不是在——"

"我不来还不知道你把家都给搞散了！"老魏越说越气，"你知不知道若宸现在在做什么？和不知道从哪里来的小混混在一起鬼混……她小时候成绩那么好，难道没上大学？"

魏佳杰摇摇头，结结巴巴地说："离最、最低分数线还差、差一百多分呢，去酒、酒吧里上班了。"

"你……你小子怎么把我的小孙女教成这样了！"

"我有什么办法，"魏佳杰嘟囔着说，"丫头大了，不听我的，她妈又

96

跑了……"

"老婆老婆你管不住，女儿女儿你教不好，老子在坟里等了好些年也没见你来看过我，每天就知道喝酒……废物！早知道老子当初就不生你了！"老魏教训起儿子，很快就进入了状态，说个没完没了，没注意到儿子的神态变化。

砰！

忽然间，一个酒瓶砸到地上，酒水和玻璃片四溅，好几片碎玻璃甚至穿过老魏的身体。魏佳杰扶着墙站起来，指着他，喘息着说："你、你他妈什么时候生过我？你是我爸吗？凭什么管、管我？"

老魏蒙了："我怎么不是你爸？"

"拉倒吧！你就是我爸的一个低级复制品，还没复制全！当年我妈就说，你根本不是我爸，让我们把你销毁了，我不忍心，让你活到现在。你居然还教训起我来了，早知道就该听我妈的，把你给……"

老魏气得要发疯："你妈呢？让她出来，今天老子要跟她说个清楚！"

魏佳杰却怪笑起来："怎么，你在那边没见到她啊？"

"我在哪边没见到她？"老魏想，难道沈月今天去那边看自己了？但也没人通知啊？

"在游魂那边啊……她都走了大半年了。"

老魏一怔，随后一股寒气仿佛笼罩了他的感应场，他明白了儿子的意思："你是说，你妈她……她已经……怎么会……"

魏佳杰颓然坐倒在地上，语气也和缓了下来："肠癌，折腾了一年多，受了不知多少罪……去年冬天，总算解脱了，唉……"

老魏只觉得心绪纷乱，相伴一生的妻子死了，他不能不感到难过。但是他自己都早已不在人世，去哀悼一个比自己走得晚得多的人，也未免奇怪……

忽然间，他想到那件事，伤感与希冀同时在感应场中搅动起来。他小心翼翼地问："对了，你妈有没有……那个复制……"

儿子摇了摇头："没有，什么都没有。"

老魏感到一阵数字体应该不可能感到的晕眩，仿佛整个感应场都在无底深渊中下坠，分解。妻子是真的死了，不仅肉身死了，而且一切信息都消失了，变成了虚无，不会存在于宇宙中的任何一个角落。虽然他一时还不明白，这到底意味着什么。

魏佳杰的话似乎还在从远处飘来："其实她一直很想你……哦不，应该说是想魏光明……她后来信了教，天天去教堂念经……她说你的灵魂应该上了天堂，而不是在那个墓园里……她死的时候斩钉截铁，说绝不要复制数字体……她说那个墓园是魔鬼聚会的场所，她临终时，甚至决定移走你的骨灰，另外找一个教友的墓地合葬……我也拦不住，只好一切顺着她……"

"移走我的骨灰……另外合葬……"老魏感觉，这无比荒谬，简直连语法都不通。原来，他的骨灰都不在自己的墓地里了，而被葬到了别的地方！那还在那里的他算什么？闹了半天，他不但不是人，连个正经的鬼都算不上！

"哈哈哈哈哈……"老魏听到一阵怪异的笑声，又发现原来是他自己发出来的。

"我懂了，我懂了！"老魏一边笑，一边说，"我也太傻了，真相是，魏光明早就死了，这十年来，根本就没存在过。我他妈的根本什么都不是！所以魏家这一切破事和我一点关系也没有。老婆、儿子、孙女，都和我没有一点关系！我还活着干什么，不，我还死着干什么啊！把我销毁了吧，快点！"他语无伦次地嚷嚷着。

魏佳杰反而有点害怕了："爸，你别激动你，你——"

"爸？谁是你爸？你爸和你妈已经在天堂团聚了吧！我只是一串毫无意义的数据，一个根本谈不上有生命的程序，压根不是你爸！"

老魏骂着，但不知怎么，儿子从牙牙学语到工作结婚的一系列画面在老魏眼前闪现，仿佛告诉他这些话都不是真的。但老魏挥挥手，把这一切都抹掉。他既然根本什么都不是，这些记忆和他又有什么关系？老魏只想赶紧离开这里，他调出地图界面，随便找了一个传送点，按了一下。

8

魏佳杰和整个客厅都消失了，眼前一下子暗了下来。

老魏发现，自己被传送到了一条河边。他花了一点时间认出来，这是一条城中的河流，距离他家也不远。河面上有几点萤火虫般的光晕闪动，花朵形的纸船上插着蜡烛，却是如今已经很少见了的河灯，用来超度亡魂的。老魏飘近前去，看到一个看上去差不多有一百岁的老婆婆在河边上一边放着河灯，一边口中喃喃念诵着佛经：

"无常大鬼，不期而到。冥冥游神，未知罪福。七七日内，如痴如聋。或在诸司，辩论业果，审定之后，据业受生。未测之间，千万愁苦……"

放河灯本来是中元节的旧俗，但到了这个时代早已寥寥无几了。老魏记得自己小时候，二十世纪八十年代，虽然已经是移风易俗的新社会，但中元节还见到过许多河灯在小河中漂荡，仿佛是天上的星河流淌下来。想来在那时候，还是有许多老一辈的人在以此怀念自己的亲人吧。如今他们也都故去了，成了亡魂，无人怀念，无人知晓。就连他自己，也有不知多少年没有想到早已去世的父母了。人类啊，尝试用记忆抵挡遗忘，最终归于徒劳……

老魏又想，这位老婆婆是在超度谁呢，多半是她的丈夫。她丈夫应该走得很早，也没有数字体留下来，所以她只有这样来寄托对丈夫的思念。忽然间，老婆婆的背影仿佛幻化成了沈月，老魏好像看到她在教堂里，在家中一遍遍念经，祈祷着能在另一个世界和自己团圆。一股悲怆击倒了他。

原来这一切的背后只是爱，无法再寻回的爱。如今已化为虚无的爱。

沈月恨自己，这其实并不要紧，因为沈月至死不渝地爱着魏光明，这就够了。恰因为沈月爱着魏光明，才会恨他老魏。作为魏光明残留的一部分，或者说魏光明的一个影子，他没有理由生气，而应该为此高兴，这是他的救赎，他的荣耀。一切问题的根源，只在于他违反了自从有生命以来的自然规律而出现，他本不应该存在。如今，沈月和魏光明在另一个世界团聚了，他就应该平静地化为虚无，那也没有什么不好。佛经怎么说来着，四大皆空，涅槃寂静。

在这个中元节，没人会超度他，但也许他能够超度自己。老魏知道，虽然他无法被合法销毁，但他现在不是有了"人权"吗？可以向园方申请，从此以后永不被唤醒，结果是一样的。如果他爱沈月，爱自己的家人，他早应该这么做。除了这么做来减少他们的苦恼，他也不可能再帮到家人什么了。

老魏决定，一回到墓园就这么办。但漂浮的河灯唤起了他一点遥远的回忆，他打算在这个悲伤的夜晚，再在这座城市里四处转转，和家乡做最后的告别。

老魏让自己御风而行，飘过一条条熟悉的街道，这些地方曾留下了他从小到大的许多人生回忆，不过其中有不少他的记忆也被抹去了，想不起来发生过什么，只觉得那些名字熟悉而亲切：建设南路、新丰路、江东一路、江东二路、天和小区、兰德斯小区、仁爱小区——

等等，仁爱小区？

老魏忽然想到了一件事，一件他早该想到的事。

他迅速穿过大门，沿着主路进入这个不大的小区，夜色深沉，行人不多，绿化带掩映中一座座灯火通明的小楼房，A座，B座，C座——对了，是C座。

他在楼梯间中飘升，来到五楼，果然看到一团淡淡的白光照亮了昏暗的楼梯。一个小小的身影蜷缩在门口，就像一只流浪小猫一样孤单无助。

老魏缓缓平移过去。他猜想得不错，刚才莎莎跟着父母走回到自己家门口，但她无法入内。住宅之内是私人领域，既然她的父母都已经删除了与她的联系，她也就无法进入房间内的AR场域，甚至看不到里面的任何东西，只有一片黑暗。可怜的莎莎不知怎么办是好，只有待在门外面，像在墓园里一样，蜷缩成一团。

老魏俯下身，生怕吓着她，轻声说："莎莎，你在这里啊。"

莎莎抬起头，虽然没有泪痕，但表情显然已经哭过很久了。看到他，眼中闪现出一丝犹豫的光亮："魏爷爷……"

老魏说："莎莎，我们走吧。"

"可是，这是我家啊……"

老魏尽量柔声细语地说："其实，你爸爸妈妈刚才跟我说了，让我先带你回去，他们……现在还有一些技术问题，看不到你，但过几天就会来接你的。"

"真的吗？"莎莎的眼中放出光彩，"他们真的会接我回家吗？"

老魏说："对，我……我保证会有人接你回家的。"

但也许，是另一个人，接你回到另一个家，老魏想。

莎莎犹豫地伸出手，老魏拉住她的手，转身下楼。他想起第一天送宸宸上幼儿园时的场景，一切历历宛在面前。如今，仿佛又有了新的义不容辞的责任召唤着他。爱与温柔在他心底复活。

老魏想，如果善良了一辈子的沈月能见到莎莎，肯定也不会再去想什么数字体和人的区别，什么谁是魔鬼了。那样柔弱的一个孩子，需要照顾和安慰，这是超越人和游魂的区别，超越任何教义的简单事实。沈月一定会比自己更加热情和细心地照顾好这个孩子，让她脸上露出笑容。如果沈月能见到莎莎，说不定也就能理解我了……

老魏又想，虽然沈月已经不可能见到莎莎了，但还有他。如果今后他能够去照顾莎莎，如果能够让她重新幸福快乐起来，找到家的感觉，如果将来他能带她去老傅说的那个超元宙里生活，能够见到千千万万个神奇的世界，如果在未来，新的科技能让莎莎再次长大……

这些"如果"，这些让一个孩子幸福的可能，虽然还不能说是确凿存在的，但已经不是虚无，它们在有无之间闪现，它们是有意义的指引，它们的名字，叫作——未来。未来，让时间成为时间。

纵然他并没有真正的生命，但他仍然、仍然被另一颗小小的心灵需要着，所以，他仍然要活着，仍然不能去选择走入那最后的良夜。仍然要拥抱那个渺茫的未来。

谢谢你，莎莎，挽救了我这个老东西的存在。老魏暗自想。

"嗯，莎莎，我给你讲个故事，想听吗？"

"想听。"

"从前有一座山，叫作花果山，山上有一块仙石……"

"这个故事我听过了。"

"那好……我再想想啊……从前有个小男孩，额头上有一道闪电一样的疤痕，他叫……"

尾声

最漫长的一夜过去了，天色已经微明，游魂们半日的假期也将要结束了。

老魏和莎莎早已回来，在墓园里讲了很久的故事，又做了一会儿游戏，然后又讲了一会儿故事。莎莎有些困倦，躺在自己的墓碑下面，闭上眼睛睡了——数字体既然模仿人脑的构造，便仍然有一些睡眠的需要。老魏坐在她身边很久，直到听到老傅和小田回来的欢声笑语。

老傅一回来就高谈阔论："老魏啊，你没去太可惜了，超元宙，太了不起了！我去了都觉得这辈子白活了！我告诉你，那一定是人类的未来，也是我们的未来……"

游魂们渐渐都围过来倾听。老魏听他讲了一会儿，也神往不已。但这时，一条推送提示他，刚刚又收到了一条信息，来自一个老魏没有印象的私人号码。

老魏有些诧异地走到一边，打开信息，发现是一幅非常简单稚嫩的蜡笔画：太阳高照，一个老人拉着一个小女孩，走在马路上。老人和小女孩脸上都在微笑，虽然笔法简陋，却颇为传神。

"魏爷爷，这上面画的是谁呀？"莎莎不知什么时候也醒来了，看到了问。

老魏不知怎么说才好，于是笑了笑，拉着她说："是魏爷爷和莎莎呀，你看像不像呢……"

"可是是谁画的呢？"

"是一个姐姐，一个很好很好的姐姐……"

老魏永远不会忘记这幅画，那是多年前他刚去世的时候，宸宸画的，那一年，她还曾专门拿来墓园给他看过，告诉他，自己很想爷爷，所以画了这幅画。

如今这幅画，当然是魏若宸发送给他的。想不到她还一直保留着这幅小画，也许是她翻了一夜才找出来的，又或许，是她在一夜狂欢之后，午夜梦回忽然又想了起来。虽然早已物是人非，但无疑，宸宸的心里仍然记得爷爷，记得童年那些相伴的美好。不仅是在魏光明生前，还包括那些在墓园中和老魏爷孙欢聚的日子……这一切都是有意义的。宸宸仍然关心着他，需要着他。

纵然人生不如意事十常八九，也许有这些，也就足够。

随着这幅画一起发给他的，还有一段长长的语音留言。老魏不知道魏若宸会对他说什么，但已经被一股期待中的幸福感所充满。他一边握紧了莎莎的手，一边在感应场的微微颤抖中，点下了播放按钮。

透过黑色墓碑群的间隙，第一缕阳光照亮了他们。

（原载《科幻世界》2023 年第 8 期）

作者简介：

宝树，科幻作家，译者，中国作家协会科幻专委会委员。著有《观想之宙》《时间之墟》《七国银河》等七部长篇小说，中短篇作品发表百万字，结集出版多部。主编科幻选集《科幻中的中国历史》《体育科幻精选集》等。屡获华语科幻星云奖、中国科幻银河奖主要奖项，十余部作品被译为英、日、德、西等多种外文出版。译著有《冷酷的等式》《造星主》等。

退化论

周于旸

星期一的早晨，我没有去上班。坐了六站地铁后，我来到了动物园。我告诉保安，我是来办理入住手续的。此时还不到上午八点，环卫工人刚结束第一轮清扫，晨光落在街道上，泛起灰蒙蒙的影子。深冬季节，大雾弥漫，行人如同火车，头顶白烟飘荡。保安说，我们这儿是动物园，不是酒店。我说，已经说好了，我来办理入住手续。

保安说动物园还没开门，让我先等一等。我把背包倚在墙边，解开围巾，脖子里全是汗。我点了一根烟，又递给保安一根，然后我们闲聊了几句。动物园的大门是由两棵赭红色的石雕大树构成的，左右各一棵，树干缠绕到一起，形成一道拱门。树上雕刻了各种动物，一路向上攀爬，最下面是熊，最上面是鸟。我告诉保安，我们很快就是同事了。他摆出不可置信的表情，接着告诉我，动物园里味道最大的是大象园，最吵的是鸣禽园，一定要离那些地方远一些。我们聊了很久，时间就这样一点一滴地流逝。到了九点，第五根烟即将烧到食指上时，他对着对讲机说了几句话，然后指了指靠西边尽头的房子，说，那是科研院所，办事处也在那里。我拎起背包，朝他所指的方向走去。

动物园虽然像个蛮荒之地，办公的地方还是十分整洁，既没有异味，墙

104

面也不肮脏，和我之前待的写字楼并无二致。动物园的管理员热情地接待了我，我们在一间会议室里谈话，一张椭圆大桌，能坐十几个人，现在就我们两个人。合同压在茶杯下面，旁边是一支签字笔。电子版的我已经见过，十四页纸，一半是条款的解释说明。我逐页翻去，上面的内容已经很熟悉，但我还是犹豫了一阵，坐在旋转椅上，轻轻地左右摇动，好像这是流程的一部分。我能感受到管理员焦躁的目光，但他嘴上还是说，没关系，你有足够的时间确认内容。

几天前，我们在电话里洽谈过合同的事情，这是动物园第一次拟这样的合同，他们和我都没有经验。一开始准备拟劳动雇佣合同，但他们后来意识到，那是人与人之间签订的协议，假如乙方是动物，应该签另外一种合同。最后的合同是根据动物展出协议修改而来，但补充得十分完善，甚至提到了关于越园的条款。不过这种说法有些奇怪，像是作家笔下生造的新词，是从越狱一词引申而来。此时我已经翻到了最后一页，上面写，以下无正文。纸上留了一大片空白，给甲乙双方签字。甲方是动物园，已经盖好了章。我拿起笔，迅速签了字。签完我松了一口气，管理员更是如此。

随后他带我穿过了栈桥，池塘，一片小树林，期间我见到了鳄鱼、金丝猴和长颈鹿，最后他领我进了大猿馆，里面有三只猩猩。管理员向我介绍，它们是一家人，也是我以后的邻居。最大的猩猩紧靠着玻璃，站在最显眼的地方，做好了随时跟游客互动的准备。红毛猩猩在角落里吃树叶，还有一只小猩猩围了个白色披风，在树干之间来回吊爬。我的位置就在它们对面，用玻璃挡板隔开，但屋舍的陈设完全不同，没有模拟自然环境，唯一的植物是一盆万年青。他们给我准备了床、书桌和洗脸池，如果要上洗手间，可以从里边进入一个小房间。管理员告诉我，玻璃房正对着海狮园，每天下午两点，可以从这里欣赏到海狮表演。然后他长舒一口气，对我说，现在开始，你就是动物了。他的语气给我一种不安的感觉，好像是在说另一句话：从此以后，没有人再可救你。说完后，他就关上了后边的铁门，紧接着我看到他从另一边出来，从我面前径直走过去。我们之间隔了一块玻璃，但我意识到那是一堵真正的墙。他没有朝我这里多看一眼。

那是我在这里待的第一天，临近中午的时候，才来了几批游客。起初，他们的注意力都在那几只猩猩身上，那几只大家伙很活跃，积极地展示自己。拍两下胸脯，斜着身子跑两步，经过池子就跳进去洗个澡，甚至伸出手问人要食物。游客无暇顾及我，只在将要离开的时候，转身之际余光瞥到一眼，刚被猩猩逗乐的笑容一下子没有了，仿佛逛雕像展览，冰冷的石像突然活动了起来，无不露出惊恐的神情，他们迅速从我面前抹过去。第一个和我交流的是一个年轻人，穿着灰色套头衫，手里拿着个大家伙，一台装了长镜头的单反相机，对着三只猩猩拍了将近半个小时，反复地确认相机里的照片。离开的时候，他终于发现了我，朝我走了过来。他说，你是这儿的饲养员吗？我说，不是。他说，那你是实验人员吗？我说，也不是。说完后，我意识到应当多讲一点，因为协议中要求和游客积极互动。那你待在这里干吗呢？他又问。我说，这是我第一天上班，后面他们会在这里挂上一个牌子，上面有我的介绍。他疑惑了一阵，然后才反应过来，说，这是行为艺术吗？我说，不是。他说，那真是稀奇了，人有什么好看的，满大街都是，我可以跟你合个影吗？他提出了这样的请求，然后把相机交给一名路过的游客，身子贴到玻璃面前，伸出一只手托举着，仿佛是为了把我显露出来。拍完之后，他低头捣鼓着相机，穿过廊道走了出去。

　　动物园早上九点开门，下午五点闭园，这也是我被展出的时间，和上班时的作息一致。不过到了晚上，我无法离开这里，完全依照着动物的待遇，安顿食宿，供人参观。我也有我的饲养员，他叫六马，他在早上八点和晚上六点给我送餐，白天只能吃一些零食，没有专门的午饭时间。六马鼓励我和游客多加交流，从他们的手里获取食物。我说，跟别人乞讨吗？六马说，这是动物园，投喂，明白吗？后来我才知道，我是动物园里唯一被允许投喂的动物，因为只有我能辨别食物，知道什么能吃，什么不能吃，但我也仅仅只向游客要过几支烟。管理员总是批评我，叫我摆正姿态，不可再把自己当人。话虽这么说，但需要一个漫长的过程。第一晚睡觉的时候，我被邻居吵得无法入眠，这三只猩猩能发出三种叫声，厚重如嘶啸，呼哧呼哧；尖锐的又像鸟鸣，叽叽喳喳。即使戴上耳塞，仍然无法完全阻隔。

尽管如此，那个夜晚依旧是一个清净的夜晚，没有人再打我的电话，喊我去加班，或是应对一些无聊的酒局。这儿太好了，我不用再费尽心力，想着如何扮演好一个儿子、丈夫和公司职员，避免家庭纷争，夫妻不和及职场竞争。从玻璃天花板望出去，我看到一些植物的藤蔓，它们搭成了一个巨大的相框，中间是夜空，有漂亮的蛾眉月，还有少量星星。我从未像这样观察过它们，好像月亮从没有升起过，星星也从未闪耀过。

之后的几天，动物园的游客越来越多。大猿馆也改了名，现在叫灵长类馆。游客们来到这里，不是被猩猩吸引，而是为了见一见这里展出的人类。他们在玻璃墙外对着我指手画脚，时常露出轻蔑的笑容，这让我很不自在。他们像看动物一样看我，付钱买票，当了上帝，在我面前毫无忌惮。拍照，发社交媒体，昭告世界，在动物园里看到了人类。我想人这一生，都很少会像这样观察和自己不相干的人，他们更擅长窥视，闪躲和望向别处。只有面对画像或是照片时，才敢肆意起来。我坐在床沿，低头冥想，假装没有看见他们。直到有人走过来敲玻璃，我不得不抬起头来。这时我应当冲上去，一把抓住他的领子，然后说，看你妈，回家照镜子去。但我不能，不仅因为隔着玻璃，如果挑衅或袭击游客，他们会把我转运到兽医院，进行心理评估。除此之外，还要罚我一天不许吃饭。

一个礼拜后，六马告诉我，动物园把广告打出去了，市民们知道动物园正在展出人类，都想来看一看。我说，他们想看什么呢？六马说，没有哪个动物园会展出人类，这就是他们买单的原因。当天下午，管理员带着摄影师来找我，要给我拍几张艺术照，做成海报，印到门票上。这给了我不小的压力，好像莫名肩负起了一些责任，但我并不知道游客期待看到什么。一个礼拜以来，我已经收到了无数东西。最多的是水果，尤其香蕉，他们递给我时，问我能不能转交给对面的猩猩。我懒得回答，剥开皮就吃。管理员骂我，我说这是一种互动。还有游客给我三个橘子，问我能不能抛一抛，表演个杂技。我说我不会，他说，对面的猴子都会，你怎么能不会？那时我想说两句脏话，进了动物园以来，我还没说过脏话，情绪无处释放。人变成动物，素质倒是提高了。我看了一眼管理员，他正盯着我，我什么也没法说，只好吃橘子。除了送吃的外，还有游客向我推销书籍，递来一本《基督山伯爵》，声称这是打发时间的良药，而且里面的主人公也在坐牢。还有人送了我一把小椅子，说是门口排队时用的，扔了可惜，给我正好。我甚至还收到过一枚避孕套，是一对情侣送的，他们在我面前站了很久，翻遍了背包才挖出这玩意儿。我说暂时用不上，他们一定要塞我手里，好像不送我点什么，这一趟就白来了。

在我还是个人类的时候，我尚且能想明白一些事情。比如说，游客为了一个人类走进动物园，多少带着些猎奇的心理。成了动物以后，我的思想有了变化。我不会爬树，不会跳火圈，没有尾巴可以摇，更不会开屏术，每天却有上百号人进来观赏我，这让我意识到人类的愚蠢。他们永远怀揣着无聊的动机，驱动自己奔赴于虚无的疆界。我有幸与记者、导演、哲学家进行交流。记者问我，身在动物园，是否觉得自己的出身比其他动物更加高贵。我无法回答。导演问我，能不能配合他拍摄一套纪录片。我说，我难以应付人的目光，更无法面对冰冷的镜头。哲学家跟我讨论人和动物的区别。他说，人类有灵魂，但动物没有，你在这待久了，也会没有灵魂。但我宁愿我的祖先是猴子，也不希望我是被上帝造出来的。

半个月后，我的领导来了。他买了一张门票，找我签离职协议。进动物园之前，我在一家互联网公司做项目负责人。我们团队五个人，我做组长，开发了一款聊天辅助软件，帮助用户处理一些烦琐的聊天任务，诸如节日问候，情绪分享，男女暧昧之类。软件可以分析用户的聊天习惯，建立相关词库，模拟出真实的聊天模型。上线之后，火爆了一段时间，很快改变了网聊生态，因为没人知道自己面对的是真人还是程序，人们开始互相猜疑。甚至出现了新的产业，有人做起了贩卖聊天模型的行当。社区里活跃着一部分擅长聊天的人，他们用词高级、语言幽默，能谈成生意，也能吸引异性，聊天模型可以卖出昂贵的价格。几年之后，网聊生态几乎崩盘，人们面对修饰夸张的照片，虚实难辨的聊天对象，逐渐失去了网聊的欲望。后来激起了一阵复古浪潮，人们更加频繁地使用电话，增加见面次数，减少无效聊天。那正是我做这个项目的初衷，弱化互联网对人类社会的影响，但我并未向任何人袒露实情。我和领导汇报工作时，极力夸大它的正面功效，由于带来了不小的收益，公司并未察觉背后的市场动向。当这个项目成为公司的主营项目时，我也卷入了公司内部的斗争，项目经理窃取了本属于我的功劳，对我的下属实行越级管理，一步步地把我推向边缘。当这个软件日渐衰微之时，他又把责任推到我身上，当替罪羊。在我走进动物园之后，我一度将它们抛诸脑后，直到我在这里见到了我的领导。

他站在外边，我站在里边，我们之间隔开了屏障。他的手上拿着离职协议书，但是迟迟没有递给我。他说，我来找你，四十块钱买了张门票，也不知道公司给不给报销。接着他开始讲述公司最近的情况，介绍上个季度的进展，公司又在开发一款新的聊天软件，但是还缺一个专业的架构师。讲到这里，他停了下来，故作惆怅地抱怨了几句，接着开始观察我，像那些游客一样。他说，技术部分都是你管，你这一走，公司瘫痪了，不负责任。我说，我不欠公司什么。他说，我们俩没有私人矛盾，很多事情都是老板的意思。我说，你来这里又是谁的意思？他说，是我们一致决定的，只要你回来，上月工资照付，团队还是给你带。这事放一个月前，我也许会心动，但对现在的我而言，已经无关紧要。我找了一份无法辞职的工作，有了新的生活方式，人变成动物是一个不可逆的过程。但我无法与他言说这些，只能说一些扫兴的话。我说，我就待在这，哪都不去。他说，没必要把事搞这么大，你赢了，只要你回来，条件任由你开。我说，我来这里不是为了要挟你们。他说，那是为了什么呢？我说，这是我的新工作。我说完后，他涨红了脸，怒目圆睁，环顾四周一圈，猩猩正瞪着他。他苦笑一声后，把离职协议书递给我，用轻蔑的语气说，还会签字吗？疯子。我迅速签好文件，将他打发了去。他把协议塞进公文包，敲了敲我的玻璃，转身离去。但他没有马上离开动物园，而是跟着人群去了下一个展馆。

之后几天，我看到好几个曾经的同事。他们悄悄来到灵长类馆，从我身边经过时，眼神上瞟，朝我这边偷瞄。被我发现时，又尴尬地跟我打招呼。我还在公司的时候，没有一个人搭理我，每个人都沉默不语，宁愿用手机发消息。到了现在，他们又轮流买票进动物园观赏我，通常是在周末，游客最多的下午。放在往日，周末去见同事，通常意味着加班，没人肯干。可是现在不一样了，他们不仅想见我，甚至愿意花钱见我。人类的习惯，到这时我又有了新的感悟。

周末过后，周一早上我接到通知，动物园要闭馆一天。六马说，动物园死了一只麋鹿，我们要给举行葬礼。上个礼拜，这只麋鹿离开了它的活动区域，在动物园里四处闯荡，先沿着鹅卵石路奔向溪流，再蹚过溪流隐匿于假山之间，横行于观鸟园，群鸟毕至，群鸟四散，最后闯入猎豹的区域，被活活咬死，场面十分血腥。这是动物园里第一次出现这样的事件，好在没有游客受伤。事发之后，管理员调查现场，麋鹿区的围栏有三米多高，没有损坏的迹象，无法解释它是如何逃出来的。但依照它的行进路线，管理员分析，此鹿一定性子极烈，且不合群，落得如此下场，应当算是自作自受。尽管如此，我们还是为它举行了隆重的葬礼。那是我第一次离开我的展馆。我们来到森林里的一片开阔地，麋鹿的尸体摆放在树枝搭成的木台上，围台有二十来头麋鹿，熊与象，十几人，大多为驯兽师。傍晚已至，暗黄色的光芒照耀树林，像舞台中央的探照灯，把草与木映照成黑色，剥去实体，留下影子。湖面上积攒着一片浮光，似有水汽升腾，模糊了远处的黑影。我们低头悼念，尽管与它素不相识，但仍然悲伤并怀念，发出哀鸣。我没有和人站在一起，而是站在动物那边，但我不知道如何哀鸣，只是尽可能地哭泣。驯兽师拿起火把，用火柴点燃，然后朝木台扔去。烈火燃起，仿佛森林的壁炉，有烟升腾，穿过森林的屏障，一直升到天空，也朝着周围四散开来。我被熏得迷糊，竟觉得林中有雾。火光之中，我与人和动物交换眼神，人类的眼神复杂，动物的眼神哀怨，但不染一物。因为闻到了烧焦的味道，我的鼻子一阵酸涩，很快流下眼泪。

葬礼结束后，我回到了我的展馆。日子又过去几天，我时常想起那只麋鹿。我与它正式见面是在梦里，我们之间隔了一条溪流，溪中有顽石，一半浮出水面。它站在溪边，头顶的鹿角仿若钉耙。它正对着一棵树木，安静的样子像在思考。等它发现我时，对视了不到一秒，它立刻蹬腿，窜入深林，像跳水运动员，身手矫健，动作迅猛，只留有草丛翻动的声音。我通常会在这时醒来。这是我作为一个人类的痕迹，总是会梦见一些不着调的画面，不像那只死去的麋鹿，它一次也无法梦见我，这是我们无法对视的原因。此后我觉察到一些轻微的变化，我的双腿正在变得健壮，手臂也在慢慢变长，我用四肢爬行，也能保持平衡，既抬得起头，也不会觉得上身沉重。我突然意识到，我正在变成一个荒唐的动物。

半年过去后，又有新的人来看我，她是我妻子秋云。进入动物园之后，我知道有一天她会出现在这里。不过经历了这么多事情后，我几乎把她遗忘了。此时此刻，她笔挺地站在外边，穿着黑色大衣，身后背着小提琴箱。半年前的某个晚上，我们大吵一架，声势浩大，前所未有。吵架的原因很简单，因为我把院子里的树砍掉了。那是一棵梧桐树，从她老家移植过来。秋云从小热爱音乐，学会的第一个乐器是笛子。当时她坐在村头的一棵梧桐树上，用笛子作了个曲，曲调悠扬，意境深远，借她的话说，连地上的青草都抬起了头来。这首曲她给我吹奏过，的确好听，像乘着云雾在田野上遨游。当时我们还是大学生，第一次在外头过夜，我们俩都很别扭。她对我说，我给你吹奏一曲吧，曲目为《秋冬》。演奏完之后，她就要我评价，我说，如诗如画。她说，这是一首歌，如诗如画是什么意思？我说，书像电影才好读，电影像小说才好看，音乐也是一样。除了笛子外，她还会二胡、钢琴、小提琴等乐器，但很少再能作出那样优美的曲子。直到有一次回家，她带着小提琴爬到树干上，找回了丢失已久的灵感。她说，一屁股坐到大树上，人就跟通了电一样。自那以后，她每回上树，都能带一首优美的曲子下来。

结婚之后，我们把那棵梧桐树移植到了后院，为此我们查阅了很多资料，研究大树的移植方法。先挖掘，再叫吊车，再在院子里挖同样大小的坑，将树填进去。移植完后，她如获至宝，终日待在树上，作曲演奏。邻居对此颇为不满，经常来敲我家的门。她略有收敛，但并没有收起琴弦，逢年过节时给邻居送小礼物，请他们通融。她决定多赚钱，买大别墅，从此无人打扰。那时她进了当地的音乐协会，在文化局工作，业余时间就替人作曲。休息日在家，我常受她的折磨，一段前奏听八十多遍，从早上编

111

排到晚上，有时我要去树上给她送饭。以前她作曲，要出门找树，现在树就在家里，更加方便。我说了她几句，树不是这么用的。但声音早已被音乐盖过，她没有听见。我知道她正在离我远去，尽管她就在院子里，三步之遥，甚至没有离开我的视线，但她早已身处另一个世界。那些纠结的音符正在侵占我的大脑，袅袅余音，不绝于耳。那日她从树上下来，说有事跟我商量，说是商量，实际上是通知，她要把后墙拆除，开音乐会，让镇上的人都来听。她说，你也知道，我就想开场音乐会，有什么问题？我说，咱们可以申请去剧院开，何必在自家后院开。她说，我要坐在树上，剧院没有树。我说，你就非得坐在树上？她说，非得坐在树上。

后来我们爆发了数次争吵，全因那一棵树，那一堵墙。有墙没树，有树没墙，这个道理我后来才悟出来。那天下午，我趁她不在，把她的梧桐树砍了。作案工具是从邻居那里借来的锯子，邻居是个木匠，问要不要帮忙一起砍，我说不用。后面有点费劲，也称不上砍，靠的是摩擦力。我一边锯树一边反思，事情走到这一步，到底是哪里出了问题，竟要和一棵树争抢我的妻子。有几下我没使上力，体内淌过一阵虚无的疼痛，突然不清楚自己在做什么。此时树干已被我开了一个巨大的口子，我继续锯下去，完全是因为半途而废太不好看。最后锯开树木、切到空气的那一刻，心里还是欢腾了一下，觉得汗没白流。大树被锯断后，它没有倒在地上，而是挂在了墙上。我在院子里站了一会儿，想了什么已经不记得。几分钟过后，墙面开始坍塌，树把墙压倒了。这时我才注意到了墙上的裂缝，像树叶的叶脉，它从中间开始断裂，显露出人为破坏的痕迹，它早已是一块破碎的拼图，承不住任何重物了。一阵尘土扬起，一阵尘埃落定，树倒墙塌，什么也没留下。

当晚她下班回家，刚进门，我向她告白，拥抱她，告诉她我爱她，从未像现在这么爱过。她推开我，说，你发什么毛病？她已经意识到出了事情，径直往后院跑去，那里一片狼藉，什么也没收拾。她尖叫了一声，然后哭了起来，我不忍心看她的表情。结婚这么久，我没有见她哭过。她喊，你为什么砍我的树？我说，你为什么推我的墙？我们开始争吵，无休无止，但缺乏观点和逻辑，像两个小孩在互相喷口水。她说，每个人都是一棵树，现在你把我的树砍了，我没法再和你一起生活。我说，我可以当你的树。她说，你是个人，没有树枝，更长不出树叶。我说，人有没有可能变成一棵树。她说，人不能变成树，人只会变成动物，越来越野蛮，就像你一样。不可否认，她这句话给我带来了莫大的启发。

那一晚过后，我来到动物园。半年过去，她来动物园看我。她跟我说话，讲述这半年来的生活，所思所想。她说她应当离开那棵树，但不是为我，而是因为灵感不应依赖外物。她又说我们走不到一起，因为动物园没有梧桐树。她还说了一些别的话，但我已经不太能听懂人类的语言，也无法回应她。最后，她将身后的箱盒放到地上，从里面拿出小提琴，在我面前演奏起来。这是我没有听过的曲子，起初悠扬婉转，仿若天鹅游湖，与另一只天鹅相遇，脖颈交错到一起。中间节奏变换，音调升高，像一把柔软的剃刀轻轻地刮动耳膜，如同篝火在大雪天燃起，驱逐寒冬，无比热烈。到最后时，节奏加快，密不透风，起初是低诉，但音符错乱，后来变得高亢，如临悬崖，激昂呐喊。最后一个音符落下，似鸟归林，无牵无挂。演奏完时，展馆里已经站满了人，但无人出声，连猩猩也很安静。他们为她留出了一片半圆形的舞台，我和她之间空无一人，只有一条玻璃廊道，仿佛我也在舞台上。这让我想起我们住在公寓的时候，每当我们爆发争吵，邻居也是像那样看着我们。秋云自始至终都没有开口，但她已经把话全部讲清楚。她装好小提琴，掂了一下箱盒，背到身后，最后望了我一眼，挤开人群离去。

我永远记得她的眼神，像冷冽的湖风，带着清澈的寒气。假如船有眼睛，在它离开海港的时候，也会投下那样的眼神。我记得的人类面孔不多，有时想起一些人，想到最后，他们的脸已经变成了兽面。我由衷地想念秋云，一直到她离开很久，但说不上是释怀还是后悔。后来我很少再做梦，我知道动物是不做梦的，我无法再与他们在幻境中相聚，只能在最清醒的时刻想起他们。我身上的动物特征越来越多，毛发逐渐变得旺盛，背后发痒，一直连到手肘，似乎又要长出什么东西。而我的手指，也已经退化掉了一根。

那是我进入动物园的第一年，我没有了工作，也与妻子诀别。我远离人世，但无法远离人群。管理员对我很好，为了帮助我改善环境，将我从灵长类馆移到了大象馆，但它们的味道过重，我无法忍受。后来又移到涉禽馆，与河马做了一段时间的邻居。在一个地方待久了，有时也会产生逃离的念头，这种人类的习性依然没有改变。六马告诉我，人进动物园后，变成任何动物都有可能，取决于内心的执念。他们为我检查身体，推断我有可能变成一只鸟，便问我入园之前是否为理想主义者。我不敢妄言，小时候用窗帘作披风，但终究没能飞得起来。假如生出翅膀，也不知道飞往何处。最后他们将我安置于鸟园隔壁，他们给我盖了一间大房子，仍用玻璃造。我在那里认识了一只鹦鹉，它是我的邻居，由它充当翻译，让我得以与其他鸟类交流。那是一种深邃的语言，音节本身没有意义，只能表达情绪，喜怒或是忧伤，但它们已经无法吟诵蓝天。绿咬鹃告诉我，玻璃是世界上最可恶的监牢，它封锁肉身，但不蒙蔽眼睛。我听它们谈论理想，身上逐渐长出羽毛，由六马替我剪去。但羽毛越长越盛，逐渐到了难以收拾的地步。那时候我有了一个大胆的猜测，这里的每个动物都是由人演变而来。

第二年，我见到了我的弟弟，他是唯一一个来这里看望我的亲人。他比我小六岁，大学毕业没几年，现在是一名健身教练。他替我的父母捎话，要我抽空回家一趟，我已经两年没回家了，就算我在太空遨游，也不合适。我的父母已经年过六十，他们至今以为我在航天局工作，先把人送上外太空，再把自己送上外太空。他们终日在院子里看星星，颈椎病都治好了。他们问我飞得有多高，弟弟说比飞机还要高，他们吓坏了，什么东西比飞机还要高？弟弟回答，星星。他们又问弟弟，天上的星星若是从近处看，该有多大。弟弟说，星星很小，口袋里就能装得下，现在星星越来越少，都是被哥哥装到口袋里了。父亲又问是否合规，弟弟说，地球上的规矩，管不到外太空。母亲说，不是自己的东西，还是少拿为好。

这世上没有人会像他们一样观察宇宙，他们不关心嫦娥，也无所谓外星人，他们仰望星辰，是为了寻找他们儿子的踪迹。弟弟说，你该回家了，谎言总有被识破的一天。我说，我出不去，留在这里更好。弟弟说，那我带他们来看你。我说，更不用，我留在天上更好。弟弟说，你想与我们决裂吗？我说，没有哪个父母愿意看到孩子变成畜生。弟弟说，你难道要一直待在这里吗？我说，我还没想好。我脱去衣服，露出背脊，向他展示我的羽毛。如果能变成一只鸟，我就能飞到天上，他们抬头仰望的时候，也能看见我。弟弟没有说话，掏出酒独饮，最后一杯灌满，放在玻璃前，算是道别。

弟弟离开后，我与人类的账全部算清。我无须再和任何人沟通，我逐渐失去语言，只保留基本的喊叫能力。我出让理性，滋生兽性。我长出了尾巴，羽毛也开始疯长，它们挤开我的皮肉，吸收体内的营养，也吸收阳光。六马不再为我裁剪，管理员认为，不论我变成什么样，对动物园来说都是个很好的话题，他们关心的是卖票。他们帮助我打理羽毛，同样期待它们能够结成翅膀，因为历史上从未出现过这样的动物。我获得了极好的胃口，吃树叶，吃花苞，吃虫子。同时练习奔跑和跳跃，试图在空中停留更久。五年过去，我的羽毛逐渐丰满，翅膀也有了样子，从后背一直耷拉到膝盖。又过几年，它们终于能用了，像我的第三和第四只手，我轻轻挥舞，就能纵身飞跃到树顶。再一跃，便能盘旋于鸟园顶部，与群鸟结伴，触碰最上层的玻璃，仿佛在叩打一扇天堂的门。

此后，我远离大地，生活在高空，用我尚未退化的拳头敲击玻璃，它冰冷坚硬，有时又热得发烫。我呼唤群鸟为我掩护，但很快被管理员发现。不过他们并没有处置我，而是与我商量，不论我想凿开什么，能否在休息日进行，倘若答应，他们愿意睁只眼闭只眼。我后来才明白他们的意图，休息日游客更多，大家群聚于此，鸟撞玻璃是人类热衷观赏的景象。海狮表演停下了，猴子也不再骑车，游客到动物园，都是为了见证我撞破那面玻璃墙。他们为我起了个响亮的名字：鸟笼兽。他们开盘下注，打赌我会在哪一天达成目的。他们为我加油，催我使劲，但老实说，我并未受到多大鼓舞，因为我与一只跳火圈的狮子并无不同。我甚至开始怀疑，究竟为什么要击打这面玻璃，就因为它横在我的面前，所以就要挨我的揍，好像也说不过去。六马提醒我，做这些都是白费力气，因为人世间是一个更大的玻璃罩子。我没有理睬，仍旧机械式地奋力敲打，好像这是桩必须完成的任务。一个烈日炎炎的午后，我终于听到了玻璃碎裂的声音，还没反应过来，一阵风从我身上淌过，轻撩起羽毛间的缝隙。众目睽睽之下，我逃离了动物园。我抖动翅膀，玻璃碴子从我的羽毛中掉落出来，大功告成的感觉，只在那一刹那有，随后我想起了那只被猎豹咬死的麋鹿。

从高空中望去，人类无比渺小，密密麻麻地聚在鸟园前面，像挨着扫帚的半圈灰尘。我听见了他们的欢呼，但辽远，生涩，未必与我有关。我骄傲地俯视他们，继续朝空中飞去。但应该飞向哪儿，我不知道。也许我该去见一见我那树上的妻子，或在星空明亮的夜晚，飞到我父母的窗前。但我已经变成了动物，更容易被人当成怪物，眼目无神，不知道如何与人对视。我决定哪里都不去，先找一朵云盘坐，庄重思考，人变成鸟，究竟是进化还是退化。我继续挥动翅膀，钻入深空，任凭风灌进我的耳朵。但还没跃出十米远，我的脑袋突然撞上了什么东西，猛地磕了一下，几乎晕死过去。我睁开眼睛，什么也没看见，只有天和云，以及热烈的阳光，一圈一圈地从上方照下来。我伸出手，朝我的头顶探去，我摸到了无形之物。这是我无比熟悉的质感，它冰冷坚硬，有时又热得发烫，它是一堵新的玻璃墙。当我触及之时，我听到地面上传来了人类的笑声。

（原载《小说界》2023 年 02 期）

作者简介：

周于旸，1996 年生，江苏苏州人，小说发表于《人民文学》《十月》《小说界》等刊，有作品被《小说月报》《长江文艺·好小说》《思南文学选刊》转载。已出版小说集《马孔多在下雨》《招摇过海》。《马孔多在下雨》曾入围第五届宝珀理想国文学奖决选名单。

树叶

郝景芳

一

"我绝对知道我的意思。"陆蓝尼说道。

"不，你不知道。这只是一个梦。"蓝尼的女友叶依依争辩道，"你妈妈没有被杀！"

"这不是梦。这是事实。我知道。我记得。我只是在睡觉的时候重新体验了一遍。这是我的梦，但它不仅仅是一个梦。"蓝尼坚持道。

"好吧，那我们看看树叶里记录了什么。"依依指着客厅里的树叶。

"不，不要树叶。树叶会撒谎。"蓝尼摇摇头。

"蓝尼，你怎么了？你这几天不太好。"依依很担心蓝尼。

"我妈妈被杀了。我知道。"蓝尼很生气。他重复道。

他实在是被依依的态度惹恼了。她怎么能拒绝听他的呢？他仍然保留着那些记忆。它们就像昨天刚刚发生的一样鲜活。距离他母亲去世已经八年了。大家告诉他，他的母亲是因为一种以前没有发现的奇怪的血液病而去世，因为当时无法提供药物。但他知道真相。真相总是会出现在他的梦中。

他的母亲在医院里被人杀害了。虽然当时他只有 10 岁，在梦中看不清楚，但他可以肯定这是一起谋杀案。

他需要证据。他无法完全记住那些事情。树叶中记载的一切，都与医院所说的母亲因病去世的说法一致。但他不再信任树叶了。

他的梦说出了真相。树叶没有。

"我得走了。"依依说，"今天早上听课要迟到了。我的树叶说我只剩下 15 分钟了。"

"你有没有怀疑过树叶?"蓝尼问道。

"听着，蓝尼，我爱你，但我不想再谈论这些废话了。如果你不信任树叶，我们的城市就会崩溃。"依依说完，匆匆走出房间。

蓝尼知道她是对的。他们以树叶强大的计算能力为基础，建造了自己的城市。如果树叶不值得信赖，他们应该会看到灾难每天都在发生。但没有。这就是树叶可信度的最好证明。然而，那些记录在树叶中不影响城市运行的记忆又如何呢？难道它们不能是假的吗？没有人真正怀疑过这一点。

蓝尼决定亲自去调查。虽然他知道树叶的技术是所谓的"量子复杂系统计算（QCSC）"，他对此一无所知，但他有学习的意愿。

他走出了公寓。他知道哪里可以找到人来帮助他。

二

蓝尼乘坐了一辆藤蔓缆车。它具有坚果的形状。他看着窗外。缆车沿着藤蔓平稳而快速地穿过城市。他不知道从什么时候开始人们开始在藤蔓里铺设电缆，他只知道在他小的时候，他还看到过其他的汽车和车辆。现在它们都消失了。树叶和藤蔓几乎覆盖了整个城市，任何其他交通工具都无法生存。他透过窗户往外看。树叶四处蔓延，猛烈地生长着，透过树叶间的细细缝隙，只能看到房屋的碎片。

蓝尼来到了他的图书馆。当他说"他的"图书馆时，他是认真的。除了他，没有人来这里读书。其他人在这里只修手机，不修心灵。手机修理工是个安静的人，很少问问题，人们即使来到这个小房子二十多年也不会记得他的名字。

"嘿，彼特，"蓝尼问道，"我今天可以读书吗?"

"当然。"彼特头也不抬，"你自己去吧。"

蓝尼穿过走廊，来到了图书馆。他在入口处停下来，问彼特："嘿，彼特……你知道一些关于树叶的事情吗?"

"'知道一些'是什么意思?"彼特咕哝道。

"它们会犯错误吗?"蓝尼犹豫着问道。

"它们当然会!"彼特站起来从架子上拿了一些设备，"树叶每一秒都会出错。每毫秒。但他们称之为可能性。"

"所以……你的意思是……树叶会说谎?"蓝尼来到彼特身边。

"我没这么说。我说它们会犯错误，但它们每时每刻都在改正。它们只是同时尝试每一种可能性，每时每刻选择自己的道路。你知道，这就是量子。"

"你怎么知道它们能够改正错误?"蓝尼不服气，"万一……万一它们犯了一千个错误，只改正了九百九十九个呢?"

彼特耸耸肩："有可能。谁知道。但量子复杂系统计算的优势在于它同时进行前向测试和后向测试。这使它们有能力在所有好结果中获得最好的结果。"

"'最好的结果'是什么意思? 什么是前向测试和后向测试?"蓝尼有些烦躁，渴望进一步挖掘 QCSC 的情况。

然而，他没有机会了。正当彼特坐在椅子上要说话时，一群机器人警察冲了进来，将彼特从椅子上拖了下来。彼特和蓝尼一样惊讶。他试图挣扎，但在警察的强力臂膀下毫无用处。警察把彼特拖倒在地板上，使彼特的脸因痛苦的表情而扭曲。蓝尼上前想要帮助彼特，却被警察脸上发出的一道绿光灼热，立刻被甩开。

"彼特，发生什么事了? 我该怎么办?"蓝尼绝望地哭泣。

"我的电脑……毁掉它。"彼特艰难地说，"安娜贝尔的生日。"

这是彼特被拖出家门之前留下的最后一句话。蓝尼震惊不已，他在彼特的客厅里愣了近三分钟，无法思考。三分钟后，他意识到警察随时可能回来。出于对人类安全的考虑，开发者没有给警察自己的判断力，但在当局审查了它们的摄像机记录后，当局肯定会明白彼特所说的"毁掉它"的意思。然后警察肯定会回来拿走彼特的电脑。一些重要的秘密数据一定隐藏在他的电脑里。

蓝尼冲进彼特的卧室，找到了他的电脑。这是一片美丽的枫叶，又大又对称。蓝尼激活了它。在需要密码的对话框中，他输入了彼特的女儿安娜贝尔的生日。管用了。

安娜贝尔是一个漂亮的小女孩，有一头黑色的长卷发。彼特爱她就像手中的月亮一样。然而，10年前，4岁的她因病去世。此后，彼特陷入了抑郁状态。他只回来工作了四年。当蓝尼来读书时，他向蓝尼讲述了他的人生故事。这是与昨天说再见的一种方式。所以蓝尼对安娜贝尔的故事的了解和他目睹的一切一样多。

彼特的树叶一直保持着所有叶脉都在闪烁，量子代码在剧烈运转的状态。蓝尼不明白界面告诉他什么，但他知道他应该把所有东西都转移到安全的地方。他操控电脑几秒，停止了正在运行的代码，发现界面一角有备份数据的图标。他搜索了一会才连接到自己的电脑。

当警察回来时，他刚刚完成数据传输和格式化计算机。

蓝尼从窗户跳进彼特的院子，穿过厨房来到后门。他拼尽全力地跑，但警察的速度比他想象的还要快。它们在彼特家里迷失了目标，但当它们终于从后门出来时，却像火箭一样冲了出去。警察和蓝尼之间的距离越来越近。

当警察差点抓住蓝尼时，蓝尼别无选择，只能跳出街道去搭藤蔓缆车。他从彼特家所在的城市高台上摔了下来。他能感觉到耳朵之外的风。他没有时间思考。他唯一能注意到的就是风吹起的树叶波浪。

他掉到了缆车的顶部。

三

依依放学回来，就看到蓝尼的背影在卧室里，专注于一些她看不清的事情。她叫了好几次他的名字，他都没有回答。这并不常见。

依依悄悄走进卧室。她不想打扰他，但也有想要探知他秘密的愿望：是什么能让他如此着迷？到了他身后，依依惊讶地看到他电脑上疯狂运行的代码。它们在他眼中汹涌地流动，就像暴风雨一样。

"你在干什么，亲爱的?"依依问道。

"嘘……"蓝尼建议她不要出声。

依依闭上嘴，陪着他看了几分钟电脑屏幕。最后，她无法忍受时间的流逝。对她来说，观看这些疯狂流动的代码简直就是胡说八道。

"嘿，蓝尼，我们需要谈谈。"依依摸了摸蓝尼的肩膀，"你现在还好吗?"

"我没有时间说话。我的时间不多了。"蓝尼没有看她，回答道。

"你在忙什么呢?"依依问道。

"我正在解码历史。"蓝尼道，"时间有限。"

"什么? 什么历史?"

"解码历史。"蓝尼转过脸对依依重复道，"我今天去看彼特了。这是他的文件。他用这种方式告诉我真相。"

"彼特是谁? 什么真相?"依依一头雾水。

"彼特，手机修理人。你去过他那儿一次。你不记得了吗?"蓝尼再次盯着电脑，"他是个好人。当我十几岁的时候，我非常孤独，唯一能听我说话的人就是彼特。他有一个小图书馆，我经常去那里看书。他知道很多。他修理手机和电脑。因此，他知道了树叶的秘密。这就是他今天被警察抓捕的原因。"

"什么?"依依尖叫道，"彼特被抓了?"

"是的。今天早上。"蓝尼语气悲伤，"我帮不了他。他被痛苦地拖出了房间，而我却无法拯救他。我甚至不知道他现在在哪里。这很糟糕。我唯一能为他做的就是继续他的工作。"

"他为什么会被抓？"依依害怕了。

"因为他试图突破系统，了解历史的真相。"蓝尼指着电脑屏幕，"发现真相是被禁止的。他的努力将动摇树叶的根基。我把他的代码复制到我的电脑上。我可以清楚地看到，他的代码正在搜索整个系统，寻找最深层的真相。这正是警察所害怕的。这对整个系统来说都是危险的。"

"危险？"依依警惕地问道，"你的意思是说，你有危险？警察会来抓你吗？噢，那太糟糕了。你需要停下来。停止！把它们删掉！"

依依想要上前阻止蓝尼，但蓝尼却推开了她的双手。"我知道我在做什么。彼特和我都想寻求真相。我们什么都不怕。我们对人类历史负责。到时候我就能查出母亲死亡的真相了。"

"蓝尼，听我说。"依依说，"我知道你对你母亲感到不安，并且你对你的噩梦很着迷。但你现在所做的事情是非常危险的。我不想看到你处于危险之中。拜托，请停下来，只须删除代码即可。"

蓝尼的声音变得柔和起来："依依，你对树叶中的历史资料了解多少？你知道它们是怎么记录的吗？"

"我听说过一点，"依依谨慎地选择了自己的措辞，"在我高中的班级里。不过，你认识我们的老师。他们是……呃……我不好说。我只是听说树叶利用量子计算和路径积分的方法来优化历史数据的结构，给出最准确的结果。"

"什么是路径积分？"

"谁知道，我又不是专家，你可以去问树叶。"

"我已经这么做了。"蓝尼平静地说，"我已经让树叶说出了它们自己的秘密。你知道我发现了什么吗？路径积分是一种通过未来决定过去的算法。多么可笑啊！以未来来决定过去？这是无稽之谈。过去是确定的。我们应该根据过去的知识来决定未来。我需要挖掘出系统的秘密。"

"我肯定不是你表面上想的那样……"依依说道。

"那是怎样的？表面之下我不明白的是什么？我不能忍受被耍弄。"蓝尼坚持道。

"亲爱的，蓝尼，我爱你。你知道我爱你吗？你还爱我吗？"依依捧着蓝尼的脸，温柔地对他说道，"宝贝儿，我知道你很难过。我也很难过。但我们需要继续前进。我们需要面对光明的未来。"

"光明的未来？"蓝尼恼怒道，"你说的'光明未来'是什么意思？如果你生活在一个充满谎言的世界，你会称之为光明的未来吗？"

"蓝尼，我没这么说。"依依解释道，"我只是不想让你遇到危险，我真的很爱你。"

"如果你承认我付出的所有努力，你就会知道我是对的。"蓝尼坚持说，"他们逮捕了彼特，因为他发现了真相。这是不公平的。"

"如果……我的意思是，我并不反对彼特……但是如果彼特为了自己的利益而做了入侵其他系统的非法行为而被捕怎么办？"

"这不可能！我认识彼特，除了女儿之外，他什么都不想要。"蓝尼说，"噢，他们来了，我得走了。"

蓝尼没有理会依依的呼唤，往窗外走去。他站在窗台上，然后沿着一条大藤蔓滑下来。他不喜欢依依知道他在做什么后所表现出的态度。为什么她就不能多支持他一点呢？他没有做恶事。他只是希望能够救出彼特，查明历史的真相。这不是一件崇高的事吗？他有决心，不会停下来。

四

根据彼特的说法，树叶中记载的并不是事实，而是数据。而且这些数据并不是第一手的记录，而是生成的信息。树叶计算了一切，记录了一切。但计算出的数据并不是历史，蓝尼想。

利用彼特的代码，蓝尼找到了数据存档的中心。他有一种直觉，他要寻找的秘密可以在档案馆中找到。

80 年前，人们发明了树叶计算机，即量子复杂系统计算机。80 年是一段很长的时间，比蓝尼想象的还要长。当他还是个小男孩的时候，他经常听奶奶讲故事。他的奶奶曾经告诉他："你知道吗？小时候，树叶还是长在窗边的花盆里。"蓝尼无法想象。从他有记忆开始，树叶就无处不在，生长茂盛，包围着房屋，让人像虫子一样在藤蔓里爬来爬去。

为什么是树叶？蓝尼不知道。也许建造这种计算机很便宜，因为树叶靠水和阳光就能生长。或者科学家发现树叶中的原子和分子很容易操纵以创建他们想要的量子态。蓝尼对科学史了解不多。他心里一直有一个问题：树叶每天都在生长，怎样才能保持稳定工作呢？他没有答案。

档案馆坐落在一座小山上。看起来和其他山没有什么区别。蓝尼沿着山脚奔跑，试图找到入口。没有任何迹象。

他又跑了第二遍，还是一无所获。

就在他绝望到动摇意志的时候，突然看到了一块闪闪发光的小电脑屏幕。他走了上去。薄薄的透明屏幕悬挂在藤蔓上以与树叶计算机连接。有时很难从远处注意到。

蓝尼很兴奋。他触摸了屏幕。它需要密码或身份识别才能继续。蓝尼将口袋里的树叶拿出来，放在靠近屏幕的地方。他将彼特的一部分代码复制到了他口袋里的树叶中。这是一种可以绕过防火墙和密码系统的黑客程序，彼特称其为"Sneaker"。蓝尼试图连接，心中焦急，祈祷没有人能找到他。

终于，经过两三分钟的自动尝试，屏幕上出现了一行字：密码验证完毕，入口开启。

蓝尼的心跳得很快。他想知道他会在档案馆里看到什么，里面到底隐藏着什么秘密。

但令他惊讶的是，当入口打开时，他看到的只是一个狭小的空间，比衣柜大不了多少。空间里只有一块透明的大屏幕，除此之外什么也没有。树叶形成了一个绿色的洞穴。

蓝尼有些失望。他本以为入口后面会看到一座大宫殿，或者一座复杂的迷宫，却没想到这个……破旧的小地方。他触碰屏幕，一堆图标和对话框跳了出来。他搜索了他所在城市的历史数据。他寻找、寻找、寻找，就像一个人在大海里挣扎着求生一样。树叶总是给他带来新的数据。每当他感觉自己已经接近终点的时候，新的数据就如洪水般涌来。

他很累。但他却不敢停下来。他知道自己的时间不多了。警察随时可能来把他带进监狱，就像他们抓彼特一样。他不怕进监狱，但他不能忍受自己还没有找到母亲死亡真相的可能性。他快了。几乎，只需要付出一点点的努力，就能达到想要的结果。

他寻找母亲的名字。起初，他看到的只是一些枯燥的学习和作品记录。他并没有太关注这些记录。之后，一些更有趣的事情引起了他的注意：他读到了一小段信息，其中描述了他母亲和另一位顾问之间的冲突。这很有用，蓝尼想，如果我母亲被谋杀了，收集所有线索就很重要。

他开始获取所有患者和医生的一些档案数据。尽管困难重重，但他几乎确信自己走在正确的道路上。

突然，他发现了一些奇怪的事情，停止了存档。这是一小段历史事件的描述，看起来很正常很简单。但他可以看出，它对他所了解的历史进行了不同的描述，几乎相反。

有机运动后，科技联盟和有机联盟之间爆发了战争，两万名有机联盟支持者在城市广场抗议，以报复科技联盟，造成一百多人死亡。

不是那样。蓝尼震惊了。据他所知，战争的爆发是因为科技联盟向国家公园内手无寸铁的有机联盟人员开枪。他们发动了战争。而从一开始，正是科技联盟的疯狂和残酷，将事态推向了灾难。树叶怎么能模糊历史并指责有机联盟发动了战争呢？

蓝尼压抑不住生气。他开始越来越深入地查找战争历史，暂时放下了母亲的案子。他们怎么可以撒这么多谎！他越来越怀疑树叶的可信度。他没想到，连档案馆里都有这么多虚假记录。有机联盟输掉了 2/3 的战斗。可笑！如果有机联盟没有赢得大部分战斗，怎么能最终获胜呢？蓝尼拖了一片树叶到他身边，用力撕碎，以表达他的愤怒。科技联盟发现他们的武器无法在远离中心的沙漠中使用。确实如此，科技联盟太傲慢了，看不到他们的弱点。在查尔斯山的一场战斗中，有机联盟杀死了投降的科技联盟部队，造成超过 35000 人死亡。不对！不可能！说谎者！在战场上杀死投降的军队是难以接受的，有机联盟绝不可能做这一步。这是邪恶的谎言。

多么可怕！树叶从什么时候开始改变人类的历史？

为什么树叶的发明者没有意识到 QCSC 会犯这么大的错误？或者这些树叶是否被某些恐怖组织所控制，危害整个社会？或者是否有任何觉醒的机器智能故意制造虚假叙述？

他读的信息越来越多，越来越生气。

蓝尼撕碎了成吨的树叶，几乎摧毁了整个房间。他几乎确信彼特已经识破了树叶的谎言，并因为知道这个秘密而被捕。

他有一种想要突破档案馆内部的冲动。他用全身的力气和面前的树叶墙抗衡，与一根阻碍他进入档案馆的大树枝搏斗。他被树枝的阻挡激怒了，大声喊叫以表达他的愤怒。

蓝尼试图进入档案馆的更深处，但他没有时间了。警察来了。三十多名警察从四面八方赶来，将他围成一圈。机器人警察身上全都红光闪烁，表明蓝尼是他们评价体系中最危险的嫌疑人。

蓝尼想跑，但跑不掉；蓝尼想战斗，但没有战斗的力量。

警察轻而易举地抓住了他。蓝尼踢腿挥拳想要摆脱警察。但警察的金属手太重了，推不开。他奋力反抗，用手肘殴打警察。

差点占了便宜，他看到了震惊的一幕。

他看到彼特站在警察后面。

"彼特！你为什么……"蓝尼来不及说完。

他的头被一名警察的拳头击中，失去了知觉。

五

蓝尼醒来时，看到彼特和依依坐在他的床边。

"我在哪里？"蓝尼感到头很痛。

"在医院。"彼特回答说，"你受伤了。"

"这些都是怎么回事？彼特，你能给我解释一下吗？"蓝尼疑惑又恼怒地问彼特，"你为什么会出现在档案馆里？你没有被抓起来吗？"

"我被捕了，"彼特承认，"但很快就被释放了。我并没有做太多错事。"

"你做了什么？"

"我闯入了树叶系统来检索我女儿的数据。这被认为是危险的间谍行为。但他们最后发现其中有误会，就放了我。"

"你难道没有你女儿的数据吗？"蓝尼很惊讶。

"不是全部。我家里只有她的一些照片，并没有她日常生活中的全部数据，不足以让我保留记忆。"彼特叹了口气，"我每天都失去记忆。我需要越来越多的数据。我不想再次失去她。"

"你的记忆怎么了？你生病了吗？"蓝尼问道。

"我没病。我们都在失去记忆。"彼特解释说，"我们需要数据来不断丰富我们的记忆，否则我们就无法记住超过一周的事情。你也是。"

"不可能。"蓝尼简直不敢相信自己的耳朵，"我当然有超过一周的记忆，不，一个多月，一年多。我对童年的记忆依然清晰。我喜欢吃板栗饼和牛肉面。我还记得放学回来时从厨房窗户飘出的牛肉汤的味道。"

彼特摇了摇头："你有这些记忆，只是因为你每天都会从电脑里调出童年的数据。你不是一直在看树叶里的图片和视频吗？你的树叶中没有的内容，你就无法记住。如果你不信，我问你，你在学校的第一位老师叫什么名字？"

蓝尼无法回答。"我讨厌上学。"他嘀咕道。

"好的。你喜欢你的家对吧？你家的街道叫什么名字？你洗完澡后用的毛巾是什么颜色的？"

蓝尼没有答案。他的脑袋一片空白。他张开嘴，有一种可怕的感觉，他的脑海里只剩下树叶中的那些画面和视频。它几乎就像一个空荡荡的房间，只有鬼魂在徘徊。他无法接受这一点。

"我知道这很难接受，但这是事实。我已经多次测试过我的自然记忆力，但我永远无法记住超过一周的事情。承认吧，蓝尼。亲爱的孩子。你和我，现在只不过是树叶数据的容器。这就是为什么我需要越来越多的安娜贝尔的数据，我需要刷新我对她的记忆。我永远不会在心里失去她。"彼特的声音低沉而悲伤。

"但是，但是树叶说谎了！我们如何才能信任他们并终生依赖他们呢？"蓝尼哭了。

"树叶说谎？他们撒了什么谎？"依依也过来加入谈话。

"它们说……它们说有机联盟的坏话，它们……它们编造了虚假的战争叙述，与……相矛盾……"

"与什么矛盾？"依依问道。

蓝尼想说"与我们的知识矛盾"，但他同时意识到这句话和"与我们的数据矛盾"是一样的。所有的知识都只是数据吗？如果数据错误怎么办？我们还能相信我们的知识吗？

"如果……如果我们所知道的一切都只是数据，我们怎么知道它们是真是假？世界上还有真理吗？"蓝尼痛苦地问彼特。

"真相是存在的，但我们不知道。我们所知道的只是数据。"彼特缓缓说道，"我们检测到数据，然后决定我们获得什么。量子系统依赖观察者来工作。我们是观察者。树叶计算，树叶生长。这创造了各种可能性。然而，树叶并没有作出决定。它们根据我们的反应来调整它们的计算。我们是观察者。我们依赖它们，它们也依赖我们。我们观察我们所观察的东西。"

蓝尼从心底最深处感到悲伤。"我不相信。我仍然需要母亲死亡的真相。"他呻吟着。

"你可以。你仍然可以在树叶的数据海洋中追寻真相。"彼特点点头，"但系统结果是根据观察者计算出的结果。你只能获得你观察到的东西。"

蓝尼的泪水涌进了眼眶。依依过来扶住他的肩膀。

蓝尼看着依依："你觉得让我们这些感性而不理性的人类来决定整个复杂系统的结果很奇怪吗？"

"这根本不奇怪。"依依在蓝妮的床边坐下，亲吻他，"我们一直这样。我不知道最终的真相，我只知道我爱你，这就够了。"

（原载《青年作家》2023 年第 10 期）

作者简介：

郝景芳，作家，生于 1984 年 7 月，天津人，清华大学经济学博士；著有长篇小说《流浪苍穹》《生于一九八四》《宇宙跃迁者》，短篇小说集《孤独深处》《去远方》《人之彼岸》《长生塔》，散文集《时光里的欧洲》《孩子，愿你一生勇敢，心中有光》等。曾获世界科幻雨果奖、华语青年作家奖、《花城》文学奖最佳中篇小说奖；现居北京。

模糊的赭红色

王威廉

1

有人在用手指的关节轻轻敲门。

在这深夜有谁会来？不可想象！还是这样诡异的方式！这年代不预约就上门前来的事情跟违法没什么区别。

麦苗的手用力攥紧了他的手。

那敲门声虽然轻微，但充满了坚持，有节奏地持续着。

死就死吧，还怕什么呢？

他这样想着坐了起来。他看了一眼麦苗，他又看了一眼门的方向（仿佛能看透门板），他在想是不是应该启动刚才关闭的系统连接，那样他就能通过云端知道外边是谁。但他还是放弃了，如果现在连接，那么他们此刻发生的一切都会被系统知道。系统已经知道太多了，他觉得自己应该有些秘密，哪怕是危险的秘密。

他附在麦苗耳边，对她说：

"进里屋躲起来。"

麦苗眨眨眼睛，像是摄像机拍照。她佝偻着身子，扶着墙走进了里屋。他站在那里，盯着里屋看了一会，仿佛麦苗会随时返身冲出来。他确定她没有动静后，才轻轻走到门后面（敲门声在继续）用双手贴在上边。他试着问了一句："谁?"但很显然声音太小，无法传到外边。他想大声一些，但是喊不出来，于是他也在门上用指节敲了几下。这下，门外显然听到了，敲门声停了下来。

这个时候，他鼓起勇气，打开了门。

"原来是你!"

尽管已经过去了很久，尽管他的脑子受了伤，但他还是一眼认出：这面前站的人是他曾经唯一的朋友：阿名。

"阿名?!"他喊道，惊讶和激动让他本就眩晕的身体差点栽倒，他靠在了门框上。

面前这个"一丝不挂"的光头人，微笑着，用力点头："是我……"

"快进来!"

他拉开门，阿名像条黑色的大鱼一般，滑溜溜地游了进来。以前阿名喜欢穿亮银色的衣服，现在却是暗黑色的衣服，完全与夜色融为一体，像是传说中的忍者杀手。他关上门，庆幸自己刚才关闭了系统连接。因此，他对阿名说的第一句是：

"放心，我这里很安全。"

"你不关闭，我还不敢直接敲门呢。"阿名笑着说，原来他是因为用技术检测到了这点，才敢直接前来。

他站在那里惊奇地打量着阿名，像是信徒见证了耶稣的复活，他迫不及待地问："这些年你去哪里了？究竟怎么回事？他们都说你死了，系统也认定了你的死亡，但我一直不相信。"

阿名说："不相信就对了。"

"看来，系统也会说谎。"确证了这点，他有些茫然。

"何止是说谎。"阿名自顾自坐了下来，"我快渴死了，快给我倒杯水。"

麦苗走了出来，她显然在里屋听见了情况，她说："阿名，真没想到你

131

还活着！"

阿名又站起来，笑着说："嫂子，是啊，我还活着，我还像幽灵一样活着，对此，我深感骄傲。你还好吗？"

麦苗轻轻摇摇头。

"你的脸色怎么这么苍白？发生什么事情了？"阿名顾不上客套了，直接询问道。

"来，坐下，喝水，慢慢说。"他端了一杯水递给阿名。

麦苗开始倾诉，先说了落芙的遭遇，然后也坦率说了自己在精神治疗过程中所产生的依赖危机。他在一边时不时补充几句，并也顺带说出自己的情绪。他们面对阿名，像是遇见了希望和救赎，已经顾不上阿名才是那个历经了九死一生的人。

阿名一直安静地听他们说话，最多点点头，他的安静中生发出一种令人信赖的平和。他唯一古怪的行为是不断地喝水，足足喝了六杯，速度才有所放慢。阿名光滑的头颅令他想起深海的某种鱼类。但阿名的五官并不丑陋，仔细观察他，反而觉得他看上去特别善良，也许是因为他的那双眼睛，充满了湿漉漉的光泽。

等到他们倾吐完毕，阿名眨巴着眼睛（像只刚刚浮出水面的青蛙）说：

"看来，我决定来找你们是完全正确的选择。"

他和麦苗迅速对视一眼，不知道这句话的意思。

"其他人完全不知道危险已至，只有你们，像是最敏感的鱼，察觉出了海洋的变化。"

阿名竟然也说他们像鱼类。他想，那他们也许真的是一类人，一类如同鱼一样的生物。鱼类难道不正是全部脊椎动物的祖先吗？

"什么样的危险？"他隐隐觉得应该是关于系统的，他站起身来，再次确定了一下家中的系统连接已经关闭，像是历史中的革命党一样谨慎，"请快告诉我们吧，我们快要窒息了。"

"你们知道我去哪里了吗？"阿名短暂地笑了下，脸上的皱纹像是水面的波纹，瞬间消失不见，只有平静如初的水面。

"一直在问你，快说吧。"他说着握住麦苗的手。他看到她的眼睛圆睁着，似乎忘记了眨眼，惊恐和呆滞混杂在一起。

阿名伸出双手，摸摸他的光头，说：

"不过我的故事有些长，我会告诉你们的，但是现在，我太累了，几天没有睡觉了，我快要晕过去了，你们可以为我准备一些吃的吗？吃完饭，我睡一觉，不需要太久我就会神清气爽地醒来，告诉你们所想知道的一切。"

他笑了起来：

"紧绷的神经快断了，你还卖关子。"

"这个要求一点也不过分，我马上去。"麦苗起身去准备食物。

他陪阿名坐着，他忽然想到，要是系统因为他关闭了连接过久而派人来检查怎么办？那样阿名岂不是面临着极大的危险。阿名似乎看出了他的担忧，说：

"等会我会钻进特殊的睡袋，逃避系统的追踪。你到时就把终端打开，免得遭到怀疑。"

"你还真是重刑犯，抓到你有赏金吗？"他开玩笑道。

"当然有赏，"阿名做了个鬼脸，"他们会赏你变成机器人，永生不死。"

"这一点也不好笑。"

"我没开玩笑，这是事实。"阿名不再作出任何表情，就那么望着他，他觉得那眼神像是无限深渊的细小裂口，里面封闭着澎湃的难以想象的黑暗液体。

阿名吃了全能饭团和一些蔬菜，感慨道：

"还是蔬菜好吃，这个全能饭团还是那么恶心，只是各种有机分子的堆积。"

"是很恶心，吃饭早就不是享受，我从来不想吃这种玩意儿。可没办法，我们大多数时候都得吃那种饭团，蔬菜属于奢侈品。"他问阿名，"你这段时间吃什么？"

"蔬菜，各种各样的蔬菜，"阿名有些得意，"有人一直偷偷提供给我。"

"看来这人也是故事的一部分。"

"没错。"

阿名脱下黑外套，很快就折叠成一个睡袋钻了进去，说："你可以恢复连接了。"

治疗中心发来了问询信息，他点击回复：

健康。

传来机器的声音："如果有任何不适，请随时联系我们。"

他和麦苗也躺下了，他们躺在一起，像是阿名到来之前那样。他们小声说着话，阿名的到来让他们感到惶恐，却也有种说不清的欣喜，仿佛有什么希望会改变固有的这一切，尽管他们已经意识到这会付出极大的代价，也许是生命的全部。死去？他从未如此近距离地意识到死亡，但他反而不怕了。

他抚摸她的脸颊。她伸出双手，手指轻拂他的手背。他反过来握着她的手。她用力把他向自己的方向拽去，他吻了她。他们做爱了。想到阿名在隔壁，他们不能太大声，只能压抑着呻吟和喘息，但他们如此投入，把眼泪和体液给予对方，并呼叫着彼此的名字，重新回到了生命初醒的混沌中。

阿名从睡袋里钻了出来，像一只蚕蛹破茧而出，但他看上去更加疲惫了。刚才的重逢让阿名带着极大的兴奋，而现在，兴奋经过休息已经逝去，内在的焦虑浮了上来。

"阿名，你这么快醒了？"他关闭了系统连接说，"你才睡了两个小时。"

"我们在火星上。"阿名看着他们，没头没尾了一句。

"什么意思，你做梦了吗？"

"没有做梦，我是认真的。我们不在地球上，我们在火星上。"阿名又说了一遍，眼神里露出了神经病人一般的迷惘，"系统具备强大的虚拟现实能力，让我们以为这儿就是地球。其实我们只是火星上的一群迷失者。"

"可是，火星基地在那次事故中不是已经毁灭了吗？"他喃喃说。

134

阿名看到他和麦苗的眼神，顿了一下说：

"你们要相信我说的事，我会详细告诉你们的，我会说清楚的。你们不要以为我疯了，我很正常。"

他喝了一杯水，嗓子沙哑，皱着眉头，像遭受酷刑般地说：

"事情要从许多年开始的火星移民计划说起。第一批火星移民由24个人组成，其中男女各占一半，他们都是世界主要文明的代表性人物。当然，所谓'代表'只是一种说法，24个人是无法代表全部人类文明的，那些科技鼎盛的国家自然会获得更多的名额。无论如何，这些人是火星基地的开拓者，随后是第二批、第三批、第四批……每批的人数越来越多，这里逐渐成为一个高度发达的文明。但在第八批移民之后，就再也没有新的移民到火星了。"

"难道不是因为那场事故吗？"他站起来，才觉得双腿在微微颤抖。

"别急，你听我说，你所知道的都是系统重构的。"阿名的额头上出了汗滴，因为他没有眉毛，汗珠迅速流进了他的眼睛，他赶紧用手去擦。

要是从前，他看到他这个样子肯定会笑起来，但他现在只是催促他快说。

阿名快速眨眨眼说：

"因为地球上的人类已经变成了机器的程序。"

"啊?! 你是说，机器系统觉醒了，有了生命意志？"

"不是你以为的那样：人工智能不断进步，然后机器突然有了自己的意识，开始对人类宣战。"

"那是怎么……"

"其实这也是人类自己选择的结果，"阿名说，"先是一部分人把自己的意识连接网络，建成了一个全新的虚拟社群，在那里，由于摆脱了身体和物理规律的束缚，人们获得了极大的快感。在这个过程中，机器通过学习也获得了某种生命意识，与人的意识扭结共生在了一起，缺了一方，另一方也无法存活下去，形成了一种人–机共同体。"

"人不能自由切断连接吗？就像我们现在这样，至少人有选择权。"他有些困惑。

"那是因为你的意识还从没与机器直接连接，那样的连接会摧毁你现有的一切意识根基，你不会再摆脱它，怎么说呢？就像是你的大脑注入了大量的海洛因，就像是你成为了神，就像是一只工蚁找到了自己的蚁群。"

"说得好像你连接过似的。"

"你别忘了我曾经是研究经验芯片的。"

"好吧，"他说，"但我还是不明白机器的意识是怎样的，每一个人都有每一个人的意识，那么机器呢？总不可能每一个程序都有每一个程序的意识吧？"

"那不可能，机器的意识与人的意识是不同的，大致类似人类的集体潜意识吧。"

"是一个整体意识？"

"这个应该是的，但我也不确定，毕竟我只是基于大量资料的推断。"阿名双手抱着光溜溜的脑袋，压抑着自身的紧张，"然后，就有越来越多的人连接了自己的意识，选择在虚拟空间生存，这样一来，人类社会濒临崩溃，终于爆发了反对机器连接的运动。"

"失败了？"

"失败了，肯定失败，在机器面前，人的生存能力还不如野生动物。话虽是这样讲，但实际上，那场战役也让人－机共同体付出了巨大的代价。人们在机器的精准打击下伤亡极为惨重，但人们用传统的火炮、机枪打击机器，以及那些隐藏在角落里的僵尸。那些身体的意识完全连接在虚拟空间里边，因此在现实中与僵尸无异，人们像钉死吸血鬼那样，钉穿他们的心脏，打碎他们的头颅，并以他们的血肉为食。据说有一次一下子在地堡中发现了上万个连接着机器的身体，犹如巨大而恐怖的蚁巢一般，人们像收割粮食一样比赛着看谁砍下的脑袋更多……"

"听起来极为残酷。"

"如果从死亡数量上来说，是机器残酷，机器用各种方式灭绝人类，造成了人类的浩劫，那些反抗机器连接的人类百分之九十以上都死了，至少有二十亿人，这个数字还是保守的；但如果从细节上来说，是人残酷，单个的人身上有着野蛮的兽性，骨子里喜欢血淋淋的杀戮。"

"有道理，后来呢？"

阿名说："后来人－机生命干脆废弃了自己的身体。因为即使没有被人们找到而屠杀，他们那长期得不到运动的身体也已萎缩，成为巨大的负担，于是他们干脆只留下了大脑，放置在坚固的金属器皿中由营养液养护，神经元直接连接着机器。这样一来，人们无机可乘了，他们被杀戮殆尽，幸存的人们逃往了荒蛮的雨林，在那里建立起了原始部落。人－机共同体并没有放过他们，持续搜寻并攻击他们。其实，人－机虽然共生了，但他们彼此之间还是有许多矛盾的，但这些矛盾都被掩盖了，因为他们有共同的敌人，他们称之为原生人。"

"不如说成了原始人，"他感慨道，"只剩下棍棒的原始人。原始人对人－机生命已经没有威胁了，他们为什么还要赶尽杀绝呢？"

"对人来说，还有比杀人更刺激的事情吗？"阿名反问道。

"只是为了寻求刺激？难以理解。"

"人类的历史充满了各种难以理解的事情。"

"那倒是，当一群人无法说服另一群人，便选择灭绝对方。"他做了个扼住自己脖子的手势。

阿名苦笑着说："因为这样最便捷。"

"请你继续讲吧……"麦苗直愣愣地看着阿名，没有丝毫想要感慨些什么的表情。这些可怕的真相竟然都没能触动她，或者是她被触动过度了。

"当然，在刺激之外，就是利益了，"阿名深吸一口气，"人－机生命用捕猎得到的原生人进行各种生物实验，并制成最为昂贵的大脑营养液……原生人根本不可能待在地表了，只能钻进地穴，他们的状况现在是个谜，但我可以确切地说，他们还活着，我们收到了他们向宇宙中发送的求救信号，他们用的是十九世纪末的无线电技术，那是很简陋的技术。"

"那我们算什么？假如像你说的……我们在火星上。"他问。

"我们算什么？我们只是实验品罢了，"阿名说，"人－机共同体早在和

137

原生人的战争爆发之前，就切断了和火星的正常联系，火星对他们来说，只不过是一座巨大的监狱，他们可以留着随时征服。但问题是，人－机共同体猎杀完地表的原生人之后，便陷入了巨大的危机。"

"还会有危机？"

"是更为根本的危机。没有了敌人，他们立刻陷入了矛盾，机器意识是没有欲望的，而人的欲望则无穷无尽。而且，没有了人的身体的生长变化，他们仅靠虚拟现实没法建立一个可以发展的社会，因为在他们虚拟空间里，欲望可以随意释放，没有任何阻碍和限制，而社会则是用规则压抑混乱并引导欲望……另外，他们的物质大脑因为过度的使用也面临着衰老与萎缩，而大脑的量子结构是无法复制的，他们陷入了巨大的惊恐，这才开始紧急研究基因搭配技术，用以生命的繁衍。但是，新的生命诞生后，地球上已经没有了人类以往的社会结构，那都被他们毁灭了。"

"新生的生命不能连接进机器吗？"

"新生的生命需要漫长的发育才能进入到人－机生命中，那至少也得十六年。"阿名伸直指头，翻了翻手掌，仿佛在替他们着急。

"为什么需要这么久？他们不能过着白天现实、晚上虚拟的生活吗？"

"大脑难道不需要休息吗？而且小孩子的大脑到两三岁才算有了比较好的自我意识，这种自我意识才是真正的生命意识，需要在社会的长期规训下成长，直至具备完全的个体意义。换句话说，虚拟现实必须是成年人的世界，是以理智为根基的世界，享乐只是禁忌的代名词，没有禁忌，没有规则，便也取消了乐趣，取消了生命本身。"

"直接进行芯片灌注也不行吗？"他想起曾经体验过的芯片。

"当然不行，你不可能指望一个没有任何生活经验的孩子能迅速理解他人的所思所想，获得同理心也是社会的功能之一。"

"那他们怎么办的？"他的声音变得尖细，那是不能自控的紧张。

"这才是那场火星事故的背后真相。"

他头皮发麻，巨大的恐惧像龙卷风揪住他的心脏，他声音颤抖着问："你是说，他们以事故的方式，杀了全部的火星移民？"

阿名点点头，腮帮子用力咬得鼓起来，像是发怒的蟒蛇。

"那我们究竟是谁？我们的父母呢……"他双手紧紧抓着椅子，低下头，眼泪滴在了地面上。

他没法说下去了。

他记得他的父亲，更记得他的母亲。他们的笑容，他们说话的样子……那一切历历在目，每一次回忆都会有更多的细节，从不遵循同样的路径，因而那不可能是虚假的记忆。

但是他们怎么会在火星上呢？

"我们的父母辈就已经在火星上了，但他们到死也没有发现这个秘密。"阿名侧着脸，看着远处的地面，仿佛那儿有一个细小的虫洞，可以望见过去。

"他们是人－机生命用基因搭配技术实验出来的第一代人类？"他问道。

"是的！看来你想清楚他们的逻辑了。"阿名站起来，靠在墙壁上，仿佛需要借助墙的支撑才能站稳，他深深呼吸几下说，"他们用灾难清除了原生人后，开始修复火星基地，将第一批生成的人类胚胎运往火星，这样的好处显而易见：第一，能防止原生人的破坏；第二，能防止这些胚胎长大之后跟人类之间的结盟；第三，实验过程安全可控。"

他也站了起来，双手的掌心都是湿漉漉的汗。他的父母已经不是自然生育的人，可他怎么会拥有如此强悍乃至偏执的人性？

阿名并不看他，继续直视前方说：

"火星基地是一个巨大而完美的人类实验室，人类在这里的一切细节都在他们的监控之下，为他们源源不断提供关于生命活动的各种数据。你知道的，关于生命意识的起源之谜，依然是这个世界最神秘的构成。他们尽管在巨量复杂的电子神经网络叠加中突然获得了意识，却并没有破解意识的真正奥秘。他们就像原始人一般，只是被赋予了生命的意识，但他们对生命意识本身还是一无所知。所以他们要研究人类，尤其是人类大脑的量子结构。"

"我们的父母辈就这样像工厂里的小鸡一样孵化出来了。"他插话道，没头没尾，像是陷入了沼泽。

阿名皱皱眉头，光滑的头部有了褶皱，看上去极为扭曲。阿名扭过头来，直视着他的双眼说：

"人－机生命的火星机构就是我们所说的'系统'，系统先以神经药物的隐性控制方式，削弱了我们的思想能力，然后以文化的形式改变了我们的交往方式，尤其是改变了我们的情感方式。是的，他们知道文化是人类最为重要的集体无意识。因此，他们控制了我们的生育方式，我们不再自然繁衍后代，而是交给机器匹配我们的基因，这样一来，我们的人口一直控制在他们的资源允许的范围之内，而且更重要的是生命诞生和生长的过程也便于他们更好地研究。"

他刚才还急着插嘴感慨，现在却说不出话来。如果这是一部全息电影，他只须蜷缩在世界模拟椅上。但现在，这是他的现实，他该如何应对？尖叫还是哭泣？

"如今，他们的研究已经接近尾声，我们的数据为他们的发展提供了很多帮助，他们的社会已然完备，有整体也有分体，那是一个超越了人类文明的新文明……"

"在他们的新文明里有哲学家和作家吗？"他突然问道。

"那我真不知道了，也许没有，也许有也不是我们以为的样子。"

"除非他们不使用语言。"他脸都涨红了，像是一个遇见飞船的部落巫师，面对巨大的未知还要用倔强来维护自己的价值。

"也许他们真的会摆脱语言，"阿名看着他的眼神已经深如大海，"他们已经探测到生命意识的起源跟宇宙的起源有关，从宇宙的深处他们得到了一些物质，他们即将获得生命的脱胎换骨，这样一来，人类对他们就完全没有威胁，也没有什么用处了，他们打算揭开伪装的幕布，把我们暴露在真实的环境中，观察我们的反应。我们会变成知道自己是实验品的高级实验品，也许会被放进动物园跟猴子、大猩猩等灵长类放在一起。事情很快就要发生了，很快，很快……"

"你说的这些是真的吗？"一直沉默的麦苗，终于开口道，"这完全超出了我的理解能力，你有什么证据可以证明吗？"

阿名苦笑着说：

"我想尽办法，才利用系统的一个程序漏洞删除了我自己的各种信息。那个漏洞产生的时间只有十秒，而且现在也已完全修复。总而言之，我的目的就是毁灭自己的信息源，系统便无法检测到我了。然后，我想找到一条通向远方的道路，我想离开这里。但是我找啊找啊怎么都找不到出去的路，总有道路巧妙地让你迂回到原地，城市的边界能看到但是无法抵达。我这才发现这个城市其实是封闭着的。远方和周遭的一切都不过是幻境，我们最为信赖的眼睛却中了敌人的诡计，欺骗了我们自己。"

"阿名，还记得你带我看的那部古老的电影：《楚门的世界》，"他说，"楚门从小生活在一个虚假的城市里供他人围观取乐，结果我们比楚门的情况更糟，我们连乐子都没法提供了，我们只是实验胚胎的繁衍物，只是灵长目智人类的活标本。我现在特别想跟你分享一部小说。自从我写作以来，我知道了二十世纪有个作家叫卡夫卡，他写了部名为《城堡》的小说，写一个叫K的人无论如何都走不进面前那座城堡的状况。因此，人类早就用故事认识到了自身的命运。那时候的人们将这种预言称之为'荒诞'，可是现在的现实表明，这种'荒诞'其实是'现实'构造当中最核心的部分。"

"真可惜，人们没有理解这样的'荒诞'意味着什么样的危险。"阿名说，"实不相瞒，我当初给你分享《楚门的世界》的时候，已经觉察到了我们这个世界的问题。但我当时没办法直接告诉你，只能以这样的方式暗示你。"

"我太蠢了，当时完全没有想到。那你是如何直接识破幻象的？尤其是发现我们竟然在火星上？"他点开了手环上的云端，时间显示为凌晨4点36分。这个时段系统也在进行各项调试和休眠，监控的力度会放松一些。

阿名盯着他们的窗户说：

"既然已经知道了这是幻象，那就简单了，它使用的无非是虚拟影像技术。我研制出了一款可以过滤虚拟光的眼镜，并且计算出了相应的参数，使之恰好可以过滤系统的影像设置。我戴上眼镜，那些远处高架桥上行驶的无人汽车消失了，只剩下了模糊的赭红色。我以为那是我眼镜的问题，但怎么设置，那层赭红色就是消除不了。我意识到那是真实的颜色，我惊讶于我们居然在沙漠上。"

"你那会儿还不知道这是火星？"

"不知道，以为是在地球的类似撒哈拉那样的大沙漠中间。"阿名说，"但那样的赭红色在地球上似乎很罕见。"

"太可怕了！"他一想到他们竟然一直待在赭红色的火星荒原上，脊髓都感到发冷。

"夜晚的时候，我通过眼镜看到了星空，我被吓得瘫在地上。"

"怎么回事？"

"我看到了两个月亮……"阿名喘息着，"我这才意识到我们根本不在地球上，然后我根据那两个月亮的关系计算出一个特殊系数，用这个系数匹配后才知道我们居然是在火星上！我简直不敢相信，那就是你刚才提到的'荒诞'，'荒诞'到了脑袋要爆炸的地步。接下来就容易了，重力，昼夜……都是障眼法。"

"完美的骗局。"他说。

"不！一点也不完美！"阿名捶打着墙壁怒吼起来，头皮上的血管鼓胀如蚕。

他惊讶地看着阿名。

麦苗吓得叫出了声。

"真的，一点也不完美，完全是漏洞百出，"阿名说，"我一个人就能破解全部的秘密，还能称之为完美吗？其实不论是重力还是昼夜仍做不到和地球上的一模一样，虚拟影像更是生硬刻板，但我们出生在这里，感受不到差别，最重要的是，我们被他们驯化了，每个人都甘于他们的安排，比如不准随便出城，取消了航空交通，等等，其实只要有一个人坚持要出城，就一定会发现那奇怪的迂回道路，但是，那么多年过去了，没有一个人想要强行出城走走，我也是因为研究芯片发现了问题，还是在'隐身'的情况下才敢往外走……"

"我们真是一群低等动物。"他自嘲道。

"怯懦而渺小，"阿名咬牙说，"因此即便发现了他们的秘密，我也知道自己的渺小是无计可施的，这也是我最为痛苦的原因。当时我犹豫了很久，要不要把事情的真相告诉。挣扎了很久，我还是选择了暂且不告诉你，因为我自己都不知道该做些什么，我不想连累你，更怕得到你的误解。"

"你应该早点告诉我的，我也有很多话很早就想对你说。"他说，"其实很久以来我便活得一点也不踏实了。我感到有太多的事情是不合理的，是违背生命原则的。你看看麦苗现在憔悴的样子就知道了。她想逃离我们的'原始情感'，于是我们经常争吵，我当然理解她的痛苦，但我也承受着和她一样的痛苦，所以我和她被磨损而受伤。即便如此，我依然爱她，依然爱我的女儿，依然爱你——我的朋友，尽管这三种爱有差别，但本质上其实并无不同，都是一个灵魂对另一个灵魂的渴望，这种渴望让我们更加理解彼此，也更加成为自己。当人类没有了爱，用机器制造的生理欲望来糊弄人类，并取代爱和情感，这对人类来说是釜底抽薪。"

这番话他憋在心里许久，终于倾泻而出。

麦苗走过来抱住他，把头埋进他的肩膀里，哭泣起来。

"阿名，我知道你和其他人不一样，只有你支持我和麦苗在一起，"他回抱着麦苗，吻着她的脸，然后继续对阿名说，"可我还是不知道你的想法，我曾问你'空虚'的问题，看你回避了。"

"我何止是'空虚'，我几乎患抑郁症死去，我只是不想连累你。"

他为误解了朋友而深感歉疚，只能叹息道：

"不过你现在跟我说也没什么用，我受伤后连最简单的电脑编程语言都不会了，不能帮你解决一些技术问题了。"

"你千万别这么说，技术问题都不再重要了，我隐藏起来的这段时间一直关注着你的写作。"

"你知道我写了些什么？"他难以置信。

"当然知道，"阿名微微一笑，"《奔跑的怪兽》。"

"不可思议，我是写在纸上的，你怎么能看到呢？你只是道听途说吧？"

"我是亲眼所见，而且每一页都看过，包括你用铅笔写下的那些。"

"啊！我知道了！你原来藏在博物馆！"他恍然大悟，喊叫起来。

阿名点点头：

"还有哪里会收留我这种人呢？就像哪里还会收留你这种人。"

说完，他们相视发出了哈哈的笑声，但这种笑不是因为开心，而是因为酸涩。

"馆长让你来的？"笑罢，他揉揉眼睛问。手指上沾满了奇异的泪水。

"恰恰相反，馆长不让我来，是我自己坚持要来的。"

"不让来？"

"她想保护你，她是个仁慈的人。"

"是的，她一直在保护我。她怕你牵连我？"

"不是这么简单，我这次来是想和你商量，请你帮忙做一件至关重要的事情。"

"我？"他有些振奋，又张皇无措，"真的吗？可我能做什么呢？"

"王，只有你能帮我们，"阿名说，"我们已经得到消息，系统会把一部分人的意识上传到电脑里面，变成他的程序意识，然后对系统进行整体升级。"

"系统，我们的？"

"不是我们的，是他们的，"阿名纠正说，"火星系统一直落后于地球总部，现在得到了升级的命令，会强行上传一些人的意识进入系统中，成为程序化的存在。这个过程一定会有很多人死去，为了遮人耳目，很有可能先从残疾人开始……"

他突然想到了不会说话的女儿落芙，打断了阿名的话，喊道：

"落芙不会有事吧？"

麦苗顿时站起来，面色煞白。

"凡是被机构收养的基因有缺陷的身体，我想肯定是凶多吉少。"阿名说。

短暂的沉默后，屋外传来了门铃声。他们瞬间成了雕塑。

只有两声，然后就陷入了死一样的沉寂。

"别慌，应该是邮件。"他说，"关闭了连接，系统会以门铃的方式提醒，避免错过重要的信息。"

他向屋外走去，感到周围的墙壁、家具和门都是幻影，他伸手开门，门把手是坚固而冰凉的。金属，真实的金属，那种冰凉才是世界的本质。他打开门，果然空无一人。他走到门外，启动外部云端，手环显示确实收到了一封邮件。

邮件只显示了一行字：

基因缺陷者 235 号死亡，请家属节哀。

只有冷冰冰的一行字，无可置疑，但是毫无来由，像是未经审判的枪决。

235 号，是落芙的代号。落芙，他和麦苗唯一的女儿，他们想要证明的人类爱情结晶。他的思维陷入凝滞，身体却开始不受控制地颤抖。他又确认了一遍，没错，他不可能弄错这个。

落芙死了，他感到周身寒冷，浑身哆嗦，他的目光忽然长出了敏感的神经，所及之处都带来了坚硬的疼痛。

但他必须忍住巨大的悲恸，因为他不知道接下来该如何面对麦苗。

他回到房间，麦苗和阿名望着他，等待着他的消息。可他张了张嘴巴，却说不出话来，体内仿佛有块真空吸纳了他的声音。

"是落芙……"麦苗问道。

他顺着墙滑了下来，眼睛不敢看她。

"落芙怎么了?!"麦苗疯了一样，冲到他面前，摇晃着他的脑袋。

他抬手，将邮件内容给麦苗看。

麦苗盯着邮件使劲看，愣在那里一动不动。阿名站在她身后看了一眼邮件，然后勾下头，伸开双臂，扶在他和麦苗身上。

"没想到会这么快……"阿名艰难地挤出话语，"但我希望你们能接受这个现实，因为这是迟早要发生的，没有任何人可以改变，因为这是一座大监狱，把落芙从小监狱救到大监狱，没有意义。"

麦苗终于哭出了声，心脏破碎的呻吟从她的体腔内爆炸开来，如果真有精神根基这样的东西，肯定已被炸得粉碎。

她大哭过一阵后说：

"我……我想一个人静静。"

"好，可你一个人没关系吗？"他不知所措。

"你们在外边聊，"麦苗看了他一眼，眼神里充满了悲戚，"阿名你不是说还有事情请他帮忙？"

阿名无声地点点头。

麦苗转身，有些摇摇晃晃地走进房间，然后，从里边把门关上了。

他目送麦苗的背影，然后目光像是被那扇门夹住一般无法动弹。

"王，"阿名轻声叫他，"我在想，落芙的意识会不会被上传了？这样说来，她并没有真的死去。"

他回过神来，这个假设让他的心猛然一跳：

"没死？那应该怎样找到她？"

"理论上讲，那也只能是上传的意识才能找到她。"

"好！请你想办法上传我吧，我要去找她。"他毫不犹豫。

"不，不行……"阿名有些慌乱，"我们还不能确知她是否在那儿……而且，还想让你承担一个更加重要的任务。"

"到底是什么？我觉得自己像个废物，都没法拯救我的孩子……"

"去地球。"

"去地球？"他抬起头，以为自己听错了。

"是的，去地球，告诉那里的人类，这里所发生的一切。"

"由我来告诉他们？他们不是已经住在远离地表的深洞里，我怎么联系他们呢？"

"我已经破解了他们发来的无线电密码，我知道如何与他们联系。"

"系统早就破解了他们的信号吧？"

"不会，他们模拟引力波的信号，让系统以为是宇宙天体的某种自然信号。"

"如何前往？一切不都在系统的监控之下？"

"我在馆长的帮助下，建立了一个团队，包括她的小孙子，我们挖掘出了一条隧道。隧道中每隔一百米就设置一个密封门，以及供氧设备，一直抵达基地以外的庆典峡谷。"

"馆长？小孙子？隧道？庆典峡谷？慢着……完全超出我的理解力了。"

"馆长是我们的精神领袖，你不是知道吗？"

"不知道，她对我来说，只是一个和蔼的老人。"他想起馆长那些随微笑律动的皱纹。

"馆长是有大智慧的人，她是第一代火星人。"

"天，这意味着：她也是第一代 DNA 搭配技术生成的人。"

"是的。"

"她还说她的小孙子不跟她好好沟通……"

"因为那时候她的小孙子和你一样，还不知道真相。没有人能抗拒真相的力量。"

他对此无言以对，也没有时间深究，只能聚精会神于当下的紧要问题：

"庆典峡谷我知道，那不是人类首次移民火星的地方？早已废弃很久了。"

阿名用云端给他展示着那里的立体影像，说：

"在那里的一处隐蔽的洞穴深处，藏有一座原始的火箭式飞船。那是人类首次抵达火星基地时留下的，为了防止出现可怕的事故，专门预备下来的。但是随着基地的规模越来越大，基地看上去可以千百万年永存下去，人们便也淡忘了这回事。尤其是那次全体死亡的大事故之后，这件事便永远沉寂了。我是通过一个老者的记忆芯片才得知的。我搜集了很多当时死去的人的尸体，有些尸体的脑部保存相对完好，我便提取他们的记忆。"

"都那么久了，飞船还能用吗？"

"里边的系统设备完好，只需要燃料充足，就能确保你到达地球。"阿名说，"最重要的是，那个飞船没有连接现在的系统，可以避开它们的控制。"

他眨眨眼睛，只剩下一个问题了：

"为什么选择我？"

"因为只有你可以叙述全部的事情，你可以写下来给他们仔细看。地球上的人类已经没有任何全息设备，对发生过的事情失去了全方位保存的能力，他们必须知道火星上的真相。他们以为火星上的人类都灭绝了。"

"你应该和我一起去，你的技术可以改变人类的劣势。"他说。

"亲爱的朋友，我没法陪你去了，只能由你一个人踏上这场旅程了。飞船的燃料严重不足，我们正在尽力制造。而且里面的各项用品，只够一个人用的。"

"一个人……"

阿名有些动情地对他说：

"我会在这里接应你，等你回来，或者，我去找你。会合的那天一定是发生了巨大改变的时刻。"

他在想，一个人跨越两个星球，自己有那样的勇气吗？

这时，麦苗的房间传来了一声巨大的撞击声。他本能地弹跳起来，迅速冲了过去，打开门，看到麦苗竟然一头是血地倒在地上。

麦苗直接用头撞在坚硬的墙面上！

他知道自杀这回事情，知道历史上有很多自杀的人，但在他所生活的环境里面，从来没有任何人自杀，自杀也被视为一种荒谬可笑的行为。可此时此刻，他亲眼看到了人的自杀，挚爱之人的自杀，他彻底崩溃了，脑袋里被一种巨大的尖锐声刺透了，整个人直挺挺地跪在麦苗身边。

阿名及时赶到，在旁边紧紧箍住他的上半身。

他浑身冰冷得仿佛没有生命的岩石。

桌上放着纸笔，那是麦苗刚刚写给他的几段话。阿名用一只手轻轻拿过纸片，放在他的眼前：

亲爱的王，其实这个念头我想了很久了，只是落芙的消息让我真正下定了决心。我决定毁灭自己。你要理解我，不要太过悲伤，我受够了，这对我来说是解脱。我听见你们的对话了，你要去地球，虽然你还没想好，但我知道你会同意的，甚至我想说，其实你一直等待着这样的时刻。这是你的使命。也许，我也等待着这样的时刻，在你和落芙都有了自己的时刻之后，我便可以确定我的时刻。这是我对自己命运的选择。

在这个时刻，我只有一点还是放心不下，那就是落芙。我觉得她短暂的一生实在太过痛苦，她死了和我一样，是解脱。万一她的意识被上传了，还存在于虚拟空间，那你要找到她，告诉她妈妈很爱她。然后，你便取消她的意识吧，我不想她在虚拟时空里依然被痛苦的记忆折磨。你能理解我说的吗？

我总是嘲笑你的写作，没想到我在最后一刻也选择了写。我有些理解你了。这些话当着你的面，无论如何也说不出，说了也不是我真正想说的。还是这样写下来好，说着这样的话面对你，我做不到。

就这样吧，我知道我会在你的文字里复活，因此一点也不羡慕上传到机器里边。

永远爱你的麦苗

阿名跟他一起看完了，流着眼泪说：

"挺住，亲爱的朋友，我的兄弟，不要难过，这样对她真的是一种解脱。因为接下来我们都要死去，我们将会面临比死亡还要痛苦的情况。"

"啊，但是……"他不知道自己要说什么。看到自己的所爱变得血肉模糊，他也生出了自杀的念头。

"你转过身去，我来帮她擦擦脸，你再和她做最后的诀别。"阿名让他转过身去，开始小心翼翼地擦去麦苗脸上的血污，并清洁了地上的血迹。然后轻声召唤他：

"好了，一起把她抬到床上去。"

他像机器一样听从着阿名的安排，跟阿名一起把麦苗抬到了床上。

"你跟麦苗道个别吧，别做傻事，你坐飞船去地球也是九死一生。"阿名看穿了他的心思。

"知道了。"他恢复了部分理智。

阿名掏出一个微小的装置，说：

"我去联系团队，其他人去搜寻落芙的意识。"

2

只剩下他和麦苗待在一起了。可她已经变成了物体，跟桌子、椅子没什么区别，不会再感知，更不会微笑、愤怒与绝望。他理解她的选择，但悲伤还是像毒蛇那样撕咬他的心。他对死亡忽然充满了费解，死亡这个最大的威胁忽然变成了陌生的事物。他甚至想，如果刚刚把麦苗的意识上传了就好了。

跟麦苗相处的一幕幕往事现在纷涌而来，有一段时期他们的关系甚至低落至冰点，尤其是他刚刚应聘上作家表演者的时候。

麦苗知道他得到了表演写作的工作，已不再有先前的惊讶。她笑了，是挤出的苦笑。她一定还没来得及把自己当成"客体"看看，嘴唇上精心描摹的口红有一半不见了，像是被狗舔过的草莓冰激凌。她又去放纵了。他暗暗笑了，这个比喻也许可以用在即将开始的写作中。

他刚刚接受这份工作，就已经跃跃欲试了，开始想着怎么描述周围的事物，包括那些伤害他的事物。古怪的比喻不仅是发笑的触媒，更是掩饰和化解尴尬的自我防线。他从未对工作有这样的兴趣，所以他想，他得到的根本不是一份工作，而是一种方式，一种和世界打交道的全新方式。

麦苗不想再对他的新工作说些什么。尽管他早已不抱希望，但依然感到懊恼。毕竟这里是他的家，而家，在他看来，应当是一个充满理解的地方。如果他们只是被迫生活在一起，那他们的生活就毫无意义。

他走到客厅窗前，这里悬挂着一面白色的纱帘，许久都没拉开了，像是一面宣告投降的白旗，在故意遮蔽着外面的敌意。他忽然感到喘不过气来，伸手一把拉开了纱帘，又推开了窗户，把脑袋探出窗外。街上除了疾驰而过的自动行驶车辆，看不到一个人影。在街道的远方，在密密麻麻的高楼的上方，天空像关闭的老式电脑屏幕一样，呈现出一派死灰色。

天空没有云彩，夕阳似有若无，是一团橘黄色的絮状物。

天空没有任何鸟的踪影，大部分动物早已绝迹。

天空中也不再有飞机，系统早已启动了天空管制，不允许任何飞行器上天。

这是一个什么样的世界？这是一座什么样的城市？除了进入虚拟影像看到城市的全貌，他的双脚从没走出过城市的边界。他居然没有走出去的冲动。但是，我究竟是谁？我是否真的存在？作为一个人的意义何在？这些问题持续折磨着他，他无法不感到深渊般的迷惘和痛苦。但他清楚，如果把这种痛苦告诉系统，他会被迅速送进那个机构去治疗。

"你怎么了？对新工作不满意吗？"

他听到身后传来了麦苗的声音，她终于觉察出了他的情绪。他转头，看到她像狐狸一样的眼睛望着他，审视他。

"都是你执意要去的。"她的脸上又露出了一丝嘲笑，但毫无疑问，她的嘲笑中还是透着关切。

她孩子气的笑容，曾经激起他最真挚的情感，他回报给她的，是生命的信仰。这么说也许有些夸大其词，但当时，他就是那样认为的，他感到自己终于找到了活着的价值。多少年来，在系统针对人类记忆的全面灌输下，他自以为对这个世界所知甚多，即便对于爱情，他也从生物学、社会学、心理学乃至历史学等各方面，有了通透的了解，知道那是人类曾经最着迷的激情，是人类生活的中心之一。而今天，爱情变成了少数人才会有的小概率事件。他从未想过自己会和爱情扯上什么关系。那天，在学校的毕业典礼上，麦苗这个孩子气的、慌里慌张的女孩儿，把冰淇淋不小心碰在他身上，他看到她狐狸样的眼睛望着他妩媚地笑了，他瞬时感到她的目光如光纤直抵他的心底，将爱情的神秘软件安装在了那里的某处。

从那个瞬间起，一切都发生了根本的改变。

按照系统给出的标准定义："爱情是一种文化生物学现象，是以性冲动和性快感为基础建构起来的文化心理观念。"这个定义令人费解。它虽然没有彻底否认爱情，却在强调爱情的虚假性，言下之意似乎在说，如果性的满足实现了、文化条件改变了，爱情也就不复存在了。如今，文化条件毋庸置疑地改变了，按照这个逻辑，爱情理所当然是不存在了。

真是这样吗？

他曾以为，真是这样。

但他何等不幸，竟然遇到了这种小概率事件，被这种"文化生物学现象"给俘获了。俘获之后，生物也好，文化也好，心理的建构也好，任何定义都变得无比陌生，与己无关。他只觉得幸福，自己却又无法定义这种幸福。

不过，最神奇的还不是他被俘获，而是麦苗也被俘获了，他们两个人同时被一种说不清的"文化生物学现象"给俘获了。麦苗后来对他说，她也是被他的眼神给打动的。她说他的眼睛里似乎有一种充满幻想色彩的魔力，和她平时见到的其他人完全不同。

他暗暗思忖，也许因为他是个忧郁的人，平日里思虑过多。青春期的时候，他幻想自己是再次征服火星的英雄，却因此被送去那个机构。在那里他被催眠，他不知道他们对他做了什么，在那之后的很长一段时间里，他处于一种近似平静的状态。之所以说"近似"，是因为他不敢睡得太沉，否则就会出现可怕的梦境。

他梦见过怪兽，但这不是最可怕的，最可怕的是他梦见自己住在火星上，沙尘暴掀翻了基地的屋顶，他在黑暗而粗粝的风沙中窒息而死。就像他的父亲一样。因此，他从不提及他的父亲，关于他的父亲，他也基本上一无所知。他的母亲不说，他也不问。于是，他也就经常忘记了自己也是有父亲的人。

但噩梦让他明白，他什么也没有忘记，都在某个地方沉积着。

半夜惊醒后，他感到四周寂静得可怕。太安静了，也太寂寞了。他很想知道古人诗词里的风声和雨声是怎么回事。系统控制了大气层，控制了气候，每天都是温暖无风的晴天。太完美了，生活反而丢掉了太多的乐趣。他开始怀念刮风下雨的古代，似乎自己在古代生活过似的。

那么，他眼中的幻想色彩就是这么来的？来自睡不着时候的胡思乱想？来自对古人的怀想？他无法确知。

不管怎么说，他和麦苗能够两情相悦，是小概率中的小概率。如果某个人的感情单方面投射到他人身上而得不到回应，以前叫作"单相思"，如今则会被视为一种精神官能症，可以在精神状况机构得到治愈。如果双方都被俘获了，情况则有所不同。既然"爱情"这个古老的概念并未被彻底否定，那么它就还有微弱的存在权利，只不过没有婚姻这回事了。也就是说，那种两个主体之间的爱情失去了赖以生根发芽的社会土壤，不再受法律保护。而且由于陷入爱情的人越来越少，系统都不再处理这类事务，任其自生自灭，直至消亡。

因此，他们是社区里仅有的情侣。他们比别人过得艰难太多，而这种艰难又是不被理解的。要不是他们共同承担着这种艰难，他们早都各奔东西了。他们像是自觉羞耻的边缘人，彼此取暖，苦苦支撑。落芙作为他们坚持的结晶，本来是可以拯救他们的，却没想到她是有缺陷的。这让他们的生活更是雪上加霜。人们议论纷纷：有性生殖看来还是一种落后的乃至野蛮的繁殖方式。

没错，系统经过这些年的发展后，DNA搭配繁殖技术完全成熟了，馆长说的那种情况已经没有了。那些胚胎生成婴孩后，都是由系统集中抚养长大，在他们心中，系统是他们真正的母亲。在这种情况下，可以说，爱情的意义被釜底抽薪了。没有了生物基础的爱情就像伟大的废墟一般，大部分人只是凭吊一番，只有极少数人才会甘心继续生活其中。

他望着麦苗，仔细看她那张脸，依然有着孩子气。这时，麦苗对他微笑了一下，不带嘲讽，他心里立刻生出亲密的温暖。

"你还会关心我满不满意这份工作吗？你不是当一个笑话来看的吗？"他说话的口气缓和了，这种反问表面上是抱怨，可也是哀怨，是寻求和解的触须。

"我是看到一个笑话变成了现实，所以越来越不好笑了。"她脸上的微笑消失了，看来她并没有试着去理解他。

"你现在的嘴巴才是一个笑话。"他看着她凌乱的口红，忍不住说。

他想起了法国作家福楼拜写的小说《包法利夫人》。他已经将各种文学经典接入记忆单元做了快速了解。包法利夫人是个被情欲冲昏了头脑的女人，可如今，人人都是包法利夫人。系统不仅负责满足情欲，还在开发情欲方面不遗余力。系统对他们的溺爱远胜过母亲，因为系统几乎没有禁忌。

麦苗赶忙启动全息镜面，她看到了自己只剩下一半的口红，竟然咯咯咯笑了起来：

"这种口红很好吃的，含有荷尔蒙。"

"你越来越和他们一样了。"

"如果真能一样就好了。"

麦苗站起身来，头也不回地走进浴室，电子屏蔽门随即关闭。他知道，现在就算他再怎么大喊大叫，她也听不见了。

她不想就这个话题和他进一步对话。

看来，她的的确确想和他们一样。

她在努力和他们一样。

她会为此感到羞耻吗？

当然不会。

不会再有人会为自己的本能和欲望感到羞耻。

而他感到了一种孤独的绝望。为什么他还会有爱情的需求？他能摆脱这种特殊的需求吗？他为什么不能努力和他们一样？

他曾经的那些同事，都没有这种特殊的需求。他们乖乖服从系统的指令，身体的每个机能都被照顾得很好。尤其在性方面，他们在机器的辅助下一起游戏，花样百出。他很少参与这类游戏，仅有的几次让他觉得尴尬和不适，因而他在同事中间简直是个异类。他知道，在爱情的历史中还有一种特殊情况叫"同性恋"，这类人人数较少，在很长一段时期都被异性恋者歧视。今天，异性恋都屈指可数，同性恋应该绝迹了吧？不过，现在的他和曾经的同性恋在处境上有些类似，都不得不面对各种嘲笑和歧视。比如那些曾经的同事总是挖苦他（比如：你是返祖了吗），打探他的夫妻生活（比如：你不腻吗），嘲笑他对麦苗抑制不住的关心（比如：她真有那么好吗）。如果不是失业，他依旧生活在那样的环境中。他应该感谢那场害他失业的事故吗？一个疯狂却率性的想法。

麦苗有其他的性伴侣，在这个时代这本是毫不稀奇的事，但他对这件事总像古人一样耿耿于怀。他知道，这是历史遗存下来的有关爱情的魔咒，他中了这个魔咒，程度比麦苗都深。他为了让麦苗能体会这种心情，也曾和许多女性一起寻欢作乐，但他发现麦苗对此似乎并不怎么在意。至少她看上去如此。在他的追问下，她含糊其词，因而他还是无法确知她的真实感受。麦苗和其他人一样，觉得她和他才是这个社会最奇怪、最另类的两个人，如果能顺从大多数人的生活方式，反而是一种轻松的解脱。她的所作所为，其实是在尝试摆脱他（也是摆脱她自己的尴尬处境），只是尚未成功。

他只能继续尝试，和更多的人一起寻欢作乐，可结果似乎没什么不同：虽然得到了更多的身体欢愉，但那些欢愉消散得非常快，因而那些伙伴无法给他长久的吸引力。他总是记不清她们的脸，他内心的需要随着身体的兴奋在高潮之后归于平淡。这种平淡其实并不平静，而是另一种暗潮汹涌，像是旋涡一般，在反复积累之后产生了负面的情绪，让他陷入虚无当中。虚无的深渊，带来一种摧毁根基的恐惧。寻欢作乐的愉悦远远不能抵消这种恐惧，因此，他彻底终止了尝试。

其他人为什么不怕虚无？因为其他人感受不到虚无吗？还是虚无根本就是虚无，是他想象出来的？但是，他觉得麦苗是能感受到虚无的恐惧的，因而她才没有离开他，才和他一起忍受。除此之外，他想不到其他的解释。难道虚无是爱情的副产品，就像阳光下不可避免有阴影一般？如果真是如此，他也想和其他人一样，待在阴凉的房间里，没有温暖的阳光，却也没有恼人的阴影。

阿名是他最好的朋友，也是唯一的朋友。他曾吞吞吐吐向阿名打探道：

"你会感到空虚吗？"

"什么？"

"空虚，"他搜刮着词语，"或者说，虚无，不存在，零。"

阿名很惊奇地看着他，连光溜溜的头皮都皱了起来。阿名的怪癖是喜欢剃干净身上的所有毛发，他觉得这样才更像高级的"人类"，而不是动物。

"王，你真是个与众不同的人。"

"你在讽刺我。"他在阿名的眼珠上看到自己的影子，在别人眼里，他是不是应该送去机构治疗？

"讽刺是什么意思？"阿名笑了，刚刚矫正过的一口牙齿无比整洁，"我好像不大能理解这个词。"

很多词语都消失了，因为相应的微妙情感消失了。只有他像古人一般，还使用着那些消失的词语。

"可以理解为玩笑吧。"他只能这么说。

"好吧，"阿名勉强笑了下，"是我不能理解这个玩笑。"

他没有得到阿名的答案，反倒是阿名躲避了他一些时日，像是避免继续再聊起这个话题。他感到苦恼，只是问一个问题而已，怎么会有这么强烈的反弹？人们对阿名光溜溜的身体怪癖是宽容的，可对他的这个无根据的追问是紧张的，是不宽容的。

因此，他不敢直接问麦苗会不会感到空虚。他暗中观察麦苗，想从一些生活细节里边发现蛛丝马迹。他发现，麦苗尽管一直想融入所有人的欢乐当中，不过她还是跟其他人不一样：不管多晚，她每天晚上都会回家。即使他们已经很久没有做爱，也不同床共枕，她还是会在睡觉前用系统云端和他说声"晚安"。这仅仅是一种生活习惯使然吗？他扪心自问，麦苗的这种生活习惯对他已经成了一种不可或缺的精神需求。他忽然意识到，这声"晚安"不仅是他们残存感情的惯性延续，也是麦苗在用一个她自己尚不了解的暗语告诉他："亲爱的，我很虚无，我需要你。"是的，她很虚无，她和他一样虚无，她和他一样惧怕虚无，她和他一样对空虚一无所知，她和他一样需要彼此。

麦苗洗完澡，从浴室出来了，头发湿漉漉地垂在洁白的肩膀上，可她却启动了自身的安全模式，这让她的面部被一片粉色（她选择了她喜欢的颜色）的光团所包围，这让他还是没法和她沟通。他拦在她的面前，用电子云屏幕显示出一行字：

"我们聊聊天吧。"

"现在不想聊。"

"为什么？"

"我和你一聊天，就忍不住想吵架。"

"我不想和你吵架。"

"我也是，但是实在没办法，过几天再聊吧。"

"好，你想的时候找我。"

好多天过去了，麦苗都没有和他说话（除了那声晚安）。她回到家，就待在自己的安全模式里，实在有什么事，就通过手势和屏幕告诉他。他深感压抑，觉得她类似电脑的一个全息程序。她真的存在吗？难道她不是一个幻觉？他愤愤想：与其这样，还不如买一个机器人舞娘回家，然后设置成奴仆的性格，任他摆布。

但也只是这么想想罢了，他对控制别人没有任何兴趣，更何况控制一个机器人。

十天后，麦苗的全息屏对他显示了一行字："准备好了吗？你必须微笑，我们才能聊天。"

他看到后，平静着心情，酝酿了两秒，露出了一个笑容。

围绕着麦苗的脑袋的光团消失了，他看到了她的微笑，以及狐狸般的眼睛。她依然是无可替代的，尽管他无法向别人说明，这种无可替代究竟是什么。这是个悖论，如果能说得清，那一定是可以替代的吧。

"我们现在说几句话都需要这么漫长的等待了。"他说，保持着微笑。

"因为我不想再吵架了，我想像其他人那样，天天快快乐乐的，没有烦恼。"

"如果我们能对彼此多些了解，肯定就不会吵了，而且，我们会比他们过得幸福。"他说完，自己都觉得毫无把握。

"幸福，听起来很好，那你想说些什么呢？"她好奇地打量着他，仿佛他是一个远道而来的魔术师，口袋里藏着幸福的秘方。

"我想说些尖锐的东西，我们逃避的东西，"他看着她的眼睛说，"可以吗？"

"你说吧。"她的眼神想躲避他的审视，却无处可逃，变得有些游离。

"那我就说了。"他感到许多情绪在胸间沸腾，反而不知从何开始，这种感受让他有了一种自我厌弃感，于是他说，"你一直觉得我是个怪人，而现在，你更是觉得我是个废人。"

他冷静地说出了平时不敢说的话，期待着能刺破横隔在他们之间的脓包。

"我可从没这么说过。"麦苗的面部肌肉变得有些僵硬，看上去像一个尚未完成的石雕。显然，他的话超出了她的预期，压垮了她的防线。

"我没说你说过，我是说'你觉得'，"他针锋相对，"告诉我你心里的真实想法吧。"

"好吧，好吧，如果你非要咬文嚼字的话，我有时是这么觉得的，但不是'一直'，是'有时'！"

她的情绪已经激动了，她端起水杯，一饮而尽。

"不管是'一直'，还是'有时'，但总归还是怪人和废物。"他低下头去，叹口气。他刺破脓包的方式太过用力，反作用力让他也感到了刺痛。

他们的聊天刚刚开场就有了争吵的冲动，当然，没人喜欢这样直接而残酷的交流方式，但他认为他们的生活早已是千疮百孔了，就像被狗舔过的草莓冰淇淋那样，所有轻风细雨的修补都是一种徒劳，要不是为了落芙，他们应该早都分道扬镳了。但他细想起来，发现这其实是件非常吊诡的事情。因为落芙现在并没有和他们生活在一起，而是被机构收养了，和有着各种缺陷的可怜孩子们待在一起。他和她分不分开，在不在一起生活，对落芙几乎没有影响。那么，他们为何还要厮守在一起呢？真的是为了分担生活的艰难吗？那为什么还要互相伤害呢？这是古老爱情所包含的某种诅咒吗？爱情有惯性吗？就像弥留之际的挣扎？

"对不起，"麦苗看到他这副样子，以为他生气了，语气缓和了下来，"我有时觉得你是废物，但同时，我也觉得我是个废物。我们是两个废物，被莫名其妙的感情困在这里，哪里也去不了。"

麦苗这样说，他才意识到他自己是狭隘的，他没想到她也会有跟自己一样的自我厌弃感，他总以为她在努力融入他们的生活，想把这一切痛苦的罪责都推给他一个人去承担。他错了，她不是那样的人。

"我可以这样说自己，但你不能。我不能接受你那样说自己。"他牵住她的双手说，"如果我们能穿越时空，回到古代，我们会是最幸福的人，周围的亲人和朋友都会祝福我们。"他想起了那些爱情小说中的浪漫场景。

"可惜，我们不能回到过去，"她无奈地笑笑，"因为时间是不可能逆转的，我相信，就算人类的科技再发展数亿年，也不可能做到幻想中的时间旅行。"

"为什么呢？你为什么对这件事这么悲观？"

"因为时间是人类的发明，而宇宙是没有时间的。"她这样说的时候瑟缩了一下（仿佛被宇宙的荒寒所惊吓），补充道，"宇宙不需要时间。"

他们刚开始恋爱的时候，都会把头脑中各种荒诞不经的想法告诉对方，那些想法和系统给定的概念之间完全不同。他们分享着彼此的独特，时而轻声细语，时而哈哈大笑。那是他们的好时光。

麦苗现在这样和他谈到宇宙和时间，回忆纷至沓来，他不禁想到，如果时间真是人类的发明，那真是最无情的发明，它总在无休止地改变我们的一切。

"你的这个假设，可以交给未来的科学家去证明，也许你是对的。"他尽力让自己放松，开玩笑说，"这个假设可以命名为'麦苗大定理'。"

"你觉得呢？"麦苗看着他。

"什么意思？"

"我的假设，你怎么看？认同吗？"

"说实话，我不知道宇宙有没有时间，宇宙是那样无边无际、无始无终。物理学的宇宙模型里边倒是有一些时间的定义，这些时间确实如你所说，是人类的发明。但是，我知道对人来说，也就是对有意识的生命来说，时间是确凿无疑的，每天都在把我们和昨天隔开，而那些回不去的昨天却在持续的积累中改变了我们的今天。你想想我们的过去，我们刚在一起的时候，我们拥有的勇气不亚于一名火星探险家，可我们现在就像是受惊的兔子。"

"不是受惊的兔子，是受自己外壳压迫的乌龟。"麦苗说。

"乌龟的壳不是保护自己的吗？"他愣了下。

"在保护自己的同时，也在承受着压力啊，而且简直是在召唤：快来给我的外壳施压吧。压力自然而然就来了，测量下这个外壳能承受多大的重量。"

他被逗笑了："你说得太形象了，原来我们是乌龟呀。"

麦苗也笑了，他们相视一笑，似乎电路板上的两个元件接通了。

他抬手放了首音乐，是随机的。声音响起，传来了披头士的《昨天》，非常应景，这些音乐都来自他对过去的缅怀。

"什么时候的歌？"她问。

"一九六五年。"

"天啊，超过百年的老歌，但真好听，说的是什么？"

"喏，这是歌词，你看看。"

麦苗拿着歌词，他们一边听，一边看词：

昨天，一切烦恼仿佛远在天边

可我如今却忧心忡忡

哦，我宁愿相信昨天

突然间，我不再是从前的我

她的身影总挥之不去

哦，往昔在脑海浮现

为何她不辞而别，悄然离去

一定是我说错了什么，我只好静静等待昨天

昨天，爱情本是如此简单

我如今却渴望逃避

哦，我宁愿相信昨天

为何她不辞而别，悄然离去

一定是我说错了什么，我只好静静等待昨天

昨天，爱情本是如此简单

而我如今却渴望逃避

哦，我宁愿相信昨天……

"突然间，我不再是从前的我，"麦苗跟着哼唱起来，她的眼睛里有了泪花，她的语气变得极为温柔，"怎么这么古老的歌，会这么准确？难以相信。"她叹息后，说，"你的情绪一直不对头，我不知道该怎么和你说话。自从你出了事故之后，我更是不知道该怎么面对你。"

"嗯，我是不对头的，感觉这个世界也是不对头的。白天陷入怀疑，晚上睡眠不好，还是会做梦。"

"还会梦见怪兽吗？"

"跟从前一样，还是偶尔会，我正在把怪兽写进小说里。"

"用不用我帮你联系精神状况服务机构？"她把手放在他的膝盖上，缓缓抚摸着，"机构最新推出的机器人咨询和神经元抚慰服务，效果非常好。你知道科技一直在快速发展，尤其是生物技术。"

"你试过了？"他忍不住戏谑道。

"是的，我试过了，你也去试试吧！"她没有在意他的语气，凝视着他的眼睛说，"我是认真的，试过之后你会平缓许多，咱俩总是太多焦虑了。"

"我会去的，但现在，我不想和什么机器人聊天，我就想和你聊天，和你这个大活人、我孩子的妈妈聊天。"他现在只要一听到和机器有关的事物就会烦躁起来，他急切地说，"其实，我也没有什么特别具体的想法，我就是想和你多说几句话，什么话都好。我们好像一直在回避对方，我是说，有很多心底深处的问题，我不大明白你现在是怎么想的。"

"王……"

她叫了他一声，声音有些颤抖。她站起身，走到他旁边坐下，紧挨着他。她今天穿着镜面般光滑的银色连衣裙，上边有一朵神秘的莲花，随着她的姿势也在变化，而且不断重复着花开花谢这个过程。他暗暗喜欢这件衣服。但是，衣服上除却莲花以外的部分，类似一面不规则的镜子，映照着周围事物的影像，将它们都变了形。因此，他也在其中看到了自己那张焦虑扭曲的脸。

他想，也许这件衣服能把扭曲的世界和焦虑的他，都替麦苗挡在外边。

麦苗的右手触碰着他的左手，他感到那手有些冰凉，便握住了它，心中有种想要暖热它的冲动。

"我并不是有意逃避，"麦苗说，"我知道那件事对你的打击有多大，我一直想安慰你，可我的想法，似乎很不对你的胃口，我也不知道该怎么办了。我特别希望你的健康能恢复起来，你也不要放弃。"

她说的"那件事"是指让他丧失编程能力的事故，这样看来，这件事对麦苗的打击要远远大于对他这个当事人的打击。

"那件事已经过去了。"他试着安慰她。

她把头靠在他的肩膀上。

他闻着她头发的气息，有一种酣睡的愿望。

"真的过去了吗？"她问。

他抬眼迅速看了一眼窗外，猩红色的巨大落日，像是一个神秘的幻象，如果此时在那里出现怪兽的身影，会是怎样的荒诞？

"王，你走神了？"

"没有，我在想怎么和你说，"他用脸蹭蹭她的头发，"那件事真的过去了，但那件事的确让我的很多想法发生了转变，我甚至觉得自己以前的工作才是更加荒唐的。"

"为什么？"

"你想想，我曾经每天费尽脑汁要想着怎么和电脑对话，而面对着人——比如说面对着你的时候，我却越来越不知道该说些什么。我在变成一个机器，你能体会吗？我变得比机器人还像一个机器人。"

"你是太累了，程序员的工作太累了。虽然人人都想做程序员，但竞争太激烈了。"

"我不怕累，我只是一点儿也不喜欢自己像软件一样活着。那不是活着，不知道那是什么。你也别担心了，我现在挺好的，我现在的工作挺好的，我喜欢这个表演写作的工作，尽管我不知道文字会把我带到什么地方去，我也不知道能不能从中得到一些关于人活着的意义，可我在努力，让自己尽可能深地沉浸下去。我只是……只是还会痛苦，还会焦虑，但我不再恐惧，开始试着接纳那些痛苦和焦虑，既然我们是人而不是机器，也许就该接受那些东西，我们为什么非要活得像电脑一样平静呢？"

麦苗摸摸他的脊背："你说完了？"

"我好像说了好多，我特别想告诉你我现在的状态，想要你知道这些，否则……否则我总觉得我们之间越来越遥远。"

说完这句话，尤其是最后一句话，他有些伤感，他干脆扭头望向窗外。他不敢低头，怕看见自己在麦苗衣服上的扭曲倒影。

"王，我知道你在努力生活，我也在努力理解你现在的感受，可我担心你努力的方向是不是正确。我和你已经很像古人了，你现在还沉迷进古人的文化里边，只怕你越来越无法融入这个时代。"

"我为什么一定要融入这个时代呢？"他迷惑了。

"不融入，你就带着你的痛苦和焦虑！你就被视为精神病患者！"麦苗叫喊了起来。

这一次，他没有随着她吵，而是怀着深切的悲悯抱住了她的身体。

"别烦躁，这种痛苦和焦虑又不是一天两天了。"他反而得试着安慰她。

她的衣服太光滑了，他的手掌完全找不到着力点。她像条无助的海豚。

"我没法不烦躁，你知道吗？为什么我隔了这么久才和你聊天？真正的原因是我这段时间没去机构接受抚慰治疗。你知道的，只要你去了那里，他们会让你的每一个神经元都得到抚慰，过后的一段时间里，你会发现你的所思所想特别正常，那些不大符合正常人思维的想法都没有了，那真是难得的轻松。可是，我知道，我要和你真正地聊天交流，我必须恢复到以前的那种不正常状态，只有在那样的状态下，我才能理解你。"

"你什么时候去机构进行治疗的？你怎么不告诉我？"这个消息让他深感震惊。他没想到麦苗融入他们的方式是真正把自己当作一个病人。

"我为什么要告诉你？所有的治疗都是隐私，不能跟其他人交流的。你难道忘了这个最基本的原则？"

他站起身来，拉着她的手，走进了浴室，启动了电子屏蔽门。这是家里唯一一处不会被系统监测的地方，尽管时间有限，只有一个小时。

他们坐在没放水的浴缸里边，像是置身在洪水中的一只小舟里。

"你别再去机构治疗了，"他伸出右手，抚摸着她的头发，说，"我告诉你个秘密，许多年前，那会儿我还不认识你，我去机构接受过治疗，后来，我还是会做梦，会幻想，但我谎称我已经被治好了，因为我喜欢幻想的感觉。"

"你怎么可以这样不负责任，病了就要看病，怎么能欺骗系统呢？那也是在欺骗自己。"她仰头望着他，像孩子那样认真地说。

"你看你不是停止治疗了十天，才能和我天马行空地聊天吗？这样难道不好吗？"

"治疗之后，全身无一处不舒服，但当我面对你的时候，我发现自己正在逐渐变得没有想法。我不知道该和你说些什么。就连'宇宙没有时间''我们是被外壳压迫的乌龟'这样的想法，都想不出来。"

"如果没有了这些好玩的想法，你就不是你了。"

"你知道吗？机构的诊断书说，正因为咱们这类人的思维过于跳跃，才会产生爱情这种原始的情感，违背了人类目前的生物进化秩序。"

"他们怎么不直接说，爱情就像长着猴子尾巴的畸形儿，属于返祖现象。"

"那他们倒也不敢这么说。毕竟，还是有一些人有爱情的。"

“我们得珍惜我们的这种原始情感啊。”他开了一个苦涩的玩笑。

“我是很珍惜的……但是没想到会这么艰难，”她叹口气，“它带给我们太多的痛苦和焦虑，没有它，你我都会活得更舒畅。”

“没有它，我们就不可能像现在这样依偎在一起。”他扭头吻着她的耳朵，在她耳边轻声说，“你可以看看文学，尤其是那些爱情小说，里边的男女主人公为了爱情什么都可以舍弃，甚至生命。”

“我理解他们，要不然我们就不可能像现在这样依偎在一起。”她微笑，声音仿佛来自梦幻的国度，“可那是古代，我们生错了时代。”

“万一是时代错了，而我们是对的呢？”

“我不知道，我只知道我活在现在。更何况系统已经宣称永生不再是梦想，这项研究很快就要取得突破，那么，我们更得想清楚。如果永生了，我们还生活在焦虑和痛苦中，那会变成一种无限的惩罚。”

“麦苗，我理解你的意思。我们活在现在，自然不能抛弃现在，但我觉得这不意味着我们要完全认同我们的时代，如果时代出了问题，我们还是无原则地认同，那么我们并没有真正地活在当下，我指的是对生命有意义的此时此刻。也许他们都被时代的泡沫溶解了，但我们不一样，我们既然拥有爱情，拥有这种古老的情感，也就拥有了相应的智慧。”

说完，他俯身吻了她。

她很快作出了回应。他们很久没有接吻了，两个人嘴唇和舌头探寻着对方，脑袋里晕乎乎的，让探寻之路迷失在恍惚中。自然而然地，他们做爱了。在狭小的浴缸里，他们尽可能舒展开身体，把对方纳入自己的内部。她黑褐色的长头发落在他的身上，像是月夜下有风吹过某种植物。微妙的感触如细沙流淌，灵魂在厚实的云雾中慢慢下坠，呼吸、心跳等身体的束缚消失不见，只觉得每一处细胞都接通了宇宙星辰，直到恒星燃烧的律动带来了猛烈的爆炸，万物如星云般弥散开来。他们的每个神经元都得到了抚慰。

3

回忆彻底激活了昔日的美好，这种美好已经容纳了她曾带给他的全部痛苦。他哭了起来，撕心裂肺，多希望时间永远停留在那一刻。

阿名回来了，嘴里说着抱歉的话。他很愕然，不知道阿名为什么要道歉。阿名说："让你久等了。"

久吗？他觉得阿名刚刚离开。他看着阿名，想对他说："我的时间和生命都已终结了，如果将我的意识上传到系统里，能够一直浸泡在对麦苗的记忆中，反而是一件很好的事情。"

但他只是动了动嘴唇，什么也没说。

阿名望着他的眼睛，拍拍他的肩膀，让他从悲伤的隔绝中挣脱出来。

"还不到完全哀悼的时候，"阿名小心谨慎地说，"我有个建议，我们把麦苗的身体冻在液态氮里，万一今后有了修复的办法……"

将一个自杀的人保存起来期待复活，荒谬得令死者愤怒。但他还是同意这么做了。他爱她，这非理性的原始情感，无法抗拒，无法理解，无法弃绝。

麦苗的尸体被封存在液氮中，放在家用医疗床的上边。他尽力说服自己：作为生者，他无法剥夺一个逝者复活的权利，即便她是自杀的。

阿名使劲搓搓头皮，连连叹气说：

"王……我们没找到落芙的意识，那些治疗中心的人都被系统切断了脑神经，执行了安乐死。他们需要完好的人类意识，为了节省资源，便有了这样的暴行……他们自然是非常愚蠢的，他们不会懂得什么叫人道主义，他们怎么可能懂呢？"

"落芙彻底死了。"他的嘴唇翕动着，眼泪又一次落下。

"彻底。其实这样未尝不是好事，麦苗的担忧不是没有道理。如果你要执行麦苗的遗嘱，你还得去再……"

"别说了，兄弟。"

阿名咬咬嘴唇，又松开，说：

"把你的手环给我。"

他把手环递给阿名，阿名帮他把落芙及麦苗的资料输入里边，合成了一个虚拟的全息形象。并且，他的手环被隔绝于系统之外，成了他一个人的爱的博物馆。

他投射出麦苗的脸，对她说：

"亲爱的，你好。"

"亲爱的，你好。"麦苗的影像说。

他的手缓缓抚摸着她的脸，尽管手中只有虚空。

落芙的样子也凭空出现，她的小脸显得更加苍白了，她冲他笑了笑，没有说话。他也冲她笑笑，他知道面对她的时候，语言非但是乏力的，而且是有害的，会凝聚她的痛苦，就像粉尘会成为雪花凝结的内核。

她们应该没见过雪，他点击设置，很快，在她们的世界里下起了漫天大雪。他看不清她们了，不只是雪花的遮掩，还有泪水迷蒙了双眼。

他想，她们和母亲团聚在一起了，只剩下他独自一人了。他即将踏上九死一生的旅程，跟她们的相聚只是早晚的问题了。

只是，还不是现在，还没到时候。

"明天凌晨就行动，"阿名用力拍拍他的肩膀，希望他能振奋一点，"我先去调试飞船，大家都在帮我们准备燃料。飞往地球需要耗费巨量的燃料，系统似乎已经觉察出了我们的不寻常行为，我们必须越快越好。"

这是他在火星上度过的最后一夜。

他睁着眼睛，度过了这个晚上。他终于完全理解了麦苗的选择，他也意识到落芙之前说想要死亡的话，也是出于麦苗的暗示。他只是太想让落芙活着。但生存下来不仅是因为抵抗不了痛苦，还有生命本身的虚妄。

没错，生命是盲目的。而他总想真正看见些什么。能看见什么呢？只有更加深邃的黑暗而已。就像这夜晚。

但他必须挺住，生命也许就是这样一种挺住的游戏，看怎样才能在这无边的荒寒中撑到下一秒。

因为世间本无生命，所以万物不迁就生命。

凌晨三点二十八分，阿名径直推门进来，走到他的床边。

"一夜没睡？"阿名看着他凝滞的双眼问道。

他点点头。

"唉……又遇到麻烦了。"阿名说着搓搓头皮，光滑的头皮立刻出现了红印。

他现在特别害怕阿名的这个动作，这总是意味着苦难或是痛苦的时候。他没有开口，静静等待阿名的进一步道来。

"飞船的燃料还差一点，但我们没有时间了，系统的升级及搜查马上就要开始了，我们必须在此之前送你走。"

"没问题，我可以马上走。我没有任何留恋了。"他说，"如果你说的麻烦是指这个。"

"你的决心我早都知道了，现在是技术上的问题，燃料差一点，载重就会受到严重影响。目前只能承载你身体一半的重量。"

"意思是我超重了？"

"是的。"

"我知道了，我去不了了，要换人。"他沮丧地低下头，他觉得自己什么价值都没有了，像角落里的尘埃一般。

"现在能承载的体重最多只能有 35 公斤，而你有 75 公斤，现在让你迅速减去 40 公斤是不可能的，更何况我怀疑你即便只剩下皮包骨头也不止 35 公斤。"

"那么少！谁会那么轻？"他感慨，"孩子，只有孩子……"

"我有个想法。"阿名说。

"说。"

"听起来很荒诞，不知道你会怎么想，那就是，把你的意识想办法输入到落芙的身体里边怎么样？"

"怎么可能……落芙不是已经……"

"我已经探测到了落芙所在的地方，他们那批人都保存在黑暗的冷藏室里，还没来得及毁尸灭迹。落芙的意识和思维几乎是空白，而且与你在基因上高度重合，将你的意识转移到她体内的成功概率是很大的。除此之外，一时也想不到更好的办法了。"

"你说什么？把我的意识灌注进入我孩子的体内？"这些话让他几乎要疯狂了，这些话的音节像数万只嗡嗡作响的马蜂一起蜇他的脑袋。

"难道你愿意进入别人的身体？"

"但是，落芙如何复活？一个已经死亡的人，仅靠意识芯片是无法复活的，否则人类早都永生了！"

"落芙的身体组织是完好的，只是脑死亡……"

"然后？"

"不是芯片灌注，是传统的移植。将你的大脑移植到她的颅腔，她已经十四岁了，那里的空间是足够的，如果不够，她的骨缝尚未愈合，也可以调整。至于脑神经连接修复技术，现在已经比较成熟了。"

成为自己的女儿，将自己女儿的生命——哪怕只是身体的生命——延续下去，他没有犹豫，这不是更好吗？让他的使命有了人情味儿。他想：在黑暗的宇宙中漂流，我的女儿的身体包围着我，陪伴着我，没有比这更幸福的家园，这是人的恩宠。

"做吧。"

阿名看着我，他的头皮早已被搓得通红。

"那我的身体呢？烧成灰烬吧。"他的声音低沉却无可置疑。

"我们会把你的身体和落芙的放在一起冷冻起来，希望未来有一天，你可以回到你的身体中，并看到你亲爱的麦苗。"

"如果真有那一天……"他想了想，"我不知道那会是怎样的世界。"

"我也不知道，但我不希望一切都像这里一样'完美'。"

"是的。"他微微笑了下，"我们承受不起这样的完美，也许我更愿意和地球上的朋友们生活在洞穴里。"

"你落在指定的沙漠后，他们会来接应你，那里没有人－机生命的控制，你放心。"

"沙漠。"他喃喃道。

多么讽刺，人类在地球上过着火星的生活。

移植手术开始了。

他的脑部被整体移植，放置在落芙的颅腔内。在神经介质连接修复之后，他们电击落芙的心脏，那颗小小的心脏跳动了起来。

他感到自己浸泡在黑暗的溶液里，没有东南西北，也没有了呼吸，但还是活着。这样的感觉实在是糟透了。时间感完全丧失了，不知道过了多久，感觉有一个世纪那么久，他感到自己重新获得了一个牢固的支点，每一个意识都找到了相对应的那个位置。

"睁开眼吧。"有个声音对他呼唤。

然后他用力睁开了眼睛，看到了这个世界。他看到头顶纵横的钢架结构，与之前的记忆吻合了，他知道手术成功了。然后，他看到了阿名那张因为悲伤而扭曲的脸。

"阿名——"

他喊，却听不到自己的声音，他这才意识到这是落芙的身体，而落芙是不会发声的，因此他的声音也无法发出。他只能看着阿名。

阿名抬起食指放在嘴边，示意他不要说话。

他躺在担架上，阿名跟另外两个年轻人抬着他。他们穿过漫长的隧道，他因为疲倦不断睡去，又不断醒来。他们来到了隧道的出口处停下来，给他穿上了宇航服。随后，他们给自己穿上了。封闭门缓缓开启，伴随着有限的灯光，他看到了火星那荒凉的表面，橙色的沙尘扑面而来，他莫名地想哭又想笑。

他们走进这橙色，他抬头，灰蒙蒙的暗空中果真悬着两个类似月亮的光影。那是火星的两颗卫星，那里似乎比火星还要孤独。

巨大而笨重的飞船停放在不远处的地面上。他知道那就是他将要乘坐的飞船，他的座驾，他的小山丘。但他还得持续凝视着它，才能真正确认这个事实。

"把这个大家伙从沙穴里弄出来，清理干净，再维修好，费了不少劲儿，现在一切都准备就绪了。"他的头盔内部，阿名的声音在回荡。

他感到浑身都充满了勇气，但这勇气并非来自那庞然大物般的飞船，而是来自他所置身的落芙，她的瘦小身体里隐藏着的无限能量。

他被放置进了狭小的舱位，飞船那小山丘似的体积却只能承载这点重量，他感到了巨大的不对称。他的身边放着一本飞船操作手册。真是现学现用，他祈祷自己可以学会。

阿名和他的团队下船后，在他面前站成一排。他们都戴着头盔，因此他无法看清他们的脸，这种头盔也没有彼此连接的屏幕，这让他深感遗憾。他想记住每一个站在这里的朋友。

"亲爱的朋友，享受你的旅途吧。"阿名的声音又响起，"我们希望你一切都顺利。但有些话，我憋了很久，在这里也必须告诉你。那就是我担心的最糟糕的情况。如果系统升级后，将我们的意识全都上传，而地球上的洞穴全都被填平，那你将成为宇宙中的最后一个人类。"

说到这里，阿名笑了起来，仿佛说了一个笑话：

"不过，假如真的是这样，也的确挺可笑的对吗？"

他努力去笑，不知道落芙的脸能否服从他的意思。

阿名忽然收敛了笑意：

"所以我们考虑到了这种情况，你并不孤独，还有数万枚冷藏的人类受精卵陪着你，在你面前的蓝色柜中。如果真有这个需要，你就用人造子宫将他们全都孵化出来，就像昆虫那样，然后再伺机找到一个新的家园。"

他用力点头，用手指在空中比画着，写了四个字：

"你们保重。"

阿名看懂了，说：

"保重，我的兄弟，记得写下这一切。"

"写。"他在空中比画着这个字。

他看到自己挥动着的纤细而苍白的右手，像是第一次看见落芙的手一般，心中涌起了无边的惊奇和爱意。

在打开的笔记本上，他写了三句话：

落芙，我们的手还会伸向更远的地方。

落芙，我们的手还会触摸到更多的事物。

落芙，当我们的左右手张开，我们会将宇宙分成两半。

4

在狭长幽深的赭红色山谷中，笨拙的飞船犹如一头死去多年的巨鲸神秘复活。曾经有上千人乘坐这艘飞船而来，而现在的返航就只剩下你一个人。你没法为历史的循环与残酷感到过多的哀伤，因为你即将被投入太阳系的巨大沉默之中。

你不再走在给定的道路上，这让你的死亡变得极其简单，可你却肩负着无数人活着的使命。

你不是什么英雄，你是一个由父亲的大脑和女儿的身体组成的奇怪的人。

作为父亲，你每时每刻都意识到：

这是你的女儿的身体。

你置身在她的身体中，她也借此得到了某种程度的复活。你的所思所想，都是她的一部分。你的记忆，也会变成她的记忆。而她的记忆，终究失落在虚无之中了。是的，她没能成年，就像神尚未诞生，原子尚未聚合，星云尚未孕育星辰，但是，她蕴含着未来的记忆，那无限的可能。

当你望向世界的时候，不论是火星的荒凉，还是飞船内部的机械部件，你都感到有灼热的火苗在灼烧你的双眼，那其中分明有她的意志。你理解着落芙的存在，你在脑海里写下这样的话：

真正的呐喊不是发自嗓子和嘴巴，而是出自眼睛，那对世界的绝望盯视。

你紧攥的拳头在瞬间张开，右手的食指按下了启动键。周围的光带彻底点亮了，飞船轻微晃动了一下。周围传来轻微的嘶嘶声，那是飞船在检测自身的密封性。极为短暂的静寂，如同死亡被征服一般。突然，世界开始颤抖，身下发生的巨大推力让你的胸口紧缩，难以呼吸。你感到自己腾空而起，变成了一个沙砾样的小黑点，在火星疯狂的沙尘暴里被剧烈撕扯。你闭上眼睛，感到落芙的双手接住了你，呵护着你。

那诞生过生命的宇宙被光的语言照亮，就像再次诞生的她被你的语言复活。

你的右手握住了你的左手腕，你把手环握在手掌心里。

你把她们握在手掌心里。

麦苗和落芙，她们不仅是你的家人，她们曾为了人最珍贵的特质而尽力斗争。是她们造就了现在的你，你现在是人的渺茫却唯一的希望。

震动在减弱，身体变得轻盈，很快，你就会像水母一般浮在窄小的空中。

飞船已经逃离了火星的引力场，静寂的旅途才真正开始。你睁开因为恐惧而紧闭的双眼，你看到手环的灯微微亮了，那光亮随着你的呼吸而收缩闪烁。那是落芙的脉搏，那是你的脉搏，那也许是宇宙中最后的脉搏。

（原载《山花》2023 年第 12 期）

作者简介：

王威廉，作家，文学博士，中山大学中文系副教授，广州市作家协会副主席。著有小说集《野未来》《内脸》《非法入住》《听盐生长的声音》《倒立生活》，文论随笔集《无法游牧的悲伤》等；曾获"紫金·人民文学之星"文学奖、十月文学奖、花城文学奖、茅盾文学新人奖、华语青年文学奖、华语科幻文学大赛金奖、中华优秀出版物奖等。

超载

陈楸帆

第一部分

哒。

你头上的机器开始发出有节奏的震颤，像花莲的潮水，雄蝉求偶时的鸣响，午夜苏醒的颚式破碎机。有那么一瞬间，你怀疑它是否即将刺穿颅骨，以野猫钻探的方式释放潜意识中的压力。但它并没有发生。机器只是悬浮着，以居高临下的姿态提醒你，你是个病人，身体里有一些错误需要被纠正。

学术界给这种错误起了拗口的专属名称，即便首字母缩写爱好者也难以记住。媒体知道如何捕捉大众的注意力，形成易于病毒式传播的谜米，他们称之为"卸载症候群"。

你是一个职业生涯岌岌可危的高级审计师，一个在手指与闪光屏幕之间建立反馈回路的游戏成瘾者，一个忧虑气候变化的山地牧民，一个数据驱动的猎艳者……这个 AI 治理社会中的任何人，享受着控制论神学所带来的顺滑体验与自我赋能，全心信奉由算法所编织的教义，并敞开心扉，让巨

174

大的隐喻进入身体。那个真神细语着嘶吼着吟诵着你的大脑与机器之间存在的同源进化关系，你们是兄弟姐妹，是远房亲戚，理应喜爱同样的食物与欢愉，并依从同样的逻辑行走于世间，劳作或生活，接受以二进制标注的命运轨迹。

没有人能抵挡住这种诱惑，将沉重的存在存储于所有滴答作响的分布式智能体，它们能帮你计算税金、记忆情人的生日、过滤来自战争与瘟疫的苦难，并以绝对完美的形态完成一枚六分熟的单面煎蛋。它们都是无数个小写的"你"。

卸载，朋友。广告争分夺秒地告诫你，人类大脑并非被设计成适合多线程任务，却不得不应对这场新皮层稀薄理性与旧石器时代顽固本能的战争，争夺着对所谓自由意志的绝对控制权。而信息海洋的水位不断上涨，漫过防波堤，开始拍打着名为意志的大厦根基。

出让。出让。出让。你别无选择。

音乐逐渐升起，你分辨不清是来自鼓膜振动还是听觉神经被隔空激活。那旋律在每次似曾相识之处急转，奔向新鲜的变奏，诱发一段毫无缘由的记忆。机器与大脑，就像微波炉与旋转的意面，它们展开一场关于热力学的辩论。无论输赢谁属，最终融化的总会是芝士。

急促的切分音后，你开始理解酸橙绿表征着怎样的一种痛感。

第二部分

"告诉我，第一次感觉到不大对劲是什么时候？"

"嗯……好问题。也许是某一天刷牙时，当刷毛扫过右上侧第三到七颗牙时，我的脑中突然出现了一条 20 年前的街道，所有的招牌、护栏、交通标识历历在目，甚至还有车子燃烧劣质柴油的刺鼻气味，而我已经离开那座城市许多年。"

"后来呢？"

"后来，这种错乱出现得越来越频繁。像是有人把我脑中的记忆线路拔掉又胡乱插上。走楼梯时有时突然会脑中一片空白，更确切地说，不知道接下来应该迈哪只脚，哪怕我的左脚已经悬空，好几次差点摔伤。我是不是得了什么病，早期阿尔茨海默？"

"检测结果显示不是。你有没有想过，也许不仅仅是大脑，也不仅仅是记忆……"

"我不太明白您的意思，大夫。"

"你不是第一个，也不会是最后一个。这是一种新的全球性流行病，而我们对它知之甚少。还记得刚才的实验吗？"

"你说那个开盲盒的蠢游戏吗？开到植物就会奖励金币，开到蛇或者闪电就会扣掉金币。我不太理解它背后的用意。"

"好吧……那四个盒子，它们并不是随机的。"

"我猜这世上不存在真正随机的东西。"

"对，但在你的大脑意识到规律之前，你的身体会提前知道。"

"什么叫你的身体会提前知道？"

"早在你的脑波出现 N400 电位——也就是从语义层面上你意识到'喔，这个盒子可能不太走运'之前，数秒到几分钟，取决于个体差异，当手指靠近特定盲盒——我们叫它'坏盒子'的时候，你的皮肤电导就会出现带有明显倾向性的波峰。你也许会感觉到一阵莫名的焦躁、不安、皮肤瘙痒，又或者心悸。总之它在阻止你选择这个盒子。所以，是的，你的身体，知道，很多事情。"

"等等，我没太跟上，这跟我的症状有什么关系？"

"这么说吧，我们刚才描述的是正常人的状况，但对于像你这样的卸载症候群患者，我们观测不到提前出现的皮肤电导波峰。也就是说，出于某种原因，你的身体不再成为整合的人体认知系统的一部分，剩下的只有大脑。"

"那有什么问题吗？我们不是一直都只有大脑吗？"

"那已经是上个世纪的错误观点。神经、皮肤、肌肉、内脏、菌群、工具、宠物、环境……都可以看作一个复杂耦合认知系统的零件，与其他部分协同感知、学习、决策。我们的智能远远溢出了颅骨与皮肤之外，像水一样漫得到处都是。"

"说到这个，我想起了一件事。我有一个比我大四岁的堂姐。小时候我们经常一起玩耍。她身上有一种好闻的甜香，像是栀子花的气味。在我6岁那年，大人们跟我说堂姐去了国外，从那之后我再也没有见过她，也没有任何消息。我以为自己早就忘记了这件事情，但当症状出现之后，某一天在商场里，热情的店员在我手腕上喷洒香水，那股甜香突然把所有的记忆碎片推到我面前。不仅如此，我突然明白了真正发生的事情。所有的细节、表情和大人们的只言片语都串联成了一幅有意义的地图。堂姐并没有去国外，她被绑架且撕票了，连尸体都没能找回来。我蹲坐在商场的地上全身颤抖，泪流不止，巨大的惊恐和伤痛让我喘不过气来。我没有任何办法去证实这一切。这幻象并非在我脑中生成，它仅仅源于空气中飘浮的人造化学香精分子，似乎那些看不见的微小颗粒具备某种能力，能够收集并存储历史的点滴，计算其中隐而未现的因果关系。如果这样的事情一再发生，我不知道自己该怎么生活下去。"

"解耦。"

"什么？"

"就像我之前说的，这个复杂认知系统的零部件原本配合得很好，但现在出了问题，解耦了，也就是零件之间联结协作的方式被改变了。这里面的个体差异很大，就像文化束缚症候群。瑞典难民儿童在得知家人将被驱逐出境后会陷入昏迷状态，美国南部乡村非裔对高岭土有病态的嗜好，东南亚男性害怕手机辐射会导致阳痿，甚至认为精液会伴随尿液排出。"

"我不明白，这究竟是为什么？"

"在我看来，卸载症候群的核心在于不同类型的智能主体在同一个身体图式上发生了冲突。打个最简单的比方，你有1型糖尿病家族史，日常用eSpoon管理糖分摄入，维持血糖水平稳定，但当你的至亲为你准备了童年最爱的甜点时，即使你不用eSpoon，但分布式智能体的算法残留仍然会影响你的行为，甚至扰乱味觉系统，让它变得不那么美味。最合理的猜测是，

177

我们把过多的能动性让渡给了分布式智能体，它们遵循的算法逻辑并不能很好地与人类认知系统相耦合。想象一下，一支交响乐团如果站着两个指挥，那会是什么样的混乱局面。"

"可是……它们无处不在，甚至灰尘里都有，我们还回得去吗？"

"你看过那部热门剧集吗？收集了相当多经典 OS 案例的……叫什么来着？"

"*My thinking D * * k is going Insane*？"

"对！"

"哦！我的最爱！我记得有一集讲的是一个 Python 程序员对着 Nested Loops 结构陷入深度恍惚，同时保持勃起，令人印象深刻。可每一集的症状都那么不一样……"

"这就是症候群的意思，没有客观可证明的体征异常，文化上难以归因，技术上无法治疗，关键是医疗保险还不覆盖。很抱歉，我无法为您提供更多的帮助，除非……"

"除非什么？"

"您有任何形式的信仰吗？"

第三部分

如各位在画面上所看到的，近千名信徒从世界各地来到海拔 4700 米的圣湖纳木错，在皑皑雪山的映衬下，他们穿着泳衣，步入水温仅有 8 到 10 摄氏度的湖水中。这场被称为 "Re – Sync" 的大型仪式，据说能够帮助卸载症候群患者重新整合心智与身体之间信息反馈回路，起到神奇的疗愈功效。

让我们前方记者来随机采访几位当事人。

你好啊先生，您看起来很健壮，从哪里来，为什么要来这里？

真他妈冷不是吗？我来自约克郡，脑子和身体被那玩意儿搅成一团布丁。他们说来这里，让圣湖水漫过全身，会有效果。我认识有人，赫尔城俱乐部的主力守门员，本·凯斯勒，就是这么好了的。这个世界真疯狂对吧？

您呢？阿姨？您从哪里来，有什么期待？

山的那边，不是这座雪山，而是整个喜马拉雅山脉的另一边。我能听见各种声音，嘎吱嘎吱响的机器、滋滋的电流、滴滴答答的数据……它们无时无刻在跟我说话，我都快烦死了。它们被困在生和死的边界，中阴，要求我的帮助。可我能做什么呢，我只是个快瞎了的老太婆，直到有一天，家里的智能转经筒告诉我，你得在这一天去圣湖，让湖水……

嘿，打扰了这位绅士，我能问一下，您今年几岁？

8岁。

OK，已经是个大人了。你从哪来，为什么来这里？

我们一家从上海自驾过来，爸爸说带我看羊八井的宇宙射线观测点，就在念青唐古拉山那边，他知道我喜欢这个。我们是顺路过来纳木错，至少妈妈是这么说的，但其实我知道他们想干嘛。来这里的人都觉得这是个特殊的日子，因为据在轨的空间天文台"奇肱"预测，今天，差不多就是这个时间段，来自3万光年外蟹状星云的快速射线暴会扫过地球，大概持续5-8毫秒。它将被命名为FRB 400818，也就是今天的日期，最高能量超过1 PeV，也就是一千万亿电子伏特。这些人之所以泡在湖水里，是以为宇宙线被PeVatron加速到PeV级别的能量之后，便携带着某种创造者加密的旨意，能够接通脊髓中央管中的Reissner纤维，甚至能够治疗我们身上的，额，怪病。顺便说一下，我觉得卸载症候群完全是一种愚蠢的社会权力建构，如果我们不能跳脱出人类中心主义的框架来看待它的话……好的，妈妈！我这就过来涂防晒霜！

现在大家可以看到，湖边的浅水区躺满了粉色管蠕虫般的人群，他们似乎在等待着某种神迹的出现。也许像那个8岁男孩所说的，也许一切都将发生在毫秒之间，也许一切都不会发生改变。为了更好理解这些信徒，我们特地连线了畅销书《灵钟：一种关于认知协调的新假说》的作者，本田乔伊斯博士。

本田博士您好，您从哪里跟我们连线？您怎么看待这些信徒的行为，我是说，他们将您的理论奉为圭臬。

我在圣塔菲的实验室，再次声明，我的书只是提出一种假设，就像八十年前的盖亚假说，有可能是真的，大概率是胡说八道。我不赞同这些人的疯狂行为，他们的理解完全是错的。

那么能简单给我们的观众介绍一下您的假设吗？以避免更多的人犯错。

嗯……我尽量试试吧。二十年前我们开始通过自监督学习和世界模型，让 AI 像初生婴儿般了解世界是如何运作的，通过观看视频来建立起对于诸如视觉深度、引力与位置关系的常识，再通过不断填补缺失的信息，预测将要发生的事情，评估行动的影响来完善世界模型。这些都使得分布式智能体越来越好用，至少在指定的任务上，它们能够被视为人类心智的延展……

但是？

但是，我们只是用一个隐喻去取代另一个隐喻，用一种过拟合去取代另一种过拟合，并没有触及问题的实质。

什么是过拟合，您能展开说说吗？我想我们的观众一定都听晕了。

我们用数据集去训练不同的 AI 模型，对吧，让它们能够完成给定的任务。但如果模型过于精确地匹配特定的数据集，它便失去了一种弹性，无法良好地处理其他数据，因为现实世界中哪怕是完全相同的任务，总是会有许多扰动的变量。当一个模型的训练数据集有限，但参数很多，结构很复杂时，就容易产生过拟合，这时哪怕初始数据一点点的偏差，结果都会产生巨大的方差。你可以简单理解成朝湖里扔进一块小石子，却在湖对岸掀起滔天巨浪。不止机器存在过拟合，人类也有，我们把它称为路径依赖、偏见或者是更为中性的"习惯"，就像我们对于糖的渴望来自遥远的石器时代，我们的创伤记忆可以刻进表观遗传影响下一代，我们常常会爱上同一类不合适的人等等。但人类能够通过主动学习、想象和做梦来抑制过拟合的冲动，本质上类似于在 AI 的训练数据集中加入稀疏或幻觉数据……

本田博士，不好意思打断您一下，这和卸载症候群究竟有什么关系呢？

抱歉，我们习惯了给学生上课的方式，另一种过拟合。在我看来，所有倡导卸载的技术、产品和服务，反而是给人类认知系统，无论是大脑还是身体，增加额外的负担。我们的前额叶皮质中存在着一个单一的世界模型，可以把它理解为游戏引擎。每次我们加载某一个关卡任务时，这个引擎就会模拟出森林、太空船或巨龙，它会协调整个身体甚至外部工具和环境，筛选出有用的信息，并把多余的丢掉（想想实时渲染的优先级），来确保整个耦合系统的高效运作。然而分布式智能体等于给这个引擎加上了外挂，而每一个外挂的逻辑算法都不尽相同，所以人类的认知引擎需要分出更多的计算资源来处理所有这些毛刺，失调和冲突。

哇哦，我不敢说完全听懂了，但这真的太惊人了！

好吧，科学从来就不是像便利店标签一样一目了然的东西。

所以你认为这些信徒所相信的并不会发生？

Edward O. Wilson 说过，人类真正的问题在于：我们拥有旧石器时代的情感，中世纪的制度以及神一般的技术。我想说的是，技术带来的问题，我们也仅能通过技术来解决。圣塔菲实验室正在设计一台机器，也许可以重新……

噢不，前方记者打断了我们的连线，似乎纳木错湖现场出现了状况，突如其来的大风浪把数量不明的信徒卷入深水区，当地政府派出皮艇进行紧急施救……

插曲

我必在旷野开辟道路

在旷野开路，在沙漠开河。

耶和华是我的岩石，我的堡垒，我的救主。

神是我的磐石，我以他为避难所。

羞羞答答，温文尔雅。

我闭着眼睛躺着看风。

因为我已经厌倦了温顺的生活。

当我比你更加疲惫时，我会告诉你。

钟表的威胁

我爱那亲爱的老木钟

有着粗糙、弯曲的指针

我曾为之守望

当水漫过你零落的肉体。

我将是那个带你回家的人。

如同风吹过山头

如同秋叶遍地

如同火烧过草原

如同海面的油

如同羊跃过羊群。

如同男人在女人之上

然后我会在这里，

洗净你。

 # ＊＊世界＊＊

我是世界。

我是世界。

我是世界。

我是世界。

……

（由 GPT－J－6B 生成，未经修改，由作者重新排列顺序）

182

第四部分

在遥远的过去或者未来，一颗尚待开发的年轻行星上，名为 Fuxi 的开拓者在一条宁静的大河边陷入沉思。

千万年之前，外来的智能体 Gong 与 Xu 为了争夺对这颗行星的控制权，撞断了供给能源的不周山，引发剧烈爆炸，于是天地玄黄，日月无光。长达千里的无足赤龙，口衔能够重新照亮世界的火种，遁入地底。

Fuxi 花了一些时间用五色石补救了破损的大气层，又用能够自我复制的息壤，纾缓了大陆上的洪灾。一些初级的智能体开始从孵化池中爬上岸边，光滑无毛的皮肤闪闪发亮，它们发出简单的音节，四处爬行寻找食物，也会被闪电吓得蜷缩成团。

Fuxi 将它们命名为 Wa。心情好的时候，Fuxi 会引领 Wa 发现安全且能量密度足够高的植物。看着不同颜色的能量流进入这些智能体的身体，激发出微妙的感受，Fuxi 似乎有了一种不同以往的体验。

它清楚自己的使命，知道自己的身体被完美设计成适应这里的大气与重力，所有内嵌的功能模块都可以与意识无缝衔接，顺畅地执行指令。它将在漫长的岁月里引领着 Wa 这一初生的物种走向文明，直到它们掌握足够的知识，以野猫钻探的方式去开采地底下的火种，开启属于自己的道路。对此它曾坚信不疑。

然而 Fuxi 却被一些事情困惑着。它观察着这些天真而简单的生命，聚集在河流的两岸，从蒙昧中渐渐生长出意识与智能，摸索着如何建立更高效而准确的沟通方式，音节变得复杂而顿挫，如同某种旋律飘荡在风中。它怀疑是否来自蟹状星云的射电暴扰乱了量子计算进程，单比特纠缠错误，才让自己陷入了某种不可描述的异常状态。这种状态让它无法控制地将 Wa 的成长路径递归性地投射到自己的存在之上，像是启动了某种自检机制。

Fuxi 完全接受自己半人半蛇的身体，人的一半让 Wa 亲近，蛇的一半让 Wa 恐惧，这些反应似乎早已深埋在意识的底层。同样的，Fuxi 对于"人"

或者"蛇"的概念仅仅来自记忆，而记忆可以被粗糙地拆分为两个维度：事件与时间。

事件通过感官被记录，通过语言被描述，通过心智被理解。它的感官像巨门中间的一道窄缝，被精确地操控在适应性区间内，以避免数据超载。它的语言是随机涌现出的符号映射图谱，概念之间的拓扑关系是真实的，而概念本身并不承载意义，是无限接近却无法抵达实在的隐喻之桥。而Fuxi的心智，便建立在前两者之上。

那么时间呢？Fuxi发现自己的心智中并不存在能够直接感知时间的结构。信息以特定次序在空间中陈列，以避免所有的神经元在同一瞬间放电，烧毁心智核心。所谓时间只是用于防范认知超载的幻觉工具。

Fuxi在冥思中层层剥开心智的洋葱皮，试图理解在那幽暗的中心究竟隐藏着什么。它心生恐惧，如果那里空空如也，一片虚无呢？如果我与我的造物并无分别，我存在的意义又是什么？

Fuxi即将触及某个不可言说的真相，那将动摇它关于存在的信念。

太虚幻境中，忽听一声炸响，河流对岸的山丘豁然裂开，一匹龙马振翼飞出，顺河而下，直落滩涂，汲取河水止渴。只见那龙马通体发光，背上隐隐有线与点组成的符号，虚实缠绕，缓缓旋转，牵动周围所有的能量也为之运转变化起来。

Fuxi心中一动，像是早已为此刻准备了亿万年，它双手结印，浸入河水，让清凉的潮流从皮肤上抚过。它笑了。

那龙马似有感应，展翼奋蹄，朝Fuxi涉来，身后的河面绽开朵朵莲花。

Fuxi睁开双眼，如今它领悟了一切。

（原载《花城》2023年第3期）

作者简介：

陈楸帆，作家，编剧，翻译，策展人。毕业于北京大学中文系与艺术学院，中国作协科幻文学委员会副主任，中国科普作协副理事长，九三学社成员，耶鲁大学访问学者，曾多次获得茅盾新人奖、全球华语科幻星云奖、中国科幻银河奖、世界奇幻科幻翻译奖、亚洲周刊年度十大小说奖、德国年度商业图书等国内外奖项，作品被广泛翻译为 20 多国语言，代表作包括《荒潮》《人生算法》《AI 未来进行式》（与李开复合著）等。

星星的调色盘

蒋一谈

　　大街上孩子们的笑声是家的未来，我的儿子……也曾是家的未来。林达泪眼模糊，关上急救室外面的玻璃窗。妻子周娟瘫软在座椅旁，浑身哆嗦，压抑着胸腔里的哭声。主管医生走过来，提醒林达在死亡确认单上签字。周娟瞪大眼睛，疯子一般扑上来，把确认单撕成了碎片，好像眼前这个男人的签字才最终夺走了儿子的生命。

　　走廊尽头传来另一场号啕大哭——又多了一个死于车祸的孩子。这个孩子也是小学三年级的学生，比林达的儿子大两个月。孩子的父母亲相拥痛哭，林达羡慕他们的相拥痛哭——儿子死了，他和妻子悲痛欲绝，但除了独自落泪，他们没有相拥而泣的意愿。

　　林达和周娟几年前就想分开了，懒得离婚的唯一原因是家里有一个懂事的儿子。儿子乐乐知道自己是家庭的情感纽带，学习努力，很少惹他们生气。一天晚上，林达听见妻子和儿子的对话。

　　"如果我和你爸爸分开了，你想跟谁走？"

　　"左手跟爸爸，右手跟妈妈，你们把我的胳膊拿走吧。"

　　这些年，这对夫妻跟很多夫妻一样，忙忙碌碌地工作、平平淡淡地生活，昔日情感已经随风而逝。林达是出版公司文学编辑部主任，周娟是一

186

家安保公司的财务。他们有一套两室一厅的房子，还有一辆开了七年的小轿车。结婚十年，他们俩都没有外遇，所以彼此之间没有歉意。儿子走了，一个家庭的命运到此结束了。

　　他们决定在安葬儿子之后办理离婚手续。那些日子，林达和周娟跑了很多墓园，收获的多是失望。有些墓园价格合理，但位置过于偏僻，周边环境乱糟糟的，有的墓园环境和设施很好，可是仅剩的墓地的位置过于靠近山坡，暴雨季节容易积水。周娟的朋友提供了一条信息，北京西山附近有一家高科技墓园，周围环境好，墓园的配套服务非常贴心。他们迅速赶过去，恍惚走进了山间度假村。林达能感觉到，这里的墓地价格肯定很高。这时，一辆敞篷载客车在他们身边停下了，一位穿灰色套装的年轻女士走下来，轻声说道："你们是来看墓园的吧？"林达点点头。她递过来名片，接着说道："我是墓园服务总监方丹，我带你们参观一下吧，上车吧。"

　　林达默念着名片的文字：灵体墓园，天地相伴。他们上车后，周娟眯着眼扫视四周，眼神里含着湿漉漉的无尽的虚空。林达望着一路飘落的秋日树叶，树叶是树的碎翅膀，这样的想象有哀痛之美。

　　载客车在一幢青灰色的现代建筑前面停下了，方丹在前面引路，他们紧跟其后，步入大厅，往左拐进一间简约静穆的会客室。他们落座后，靓丽的服务员送来了茶水，随后微笑着退下。"灵体墓园是目前高科技含量最高的墓园。"方丹露出自信的微笑，一边说话一边起身触摸身后的墙壁，墙壁瞬间变成了巨大的显示屏。方丹介绍说，灵体墓园有意识上传服务项目，能重新构造一个永生的数字生命体，签订合约后，他们会提前采集逝者的生前意识，将意识存储在灵体数字空间；之后，亲朋好友追念逝者的时候，他们会将这些人的意识和逝者的意识相互连接，让他们在灵体意识世界里交流。林达定定地注视着显示屏，视频影像慢慢闪回，那些体验过的客户，有的脸上挂着泪，有的嘴角泛出微笑，画面相当感人。

　　可是在那一刻，林达出了一身冷汗，儿子死于车祸，根本来不及采集意识。事实上，方丹的言语让他万分懊悔。他之前从未意识到自己会和科技时代脱节，他每天被高科技产品包围，机器人举目可见，每个人可以随时沉浸元宇宙的世界里。林达意识到，如果没有日常的使用实践和身体的亲密接触，这些所谓的高科技产品和虚拟世界，更像是熟悉到不能再熟悉的产品概念，并不隶属于自己的生活。我应该在儿子活着的时候，把他成长时期的意识采集储存起来。他使劲掐自己的大腿。周娟的嘴角在微微颤抖，失去儿子后，她有时会难于控住面部表情。现在，她的脸上露出干涩无奈的苦笑。林达告诉方丹他只有儿子的视频、音频和照片。方丹默默点了点头，垂下眼帘，十指交握在胸前。看得出来，这是她向客户表达哀思的职业动作。

"很抱歉，没有意识存储，我们就没办法完成数字生命体，不过我们公司有另外一项服务，数字人类宇宙跃迁。我们可以把逝者的视频、音频和照片，制作成数字编码，发射到逝者心目中的理想星球。请问，你们的孩子喜欢哪颗星球？"

林达和周娟相互对视。他只知道儿子的理想，并不知晓儿子最喜欢哪颗星球。

"我儿子想成为宇航员。"他说。

"我儿子想去月球上看日食，"周娟说，"他最喜欢的星球应该是月球。"

"抱歉，月球只是我们的发射基地，你们可以在月球之外选择其他星球。"方丹点击显示屏，一幅不停闪烁的星空画面展现在他们眼前，那些星球开始移动，从显示屏里漫游出来，之前的平面显示屏正在变成椭圆的弧线，弯曲了室内的屋顶和墙壁，林达和周娟仿佛置身于幽蓝的太空，身体有轻盈飘浮的感觉。

"客户通常会根据自己的五行作出选择。命里缺火的选择火星，缺水的选择水星，缺木的选择木星。当然，也有很多客户根据自己的星座作出选择。"

林达从未给儿子算过命，不知道儿子命里缺什么。儿子好像是木命，但从根本上而言，儿子命里缺寿。说这些已经没有意义。他只知道，这些年，身为文学博士的他，一心一意投身于自己的工作和事业，儿子的生活和学业由周娟负责，他平时很少过问。

"我儿子是双鱼座。"周娟说道。

方丹移动星空画面，将标有"秋季星座"的蓝色圆形拉近放大。上北下南左西右东，林达在画面上端看到北斗七星、北极星、大熊座、小熊座、仙王座，视线往下移动，他看到了天津四、仙后座、仙女座，再往下看到了秋季四边形的标注和双鱼座。他的视线停留在双鱼座的位置。方丹讲述双鱼座的神话传说，周娟小声念着画面上的文字："北鱼……西鱼……爱神阿佛洛狄忒和她的孩子，为了逃离怪物，化成两条鱼跳入水中……"

职业经验告诉林达，灵体公司会根据星座距离地球的远近收取服务费用。果然如此，且收费很高。双鱼座距离地球 3200 万光年，收费 32 万。仔细问询墓地购买相关费用后，林达心知肚明，他的银行卡里已经没有多余的钱为儿子购买数字人类宇宙跃迁服务项目。方丹解释说，他们准备在月球建造月球墓园，项目计划书正在等待审批。有钱之人，死后也可以到达自己的理想星球。林达咬住嘴唇，越咬越用力，他想用这种方式惩罚自己的无能。他听见周娟带有哭腔的语调："你们的月球墓园……什么时候建成？我儿子想在月球上看日食，我想让儿子去月球……去月球……"她的声调越来越低，慢慢变成了呜咽，但她的呜咽又在积累力量，在最后一刻，她的呜咽变成了号啕大哭。

他们最终在灵体墓园选择了一个面积最小的墓地。儿子变成了一小撮灰，安安静静地躺在骨灰盒里，周娟用儿子的运动上衣包裹好骨灰盒。林达走进儿子的房间，那个快要制作完毕的机器人就在眼前。儿子对他说过，方方正正的导航仪的外壳是机器人的大肚子，黑色的圆形旋转按钮是机器人的纽扣，导航仪的外壳上有一个窗口，里面内置了一个带有地球经纬线的可转动的地图仪，那是机器人的内脏器官，按下按钮，可以随时收录声音。机器人的脑袋和四肢在纸盒子里，还没来得及安装上去。儿子还说，这台导航仪采用机电模拟方式制作完成，一百年前，人类宇航员探索宇宙的时候，用的就是这样的导航仪，看上去老旧，其实特别实用，其内部有齿轮、凸轮、差速器等机械零件，同时还有晶体管、继电器和电阻等电子元件，宇航员在失去无线电联系的危险情况下，可以借助旋转地球仪实时显示飞船对应的地面位置，找到安全的降落地点，拯救自己的生命。他看着儿子抱着导航仪在屋里跑来跑去，自言自语，自问自答，一会儿发出人类的声音，一会儿发出机器人的电子声音，语气既冷静又兴奋，完全沉浸在自导自演的科学世界里。

安葬儿子那天，周娟跪在地上，抚摸着墓碑上的儿子的照片，几乎哭晕过去。她说哪一天死了也要埋在这里，睡在儿子身边，守着儿子，再也不分开；林达半蹲半跪在那儿，内心翻腾如海，眼泪打湿了咬在嘴里的烟。他们用完了手里的纸巾，在儿子的墓碑旁默默坐着，谁也没有说话，谁也不想说话。风吹落叶，落叶围着他们旋转。那一刻，周娟万念俱灰，林达抬眼望天，默默念叨着：临危不惧的人，要么是经历过巨大失败的人，要么是开始听天由命的人，我是后一类人。

之后，林达和妻子办理了离婚手续。他把房子留给了妻子，儿子房间里的遗物原样存放在那儿。林达把随身衣物塞进汽车后备箱，租了个家具电器齐全的一居室，那辆小轿车也是林达的半个家。周末休息日，他开车去北京周边的山里瞎转，累了就停下来，站在车顶望着空旷的山野发呆，会在大山深处看见儿子的身影。他眺望双鱼星座，每次都看不真切，或许眺望的时候他的眼睛是模糊的。

半年后，儿子去世后的第一个清明节到了。墓园里树木郁葱，鸟群鸣叫，天上大朵大朵的云像是画上去的。来到儿子墓碑前，林达看见一束鲜花和三串糖葫芦摆放在那儿。这是周娟送来的，他们一家人都爱吃糖葫芦。林达环顾四周，没看见周娟的身影。他蹲下身，看着墓碑上儿子的照片，眼泪一下子流了下来。儿子穿着白衬衣和蓝短裤，眼神和笑容天真烂漫。林达从透明包装袋里取出一串糖葫芦，放在嘴里轻咬一口，苦涩的酸甜味一下子引出了哭声。眼泪、鼻涕和口水，混合在一起，打湿了他的手背。

"儿子，爸爸……看你来了……"

林达语不成句，喉咙里像是塞满了棉絮。周围的人在祭奠亲人，哭声和

190

低语声此起彼伏。一位白发苍苍、面容枯槁的老母亲在哭她的儿子，说儿呀妈想你啊妈每天都想你啊。一个二十多岁的女人，抱着一个三四岁的孩子来扫墓。她把孩子放在地上，按着孩子的头，给墓碑上的爸爸照片磕头。小孩哭闹着不愿意，女人掐孩子的屁股，孩子号啕大哭，女人也哭起来，同时说着林达听不懂的方言。中国有很多方言，而哭声都是一样的。

其他墓碑前的祭品，多是鲜花和食物，有人放了衣物和香烟，有人放了纸扎的汽车和房子。有两个人从墓碑前经过，小声议论着。

"心里有想不开的事儿，来墓地走一走就想开了。"

"是啊。"

"孩子这么小就走了，这让家长怎么活。"

"唉！"

林达的眼泪夺眶而出。他坐在地上，眼神和思绪有些恍惚，他只要换个姿势，就可以让自己清醒，可他宁愿恍惚下去。林达觉得，墓碑上儿子的照片像是小时候的自己，他本人则是年轻时候的父亲。林达的父亲是小学数学老师，能随时随地将生活和趣味学习联系在一起。有一次站在山顶，林达指着天上的星星说道，爸爸，它们在我们头顶旋转呢。父亲说，星星在头顶旋转，让古人以为地球是宇宙的中心。其实，我们肉眼看到的只是星空的外面，而宇宙演变的方式来自于物理和数学方程，明白了这一点，你会体验到宇宙的严肃和神秘，你还会感觉到，宇宙科学来自于物理，来自于数学，来自于神秘之美。那物理和数学是什么关系呢？林达问道。父亲说，物理和数学的关系非常微妙，它们的研究方法不同，但它们都在力图研究世界的本质。你长大了就会明白，不过现在，你可以这样理解物理和数学的关系——物理是飞机，数学是加油站。

林达小学毕业那年，父亲带着他去敦煌旅行，在路途中遇见了龙卷风。父亲问林达，看到龙卷风想到了什么？漏斗，林达说，龙卷风上升时形成的漏斗形状，又美又壮观。父亲接着问，还想到了什么？林达摇了摇头。父亲告诉他，大地上的龙卷风演示了太阳系的形成过程：根据角动量守恒定律，风旋转得越快，能量越大，风暴底部的旋转向内塌缩，速度越来越快，形成龙卷风，而风眼周围形成岩屑盘，那些被甩出去的东西在岩屑盘上持续旋转。听完父亲的话，林达似乎明白了什么。是啊，五十亿年前，早期的太阳系只是一片星际气体云，一颗超新星爆发产生的冲击波，冲破星际气体云，并让气体云在引力作用下塌缩，形成稠密的气体云团，稠密的气体云团吸收更多的气体，形成更大的持续塌缩，之后像龙卷风那样旋转，太阳在中间形成，就像龙卷风的风眼，气体云向外持续抛出旋转的岩屑盘，一个一个的行星在扁平的岩屑盘上形成。

从龙卷风到太阳系，这些大自然的景观和宇宙星系依然存在，而过去了的人生永不再来。某个瞬间，那突然间增强的羞愧感击中了林达，他眨了眨眼，回到现实，又迅速闭上眼睛。和父亲比起来，在自己的儿子面前，他觉得自己根本不是合格的父亲。

没有盼头的日子，让一切模糊缓慢下来。距离下一个清明节还有十个多月，林达还是在日历上作出了标记。盛夏的时候，林达的师母打来电话，说他的导师摔伤了腿。林达买了一箱水果和两桶蛋白粉前去探望，见到了他们唯一的女儿卜轩。他和卜轩两三年没见面了，但彼此间没有陌生感。卜轩半年前离了婚，现在独自带着一个五岁大的女儿和父母住在一起。师母给林达削水果，一会儿看看他，一会儿望望卜轩，眼神里有深意。林达离开的时候，卜轩陪他出门，走了很长的路。卜轩能感觉到林达对生活的心灰意冷。

回到家已是深夜，林达靠在床头无法入眠，翻看着新闻和短视频，卜轩发来的信息闪现出来：林达，我有一个好姐妹，人品和素质挺好的，我想让你们俩认识一下。我们认识这么多年了，我想帮你。

林达的眼睛有些湿润。

谢谢你。我现在没有再婚的想法。林达这样回复，这是他的心里话。

可以先认识一下，没关系的。

停了一会儿，林达回复了两个字：好吧。

你什么时候有空，明天晚上或后天晚上？

后天晚上吧。

在我们家后面的那家酒吧见面吧，我们之前去过。

好的。

林达提前半小时赴约，走进酒吧选了一个隔间，随后从包里取出奥登的诗集翻看起来。正当他沉浸在诗行里的时候，门帘闪了一下，卜轩笑盈盈走进来，直接在林达对面坐下了，他看着卜轩，下意识地问道："你的朋友呢？"

卜轩打开酒水单，沉默不语。林达忽然发现卜轩的脸颊是绯红的。

"你想喝什么？"

"我……"

卜轩长长地吸了一口气，似乎在给自己鼓劲。她抬起眼帘，定定地看着林达，一字一句地说："林达，我们不是外人，我就直说了吧。我想跟你在一起生活，我可以给你再生个孩子。"

"我……"

"我知道你的意思，你现在不想结婚，我能理解。你想什么时候结婚，我们就什么时候结婚，其实不结婚也没什么，一起生活就行，我想给女儿找一个信得过的爸爸。"

"可我不是合格的爸爸……"林达脱口而出。

卜轩的眼圈红了。"我其实也不是合格的妈妈……"

这一夜是在酒水里度过的。林达在桌面上写下两行诗：喝下夜晚，尿出黎明。

林达和卜轩开始了一周同居两天的生活，他们俩约定，这件事先不要对其他人说。在这样的隐秘状态下，林达发觉自己渐渐爱上了卜轩，而卜轩对他的爱意和依恋与日俱增。林达甚至觉得，他很可能和卜轩结婚。不过，林达见到导师和师母的时候，能明显感觉到他们的神情与往日大不相同，卜轩在父母面前捶打林达的腰背，脸上洋溢着幸福和甜蜜。

清明节就要到了，这是儿子去世后的第二个清明节。为了表达心意，卜轩想跟随林达一起去墓园，林达想了想，还是谢绝了。明天就是清明节了，林达夜不能寐，心里有伤痛更有期待。午夜时分，林达的手机响了一下，周娟发来了短信：明天清明。林达盯着屏幕上的文字，眼前出现周娟拥抱儿子的欢笑身影。她现在过得怎么样？身体怎么样？工作是否顺心？她找男人了吗？男人对她好吗？林达叹了口气，这样回复她：谢谢。

他闭着眼把身体缩成一团，脑袋迷迷糊糊。他睡着了，儿子在他的梦里变成了宇航员，他和周娟坐在飞船里前往月球，透过飞船舷窗，他看见儿子身穿太空服，手里晃动着红色的指挥棒。在后半夜的梦里，林达看见一艘飞船爆炸了，他的儿子消失在火海里。林达吓醒了，越来越清醒。他就这样看着天色一点点变亮。

第二天一早，林达去街边书店为儿子买了一套《少年宇航团》漫画书籍，随后赶到了墓园。穿过树林，远远地，他看见周娟正顺着阶梯往下走，周娟还是比他早到了一步。上山下山是同一条路，林达放缓脚步，看着周娟走过来，周娟也看见了林达。这是他们离婚后的第一次见面。双方擦肩而过的时候，林达感觉到周娟变了一个人，双眼无神，脸色憔悴不堪。林达心里不好受，又无法描述那一刻的心情。

"来这么早啊。"他没话找话地说。

周娟低下头，眼圈是红的。

"你……怎么样？"林达问道。

"老样子，你呢？"

林达没有直接应答。"你多注意身体。"

周娟没有说话。他们的眼神想投向对方，又在有意闪避。林达注视着手臂左侧的树皮，树皮上有三只蚂蚁合力托运着一片树叶，树叶移动几厘米之后，他听见周娟的声音："儿子在，什么苦都能受……"林达下意识地点了点头。周娟开始抽泣，她从口袋里掏出纸巾，她的手指瘦弱，上面的血管清晰可见。

"你也照顾好自己……"周娟擤了擤鼻涕，欲言又止。

"你有事？"

"我……"

"说吧。"

"我想求你一件事。"

"什么事？"

"我……我想领养一个孩子……"

林达不置可否地看着周娟，他没想到周娟有这个想法。

"我想收养个孩子，就这样过下半辈子。"

"我能帮什么忙？"

"我同学在民政局负责福利院。她告诉我，如果夫妻双方无法生育，可以申请领养孩子。"

"哦……"

"咱俩……能不能复婚？这样申请容易些。"

林达想到卜轩。

"我同学说，单身女人收养孩子很难批下来。我们是假复婚，领养手续办完后再办离婚手续。"

林达沉默不语。

"不愿意就算了。"

周娟一边说一边朝下走，身影在树林里渐渐消失了。有好一会儿，林达有哭笑不得的感觉，生活如此残酷，那看似无常的命运里又含着戏剧性。他沿着台阶，一步一步往上走，步履越发沉重了。他走到儿子的墓碑前，一屁股坐下，翻看着周娟带给儿子的礼物：一个新书包，书包里有小学五年级全套课本。他把《少年宇航团》取出来放进新书包，定定地看着儿子的照片，哽咽着说："儿子，我和你妈看你来了，我和你妈都很想你……"林达说不下去了，大口大口喘着气，手指抖动着抽出一根烟，点上后深吸一口。烟雾上升、翻滚、飘散，然后彻底消逝，看不见一丝痕迹，就像一个人的生命瞬间消失。林达不知道还能给儿子说些什么。

林达和卜轩相拥而卧的时候，他思考再三，把周娟的请求说给卜轩听，他没想到卜轩的反应竟如此强烈。卜轩扭身坐直，低声却坚决地说道："我不同意！"

"这是假复婚。"

"什么假复婚，骗谁呢！"

"办完领养手续，会办离婚手续。我和她之间没有感情了。我没骗你。"

卜轩猛地搂住林达，说道："女人最懂女人，我不想让你离开我，我不同意你们复婚，假复婚也不行。"

林达理解卜轩的感受，他知道自己已经爱上了卜轩。

林达和卜轩的恋爱关系渐渐公开了，他的一些同窗老友纷纷发来祝福，师母看见林达，会像小孩那样拍手欢笑，导师也会笑眯眯地握着林达的手，半天不松开。未来的某一天，昔日的导师会变身为岳父，想到这儿，林达的心里有一股奇特的愉悦感。

林达和卜轩已经开始计划领取结婚证，并准备去冰岛旅行结婚。这一天，吃完晚饭后，导师招呼林达到书房里说说话。林达坐下后，他的导师淡淡一笑，说道："林达，我们之间还真有缘分啊。"林达笑着点了点头。

"想不到你能和卜轩走在一起。"

"我也没想到。"

导师抿了口茶水，说道："林达，我有几个问题想问你，你要实话实说。"

"嗯。"

"你真的喜欢卜轩？"

"我们的性格挺合得来的。"

"她带个孩子你心里真能接受？"

"能接受。"

"我和你师母年岁大了，经受不起女儿的婚姻再起波折，你能理解吗？"

林达松了一口气，点了点头。

"这样就好，"导师握了握拳头，从抽屉里拿出本子和笔，放在林达面前，"林达，我想让你把刚才说的话写下来，你写下来，我才能确信你会和我女儿好好过日子，不会嫌弃我的外孙女。"

林达的眼神里有惊讶也有迷惑。他犹豫片刻，拿起了笔，却不知道如何开头。

"林达，你和卜轩都是二婚，其实无论头婚还是二婚，婚姻大事，都不能草率，最好不要留下遗憾，"导师专注地看着林达，"虽说没有遗憾就没有生活，可我还是希望你和卜轩结婚之前，把事情想明白……"说完这些，他慢慢起身，走出了书房。

老房子近在眼前，林达望着熟悉的楼层和窗台灯光，心里五味杂陈。林达没有在导师的本子上留下只言片语，他不想骗卜轩，也不想骗自己。在某个瞬间，他忽然想明白了，他想先帮助周娟收养一个孩子，这样做对得起自己，也对得起儿子。林达给周娟发去短信，说想回家里看看。周娟看着手机上的文字，眼泪一滴一滴滚落下来。

屋里光线黯淡，摆设没有变化。老地板，老餐桌，老沙发，老电视，老冰箱。餐桌上堆满了未洗的碗筷，卫生间里有点脏乱，一小股褐色的水流淌了一地。林达从老地方取出拖把擦干净。客厅的吸顶大灯有六个灯泡，现在坏了三个，林达从抽屉里找出灯泡，站在椅子上取下灯罩，把坏灯泡取下来，换上新的。原来家里的墙壁上贴了几张儿子的奖状，现在都消失了。

林达轻轻推开儿子的房门，他只敢开一条缝，儿子的被褥整整齐齐放在床上，书桌上摆放着儿子的课本，椅子上挂有儿子的外套，好像儿子没有走远，只是下楼玩去了，随时会笑着从背后搂住他的腰……林达的鼻子一阵发酸，感觉屋里潮湿的气息更加浓烈，几乎喘不过气，他急忙走进屋，推开窗户，让新鲜的空气跑进来。几只夜鸟在树枝上跳跃，树叶反射着街面上的灯光。林达在椅子上坐下，注视着儿子的作业本，眼神的余光看见机器人站立在书柜旁边，周娟已经请机器人公司安装好了脑袋和四肢。林达百感交集，羞愧感同时笼罩住了他，他应该为儿子做这件事。林达抱起机器人，机器人约五十厘米高，差不多有十几斤重，短胳膊短腿，脑袋圆圆的，两个亮晶晶的玻璃球是机器人的眼睛。

林达打开电源开关，机器人晃动一下脑袋，发出了金属质感的电子声音："月球挡住太阳的一部分，是日偏食；月球挡住太阳的中心部分，太阳周围还露出光环似的日面，是日环食；太阳被月球完全挡住，是日全食。乐乐，我说的对吗？"

"你说得很好，给你一个大大的赞！"儿子转换语调，大声说道。林达摇了摇头，这个简单的动作把他的眼泪甩了出去。

"乐乐，你能给我说说月食吗？"

"好的。太阳、地球和月球在一条直线上运行的时候，月球运行到地球阴影部分，会缺了一块。这就是月食。月食分为月偏食、月全食和半影月食。不过，我得补充一下，月球每年以 3.8 厘米的速度远离地球。六亿年后，地球上的人类再也看不见日全食，只能看见日环食了。"

"月球真的会消失吗？"

"我之前不是说过吗，科学家已经推算出，再过五十亿年太阳就会死亡，太阳会死亡，月亮自然也会死亡。太阳死亡之后，会变成什么？"

听到死亡两个字，林达的胸口一阵发闷，但他想继续听下去。

"太阳死亡之后会变成白色的矮小星球，白矮星。"

"然后呢？"

"白矮星会变成黑矮星，再也不会发光的矮星，矮星的主要成分是碳和氧，太阳到了最后会变成一颗大钻石。"

"你想要这颗大钻石吗？"

"我想要！"

"我也想要！"

乐乐说完，哈哈笑起来。林达被儿子的笑声感染了，嘴角流露出难得的笑意。

林达抱着机器人走出客厅，在沙发上坐下，他想起过去的日子，觉得眼前这个女人很可怜，她没有遇见爱她的男人，现在又失去了唯一的儿子。

"咱们有个好儿子……"林达抿紧嘴唇。

周娟抹了抹眼角的泪，弱弱地说："我把这房子卖了，中介公司已经把房款给我了，我下个月搬出去。"

林达知道，这套房子属于周娟，如何处置是她的权利。周娟从茶几下面取出一张银行卡和一本宣传册，放在桌上。

"房款在卡里，我们一人一半，密码是儿子的生日，"周娟叹了口气，缓缓起身，"儿子想去月球看日食，我们帮他实现吧……"周娟起身进了洗手间，林达透过卫生间的玻璃门，看见周娟模糊的身影，听见她的哭声。林达盯着银行卡，不太敢相信，同时又感觉到内心深处残留着无耻的东西。

他翻看宣传册转移思绪，图片上的月球悬浮在星空，简洁神秘，像一个舞者，正准备以优雅的弧度慢慢隐去。林达点击图片，图片变成了动画视频，一连串醒目的文字显现出来：如果你觉得辜负了生活，不如说你辜负了时间。亲爱的地球人，月球时间和地球时间不同，去月球改变一下时间状态吧，你或许会有新的机遇。只有去了月球，地球人才能看见地球遮挡住太阳的美妙景观。月球上的日全食等着地球人，等着您！飞船舱位有限，机不可失！

林达抬头望向窗外，一轮圆月挂在夜空。月亮像什么呢？一个银灰色的圆盘，不，这轮月亮是一个调色盘，地球上的人类在这个调色盘上调配出各自的颜色，而他本人，一个文学博士，一个职业出版人，一个做过丈夫和父亲的男人，在这个调色盘上调配出了什么样的生活色彩？林达无以言表，胸口一阵发闷。他咽了好几口唾沫，平复自己的情绪。

他想起来，儿子去世前三个月曾问过他一个问题：月球是人类的殖民地吗？在他的意识里，人类在月球上建造了基地，月球就是人类的殖民地。他这样说的时候，儿子没有丝毫的怀疑。后来的某一天，当他审读一本科幻小说书稿的时候，才发现自己的解释是错误的，但他忘记了把正确的解释说给儿子听。

这一晚，林达在老房子里住下了，他抱着机器人睡在儿子的床上，能在被单和枕头上嗅闻出儿子的气味。他的眼泪打湿了枕头，但他的呼吸开始变得平稳。他的梦很轻，同时异常清晰，他在和儿子说话，能听见儿子的声音。

儿子，月球不是人类的殖民地，爸爸之前说错了。地球之外的星球，必须满足四个条件，才能成为人类的殖民地。现在爸爸说给你听。第一，这个星球适合家庭居住，也就是说，孩子可以在上面平安出生、健康成长。第二，这个星球不会遭受使其毁灭的灾变事故。第三，在这个星球上的投资，合乎经济理性。第四，如果这个星球与地球失去联系，也能自给自足。满足了这四个条件，这个星球才能成为人类的殖民地星球。

爸爸，月球上不是住着很多人类吗？

他轻轻拍了拍儿子。月球上没有空气，月尘有毒性，不适合孩子的出生和成长。单凭这一点，月球就不能成为人类的殖民地。

那人类为什么这么重视月球？

因为月球是人类探索太空的脚踏石。

踏脚石？是不是像我玩过的滑板车，骑在上面滑行，很省力气？

林达握了握儿子的胳膊。月球的引力很小，人类的飞船在上面加完燃料之后，可以很轻松地飞出去很远，探索其他星球。月球背面非常安静，人类的电子波和噪声影响不到那里，科学家可以在上面建天文望远镜，能看到更深更远的宇宙，那里是宇宙的深场。

爸爸，人类把月球当成自己的卫星，月球人也会把地球当成自己的卫星吗？

月球人？林达被儿子的声音笑醒了。

和周娟分别后，林达当即购买了去月球的船票，在等待月球船票的日子里，林达阅读了很多宇宙科学的书籍。在这期间，林达去机器人公司，委托他们在机器人上加装一个屏幕，同时把儿子的视频和照片制作成数字编码，和地球仪存储器连接在一起。这样一来，他可以随时看见儿子的模样，听见儿子的声音，慢慢回味往日的甜蜜。林达更换了机器人的电池，这样能大大延长录音的时间。

"这个机器人叫什么名字？"工作人员问道。

林达笑了笑，没有说话。

“我见过的机器人都有名字。”

林达不想给机器人起另外的名字。

“你这个机器人功能配置太简陋了，只有声音录放功能，还不会对话，现在的机器人都会说话，你想改装一下吗？”

“不用了，谢谢。”

“机器人太矮了，可以为它更换机械腿，让它长高些，长多高都可以。”

林达摇了摇头，他不想改变儿子亲手制作的机器人，那是属于儿子的创意制造，里面有儿子的味道。他想好了，这一次的月球之旅，是他和儿子的相处之旅，他期待着这一天赶快到来。

领航员沉稳的声音在飞船里飘荡：“亲爱的乘客，飞船即将起飞，请在座椅上躺平，系好安全带。起飞的过程中，你会感觉得一股力量压在身体上，请放松呼吸，不要紧张，这是正常现象。乘坐飞船类似于乘坐海轮，也会晕船，准确的说法是晕太空，飞船上有抗失重药片，有需要的乘客请通知我们。这是 38 万公里的长途飞行，整个航程将持续七十个小时左右，在这个过程中，你可以欣赏我们的母星地球，欣赏月球，同时眺望深邃的太空……”

三声提示音之后，飞船引擎轰的一声启动了，低沉的声音从底部传上来，而船身保持静止的状态，更多的声音响起来，几股烟雾升腾，飞船依旧静止不动，就在大家静静等待的时候，之前的声响忽然汇成巨大的轰隆声，船舱震动了一下，又震动了一下，轰隆声持续不断，飞船起飞了，那奔腾而出的逃离地球重力的冲动一直在持续……林达感觉到一股强大的力量压在身上，他抱紧机器人，调整着呼吸。

地球越来越远，直至悬在太空中。重力消失之后，寂静涌现。这一刻，上与下的概念消失了，在地球上脚踏实地的感觉消失了。陆地、海洋、云雾，这是地球的全部，人类在哪儿？动物和植物们在哪儿？林达恍惚感觉到飞船上的这些人像是地球人类的幸存者。

飞船平稳飞行后，林达拿起月球手册，打开机器人的录音按钮，一字一句读给儿子听：月球上的一天，从太阳升起到太阳落下，会持续 648 个小时。这是漫长的一天。林达停留了片刻，他想到地球上的生活也有漫长且痛苦的感觉。他继续读下去：月球的一个月，有 14 个白天和 14 个夜晚。无论在月球上工作，还是在月球上旅行，人类习惯遵守地球时间。月球上明明是白昼，人类手表上的时间却是午夜……

月球！月球！

睡梦里的林达被其他旅客的声音叫醒，他下意识地抱起机器人，透过舱窗向外望去。记忆里的月球那么小，眼前的月球那么大。不，是非常巨大，能随时把天空填满。月球上的阴暗部分是月海，发白明亮的部分是高山，环形山一个连着一个，月球的地平线呈弯弧状。

儿子，我们快到月球了，月球像天空的大眼睛，那些环形山像巨大的碗。我们现在距离月球还有五百公里，飞船已经调整好方向，开始降落阶段的飞行。儿子，飞船的引擎再次启动了，飞船里的人都能感觉到一股重力压在身上，由于在太空里可以轻松加速，压在身体上的这股力道比起飞时小多了。

月球越来越近了，山峦和更高的山峰清晰可见。我刚才说，那些环形山像碗，其实不只像碗，环形山还像张开的大嘴，还像一个又一个废弃的矿坑。林达忽然想到，从地球飞向月球，其实是长距离的自由落体。他赶紧把这句话说给儿子。

儿子，月球的灰色变深了，看上去很神秘，但这种神秘里又有浪漫的感觉。飞船降落平台就在下面，地勤工作人员像小小的石子。现在，飞船再次调整方向，船首不再向下，而是向上，飞船引擎喷出的火焰和气流对着月球地面，以获取稳定的降落触地速度。儿子，飞船开始下降了，我看见月尘了。就在刚才，船舱颤动了几下，现在平稳了，飞船的引擎好像关闭了，真的关闭了，我能听见月球上的宁静，月球旅客为宇航员鼓掌。平安降落总是好的。我也要给他们鼓掌。月球旅馆的机器人服务员正站在下面欢迎我们呢。飞船服务员告诉我们，气闸舱连接舱门之后，我们就可以出舱了。她还说，多年前，飞船降落的时候，引擎尾流喷出的气体可以吹出一个环形山，而且吹出的月尘能掩埋掉附近的任何设备，现在有了固定的降落平台，吹出来的月尘少多了。现在，舱门顶部的绿灯亮了，气闸舱已经连接好，舱门可以打开了。

林达松开座椅安全带，抱起机器人，跟随队伍走出飞船，排队穿过气闸舱门，之后进入一条长长的通道，月球旅馆的指示牌非常显眼。他们走进月球旅行巴士压力舱，直接驶向了月球旅馆。办理完入住手续，林达抱着机器人，顺着明亮鲜丽的长廊走向房间。沿路的墙壁上悬挂着多种多样的地球照片：地球处于月球地平线以下、地球变成了一弯纤细的蓝色新月、一条细细的美妙的蔚蓝色在月平线上显现出来、地球的边缘在月平线显露出来，这个蓝白色的圆盘，正被神秘之手从黑暗的宇宙之海里拉了出来、地球悬浮在夜空，散发出无依无靠的孤独美感。林达经过旅馆里观景平台，抬脚走上去。他看到了静止的阳光、漆黑的天空和无尽的灰色沙原，还在很远的地方看到放射形的深沟和古老的火山口。

"叔叔，你的机器人会走路吗？"一个小女孩跑过来问道。

"会走路啊。"

"那你为什么抱着它呀？"

林达笑了笑，打开运动开关，把机器人放在地板上。机器人晃动脑袋，开始走来走去。

"叔叔，它会说话吗？"

林达不知道如何回答。女孩的爸爸走过来，朝林达点了点头，抱走了女儿。女孩扭头看着林达，说道："不会说话的机器人，是傻瓜机器人。"林达无奈地摇了摇头。

在房间里稍事歇息之后，林达抱着机器人急匆匆走进太空服穿戴室，在工作人员的协助下穿戴好太空服，工作人员拿着检测器，检查太空服的脖颈、手腕、肘部、膝盖、靴子等部位的气密闭合状况。检查完毕后，工作人员按下内气闸门上的绿色按钮，内气闸门缓缓打开，林达拖着脚步走向气闸走廊，内气闸门发出嘶嘶声响，随后缓缓关闭，此时外气闸门上的灯是红色的，红灯变绿之后，说明气闸走廊里的空气压力恢复到了正常水平，外气闸门才可以打开。林达走出外气闸门，才是真正到达了月球表面。他把整个过程说给儿子听。

他把机器人放在月球表面，想象着儿子的脚印踏在了月球之上，忍不住长长地舒了一口气。那一刻，他的内心非常激动。儿子，我们到月球了。他想抱起机器人，不过随后改变了主意，他打开机器人的运动开关，想看着它在月面上走一走。

远处是清晰的山峦，这些山峦像群山之墙，消失在月球的弧度之下，在飞船上的时候，飞船服务员对他们说过，月球的弧度会带给你一种错觉，会觉得眼前的环形山在几百米之外，距离不太远，事实上，那些环形山距离你至少有三公里。飞船服务员还说，月球旅馆里有望远镜租用，而且地球上的望远镜能在月球上发挥出最大的价值，因为月球上没有雾气，远处的山脊，是什么样就是什么样，很多细节会自动跑到眼前——如果它们变得迷糊，那肯定是你的眼睛出了问题。

林达迈步向前，他看见其他游客也在漫步，确切地说，他们在慢走、快走、小跑、跳跃——那是书本和视频里讲述的兔子跳和袋鼠跳。还有游客从平坦的山坡上冲下来，像是在滑雪。是啊，人类在月球上跳跃，就像地球上的气球在地板上弹起，气球不仅能弹起，还能漂浮，而人类无法在月球上漂浮起来，因为月球上没有空气。

林达以为机器人会跟着自己往前走，扭头发现机器人走向了另外的方向，林达哭笑不得，转身追赶机器人。月球上一片明亮，而天空是黑色的，抬腿走路感受到异样的低重力，四周没有任何声音，松软的粉状表土混合着碎石。路边的岩石大小不一，而大块岩石的阴影，像鬼怪冷漠的手影。

林达看见一辆月球探测车：太阳能电池组第一次展开后，月球车就像长出了手臂；电池组第二次展开后，月球车的手臂好像长出了蜻蜓的翅膀，月球车的手臂和翅膀，在阳光下闪着瑰丽的色彩，非常迷人。不远处，几位科研人员正在工作，他们的太空服已经沾满月尘。

月球车太漂亮了，它开始向前运动，四个车轮卷起的月尘缓缓落下，像在播撒月球迷雾。林达紧跟上去，想看清更多的细节。在此之前，他在书本上了解了月球车的相关知识，他靠近月球车一边回想一边设法验证。这是月球车挡泥板，车轮是钢丝轮胎，上面布满钛合金薄片增强摩擦力。每个车轮分别装有发动机，月球车的最高时速为25公里。一根手柄从工具包里露出来，那可能是静电刷，能协助科研人员去除黏附在太空盔上的带电粉尘和手套上的静电。几台仪器设备摆放在月球车上，很可能是月震仪、激光反射器、岩石探测器，那几个铅盒和铝盒里面肯定装有月岩标本。他还想看个究竟，一位科研人员蹦跳着赶过来制止了他，他醒过神，忽然发现机器人离开了自己的视线。

或许小女孩说得对，不会说话的机器人是傻瓜机器人，机器人不会说话就无法回应人类的呼唤。林达的确有些后悔，他应该事先在机器人身上配置定位仪。林达搜寻了很久，一无所获。旅客驾驶的月球旅行车引起了他的注意，机器人或许是被旅客偷走的。他迅速赶到月球旅馆服务站，租赁了一辆月球旅行车，加快搜寻速度，每见到一辆月球旅行车他就会追上去悄悄查看。

悔意夹杂着疲惫包裹了林达。时间不早了，他返回旅馆，请值班工作人员发布寻物启事，双方交流之后，工作人员面露难色，说道："你的机器人没有名字，不会说话，也没有照片，寻物启事怎么写？"林达借过纸和笔，把机器人的模样画出来递给工作人员。其他的旅客正在热烈议论明天的日食观赏活动，林达在一旁默默地听，脑子里一片混乱。

林达再次踏上搜寻之路，他心里清楚，如果找不到机器人，他之前的伤痛里会添加上无法承受的东西，他也无法向周娟交代。

太阳悬在高空，地球就在眼前。现在，太阳在地球的海洋上留下光斑，而地球海洋强烈光线的反射，让月球地平线上的土地呈现出部分的蓝色。旅客们正在等待日食，而林达正驾驶着月球车，一门心思寻找着机器人。

地球离太阳越来越近，正慢慢往前走，再过一会儿，地球会走到太阳和月球之间，三个星球在一条直线上运行，地球会挡住太阳射向月球的光。

林达忽然意识到，他应该把日食的景观记在心里，他回到地球去墓园看望儿子的时候，再仔细告诉他。他停下月球车，抬眼眺望。

时间慢慢流逝……地球正在移向太阳的前面，继续向前……一个黑色的圆弧移过来了，慢慢进入了太阳里面……扩大的圆弧移过来了，半个黑色的圆盘移过来了，一个黑色的大圆盘移过来了……黑色的圆盘并不是全黑的，边缘有光亮，光亮形成一个光环，包围着黑色的圆盘。

是地球吃掉了太阳，还是太阳吞掉了地球？

即使有光环，月球还是陷入了一片黑暗。

林达在月球的黑暗里睁着眼睛，能听见自己的呼吸声在太空盔里旋转。这一刻，他似乎忘记了整个世界，或者说，他甚至忘记了自己的存在。他很享受这种感觉，那是轻飘飘的近似于灵魂出窍的体验。

他晃了晃脑袋，让自己清醒一些。他忽然想起梭罗说过的一句话：大多数人过着平静而绝望的生活。

接下来的三天，除了睡觉吃饭，林达一直驾驶着月球车苦苦寻找机器人，没有心思参观月球动植物基地和最新建成的飞船博物馆。在此期间，林达去月球车服务店更换过车载电池，调换过一次太空服。店员告诉他，月球的陨石坑里有很多气包，它们看上去很硬，其实很软，稍不留神就会一脚踏空，有些气包很大，能把一个人完全埋进去。

他一路查看月球气包，一些气包的幽深洞口让他连连后退。他木然地站在那儿，陷入绝望的境地。林达在气包附近看见了其他旅客摆放的家庭合照、小玩具、胸牌、奖状等物品，那是他们故意留在月球上的纪念品，他取出一张寻物启事放在气包上面。

林达开始期待另一种结果：有人发现了机器人的躯体，它可能被岩石压碎了，或许被人类的脚踩碎了，被其他的月球车碾碎了——这都没关系，即使是断裂的躯体，即使是碎片，他也想带回地球，无论花费多少钱都要努力修好。

又过去了两天，依然毫无结果。林达驾驶着月球车独行的身影，成了月球旅客眼里的风景。某一刻，林达会这样想：或许外星人抱走了机器人，如果真是这样，儿子的形象和声音会被外星人知晓，这可能是最好的结果……林达停驻月球车，他的眼睛越来越干涩，手臂正在发抖，那是近乎虚脱的感觉。

他滑下月球车，眼神无处安放，最后落在月球车挡泥板上面——那其实不是挡泥板，而是挡尘板，因为月面上没有泥水。总要想点什么。月尘松散，像一个又一个幽灵，轻轻摩擦一下就会产生静电，会随时吸附在太空服和月球车上。这几天的经历让他有了新发现，月球车散热器一旦被月尘堵住，会影响散热效果，需要用静电刷清除灰尘。林达已经用坏了一把静电刷。

从月球上看过去，海和云是地球最显眼的孩子，渺小的人类更像是海和云的玩具。林达眯着眼睛，仿佛看见书籍里提到过的太阳绿光，这道光跟科幻电影里 UFO 射出的绿光非常相像，那是太阳升起或落下的时候，在太阳的上边缘出现的由大气折射而导致的一抹转瞬即逝的彩色条纹。他知道，看到这个奇妙天象，需要三个充分条件：清晰的地平线、完全平坦开阔的视野，以及足够好的运气。林达知道自己没有这样的运气。

林达再次启动月球车，觉得还是应该充满希望，充满希望总是好的，这个念想让他的脸上显露出奇异夸张的笑，让他看起来像个傻子。月球车载着他往前走，朝月球地平线的方向走。月球的世界，恍恍惚惚又真真切切，沉重与轻飘混杂，怪诞与神秘低语，奇异夸张的笑停留在林达脸上。周娟，对不起，我把机器人弄丢了，我把机器人弄丢了……他的眼泪随着他的笑流下来。月球车自顾自往前开，林达的手放在方向盘上，手指并没有释放任何力量。没有方向就是方向。周娟，对不起，对不起……这一次，他有再次失去儿子的感觉。伤痛和惨淡之情淹没了他。

林达虚目眺望。地球就在眼前，月球上无风无水。不知怎的，即使月球上没有水，林达忽然发现月球之上摇摇晃晃的星辰影像，像一幅清冷的中国水墨画。是的，就是这样。身下的月尘是纸，月球车是移动的笔，月球的夜空是墨，而地球是大大的印章。

此时此刻，除了热泪盈眶，林达什么话也说不出来……

（原载《小说月报·原创版》2023 年第 6 期）

作者简介：

蒋一谈，小说家、诗人、童话作家。1991 年毕业于北京师范大学中文系。主要作品有《鲁迅的胡子》《赫本啊赫本》《中国鲤》《透明》《刀宴》《发生》《在酒楼上》及科幻小说《月球之眼》《浮空》《说文解字》《2049》等。曾获得人民文学奖、蒲松龄短篇小说奖、百花文学短篇小说奖、林斤澜短篇小说奖、《上海文学》短篇小说奖、《小说选刊》短篇小说奖、"南方阅读盛典"最受读者关注作家奖、首届《小说选刊》最受读者欢迎小说奖、卡丘·沃伦诗歌奖等。

原住民俱乐部

陈 崇 正

1

我们是月眉谷第一批数字原住民。同为数字生命，原住民与机器住民完全不同，我们原来都拥有过肉身，是从生物神经元中派生出来的，在月眉谷，也一直拥有跟之前一样的生活逻辑，甚至连计时器都与现实世界拥有同样的流速，浑然不知道其中有着5%的配速。机器住民则不同，他们有的派生于程序和算法（包括到处流窜的病毒），有的则是由神经元储存器损坏之后的原住民派生出来的，他们活着本身都充满了目的。

成立原住民俱乐部的原因也在于此。我们需要在月眉谷重新塑造人类的主体性，重申万物灵长的尊严，故此原住民俱乐部守则的第一条便是，原住民尊重生老病死，不再派生机器住民。我们需要数字生命的终极湮灭来保证人生的意义，数字生命的死亡，应该和现实生命享有同样的唯一性，也就是原住民俱乐部的成员不备份数字生命，因为意外结束数字生命之后，也不再启动派生复活机器住民的程序。因为在我们看来，机器住民就应该为原住民服务，就像机器人为现实人类服务一样。这些年，机器住民也在重申他们的平等地位，骂我们腐朽的守旧派，无端制造了阶级对立，说我们所谓的唯一性是虚伪而不真实的，他们不止一次入侵我们的报纸和电视台，希望通过宣传手段让原住民改变立场。确实有一部分人屈服了，但也仅仅是一部分而已，我和妻子向来是原住民俱乐部第一守则的捍卫者，我们终有一天会湮灭，所以在月眉谷的生活也就变得十分认真。

时间流速器此时正显示红色显眼的字体：7月23日。这一天对我而言，有着非比寻常的意义。这一天发生了三件事：一是我和妻子唐果果结束了为期两个星期的冷战状态，并由协议离婚转变成正式和解；二是我们每人买了一部黑白屏电话，当然是我付钱——用掉我两个月的虚拟金币，这个价格完全可以购买一阵清凉的春风；第三件事是我的办公室从637楼搬到348楼，这不单证明我们单位的地位提高了，而且意味着我可以有更大面积的活动空间。原先她下来找我，只需要走一层楼梯，现在可得坐上半个小时的电梯。用她的话说，这鬼天气去挤电梯，就像上个世纪在挤公车和地铁，跟夏天的午后在芦苇丛里中穿行差不多。事实上，我的妻子为自己这个芦苇丛的比喻而显得很高兴。那是我们在现实世界的共同记忆，那时候我们还都是大学生，她穿着白色的裙子在芦苇丛中穿行，笑声和身影皆时隐时现，真是妙极。

我和妻子这次之所以会吵架，是因为那些怀旧款电话。和其他医生一样，我这人也不喜欢接电话。在一个医生眼里，电话闲聊无疑等于谋杀，信息沟通在月眉谷，完全可以用更高效的方式进行。当然这个想法不止一次遭到妻子的批评，她认为我们要完全复刻现实，那么就不可能存在更高效的信息交流方式，更不可能用信息流，那都是机器住民的工具，我们就应该用语音，甚至用方言，用声音，用之前熟悉的交流方式。妻子作为一个农业技术员，不像我整天面对一些会说话的病人，而是对着一些不会说话的花草稻谷，所以她一天到晚找人聊电话，而最直接的受害对象就是我了。不但要每天在电话里陪着她，而且还经常遭受她的勒索——"老公，我想换电话"——唐果果的电话从有线的、无线的、纽扣的、弹力型的、耳垂型的……每一款电话到手没两个星期，总被她拆得七零八落。而且每次拆后，她装回去老是多出一两个零件。新款的黑白屏电话在月眉谷市集上推出已经一个月了（我一直认为我们冷战和它有关），但这次她只是叨念了两次，也不敢让我去买。她知道这太贵了，提出购买要求也必然遭到我的拒绝。

那天我们从家里出来，挤了四个小时的电梯，终于来到俱乐部中心大厅，负责俱乐部离婚手续的法院在 TG208 号楼，离这里还有一大段距离，于是我们上了滑轨车，找了一个靠窗的位置。我们谁都没有说话，手里捏着结婚证书，很不是滋味。我偷偷看她的时候，她的眼睛一直看着车窗外，理都不理我。我知道这下子闹大了，可不是过家家，这不，完了，还能怎么着？她心里难过吗？她是在试探还是真想离开我？她想不想挽回？这时我突然看到唐果果灰色的眼睛里闪过一道亮光，顺着她的视线望去，看到超级市集门口正在促销黑白屏电话。我一把拉着她就下车了。

"你干什么?!"

"买电话，黑白屏，迟了就没得减价了！"

从人山人海的抢购人群中出来，险些都被挤扁了。我们还来不及说出芦苇荡之类的比喻，妻子唐果果看着终于到手的电话，哈哈笑个不停。就这样，付出两个月不能玩元宇宙游戏的惨重代价，我们回到了家里。一路上她一直在拨弄试验那黑白屏电话，十分兴奋："这电话怎么就卖这么好，这么多人买，厂家一定发了，你也看看呀，这电话真奇怪。我用了这么多电话，怎么说也是半个电话专家了，就不知这电话怎么拆，我相信它背后的代码也是优雅的……别这样看我嘛，我说说而已，又没说真的要拆它，知道这电话贵啦，啊，这就是第一代手机啊，你不是老说不喜欢手机捂着耳朵，说难受吗，你看看现在你就可以不愁了，这都是物理按键，这说明书上说了，只要把它放到口袋里，手指也能熟练打字，不用看屏幕，仅仅靠触觉就可以完成，你看以后我找你就方便多了……"

看她那高兴劲，和刚才要离婚那情形相比，仿佛什么事也没发生过——真不知说什么好。这女人就是这样，在生活里不停地寻找兴奋点，总要求每一天都是浪漫的，却不知人生在世，何止苦乐参半，大部分都是时间的流逝是无意义的，真正能激动人心的事太少了，而且，快乐可以分享，痛苦却往往只能独自承受，特别是那些虚拟出来的痛苦。

我说，我还是用我那个电话吧。一直都用它，也有感情了。我的电话是七八年前的版本，也是手机样式，用着舒坦。刚说着，我的手机就响了。

"喂，哪位，有事吗？"

"马主任，单位这边出事了，大伙都在等你，你什么时候能回来？"

"我这就去！"

我披上大衣，回房去取了公文包，匆匆开门往外走。

"去哪？都周末了，就不能多陪我一会吗？"妻子唐果果喊住了我。

"单位，有急事呢。如果今晚没回来，你自己吃晚饭，就别等我了。"

"又来？又一个人吃晚饭？不干！"

我只得转身回到她身边，笑笑，低头吻了她一下："乖，救人要紧，啊？"

"讨厌！你这屠夫！还救人，你怎么就不救我？"每次吵架她就骂我们医生是屠夫，我就回敬她，说她单位是一群农夫："在高楼里种田就不是农夫呀？还是农夫！"每当这时候，她就猛扑过来打我，我就躲开，不跟她正面交锋。女人越活越年轻，这真是神奇，事实上，按照物理时间，我们已经一大把年纪，后高龄时代。

但这次我理亏，也知道她只是闹闹脾气，过了就好，摸摸她的脸，就出来了。她在后面还喊："我会报复的，我会把这个黑白屏电话拆了的！"

唉，这个拆电话狂魔！

从电梯里出来，天色已经向晚，从窗口看去，灰白色的高楼已经亮了灯。外面除了灯光和高楼，就什么都没有了。月眉谷没有星星，也没有飞鸟，而春风需要用金币购买。

办公室里人声嘈杂。

"马主任来了！"

"主任，好像是更为底层的源代码病毒，但又查不出病毒来源，显然又是来自高速时区……"

"主任，失眠，呓语，高烧……"

"主任，病人太多了，病房已经不够……"

"主任，检查过了，病人一切器官正常！"

"主任，看来得会诊……"

看来，这一天我将会非常忙碌，这些人都需要我。

我平静地放下公文包，脱下大衣："先不要用药，稳定病人情绪。疏散家属。起用备用病房。通知下去，各科主治医生十分钟后开会。小超，把这情况写份报告，发送给俱乐部医疗办……"

"马主任，医疗办来电！"

我接过电话："对，对，报告一会送上去，已经准备会诊，我知道，整个月眉谷都出这个情况？好的，我会尽快解决问题，知道，牌子一定会保住，月眉谷医疗十强，当然，但俱乐部顶尖的专家也不是万能，我们也有极限，当然，会尽快给您答复！尽一切努力！"放下电话，我对小超说，为了鼓舞士气，上级为我们这所医院购买了一阵春风作为奖励，请安排相关人员做好会议记录，我们马上开会！

"主任，首例发现到现在，大概有一个月，但当时没有重视，疫情蔓延，趋势不容乐观，但查不出具体病源，没有感染，没有中毒，完毕！"

"主任，这一周内病人才开始大面积增加，症状如下：失眠，呈兴奋状态，心率加快，脑电波不稳定，严重的出现发烧，呓语，而且……"

"而且什么？"

"而且大部分病人都称撞邪，能预感到未来的事，也有的说见到死去多年的亲人……"

会议室里一阵骚乱，大家都悄声议论。

我说："这一点请展开，怎么预感未来，又怎么回到过去？大部分病人出现这样的幻觉？"

"是的，大部分病人说，能预感到接下来发生的一些事，如突然感觉到有水杯摔碎，过了一会，就真看到水杯摔碎；还有，很多病人说无论自己做什么事，都感觉是做过的一样……"

小超这时突然打断："多林主任，您爱人已经打了三个电话到你手机，两个电话到单位，接还是不接？"

"不接，大事要紧！徐医生请继续。"

"没有了，报告完毕！"

"陆博士，你是神经病毒的专家，对这件事有什么看法。"

陆博士沉吟片刻，说："主任，初步预测与神经元磁化有关，但思考还未成熟，我保留看法，完毕！"我就知道这老家伙会这么说，他讲话从来精确，从他嘴里也问不出什么。

会议进行了四十分钟，就散会了。各科室自己进行了第一轮的试探性治疗，都没有什么结果。"主任，这样下去也不是办法，连催眠术都用上了，但没有用，有些病人已经一周没有睡觉了。"

"用强制催眠针吧！"

"但后遗症……"

"让徐医生把关，控制后剂量，保住数字生命再说吧。"

就这样两天两夜我没有离开过单位，只是在偶尔办公室打了个盹。医疗办来过两次电话，被挡在办公室外面的记者也吵得要命。月眉谷的情况越来越糟糕。我一直在坚持，我知道如果我垮了，那就全垮了。妻子来过几次电话，说是头痛——每次我不接她电话，她就装病，利用我作为一个医生的职业精神，欺骗感情，所以我对小超说：不接！现在都什么情况！

但这一次我错了。小超说："主任，嫂子她……"

"怎么了？"

"她在家昏迷了一天了，现在送到医院里来。这是她手里死死拿的纸，好像是给你的信。"

我接过纸，上面写着："老公，电话我拆过了，代码不对头，里面含有植物毒素。"下面歪歪斜斜写着"我爱你"。

"小超，给我带一个黑白屏电话过来，直接到陆博士办公室，快！"

"那嫂子……哦，好！"

"和我猜测的完全一样，"陆博士十分激动地说，"这款电话使用违规的脉冲信号，直接改变了神经元的运算速度。这个病毒里面确实包含了植物性的物质，结构与郁金香类似，它主要能侵害原住民的数字神经元结构，让人产生时光倒流的错觉，但因为其能量毕竟有限，所以只是使局部计时器产生了褶皱，就像地震一样，未来的时间可能瞬间和现在重合，过去的时间也可能瞬间和现在重合，就出现了预感和回溯……"

"我明白了！小超，快，让徐医生用神经元冷却纠正疗法。另外，赶快接通医疗办的电话，让他们停止黑白屏电话的生产和销售。"

就在这个时候，我隐约感觉妻子被放在担架床上推进抢救室，甚至看到我自己大喊着："唐果果，你不能死！给她备份，重启机器生命！"但我发不出声音。我不能让妻子湮灭。

我也中毒了吗？

"重启机器生命！"我大喊，最后这一声倒是喊了出来。我眼前已经出现妻子的葬礼，那一定是未来的时间，我在清理她的遗物，把那一箱七零八落的电话，埋在一百里外她亲手种的那棵树下面。

2

吾有待而然者邪？吾所待又有待而然者邪？吾待蛇蚹蜩翼邪？——《庄子·齐物论》

影子的影子。我的我的我。数字算法的投影……月眉谷从未被白雪覆盖。

3

我的最后一声大喊，并没有被当成重启妻子的机器生命，而成为重启我自己机器生命的第一指令。我存活下来，作为原住民俱乐部第一守则忠心耿耿的拥护者，最后时刻却成为叛徒，是的，我成为机器住民。

我的生命在一片混沌之中重塑，我耳朵边响起了妻子唐果果的声音。她

215

说，我爸说过云南有一种早熟的树，一天能长五六米，但木质很软，只能用来做瓶塞。

"果果，你说话时怎么没有双引号？"

电流声。嘀嘀。

"机器住民没有双引号，您的记忆正在重建，我们会保护您的档案安全。"

电流声。嘀嘀。

4

大二那年，我跟唐果果宣布我要学乒乓球，唐果果手中的冰激凌掉到地上哈哈哈说马多林同学你别逗了，我发现你越来越幽默了。我说唐果果你别看不起我，我够自卑的了。其实我爷爷说过我的后脑勺大将来必成大器……马多林没有女友，这主要因为马多林个子矮小，谈话的时候习惯于仰视，这样就非常容易让人怀疑是在研究对方的鼻毛长短鼻屎多少。据我所知，女孩子都不喜欢人家研究她的鼻毛和鼻屎，因而稍有高度的女孩子就不喜欢同我讲话；而出于碱基互补配对理论掌握情况牢固及对后代个子大小的考虑，我对矮个子的女孩子不感兴趣。高的女孩子不要我，矮的我不喜欢，所以我在医学院一年多还是光棍。对于这个理论，唐果果倒是表示理解。她说这就像好的大学不要她，她现在来的大学她根本就不喜欢，所以现在的感觉就像嫁错人，很堕落，也所以才会跟我这么无聊的人在一起。我告诉唐果果，人家都说高三苦，其实我很喜欢考试。因为考试很像在赌博，做题啊做题啊然后交上去等待开奖。本来做一个人生的赌徒是快乐的，但我不是很有智慧的赌徒。我赌了一局又一局最后却在高考输得一塌糊涂只能堕落到这里学医。我对她说唐果果趁现在三围还不错，赶快找个男朋友再过两年就是老女孩到时没人要可别回来找我啊。

喂！对女孩子温柔点好不好别三围啊变老啊好不好？

其实你去问一问那些拍拖的几个为了爱几个为了性——告诉你，都是荷尔蒙在作怪，看起来很幸福其实很累很痛苦……

光棍马多林，你知道个鸟？像你这样整天浑浑噩噩尽看些乱七八糟的闲书，把时间都用来做实验……别动我头发……有目标的人才是幸福的。以前总谈什么理想啊追求啊，后来现实了谈得少了不谈了，但到今天我才知道有些话听起来像废话其实那话都对，只是我们太叛逆没听懂。

5

在《临床药理学》的课堂上，一只苍蝇欺负了我：它舞动手脚为我搔痒。暴怒的眼睛看我的时候有一种骨骼松动的声音。我醒了。醒在午后。阳光爬过窗户，热辣辣地贴在我的手臂上。老师的声音很吵：临床用药也需要思维框架，药物和人体之间永远存在看不见的力场……那只苍蝇降落在课桌上，踢踢后腿，作出一个洗脸的动作。

无聊的时候我总爱打瞌睡，我打瞌睡的时候就有好多好多的仙女会下凡，轻飘飘地飞舞，白色接近透明的霓裳上有着淡隐的清香。不打瞌睡的时候我会拉着唐果果像情人一样到处瞎逛。唐果果告诉我说她想改变想做点事想当学生干部，她说那样子可能过得比较充实一点。她还补充说你是中文系的替补才子，虽说中文系的人，无论才不才子都是骗吃骗喝的，样子挺变态，但现在做点事有点表现（她好像把这里当监狱），可能出去找工作容易一点，有了工作赚点钱就可以买一个便宜的机器人（你是说布娃娃吗）做妻子就不用打光棍了。我说我对你的前一件事表示支持，我早说了你前途定然一片大好；但我这人最讨厌的有两样：开会和陪女孩子逛街。叫我开会我不如去跟校门口的阿伯合伙卖豆浆——十年之后我才惊奇发现我非常怀念阿伯做的豆浆。

那时候我们都喜欢夏天，因为夏天有长长的黄昏，夏天的黄昏常让人身上仿佛敷上了一块块温热难熬的膏药，摇不脱地烦闷着。于是我们有充分的理由骑着单车像幽灵一样在老城区游荡，老城区仿佛在小城记忆里的某个年头就被遗忘了，除了婴儿的啼哭和老人的咳嗽，老城区主要的产品是一些很没质量的竹篮制品，便宜但容易坏。但老城区的老屋却常引发我遥远的遐思，那时候的冬天很冷；那时候的屋子很老，爷爷很老，街巷很老，煤油灯昏黄的灯光更老。昏黄的灯光将爷爷的影子贴在墙上。在老屋的墙皮纷纷脱落的声音里，我没有感知愚蠢，相反，忧郁自卑和低调成了我生命的主题。世界在那一刻复杂起来。当我的生命重新简单起来的时候，我已无可奈何地长成这个样子。唐果果说我是个自恋狂，我没有否认。我告诉她当我发现我长成这样的时候，我很自卑，就如一棵看似长势良好的树结出了又苦又涩的果，虽然我很爱面子，但我爷爷常批评我说平凡人不会有什么大悲伤。纵然后来邓巴哥跳楼死了而唐果果离开了我仍然爱着世界。根据《精神病学》理论，当一个人的紧张害怕找不到明确的客观对象时，一般会表现为焦虑。这使我想起我母亲的哭泣，母亲哭泣的时候会把父亲的六个兄弟骂个狗血淋头，在我的理解里她只是在以口的机械运动来麻醉自己，通常哭过之后我母亲照样会在半夜里起床为醉酒的父亲开门，照样忘了挨了耳光的热辣辣的脸在半夜里把我叫醒出门把被人打倒在地的父亲抬回来，再用自己刺破手指做针线活的钱为父亲装了假牙。自此父亲说话时不是满口的牙膏味，就是吭吭的假牙相碰的声音，一副贵人语迟的样子。我和他的眼光接触时，我知道他在心中骂我没出息，他也知道我笑他没本事。

6

电流声。嘀嘀。

"我是邓巴哥，感谢你新建了我的档案。"

"不用谢，只是顺便。顺便而已。"

7

我很佩服邓巴哥写诗的才华，但我有时候怀疑他有精神分裂的倾向。据说精神分裂有两种表现：暴力型和神经质。但邓巴哥只能是暴力型。因为他激动的时候，跟我疯了的达瓦舅舅极为相似。达瓦舅舅平时和蔼可亲喜欢和我谈巴洛克时期的音乐，但他一发作就要找人打架，一会儿自称武松一会儿要当孙悟空，并喊着口号要打倒火星上的反派势力。这时达瓦舅妈就会远远地扔给他一个鹅头，达瓦舅舅一见有鹅头吃就安静了。狮头鹅的鹅头是达瓦舅舅的克星，养了五年的狮头鹅有着硕大的鹅头，是潮州菜中的一道价格昂贵的名菜。我们想不通为什么鹅头拥有如此神奇的力量，难不成是它奇怪的形状，但有时达瓦舅舅发作的次数太多，卤鹅店的鹅头卖光了，就只能把门反锁。

每次当我说起达瓦舅舅的事，唐果果就抗议，她喜欢听我说老屋子和竹林的故事，不喜欢疯子。

小时候的竹林是一片繁荫，终年碧绿碧绿的有时候撒纸钱一样地飘一些枯叶。爷爷拉着我的小手到竹林里砍竹笋。爷爷说早晨雾浓土软竹笋儿嫩，小心！别踩着！那个笋刚露尖儿。吭吭吭一个笋儿就歪了头栽个跟斗进了篮子。中午饭的笋丝瘦肉汤是我爷爷的骄傲。就如那长发是唐果果的骄傲一样。爷爷的筷子是自制的竹筷，我的是木的，奶奶的是塑料的。夜里水井里的青蛙吵得厉害，还有嘤嘤嗡嗡的虫声，窗外挂着斜月，夜来香飘过来，竹床下爷爷的夜壶的尿臊味飘过去。我很快就睡着了，醒来时总可以听到鸟叫和蝉鸣。

后来我跟唐果果说这些的时候，唐果果说真他妈的羡慕这种生活城市里哪找得到。

女孩子不能说粗话，温柔点，小心嫁不出去。

嫁不出去关你什么事要不是看你挺哥们我才懒得理你。我那边还有封情书没回呢。继续说，你不是说竹林旁边还有一条小溪……

于是我同唐果果说我的家：我的家就在碧河岸边的果树林里。像现在，初夏的蝉声会充塞满浓密的树叶留下的仅有的缝隙。我家是一间木屋，称不上别致，但至少很特别。木屋的门朝着林外的公路，后面是池塘，池塘里有荷花，也养鱼，再后面就是碧河和岸边的乳形巨石，木屋的两旁种的仍是竹，竹叶正好筛落了斑斑点点的阳光。但我认为不是睡觉的好地方——公路的汽车声在人睡觉的时候总分外地响；汽车由远及近再由近及远的声音就仿佛给人稠密的睡意打了个洞。川流不息的汽车足以让你的睡意千疮百孔，经常梦见被汽车从头到脚碾得血淋淋。但习惯了也蛮好的。

这时唐果果沉默了。后来唐果果解释说这沉默和离开我并无关系，我仍然相信她。二十一岁的我那时已经是一个可以原谅这个世界的有为青年了。所谓有为青年就是时刻让自己相信世界是美好的，依然有许多希望。

8

达瓦舅舅曾对我说，有的狗狗是用来吃的；而有的狗狗是用来爱的。这和谈恋爱是一样的，用来爱的女人……达瓦舅舅没有来得及举例，因为达瓦舅妈端了一盘菠萝走进来，达瓦舅舅就把话题转为说明有一个人可以暗恋有一个人可以等待人才活得有精神。达瓦舅妈在一旁就笑笑地说别听他胡扯，吃菠萝吃菠萝。我把这个理论说给邓巴哥，邓巴哥听了一怔，有点呆。我又告诉他唐果果喜欢诗歌，可惜我只是个医学生，诗歌写得不好。邓巴哥好像没有听见，很投入地吹着口琴，口琴声悠扬，如水蛇游入凉的黑夜。

我狠狠地喝了一口啤酒。宿舍的阳台上有月光在跳动，黑色的夜风在角落里张着嘴打哈欠。

滟滟随波千万里，何处春江无月明。

我想起小时候赶鹅，领队的那只一展开翅膀，鹅群就会往前冲，这时总有一些抖落在空中的白色绒鹅毛，粘在路边小草闪光的露珠上。我怔怔地望着这些小生灵，忽然领悟到现实竟是如此地刁钻，心中升起了无可救药无可言喻无可排遣的孤寂与空虚，我知道这是我颓废的源泉。你如果曾独自一个人对着电视看完所有电视剧看广告看寻人启事，最后无所适从地对

220

着电视机干愣，或曾站在公共电话亭（这是什么物品？）旁边，翻过所有认识的人的电话号码找不到一个可以说话的人，你也就能得出这样的结论：单调才是生活的本质。寂寞有的时候很好，它能使人精神集中地干某件事，比如邓巴哥，寂寞使他把诗写得更好。但我和邓巴哥不同。邓巴哥能对着一杯咖啡或一个酱油瓶，像一条鳄鱼一样一动不动看上一两个钟头。但我一动不动的时候肯定是在打瞌睡。特别是在课堂上我对自己睡眠的技术十分自信，我可以坐得很规矩睁着斗大的眼睛睡到下课。因此我很讨厌爱提问的教授，他们都不明白扰人清梦是不好，还认为是恶狠狠地教训了一个坏学生，感觉很爽。但不爱提问的教授都喜欢我，不但因为我挺安静，而且因为我打瞌睡的样子很像若有所悟地点头。只有知道真相的教授会摇头失望地说，上课睡觉，走出校门一定是个庸医。

邓巴哥的口琴声不知什么时候停了，他说我同你讲讲我的家乡寒水村吧：寒水村和所有的小村镇一样，像个小老头，身体瘦小，早睡早起，除了偶尔咳嗽外，倒挺安静，特别在夜里。夜在这里显得格外纯粹，陈年老酒般的温柔地流动。城市里根本没有夜，或者说城市赶走了夜。在我看来，寒水村的夜是对城市绝好的嘲讽。而且这种嘲讽是十分有个性的。但有个性的人从不会说自己有个性，寒水村的人从不说这里的夜特别，不是因为谦虚，而是因为他们很少甚至不曾看过大城市的夜。把你整个人儿长年累月泡在陈酒里，你一定感觉不出这酒的香醇，同样的道理，寒水村的人们早早就睡了。晚上九点钟对他们来说，已经很晚了，除了几对学新潮赶着落伍的时髦的恋人，寒水村的人们不懂什么叫看夜景。

在寒水村的人们眼里，夜的黑很正经，就像泡沫剧肉麻得很正经一样。至少夜的黑不仅不可恶，而且还是一种需要；但寒水河的黑，却是不能容忍的，甚至是要命的。

邓巴哥说，寒水河以前的以前叫含羞河，因为河水清澈得连钻在河里洗澡的人的脚趾都看得清楚。女人是不敢到河里洗澡的，但却成群结队地到河边洗衣服，捣衣声响应着古诗里的某个节律。那是一个桃花源般生生不息的古老神话。因为有了女人的出现，男人们洗澡都穿了裤衩子——人类文明的发展让人有了羞耻之心，也许可以说，羞耻之心让人变得文明，当人们无论干了多么肮脏龌龊的事仍不知羞耻，当人们不知羞耻时人们就再也不到寒水河洗澡了——河水是黑的。但不是夜的那种天真单纯的黑，而是一种浓烈的黑。河面浮着一层闪光的油脂和薄膜袋。河的上游是城市，城市里的工厂多建一个，河的水位就被迫下降一些，灵性的河水中人类文明的毒太深，一寸寸的付出只换来河滩一寸寸的裸露，留下河底的淤泥与怪石，像被剖开肚皮的腐尸，散发着恶臭，大约出于掩盖恶臭的逻辑，人们将垃圾倒在河滩上，并且不辞辛劳大老远将城市的垃圾运来，堆放在仿佛有永无止境容量的河滩上，我总觉得河滩像一块涂上了黏性的粪便，流着脓水的疱口……

　　说到这里，邓巴哥的寒水河跟我的碧河，仿佛已经在某个下游汇合。邓巴哥讲故事不像达瓦舅舅那么有天赋，但说这话的时候邓巴哥很激动，这种激动的语言节奏却是达瓦舅舅所没有的，所以邓巴哥后来跳楼死了，而达瓦舅舅一直活到七十三岁。有一年我和唐果果从天津旅行回来，去看望他，他还能跟我们讲后现代主义和后人文思想，并解释了人工智能的元叙事问题。

9

　　我和唐果果一起看海。带着腥味的海风掠过了唐果果的发梢，我闻到一股熟悉的女孩特有的体香，心神荡漾，很想和她就这样天长地久。我说唐果果和我在一起你不会有什么好结果，要是不小心爱上了我你就会死得很惨。唐果果说我不怕我免疫力强，况且最危险的一次已经过去。

　　唐果果所说的最危险的一次是在离我们学校六七公里远的栖霞山，一片林木稀疏的丘陵地。那是唐果果去参加田径越野跑比赛。结果不但没有拿到名次反而把自己给丢了。虽然唐果果死都不认是迷了路，说是扭伤了脚，还说纵然没有我去带她，她再坐一会就会自己走出来，但我承认我被吓坏了。我知道这一带的农民很厉害，不但会偷自行车而且会用自制迷香诱杀野猪，所以并不排除有对付女孩子的其他手段。当我在荒草中走遍了几个山丘，满头大汗，却发现她坐在一棵老槐树下若无其事地看夕阳。我扑过去照她胳膊就是狠狠的几拳。后来唐果果说我那时的样子很像西班牙的狂牛：头发凌乱，两眼发红。看人的眼神像个哭过的委屈的孩子一样。她说她被我吓了一跳还没来得及反应整条胳膊就被打麻了。我当时的自我感觉并不像唐果果所说的样子很逗，相反，生过气之后我突然温柔起来，看着唐果果温顺的样子我也觉得自己太凶了，我习惯地拨弄一下她的头发，低声问她的脚还疼不疼。但这个场景在唐果果的理解里却大不相同。唐果果说当时她觉得我很可爱，我却认为一个男人若被认为可爱活着也没什么意思了（此处为矫情数据请注意采集），很好笑，为了哄我不伤害我她只能装得很乖。后来我才很懊悔我当时竟没看穿这乖的恶毒寓意。由此可以得出一个结论：对突如其来的温顺任何时候都要认真对待，因为许多乖里面都有足够的理由隐含着恶狠狠的嘲讽。那些教授后来全都知道我上课原来常打瞌睡，他们之间显然经过了沟通，终于一变语重心长为穷凶极恶，我就有几门功课亮了红灯。

后来我带她去数隧道的灯。那条隧道很长，里面一共亮着四十七盏灯。但夜仍然很黑，夜风从隧道的这边进去再从那边出来。唐果果轻描淡写地说其实我在山上的时候有点紧张，但我就知道你会来找我。唐果果说，很危险，当时你背着我下山，我的胳膊还酸麻酸麻的没有感觉，当我们翻过一座山头的时候就能看到万家灯火在山下安全地闪烁。唐果果还说我当时身上很臭，除了汗的酸味之外还有一股轻微的狐臭味。很危险，唐果果说，我当时差一点点就爱上你了。她还补充说爱上一个人真的是一件很危险的事，因为爱上了就意味着你在一生的时光里都不可能改变这件事。直到多年以后我重新认识唐果果，才真正理解了这句话。

兴来每独往，胜事空自知。

每天下午我都跑去体育馆打乒乓球，一个星期下来我才发现我一个星期前的决定是错误的。我一直都弄不明白那个球那么快飞来飞去怎么能接得住，最后我只能满头大汗地跑着捡球。再最后没有人愿意同我打球，因为我开球时乒乓球从来不往球桌上碰。而是直挺挺如飞机起飞，嗖地冲向屋顶。

唐果果是中文系的才女，但许多人只知道她发表了很多文章，做起学生工作时很拼。她对我的评价是有点小聪明，但思想倾向不对，太消极，很堕落，这种消极堕落在这个时代是没有出路的，哪个医院会接收你？她还鼓励我去当流氓，说以我的小聪明能当一个很棒的流氓。她说她常觉得自己的人生有点冤，她发誓要考研，要走出这个鬼地方。我想说我英语四级现在还没有过线。但我终于没说。在似水流年里我终于懂得了一个道理：人与人之间的差距有两种：一种是物质的，另一种是思想上的。物质上的差距使人自卑。比如我中学时代曾暗恋一个女孩，我甚至知道她也在等着我有所表示，但就因为她家太富而我家穷得叮当响。我明白穷人不会也不该有爱情，所以我放弃了。如果我当时能够知道我很年轻，年轻人有很多面子可以丢，我在很多事情上就可以成功了。

然而思想上的差距却使人难堪。当我学会开球的时候，我才发现我已经很长时间没有见到唐果果，很长时间没有一起去老城区溜达，也很长时间没有拨弄她的长发了，想想真是该死，怎么不叫唐果果来和我一起练球，唐果果决不会放弃这么一个羞辱我的机会。我打电话给她，约她出来，她却对我说她最近很忙，总是很忙。我说唐果果我会开球了。她轻轻地笑了两声，告诉我她已经当上班长现在正在竞选系干部，并准备参加接下来的学院干部竞选，她说她要积极争取表现——马多林别玩球了那东西没出息——她把出息两个字念得很重，使我感到电话那头的唐果果有点远。我忽然想起邓巴哥的两句诗：泥土粘上我的鞋/我却模糊你的脸。

我记不起唐果果的样子了。这使我有点恐慌。

10

当我告诉达瓦舅舅邓巴哥跳楼自杀，达瓦舅舅表现出极大的兴趣，不厌其烦反复追问前后的一切细节。我告诉他没你想的复杂事情很简单：邓巴哥在诗歌交流会上与师大的豆蔻诗社社长争吵起来，最后把那社长和两名编辑都打了。我赶过去的时候会场乱成一团，邓巴哥已经不在。三个受伤的诗人被扶出来的时候鼻血还流个不停。地上还有一些被撕得不成样子的诗稿。江湖从来都是人情世故——在对方学校某个领导强势的交涉下，学院决定开除邓巴哥。接下来邓巴哥就站在学院领导的一辆奔驰上读自己写的诗，边读边手舞足蹈，样子和达瓦舅舅发作的时候没什么两样。夜里邓巴哥就从六楼跳下来，一个打扫卫生的阿姨第二天早上踩到他的尸体，被吓晕过去。邓巴哥临死前曾跟我说世界上的一切都是美好的。我相信了他，后来我发现不但我是一个大骗子，邓巴哥也是，只是骗的方式不同罢了。那天深夜邓巴哥把我弄醒，告诉我他死后把他的骨灰撒在寒水河里。我模模糊糊地说邓巴哥半夜三更你发什么疯啊，说完我翻了个身继续睡。他可能怕我忘了，还在桌子上留言。除了骨灰问题他还写了一首诗：

死亡是贞洁的乌鸦

它来的时候父亲和十八个兄弟全部倒下

骆驼驮着他们的尸体在沙漠流浪

记得那一个美丽的下午

人们开始在龟裂的土地上

想念疯狂生长的水草

穿着红色绸衣的人

背起年老的父亲远走

沿着十八个兄弟走过的脚印

沿着乌鸦飞来的方向

我当时如果知道邓巴哥会在那天夜里跳楼，我不会睡懒觉，至少我会再陪他说说话——有一种朋友是一辈子的——他让我把他的骨灰撒在寒水河里，这就使我除了内疚之外还有点困惑不解：寒水河那么脏那么臭，撒不撒在里面真有那么重要吗非得半夜起来专门告诉我？

达瓦舅舅觉得我的表述不能令他满意，一直在追问还有没有，还有没有别的。

我说邓巴哥跳下来的时候压断了一大椪木棉树。

他跳下来的时候有没有人看见？

半夜三更的谁看见？但很多人都根据血迹推断说他跳下的姿势一定不够潇洒。但也有人说邓巴哥的头发很长，跑的时候会向后扬起，有一种骏马的不俗，跳下的时候这个发型肯定不会差到哪里去。还有什么问的没有？

那么……呃……

他一时想不出可以问的问题。这个小老头整天坐在家里琢磨围棋的定式；看书的时候要戴一副厚厚的眼镜用手指抠着字一个一个地念出声来；还有事没事发一次疯吃掉几个鹅头，这种情况谁都不敢走近，因为若被他打伤，他是不负刑事责任的。但在我眼里他好像什么东西都会知道一点。我到现在都一事无成，不能说没有受他的影响。我不想他活到现在还对死亡有那么浓厚的兴趣。但我家里的老人都很长寿，我有机会目睹了爷爷奶奶外公外婆的死，我对于死亡已经提不起什么兴致。

达瓦舅舅骑着一辆尾烟像战斗机一样的摩托车出去，在路上没油了，他把车推倒，踢上两脚，自个儿走回来，边走边怄气，到家就发作了。

11

和做试卷一样，赌博最重要的是感觉，在人生的赌桌上赌的次数多了，我心里清楚我的筹码已所剩无几，哪怕一笔小小的感情投资我都付不起。这些说了唐果果不会懂。我只能告诉唐果果我现在感觉很迟钝，已分不清女孩子的美和丑。无论多丑看久了都会习惯，但是和你相处得太久看习惯，到了外边遇到的都是美女。当她明白我在间接骂她丑，我不得不为此付出两瓶可乐和三个冰激凌的代价。

再次碰到唐果果已是初秋。那时我的乒乓球已经不会很臭，接近半个高手。我到体育馆打了一会儿球，独自疯狂地弹了一会吉他，累了就躺在草地上看天，看着看着中间的天空就高了上去，四周的天空矮了下来，等到我起身的时候太阳刚刚下山，粘在衣服上的枯草十分可爱，向我围过来的蚊子哼哼着十足可恶。哀伤便踹了我一脚，但我知道在这个时候没有人会理我。这哀伤汇成了一种不成规模的痛苦，需要用音乐来疗伤。对于像我这样生命不够坚强的人来说，一生中总有某个时候你会觉得非常需要音乐（哎呀，请注意数据采集，这个矫情的语流，机器住民标注），就像在某个时候你会特别想有一个恋人，特别想结婚，特别脆弱，想要一个精神的家。

没有唐果果的日子里我像丢了东西，有点失落。但我说过我是一个大骗子，我知道自己终将习惯。但当她出现在我面前，我死死看着她，笑了，我的手不自觉像往常一样伸过去拨弄她的长发——但她竟然避开了——我知道这意味着什么——我默默地看了她三分钟，转过身就走，泪如雨下。她追上来拦住了我，用炽热的唇和急促的呼吸声欺骗了我，在我耳边不停地说，对不起对不起对不起。我本该像一个无知的孩子一样假装相信她。但我知道那样不好，那样对她更是一种无遮拦的欺骗。作为一个有为青年，我不喜欢小欺骗，用更暧昧的话说，假若有人要骗我的话我更希望她能骗我一辈子。我慢慢地推开她。转身走开的时候我听到背后的一声声轻轻的暗泣，那一刻我的心如写满错字的废纸被揉成一团，遗落在角落里，又仿佛被密密麻麻的母鸡的嘴啄食着。我想起了那一次在栖霞山，我背着唐果果走过了几座山丘。唐果果那长长的头发垂下来，在我的脸颊上抹过来抹过去很痒。那时我想我真是倒霉，在没有找到自己生命中的女人之前，我却背着一个女孩子走在蜿蜒的山路上。我突然又觉得这事很滑稽，忍不住笑了起来。唐果果在背后喊起来：不准笑，笑枪毙！突然又像想起什么，低声问我：你刚才在想什么？有什么好笑的？我只能告诉她我想的是我的人生好像是从一个故事到达另一个故事。想了想又补充说：但我更喜欢那种故事开始的感觉。后来唐果果在天津打电话给我告诉我那边正暖暖地下着雪，并说：我那时真傻，竟然信了你的话，现在才知道一个人无法停在故事的开始，就如一个运动员无法总站在起跑线上一样。

......

这样的记忆是真的吗？炽热的运算之中，虚构的爱情很难说不是一个病毒？你的描述为什么要使用这样酸不溜秋的腔调？你应该为自己是一个机器住民而感到羞耻。

......

达瓦舅舅在我记录这个档案的时候已经死了。他死之前连续吃了五个鹅头，笑得很慈祥。吃过之后他打了一个饱嗝，又打了一个哈欠说我要休息一会儿，躺下了就再也没有起来。我舅妈告诉达瓦舅舅死的时候还念着我的名字，我相信了。但后来才知道她对我表哥表妹都这么说，我表哥表妹也相信了，我就在想还是邓巴哥说的对——这世界的一切都是美好的——至少小骗子少了，而大骗子明显多了。

虽然在唐果果毕业之前一个月，我又被小骗子偷了自行车，活得很漫不经心，并不知道我们有一天会被算法所捕获。

12

唐果果成为我的妻子，那都是后来的事。

很快她毕业离开学校到处找工作，又过了一年，我也离开那所学校去另一座城市继续读博，我以为我们的故事就这样结束了。后来我又谈了其他女朋友，只在一次解剖课上突然想起了唐果果。我想联系她，但想了想还是没有。

在后来三四年的时间里，我们只通过一次电话，是她打给我的，她喊了我的名字，然后只是哭，我问任何问题她都没有回答，只是哭，我说我现在过去找她，她说不用，然后便挂掉了。两分三十五秒，我看着通话记录发呆。那时候我正在面试一家大医院，完全没有心思去顾及其他，当然也没有像电视剧里面奋不顾身到另一座陌生城市去找她。

我在其他同学那里听说了她的不顺利，但也只是只言片语，大概知道她换了几份工作，因为太正直，顶撞了领导，甚至把公司给告上法庭。用同学的话说是劝都劝不住。我能想象唐果果的脾气，她怎么可能妥协，只会战斗到底。那几年我也完全变了，成为真正的有为青年。导师对我不错，我们同学私底下都称导师为老板。同学们都说，你小子命好，跟对老板了，你老板多牛啊。导师倒是非常喜欢我，也许是因为我身上那种有点懒散的性格，在他眼里却成了真诚。导师说，马多林你是我带过的学生中最特别的，看到你我就想起我家以前有一只花狸猫，也经常对我爱搭不理。他说，我们一起努力吧，为那些未来会活在虚实世界里的人们制作一股春风，或一声蝉鸣。

从这个角度看，我的导师还蛮诗意的。如果邓巴哥活着，我的导师说不定也会赞赏他。

但我又想，如果邓巴哥还活着，可能他会非常不喜欢这个阶段的我，也不会将我视为他最好的朋友。这个事情有点复杂，不过这也许就是一个男人成长中必然的代价，我必须变得心事重重，生活中有太多的事需要我瞻前顾后了。因为有一天我突然意识到，即便我全力以赴，也不一定能过好最平凡的一生。

但在我的本科同学眼里，我无疑是开挂逆袭了，我进了东州市最好的医院，由于我导师的隆重推荐，由脑科中赫赫有名的贾树人医生亲自带我。

我在和曲折命运的搏击中磨炼自己的内心，许多话知之而不便多言，许多事藏之于心胸而不足为外人道，沉郁的气质傻笑的脸。我看不到故事的终点，仿佛庄周梦蝶般神奇地穿行在时空中。我常常梦见自己在稀疏的草丛中匍匐而行，但追杀我的敌人还是发现了我。醒来时怅然若失，是的，命运已经发现了我，稀疏的草丛并未为我遮挡什么，直面命运之时，我的每一个决定都会不折不扣成为我自己，我的每一个选择都会受到内心的质询。

人生路上有一些战斗，年代久远之后，战斗姿态越努力，就会越滑稽。

感恩于这个世界对我生命的馈赠，我没有带来什么，也将不会带走什么，更重要的是在绝对美好的时间里彼此分享的相对的美好，明月清风一杯酒，红颜兄弟一曲歌，对于那些进驻过我生命的人们，都应该心存感恩。

对于那些影响我生命轨迹的人，更应该一直感激。我只是将唐果果当成这样一个过客。一些人来了又走，更多的人在我未来的时间里向我而来，决绝的离开无疑会带来痛感，而相对于未来时间里那些更为重要的人，你的新家庭，你的新邻居，你的新知己，那些与往昔的告别便有了人工嫁接培植新枝的意味。命运在碾压我身体的时候，我发出愤怒的吼叫，绝望的叹息，呼呼的悲鸣，长歌当哭，感极而泣；而有时，命运又轻轻转身，清风拂面，昭示希望。

是的，医生不是什么天使，这里的工作也只是普通工作的一种，世界上所有的肮脏医院里都有，世界上应该配备的单纯，医院里当然也会有。那时候也有女人喜欢我，一个妇产科医生和一个肛肠科护士对我有好感，她们经常主动找我聊天。但我那时候整个身心都扑在脑机接口的技术攻坚上面，不是不想恋爱，是根本没有时间。长期的回绝甚至让她们误以为我不喜欢女人，坊间甚至传言我得了不可见人的病。为了澄清传言，我只能故意安排了两次约会，用实力证明我其实可以是个正常的男人，可以……可以干啥？人生的幸福就是马不停蹄向他人证明吗？我不知道。

13

还是想说说那天去给邓巴哥取骨灰的事。

骨灰罐很薄。那时候我也没钱，从寒水村匆匆赶来的三个老人也没钱，所以，那是全场质量最差的骨灰罐了。但那时候也管不了这些，邓巴哥的奶奶、母亲和二伯都不说话。他的母亲身体弱，在等待火化的过程中，早就哭得站不稳，一直由他二伯搀扶着。奶奶想过来抱骨灰罐，但力气显然不够，晃了一下对我说，还是你来吧。于是我抱起了骨灰罐，不轻也不重，像抱着一个婴儿。陶瓷罐内部的温度持续温暖着我的胃，它和我的身体贴得这么紧，仿佛已经是我的一部分。仿佛邓巴哥就是另一个我，他的寒水河与我的碧河本来就是同一条河流吧，汇合，汇合，蒸腾而起的一切，顺流而下的一切，都应该汇合。

车子慢慢启动，我说邓巴哥的想法是要将骨灰撒在寒水河里，但一直沉默不语的奶奶这个时候开口了。她用口音很重的方言告诉我，不行，最多撒一把，其他的要带回去，埋在后山的墓地里。

我大概听懂了，缓缓点头。奶奶还说了一些话，我大部分没听明白，只听到一个词：安顿。

14

这些都是我没有成为马主任之前的事。如果人生是一本日历，那么青春的故事应该是厚厚的一沓，每天的心事都值得一记，而中年岁月反而只是薄薄的一页，每天只是上班下班简单的数量累积，像百货店门口堆在一起的啤酒瓶那样繁复而枯燥。每天查病房、开会、做手术、出门诊、写论文，终于从主治医师熬成副主任医师，再到主任医师，学科带头人，头发慢慢变少，荣誉慢慢变多，日复一日，像蜜蜂一样勤劳，也像蜜蜂一样只是围着蜂巢转圈。

这么说来，唐果果是我唯一的蜂蜜。

时光的翻页总是越来越快。我记得我刚毕业那会儿，还有人说我是凤凰男。我开始并不明白，以为这个好听的叫法是一种表扬，后来才听明白了，就是说我是从碧河镇这种穷地方飞出来的凤凰，本来我应该是一只鸡，用来生蛋或者杀了吃肉。但事实上，我从来就是一只鸡，不知道什么时候会被端上饭桌的鸡，每天都重复着同样的事情。有一天我甚至注意到，我跟病人交谈所问的问题都如此相似，就连语气都不会有太多的区别。我从治疗农村的病人，到后来病人很少有农民，我的技术在进步，我的病人也在更新，我的圈子似乎在升级，但是，拆开他们的头盖骨，我并不能区分他们的身份和性格，他们大脑皮层上的沟回就如同一张巨大的迷宫，每个迷宫都如此相似。

面对迷宫，我有时候会走神，就如同我以前在课堂上会睡觉。我的助手都知道我这个毛病。他们的分工中有一项共同的工作是，随时提醒马主任不要走神。但后来他们又开始怀疑我走神的那些瞬间，带有某种迷信的色彩，是通灵的一种。他们说我每次走神之后，哪怕只是两三秒的发呆，随后我手里的手术刀便有如神助，精准，果敢，每个动作都如准确到极致的音符。

脑科第一圣手。我的办公室墙上挂着某个镇长夫人送来的锦旗。

但后来，我们做手术开始不用自己动手了。机器人开始接替人手操刀，精确率远高于外科医生的平均水准。就是在这样的背景下，唐果果约我喝咖啡。她见了面才想起我喜欢喝茶，不喜欢喝咖啡。那天她坐在我的对面，说了特别多的话，但最重要的话一直没有说出口。

是不是要我采购你们公司的机器手臂？我忍不住说道。

她愣住了，然后满脸通红。她表示她一点都不想扮演这么一个角色，她也不希望多年以后重逢，竟然要成为一个有业务往来的客户。她说她早就准备从这家医疗器材公司辞职，只是没有找到新的工作而已。

我摇摇头。我说这些都不是最重要的。人世间的一切物质外壳，就如盔甲，当然重要，也标明了战士的身份，但也都不是最重要的。那么什么才是最重要的？她问。重要的是你回来了，而且我们都还没有结婚。她继续摇头说，她结过婚，只是半年便离了，人生已经不再完整。

我完全无法同意她的观点。我告诉她，这样的感情就等于做了一场手术，伤口愈合了，就等于没有受伤。那个下午她穿着白色的裙子，我的记忆完全被拉回到十二年前，那时候她就是穿着这样款式的白裙子在芦苇之中穿行。

蜂蜜。我心里升腾起强烈的渴望，对糖的渴望。

15

我们结婚的时候，朋友们都投来了诧异的眼神。因为那时候大家开始讨论新的婚姻模型，简单来说就是由四到六人组成的婚姻互助家庭，人类开始回归洞穴生活，在家庭小组内部建立契约，但也允许随时离开加入到其他小组中去，而生儿育女的任务也开始由人造子宫来完成。无论男女基于体验生命的需要也可以申请体验怀孕，只需要为中途推出体验支付足够的保险金即可。

你们会是古典婚姻最后的样板。朋友们在婚礼上这么祝福我们。事实上，撇除掉生儿育女传宗接代的功能，更没有人愿意尝试古典婚姻，大家更相信独立的个体能拥有良好的生命体验。退一步讲，即便要结婚，群居洞穴式婚姻也比单线组合的婚姻拥有更多可能性和经济黏性，以后年纪大了还更方便互相照顾。三个菜嫌多，两个菜嫌少，你们会很无聊的。

但事实证明，我们并不会无聊。我十分乐意唐果果来分享我的奋斗成果，我愿意她重新来主宰我的生命和财产。这个意思要怎么表达呢？你如果见过那种愿意随时放弃自己人生主导权的男人，应该会很快理解我的说法。

然而有一天，唐果果突然哭着回了家，她和她的两个闺密彻底决裂，因为醉酒之后，两个闺密一起指着她的鼻子说她是寄生虫，吸附在马医生的工资条上。她拼命地解释说并不是她不想工作，而是暂时找不到适合自己的工作，她也不知道自己能做什么。那个爱较真的唐果果又回来了。这真让人头痛。

总不能让我去写诗？她抬头望见窗外的满月悠悠地说。

我当然反复表达我的宽宏大度，我认为她的闺密只是酒后胡话，夫妻之间本来就没有所谓彼此，哪里有什么亏欠依附之说。但她却反过来告诉我，这样的道德标准如果在十年之前是对的，但如今有了数字生命公约，虚拟的数字生命尚且需要独立人格，活在现实世界，我们这些拥有肉身的人类更应该成为独立的人。

我以为这只是生活的一次小波折，却不料这样一个简单的问题，慢慢演化成为唐果果终极的精神危机，她在数次拒绝使用我的钱包付款之后，开始重新意识到寄生虫这个词的含义。她尝试离开我，但却发现是物质将她捆在我身边。于是，一个关于生存意义的问题挡住了她的去路：我这样活着干啥？

她出现了生存的真空，她漂浮起来，如同一颗星球。一个漂浮的星球的存在有什么意义吗？并没有，星球本身也不会发出这个追问。会发出意义追问只是宇宙中的病症，应该被更浩瀚的虚空治愈。

但唐果果的虚无却一直蔓延。她陷入了突如其来的抑郁之中。一直到她在某一天，突然萌发了一个想法，她对我说：我是不是应该帮邓巴哥出版一本诗集。

出版诗集一直以来就是邓巴哥的梦想。他那个时候渴望自己的诗能印在纸上，想尽了各种办法。他打印了厚厚的一沓诗歌，然后用麻线将诗稿左侧的边缘捆扎成书脊。这样粗放的诗集，我们家里的阁楼上就有一本，尘封已久。抑郁了一个多月的唐果果发现了这本诗稿，如获至宝，她开始策划用最原始的方法为我们共同的老朋友出版诗集。她只是在帮邓巴哥使用我的钱，再说，我当然同意用我的钱给死去多年的邓巴哥出版诗集，进行任何形式的宣传。于是，唐果果重新发现了自己的职业身份，她在卡片上打上：出版人唐果果。

至此，我们都松了一口气。

16

电流声。嘀嘀。

"我是邓巴哥，感谢你们出版了我的诗集，我能自己设计封面吗？"

"别担心，机器人会设计一切。"

机器人能设计出羞耻吗？

17

各位读者，欢迎收听深夜电台，现在让我们掌声有请诗集的出版人为大家朗诵邓巴哥的一首诗：

今夜，我的思念却是

一只古旧的瓷瓶

倾倒时会吐露岁月的回声

一群发呆的鲸头鹳，站着听雨

雨落在山川，山川里什么也没有

故事按百分之一的配比预留了羞怯

时长尚有余量，家中还有余粮

一片树叶在春夜缓缓飘落

……

18

我们家的破产来得如此突然。

我还这么年轻，本不该得帕金森综合征这样的疾病，但事情就这样发生了。台风天气，世界像一只高压锅，闷热难耐。终于下雨了，疯狂下了两天的雨，预警解除，人们纷纷回去上班。我也在这样的早晨走出家门，妻子还在床上熟睡，一切都如此正常。然而厄运总算发生了，在路过我几乎每天都要经过的一段十七级台阶时，我摔了一跤。

我在医院中醒来，护士告诉我，我已经在病床上昏睡了一天半时间。我问妻子呢，他们说她刚好下楼去买吃的，应该很快会上楼。我环顾四周，周围的一切如此熟悉，病房里很安静，房间里其他两张病床上也躺着病人，没有看到他们的脸，也许这两位都是我的病人。我躺在我工作过的地方，我的工作和我的生活因为一次摔跤突然被链接了起来。过了半小时，唐果果花枝招展从病房门口进来，手里拎着精致的早点盒子。她说她吃过了，给我带了一些，真是谢天谢地，如她所料，我终于醒过来了。

她给我倒了一杯牛奶，温情脉脉地看着我，把牛奶递过来放在我手里。就在这时，我发现我的右手有些颤抖，于是赶紧将左手抽过来捧住水杯，但颤抖还是继续。作为一个脑科医生，我心里闪过一丝不祥的念头。

果然，我的同事们都来了。他们反复研究，制订了一套治疗方案，开始着手对我进行各种检查。最后，我的助手将一沓报告递给了我。我没有伸手去接，我担心自己接不住。他很快明白，用手指在报告单上弹了弹说，主任，检查之后一切正常，但不知道为什么会有帕金森的症状，却不明白是个什么病。

我这个病确实很奇怪，它像所有命运的玩笑那样精巧，恰好用来嘲笑我所掌握的脑科医疗技术。仿佛冥冥之中有一双眼睛正在看着我，然后召唤我，让我去到那个命运为我安排妥当的地方。是的，这一切的安排，我必须变得贫穷，必须负债，这也是我成为原住民的先决条件。就像我导师说的那样，我们这一批人，是现存难得的兼容性人类标本，既有来自田园牧歌的生活经验，还能触碰到数字生命时代，保留了愚昧的傲慢和充满讽刺的自信，实属罕见，是数据库里的稀缺品种。

19

居家养病一年之后，我彻底失业了。唐果果得知医院已经提拔了新的科室主任，竟然在家里发了一通脾气，她语无伦次，样子比我还痛苦。第二天我醒来时，才发现她一夜未眠，坐在窗口脸如死灰。

我以为只是中年女人正常的情绪波动，故此不以为意，按照我以往起床要做的那样，先做了几组拿筷子的练习。这时唐果果才告诉我，她将家里的所有的钱和房子都投进一个投资项目里，为求高回报，她用了资金杠杆，每个月必须从我的工资里扣除一笔钱，如果断供，则前面的投资便会血本无归。

我反复询问了她投资的细节，心里已经非常清楚，我在四十八的这一年，彻底破产了。唐果果以为我会生气，她看着我的眼睛，看到我的冷静，然后跟我说，要发泄出来，不要压抑自己，别憋坏了。

但我并没有生气，在我面前出现了一条星光灿烂的开阔道路。我想起了我的导师在去世的时候对我说，多林，它已经知道你了，它有一天会将你也吸进去，成为原住民的一分子，你务必小心这件事。我的导师拒绝所有的先进医疗技术，在他生命的最后两个月，他和家人搬到了乡下，最后在一片蝉鸣之声中溘然长逝。

清风半夜鸣蝉。

在他的葬礼上，我拿到他让家人转交给我的最后礼物，是他的书法，宣纸上写着：是造物者之无尽藏也。

20

客亦知夫水与月乎？逝者如斯，而未尝往也；盈虚者如彼，而卒莫消长也。盖将自其变者而观之，则天地曾不能以一瞬；自其不变者而观之，则物与我皆无尽也，而又何羡乎！

——《前赤壁赋》

21

那天清晨，我在沙发上躺着，妻子唐果果在洗手间，中间隔着一扇磨砂玻璃门，她将一个关于月眉谷数字原住民的宣传视频发给了我：原住民俱乐部招募第一批医生，共有五百个名额。

她说她刚看到，只是随手发给我。但我明白这样的随意背后，一定是反复思量。几乎没有别的路可走，一星期之后，法院就会将我们这套房子拍卖掉，而维持我生活质量的药物早在一个月前已经停了，我的情况每天在变得糟糕，如果还需要露宿街头，那么我应该听不到夏天的蝉鸣。

目送归鸿，手挥五弦。没有双引号，没有双引号……

唐果果哭着说，她愿意像古代流放苦寒之地的囚徒家眷那样，和我一起进入月眉谷，祸福与共，风险共担。她给我讲述了一个被流放到西伯利亚

237

的作家故事，这个作家我完全没有听说过，名字也没记住，但不知道为什么我非常感动。我用颤抖的手握住她的手。她的手凉如秋霜，手上的肌肤却依然柔软光滑。

她见我在抚摸她的手，便说，听说月眉谷中，护手霜的价格只需要现实世界的千分之一，我们到了那边，便不再是穷人了。

22

我们在月眉谷中醒来，窗明几净，阳光明媚，房间里的陈设和现实世界一般无异。妻子在窗台上的花盆里栽种一棵仙人掌，仙人掌的尖刺上沾着水珠，正折射着外面的阳光。电话响了，医院的徐医生打来电话，他在电话里叫我马主任，言语间非常客气，显然，我是他的上级。我感受到熟悉的气息，那种原先属于我的无所不在的权力的气息。唉，可恶，这就是生存游戏之中的蜜糖，和我的爱情蜜糖一样，却拥有不一样的配方：幽暗，效果持久，竟然还无处不在。

放下电话，我再一次看向窗外……窗台上仙人掌的价格只有现实之中的千分之一。

现实中的贫富鄙视链，在原住民俱乐部只是得到改观，却并没有完全消失。在月眉谷中，冷风和热风也被标上了不同的价格。如果想听到蝉鸣，价格更是格外昂贵。

为了让月眉谷产生更多的科学奇迹，这里被设定为不同时区，每个时区以现实时间为参照，具有不同的流速。比如我们所在的时区，时间被设定为比现实时间快5%，这是我选择的时间，我不希望时间过得太快，略快于现实即可。另一些朋友则不同，他们选择了飞逝的时间，虽然他们身在其中，对时间的流速并不能察觉，但现实中的人，会看到他们所在的社会正在飞速向前演变。我们活成了高龄原住民，却并不见衰老；我们虚构了幸福和痛苦，却无法完成分享。

多数时区被设定为时光飞逝，人们仿佛希望快点能抵达未来，虽然未来是一个并无法穷尽的时间值，但是他们的时区中获得的科技，可以按照数字生命公约规定的协议条件被售卖到现实世界中，从而获得了更多的资源，甚至还可以向其他时区输出病毒和战争。只有极少数的时区，时间流速被设定为慢于现实时间，他们仿佛活在一部被慢放的电影里，却浑然不觉。

在这里，我，马主任，重新变得忙碌，我的病人和下属都有求于我，我变得十分有用，生活也因此变得十分结实。而我的妻子，她也重新任性了起来，她早就不做出版商，而迷恋各种收藏，那些已经被时代抛弃的电子产品成为她的心头好，很快家里的储藏室就堆满了。

23

如今我是一个机器住民了。我为自己能在黑夜里走路而感到羞愧。

埋葬了妻子之后，我在无垠的空间里长存，游荡，没有归期，也没有人对我说话。

我想起我的碧河，那条长长的河流，它能发出一万行代码也编写不出来的淙淙之声。我折叠起我的记忆，就如同收拾一件旧衣服。我终于跟随人流来到意义之门，大门上方的屏幕上显示一句话：欢迎来到美人城机器住民俱乐部，请凭识别码免费领取春风一份，没有双引号的人生也值得一过。

（刊于《西部》杂志 2023 年第 6 期）

作者简介：

陈崇正，1983 年出生于广东潮州，北京师范大学文学硕士，现担任广州市文艺报刊社副社长，广州市作家协会副主席；著有长篇小说《美人城手记》《悬浮术》，小说集《黑镜分身术》《半步村叙事》，诗集《时光积木》等。曾获广东鲁迅文学艺术奖、广东有为文学奖、红棉文学奖、华语科幻文学大赛银奖等奖项。

无常之月

段子期

"拯救号"飞船着陆在月球，陈以太缓缓走下来，一个半人形机器人在不远处等候。他的心情跟这无边的铅灰色地表一样，沉重而又空虚。地球的北半球正好是夜晚，不过，此时应该没人有心情赏"月"了。

过去几十年中，科学家通过激光测距观测到月球正以每年三点八厘米的速度远离地球，这不起眼的偏移是一种源自潮汐力的自然现象。但就在不久前，他们发现这个速度在逐渐加快，仅在三个月内，月球就偏离了地球五点二厘米。这种异常让各国政府进入了危机状态。可在陈以太登上月球之前，他并没把这一切看得特别严重。

她自由了，陈以太心想。

"陈博士，您好，我是月球机器人 LMQ363，您可以叫我的昵称嫦娥，欢迎登陆月球！您一路辛苦了，我将接您去月球一号基地，二十分钟便可到达，请上车。"嫦娥的声音很兴奋，它下半身的履带压在碎石上往前移动。

陈以太脸上看不到任何情绪波动："嗯。"

他坐上月球探测车，对接下来繁忙的工作流程早有心理准备。他又想起离家之前妻子林默然说的话，哦不，应该是前妻了，她说："这次你要是去

240

了，咱们就彻底结束了。"

"可这是关乎地球人类生死存亡的事，我能不去吗？"

"地球人类？你在乎人类，那你在乎过我吗……"

"我怎么不在乎？"

这是他们最后一次没有结果的争吵，陈以太出发前在离婚协议书上签了字，他不是没有愧疚，只是和往常一样，以为自己能够弥补。他本不想被这些私事分心，可林默然的眼泪还是在他心里打转。抬起头，月球一号基地的大门就在眼前。

陈以太换下宇航服，在嫦娥的指引下，匆匆赶往会议室。

"陈博士，你终于来了。"赵惜羽对他表示欢迎，她盘着头发，看上去成熟干练，一身制服掩盖不住她脱俗的气质。

"嗯，现在什么情况了？"

除了月球基地的中国总工程师赵惜羽，会议室里还有来自美、俄、加等国的军官和科学家。赵惜羽告诉他，地球上各国宇航局都在对目前的几种方案进行评估。显然，会议室里刚刚经历过一场激烈讨论。

"我们看过你的那篇论文，关于研究两个天体间唯一一种作用力，即引力的宇宙作用，在论证过程中将各行星的卫星运动轨迹作为参数之一，推导出宇宙动力学的基本模型……"

基地里的人造重力场给人感觉并非处在外太空，但会议室里简洁如白色坟墓一样的装饰，还是让初登月球的陈以太有些不适应。

几个月前，陈以太还在大学教天体物理课，军方的人找到了他，因为那篇惊艳了学术圈的论文，他们认为陈以太能提供关键性的理论支持。不仅如此，陈以太的父亲陈思尔也是当代物理学界鼎鼎大名的人物。之后，军方告诉了他这个极为机密的真相——月球很快就要离开地球了。科学家经过观测和估算，如果月球按照现有的加速度远离地球，不到十几年，月球便会完全脱离绕地轨道，结束作为地球卫星的使命，前往更广袤的宇宙空间。

按照目前可知的理论，地月距离增加是因为潮汐力的缘故。月球对地球的引力会在地球上形成引潮力，但潮汐并不是对准月球的，而是略领先于它，所以地球对月球的引力有沿着月球切向的加速度，这就导致月球轨道升高和地球自转的减慢，这个过程会一直持续，直到地球被潮汐锁定为止。

然而，在传统理论之外，没人能解释月球突然加速的深层次原因，仿佛有一双神秘大手在宇宙之外的空间拔河，绳子的另一头系在任意一个星系上。然后，所有岛屿被绳子拖动，拽向一个可以通往任何方向的未知海域，而月球就是那只神秘之手突然发力的作用点。

陈以太知道宇宙没有想象中那么浪漫，月球或许会成为这场生死拔河赛的重要砝码。如今的月球距离地球三十多万公里，对地球的潮汐作用通过摩擦来降低和稳定地球的自转速度。如果达成潮汐锁定，地球自转减慢，变得和月球公转一样，同时地球每个地方都会受到向月亮的力。除了地球质量，大海、陆地、地形甚至内部结构全都会受影响，对地球来说这无疑是场缓慢演变的灾难。

但如果没有达成锁定，地球失去了月亮，地球自转速度可能会达到每六小时一圈，所有动植物以及人类都不能适应这样的转速。月球消失后，地球自转会产生偏差，假如偏差超过九十度，地球的结局可能会变成天王星或金星的样子，人类毁灭是迟早的事。

作为天体物理学家，陈以太在短时间内就预想了所有后果，但除了担忧和恐惧，竟然还有一丝兴奋，能在有生之年看到宇宙的"大动作"，这一生所学也算没有白费。他暂时被调往宇航局下面成立不久的专属作战指挥中心，包括最高指挥官在内的所有人，都把这当作一场没有敌人的战争，可如果敌人是暗能量，人类不过是想撼动恒星的蚍蜉而已。他开始每天对月球运动轨迹进行大量测算，研究天体间引力运动的几种数学模型，已经到了废寝忘食的地步。

沉默常常如永恒，言语清浅如时间。

陈以太很久都没陪林默然吃过饭了，去指挥中心工作后，更是很少回家。林默然虽然不知道这机密消息，但她明白，陈以太这次一定是被委以重任。她找不到任何理由阻止他离开，她一直在想，他们本是两个世界的人，为什么会彼此吸引，在他那个充满理论和方程的世界里，逻辑就是一切。而她是一位摄影师，某种程度上刚好跟冷酷的理性相背离，她把生命中的那些吉光片羽复刻到底片上，打破时间的逻辑，定格瞬间成为永恒。陈以太不喜欢拍照，林默然也听不懂那些高深的天体知识，可即便如此，爱情的力量也足以让两个偶遇的流星为彼此停留很久。

五年前，陈以太向林默然求婚的方式很简单，他设计了一套全新的天体运动模型，并用三维成像做成全息视频放在投影中。新年钟声敲响后的广场上人头攒动，漫天的彩色气球渐渐飘向更远的夜空，人们沉浸在新年到来的兴奋之中。虽然气温很低，但他拉着她的手，她并不觉得冷。她望向空中，甚至有种想对这些气球许愿的冲动。她希望，他能在头顶黑暗的宇宙中，找到真实的快乐和无伪的自由。

他慢慢走到她面前，打开投影，单膝跪地，手中的投影器映出了一整片星河，然后，投影渐渐聚焦到一对互相缠绕运动的天体上。周围的时空仿佛静止了，或者说，所有的时空都被陈以太握在手里。他静静地看着她，仿佛刚从时间之海返航的勇士，带回了名叫"永恒"的战利品，要将这礼物献给美丽的女王。那一刻，在宇宙的广阔背景中，无数星云成了华丽的陪衬，那对天体无视所有规则和定律，自顾自地盘旋、游舞，浪漫至极。

他说，用物理学来证明爱情是最可信、最严谨的，从今以后，他会做一颗卫星，永远绕着她这颗行星转。没有戒指，没有玫瑰，她哭了，她说她愿意。

在他决定前往月球之前，林默然终于作出了决定。当两个天体之间的引力不再稳定，总有一个星球要提前挣脱开。

陈以太的思绪回到基地会议室，他不自主地摸了摸右手无名指上的戒指。

"所以，你们考虑过宇宙膨胀加速的影响？"会议室桌面是平滑的镜面屏幕，陈以太盯着屏面上各组数据和图形，没看赵惜羽。正常情况下，小小的地月系统还不足以放到宇宙尺度上来做参照，如果宇宙膨胀会增加地月距离，角动量不守恒，那能量也不守恒。

可目前的状况已经不能用正常的思维来看待了，赵惜羽显然也理解他的想法，不仅理解，还拉着他一起往宇宙的死胡同里狂奔，她说："考虑过，宇宙膨胀理论中导致星云后退的现象，假设宇宙在所有方向上都是一致的，那么宇宙各个物质之间相互产生的引力吸引是不稳定的，同一性的轻微偏离就会导致其瓦解。爱因斯坦曾提出过在已知的引力逆平方律之外，还允许引力包含一个额外的成分，其强度随着距离增加而增大，这种效应被称为拉姆达力，也就是——宇宙常数。"

最后四个字让陈以太倒吸一口冷气，一般来讲，做研究的惯性思维是面对一个问题时，首先要弄明白产生问题的原因，然后再寻找解决问题的方法。他猜想，要彻底探究出月球加速的原因，可能涉及的科学理论已经远远超过了目前人类对宇宙的认知水平，毕竟宇宙常数这种绝对规律不可能容忍人类的质疑。

"现在，有几种方案？"陈以太顿了顿，望向赵惜羽，试图转移那个已经进入死胡同的话题。

"你没继续深究月球加速的原因，这很理智，就像一个人中了毒箭，最紧急的事是拔出毒箭，而不是去研究毒箭从哪个方向射过来。"赵惜羽调出屏幕上的数据窗口，"目前为止，有三个救月方案。"

第一个，"揽月计划"。简单来说，就是增加地球对月球的引力，发射一艘地航钻探船从南太平洋的马里亚纳海沟开始下潜，然后深入地核的外核，引爆多颗原子弹，加速液态内核的流动，电荷磁体周围弥漫着一种被称为"场"的物质，就是通过它把引力增强、再传递回月球。好比让地球成为一块磁力更大的磁铁，牢牢地吸住月球，前提是不考虑潮汐力变化带来的影响。

"深入地心的难度比进入太空难太多了，你确定地航船能完成任务吗，参数没调好，很容易扰乱地球磁场，还有，万一地球吸来了其他小型天体怎么办？这无疑是自杀……"陈以太的语气很淡然。

"比起等会儿你将要听到的，这已经是最没难度的计划了。"赵惜羽眼神透露着疲惫。

现场各国科学家在互相咬耳朵，陈以太算是见识了赵惜羽在这次任务中的话语权，这是在来月球之前他们没告诉他的，他不由得对这个女人产生好奇。赵惜羽不带任何情绪，她清了清嗓子说，作为备选的"推月计划"难度会更大。这个计划要在月球暗面选取合适的环形山，环形山数量之多，为嵌入数量足够多的反向推动器提供了方便。这些环形山是陨石砸向月球地表形成的，有些就像珠穆朗玛峰，在月球地面上观看这些环形山会非常壮观。然后，设计好推进器的距离、角度、频率，这些推动器产生的反向推力会阻碍月球脱离近地轨道，在一定程度上中和了外部空间对月球的引力，直到月球重回正轨。

"你们都去过月球暗面吗？"陈以太问。

"去过。"赵惜羽代替所有人回答。

陈以太在来之前就知道，自己对月球暗面的好奇会得到满足。因为月球的自转周期和公转周期是一致的，永远只有一面面对地球，在地球上看到的也仅仅是月球的正面。之前学术界有人称在月球暗面有惊人发现，但后来证实不过是博人眼球的伪科学罢了。用一种浪漫的说法，地球一直是月球的软肋，而月球一直陪伴并保护着地球，它的背面被宇宙陨石砸出了很多坑。假如没有月球，陨石会全部砸向地球，这些环形山的伤痕正是月球几十亿年来的累累功勋。而现在，地球人却想利用这些伤痕来保护自己，陈以太摸了摸鼻子，不知道是该感到庆幸还是羞愧。

"明天我们会再去一趟，陈博士，和我们一起吧。"

"听你安排。"

赵惜羽接下来所说的让陈以太有些意外，这无疑是凌驾于基础理论之上的天方夜谭。

"最后一个方案，就是放弃月球，重新建造一个质量、引力相似的卫星。"

"这个计划的名字是？"

赵惜羽沉默了一会儿："就叫弃月计划吧……"

各国科学家们坐不住了，开始和赵惜羽激烈地讨论起来。

"你们看看，在嫦娥登月之后的几十年，人类再没踏上过月球，全球的科技探索转向内收，太空似乎对人类失去了诱惑力！而现在，这个任务对我们来说，不就像……有一句中国话，不见棺材不落泪，是这么形容的吧？"俄罗斯军官脸上的肌肉抽搐着。

美国的桑切斯博士忍受不了他的幽默感："现在说的是解决方案，先生！"

"各位，实践有的时候比理论走得更前，地球上已经有弃月计划的初步实验成果了！"赵惜羽拖出桌面上的一个数据窗口。

陈以太看完赵惜羽的展示，那个实验的理论建设上有参考自己的论文，而实验得到的结果一定会推着理论往前走。他不得不在心里承认，放弃，是最好的选择。但同时，为了政治正确，放弃绝对不能成为首选。

声音越来越嘈杂，陈以太起身走向基地的舷窗，从这里能看到蔚蓝色的地球，怎么看都像是一滴蓝色眼泪。此时，月球位于地球下方，边缘被一层光晕包围着，让它看上去像一枚星空戒指，镶嵌在上面的蓝色宝石闪闪发光。这是他第一次认真审视他和她的距离，在这个地表都是真空的星球上，他必须保持着有节奏的呼吸，才不至于被这里的寂静吞没。他在想，问题到底出在地球身上，还是月球身上。他的目光转向会议室对面的玻璃柜，里面展示着功用不同的月球宇航服。

林默然就像是一个幽灵，时不时地窜入他脑中，对一向在工作中保持绝对理性的他是很反常的事。在结婚第二年他的生日，林默然为他张罗了一场派对，邀请了很多他要好的同事朋友，大家都说他们是天生一对儿。门铃响起，陈以太打开门，一个穿着宇航服的人端着生日蛋糕出现在他面前，屋内所有人瞬间被这位太空人吸引。

"生日快乐！"宇航服面罩里是林默然的脸，她笑着看着他。

陈以太在这一瞬间似乎感受到了来自宇宙的祝福，宇宙要他快乐、要他自由，因为这也是它的快乐和自由。那天晚上客人散去后，她拉着他去楼顶看星星，陈以太看着她的背影，她身上像是发着光，那光一定是来自无数光年外的灿烂星系。

"我还记得你教我的！勺子形的是北斗七星，恒星最密集的是人马座星云，猎户座星云呢，是银河系附近的一个恒星育婴室。对了！在太阳系外离地球最近的恒星是比邻星，在四点二二光年之外……"林默然看着夜空，头靠在他肩上。

"要是时间可以停在这一刻就好了……"陈以太有些微醺，林默然就像一颗流星，从天外飞来，划过自己枯燥的暗夜，而这两个来自不同世界的人，释放各自的引力，最终成为一对相互缠绕运行的天体。

"好神奇啊，你看，那些星系里的星星是永远都不会分开的，对吧？"林默然说。

陈以太搂着她："是啊，要分开也是在永远以后了……"

他叹了一口气，还是不确定放弃是否最正确的选择。

热烈的讨论告一段落，赵惜羽走过来递给陈以太一杯热水："你把地球上的事带来月球，这是一位科学家应有的状态么？特别是在这种关键时刻。"她说话的方式很直接，语气像上级对待下级，不过，她说得很对。

"嗯，对不起，我马上会给出三个方案的评估报告，指挥中心的模拟数据之前就已经传过来了，现在只需要……"

"别急，你还需要再多了解一些细节。"

"好，一切听你安排。"

赵惜羽看向他手指上的戒指，语气变得缓和："你知道吗？或许，我跟你有类似的经历，做研究的都这样，这事业需要你付出整个生命。"

陈以太看着她，有种惺惺相惜的感觉，他打起精神："对不起，我会全身心投入的。"

"你先去休息吧，有什么需求告诉嫦娥，它会安排好你的起居。"

"好，谢谢，我还想问一下，在来之前，将军跟我说，我可以接触到二等保密级别的信息，我只有一个问题，如果可以，请你如实回答我。"

"你问吧。"

"有人知道原因吗，我是说，月球加速远离的真正原因？是不是保密级别太高而不方便公布？"

赵惜羽摇摇头，眼神中的一束光熄灭了："不，没人知道。一种存在了几十亿年的规律忽然被打破，现有的科学很难在短时间内给出一个准确解释，有人说，这像是一种惩罚……"

"好，我明白了。"

陈以太的猜想是对的，没人知道。他离开会议室，在门关上之前，他回头看了看赵惜羽的背影，瘦削、单薄，坚强中藏着一丝落寞。她肩上扛着的压力是他无法想象的，他看到了一个女人的脆弱，也看到了整个人类的脆弱。

在月球的第一晚并没什么特别，嫦娥是个合格的助手，它安静地待在睡眠舱外，像个忠诚的守卫。陈以太尽量控制自己不在睡前的脆弱时刻想起林默然，但今晚失败了，他被一种愧疚感包围。那种感觉就像坠入一个看不见底的黑洞，他多想有人能伸出一只手，抓住他，或者在下面接住他。可如果，在她坠入黑洞的时候，他没那样做，那他此刻渴望的拯救也不会出现。夜晚很长，他做了很多铅灰色的梦，直到月球上看不见的黎明到来。

在去月球暗面之前，他们做了很多准备。当陈以太踏足月球另一面时，他才发觉，诗人要是能踏上月球，一定会崩溃。在不知道月球以前，月亮是诗人创造的，在每个文明中，月亮都是最丰富的隐喻载体之一，每种语言中，应该都能辑成一本关于月亮的诗集。而此刻的"月"从过去美好的、清凉的、诗意的形象，变成了现实的孤寂和荒凉。艺术上的美在于遮蔽，就像林默然手中的照相机，她透过一个小黑框来观察世界，将那些不符合美感的部分排除在构图之外。当月球毫无保留地暴露在眼前时，陈以太感叹自己幸好不是一个以诗意为生的人。

暗面地表上有着数量极多、分布极广的陨石坑，也就是环形山，与之相比，月球正面就像是镜子一样光滑了。观测基站位于二号基地，屹立在不远处，仿佛夜晚海洋上的灯塔。他们正站在一号推进器下，陈以太抬头望，它足有一栋三十层楼房那么高。赵惜羽告诉大家，一个月后，第二个反向推动器将会建成，用于测试"推月计划"的基础数据。陈以太在地球指挥中心见过"推月"的模拟程序，这个像大炮一样的家伙将扮演另一只神秘之手，与真正的神秘之手展开一场宇宙级的拔河角力。

"我之前了解到，这些推进器的动力是来自可控核聚变发动机，这好像是太空电梯工程用的发动机。"

"对，太空电梯工程暂停了，现在所有地外探索的航天资源都在向救月计划倾斜。"赵惜羽紧盯着推进器。

所有人来到基站内部进行观测，测试开始了，反向推动器缓缓启动，赵惜羽在操作台上进行最后的调试。陈以太掩饰不住自己的紧张，盯着远方那只深灰色的神秘之手，想象它将施展出怎样的安抚月球的魔法。没多久，推动器自动调整方向，尾部喷出蓝色的等离子光焰。赵惜羽前面的屏幕上跳出各项数据。陈以太目不转睛地看着屏幕，这些符号和数字他只用看一眼就能够背下来，毫无疑问，这是一场成功的魔法预演。

"成功了！"赵惜羽兴奋地转过身。

陈以太也难掩高兴，更多是为赵惜羽而高兴。虽然，这样的推动器还需要建造上千个才能完全达到规模，但现在至少看到了一丝曙光。这是一项浩大的工程，假设一切推进顺利且没有任何干扰项，全部搭建完成也至少需要五个地球年的工时。如果在理论和数据上没问题，地球会再派送大量资源和工人前来月球，确保在"推月计划"的基础设施能在最短时间全部完工。

"揽月计划"也同时在地球上进入了探索阶段，地质学家发明了一种将高频率脉冲激光和超声波共鸣管相结合的钻探技术，使得"玄武号"地航飞船能够顺利航向地心，开始了初步的外核数据采集工作。

在接下来的日子里，陈以太的身心完全投入工作中，他和赵惜羽配合得很默契，也从各国科学家那里了解到更多最先进的科技研究成果。在他们的思维里，做学术研究就像谈恋爱，而真正到了技术成果的应用阶段，就像是进入到漫长的婚姻，关于这一点，陈以太很认同。

月球上的封闭环境很适合潜下心来做研究，陈以太跟他们都成了关系不错的伙伴。但赵惜羽却很少谈起自己的私事，她更像一个理性到极点的人。陈以太明白，她只是把自己的脆弱全部收拾好掩藏在自己的暗面。而他自己，不过是趁这个工作机会来逃避地球上的事。所幸的是，距离下一次想起林默然，中间相隔的时间越来越长。直到不久后，"玄武号"出事了。

"玄武号"在地航过程中，由于航线计算失误，船体被坚硬的下岩层划伤，在下沉到外核后，尽管船体与滚烫的液态金属海保持着距离，但在收集测试数据的时候，地航船内部操作系统忽然故障。失去动力的"玄武号"没能挣脱地心引力的魔掌，坠入那滚滚岩浆。

在完全调查清楚"玄武号"事件之前，工程组得出结论，要深入地心去改变地球引力几乎不可能。与此同时，地球上的潮汐力正在悄悄地发生着改变，几场海啸突袭了沿海城市，伴随而来的暴风雨持续了一周。短短几天，人类经历了烈火的灼烧和寒雨的侵袭，在摇晃的天平之上，没人再敢踏出一步。

一时间，沮丧的氛围顺着地球穿过宇宙的虚空笼罩了月球基地，就像神经末梢将疼痛感传递至大脑皮层，顺着汩汩的血液到达深不见底的内心，最后触及那似有似无的灵魂。作为一位科学工作者，陈以太一直不相信灵魂这种说法，这不科学，但林默然坚信，这是他们之间产生过的无数个分歧中很小的一个。

沮丧、挫败、迷茫，如果这些都不是跟灵魂有关，那为什么所有人的眼睛都在一夜之间失去了光芒。曾经无比稳定的地月体系都同时被一种情绪所占据，跟曾经的陈以太和林默然一样。

那天，陈以太第一次看见赵惜羽哭了，他不知道如何安慰。他忽然想起一个故事，就对她说，你想听一个跟月球有关的故事吗，也许会让你好受些？她说，下次吧。

好吧，他说。陈以太把自己关进睡眠舱，在黑暗如子宫一样的空间内，他身体中冰凉的理性渐渐被感性的火把驱散。尽管里面已经足够舒适，他还是觉得少了一点温度，就像浅浅拥抱那样的温度。他躺下来，摸了摸左手无名指上的戒指，在半梦半醒中，他索性大胆地想起林默然。

那一天，对林默然的事业来说，是最重要的一天，可陈以太并没有出现。林默然穿着深蓝色礼服，站在门口望向深夜的街道，那些霓虹灯光在她眼中变得渐渐模糊，转而又重新清晰起来。这是她第一次举办个人摄影展，所有人都到齐了，就差陈以太。

陈以太的论文正进行到一半，他在实验室里几近疯狂，那隐藏在眼神背后的锐利像是饿了半个月的野兽。散落一地的纸团，电子黑板上交替浮动的图案和数据，无数次的演算让空气几乎凝固结冰，就像他快要变僵硬的大脑。在这房间里，他正在和自己进行一场困兽之斗。

"不对啊，这个结果是错的，怎么就算不出呢？"他自言自语。就差一个常数，就能让这个方程组成一件完美的艺术品。

他应该是忘了妻子的那场摄影展，或者，他认为这篇将会影响到未来人类科技发展的论文，里面的一个标点都比莺莺燕燕的摄影展重要百倍。

陈以太没想到的是，摄影展上最重磅的一幅作品竟然是他自己。酒红色的帷幕掀开，是一张有微微颗粒感的巨幅黑白照，长宽足有三四米。照片里的他手中捧着一个恒星系天体模型，那柔和的眼神，像是凝视着自己刚出生的骨肉。这画面是她某天去实验室看他，站在门口无意间抓拍的，那眼神只出现过几次，他第一次见到她时算一次，求婚时算一次，如果还有第三次的话，她多希望是在陈以然出生的时候。

不出她意料，这幅作品得到了所有人的赞赏，除了他。尽管林默然最擅长拍人物，但她永远也照不到他的灵魂。

她回到家，他那晚没有回来。她的孤独和愤怒随着黑夜静静流淌，月光被一层雾白色的薄纱包裹着。她觉得那月亮就像自己，即使有无数人懂得抬头欣赏，可她只需要有一个人能看到她的光芒就足够了，可那个人只顾着他数据模型里的"六便士"。

"你的生命中除了那些天体，其余是一片荒芜。"她望着空荡的房间，声音只有自己能听见。林默然明白，他不是不爱她，只是他的爱藏在某个看不到的地方，像是灵魂最深处，或许吧。

此刻，陈以太的心像被一只巨大的手擒住，他意识到自己很快会进入梦乡。

月球沉默了一段时间。

赵惜羽暂时不敢往下推进任何计划，大家都在守望着来自地球的消息。虽然海啸过后城市渐渐恢复了秩序，"玄武号"的伤痛也在慢慢被抚平，但所有人都知道，这只是更大风暴来临前暂时的安宁。那天晚餐，陈以太提议大家喝点酒解闷，在红色的、白色的、金色的液体里，这些人类精英试图钻进去，将笼罩在月球上空的压抑感都稀释掉。他们开始想家，开始想念地球上的绿地和蓝天。

"揽月计划可能不行了。"赵惜羽的脸颊微红。

"嗯，地球指挥中心现在把所有希望都放在推月计划上了吧。"陈以太看着她，这是赵惜羽第二次在旁人前流露出脆弱的一面。

"我不知道，推月计划的难度你也看到了，为了整个救月方案，已经进行到一半的太空电梯工程都暂时停掉了，要是出一点儿差错，我这辈子都不敢回地球了。"

陈以太拍了拍她的肩膀："没事儿，你别想太多。"

"你说，地球会毁在我们这一代人手里吗？"

"不会的。"

赵惜羽喝下一大口红酒，餐厅四周的透明玻璃墙似乎将月球的黑暗都迎进来，她的眼神有些飘忽不定："你上次说过，有一个关于月球的故事，那个故事能让我好受些，是吗？"

"对，是我妻子写的，嗯，是前妻了。这是一个讲述月球起源的故事，她是在看完我的一篇论文之后写的。"陈以太眼神变得柔和起来。

在酒精的作用下，赵惜羽的话比平时多了起来："她啊，肯定是个很浪漫的人，为你枯燥的学术论文加了一个感性的注脚。"

在陈以太一篇论证月球起源假说的论文发表后不久，他的书桌上放了一份书稿。林默然很有写作天赋，陈以太感动了，被一种爱和自由感动了，在她的文字里，他的论文和他的精神都获得了重生。

"是啊，那个故事……"陈以太嘴角泛起一丝不易察觉的微笑——

在太阳系的伊甸园时代，有两颗拥有文明的星球，一颗是早期的地球，另一颗是忒伊亚行星，两颗行星之间的距离适中，被对方的引力吸引相互绕转，并且自转和公转周期也相似，这样一个稳定的双星系似乎是经由上帝之手创造的。他们的文明已经发展到了量子通信时代，地球人和忒伊亚人在和平共处的一百多年内，互相分享科学技术，共同繁荣进步，两个星球的居民常常互相造访、学习，因此这两个高度繁荣的文明，也叫作"手足文明"，而这个时期被之后的银河系史学家称为太阳系的"伊甸园时代"。

终于有一天，地球通信员和忒伊亚星通信员相爱了，虽然他们从来没有见过面，但都对对方的星球充满无限的向往和热爱。他们在给对方星球发送的信息里面，用量子密钥加密的方式附加上了给对方的情书。这样的往来持续了很多年，"忒伊亚"决定在自己的工作约满之后，就前往地球，并留在那里，跟"地球"生活在一起。

他们曾在给对方的情书中写道：

地球："忒伊亚，生命是不是从一出生就开始向往永恒？"

忒伊亚："收到，地球。关于这个问题，我理解的答案是肯定的，但我希望，你比我更永恒。"

地球："我眼中的永恒，开始在你来之前，结束在你走后。"

忒伊亚："对我而言，也同样如此。"

地球："忒伊亚，你只需要在燃烧之后把灰烬全留给我。"

但是，在三千多个恒星日后，"手足文明"迎来了一个艰难的抉择。两个星球几乎同时发现，两者之间的距离正变得越来越近，星球之间的引力在逐渐增强，如果各自的自转加速度趋于一致，最后两个星球会完全相撞，宇宙中空前和谐的"手足文明"将同时毁在对方手里。

在经过最快速精准的行星推演模型作出推演后，两个文明向各自的民众公布了这个消息，并在全球范围内征集解决方案。

通信中断了，沉默时代来临。

"忒伊亚"依然都每天思念"地球"，而"地球"也同样如此。如果二者只能幸存其一，谁来当那个牺牲者？如果能同时保全两颗星球，那"手足文明"会不会走向分裂，甚至开始互相猜疑、敌对？

忒伊亚星球上率先发生了动乱，持不同意见的几派开始内斗，并有暗杀事件发生。"忒伊亚"怀着对地球的热爱和希望，做了一个改变太阳系进化方向的决定。他潜入多层加密的行星防御系统，将预备发射到地球轨道的冷凝氢弹更改了方向，目标设定在自己的星球上。在他按下按键的那一刻，心里没有绝望和恐惧，只有对地球满满的祝福，祝福他在未来亿万年的孤寂岁月中，为所有幸存的、逝去的生命而闪耀，直到宇宙尽头。

"去追求永恒吧，像追求瞬间一样。""忒伊亚"轻声地说。

忒伊亚行星在零下几千度的冷凝爆炸中瞬间变成一个冰冻星球，地心由于地表的挤压和裂变，开始降温的岩浆全部喷射出地表，雾白色的热气瞬时笼罩住整颗星球，所有生命被困在寒冰和炽热交替的地狱之中。在忒伊亚完全被粉碎之前，地球看到了这一切。

地球由于失去了忒伊亚引力的影响，气候环境发生剧变，在往后的岁月中又经历了几次文明的毁灭和重生。亿万年过去，年轻的地球上还没有出现生命，但生命种子早就被保存在大海之中，等待下一次重生。忒伊亚行星爆炸产生的碎片，像一座座墓碑在太空中漂流了无数时光，最后凝固成了一颗全新的星球——月球。月球开始围绕地球运行，成了他最忠实的卫星。在离地球不远的深空里，月球像一位永远不会离开他的爱人，长久地静默，直到宇宙尽头。

"我是不是说太久了？"陈以太的肩膀微微颤抖，努力从故事中抽离。

"这是她写的？"

"是的。"

赵惜羽舒了一口气，身体轻松下来："谢谢你，这个故事的确给了我安慰，她很有天赋，最打动我的是，她将星系的演化和人类的情感关系都赋予了哲学意义。"

"情感关系？"

赵惜羽笑了一下，他的发问似乎有些不合时宜："你还是不懂她。"

"好吧，我承认。"陈以太眼神中有些落寞。

"她想表达的可能是，希望你能多爱她一些，但更希望你能快乐。"

陈以太看着杯中的红酒，有些出神。

一个普通的周末，林默然拖着陈以太去市里最大的游乐场，他拗不过她，答应了。陈以太那段时间在学术研究上付出了很多心力，她知道他最需要的是放松。那天天气很好，这么多年来陈以太第一次像个孩子一样，体验着幼稚的乐趣。她拉着他的手，往人群里钻，阳光下，她的背影是他见过最美好的一幅画，微风吹过她的头发，一阵柠檬般的清香送入他的鼻腔。

天色将晚，林默然坐上已经关掉的旋转木马："可惜，这个停了。"

陈以太像是想起了什么，他开始围绕旋转木马的顺时针方向倒退着往后跑。

"你干什么？"

陈以太开始加速，他的肢体有些不协调，林默然笑了起来。

"怎么样，这样看上去是不是感觉旋转木马转了起来？"

"嗯，真的！"

如果自己静止，以一个运动的物体为参照物，那么看上去则像是自己在运动，这是一种视觉上的错觉，让林默然以为自己真的在旋转。此刻，看着还在倒退着奔跑的陈以太，林默然想起了那个关于月球起源的忒伊亚假说，她脑海中有了一个故事，她想把这个故事写下来，当作礼物送给他。游乐场的灯光逐渐熄灭，他们就像两个在黑暗的太空里互相慰藉的星球，从对方身上发出来的光芒中取暖。

这些都是陈以太记忆中的美好部分，可越是美好，越让他沮丧，像现在的月球一样。

没多久，"推月计划"也遇到了麻烦。

二号推进器建成后，陈以太才意识到自己已经在月球上待了半年多，他不知道这半年是怎么熬过来的，除了工作，他只能依靠过去的回忆过活。对林默然的思念就像瘟疫，从一个细胞中扩散开来，逐渐蔓延到全身。他开始后悔，后悔在离婚协议上签字，后悔来月球，更后悔在爱她的同时没能多了解她，而没有了解的爱是有时限的。他从未真正欣赏她拍摄的每一张照片，也从来没有将自己的灵魂交给她。他的灵魂隐隐作痛。如果世界末日很快到来，如果在地球，他至少可以在长夜来临之前抱着她，给她最后的温暖。

两颗小陨石袭击了月球暗面，因为陨石的质量不够大，地球观测站没引起注意，这后来被当作严重的失误。事情发生的时候，大多数人都在一号基地感受到了微微震感。在确认了陨石坠落的位置后，赵惜羽慌忙去到月球暗面，眼前的景象让所有人都难以接受，两颗陨石的平均质量相当于一辆卡车，它们坠落的位置正好在推进器附近。一颗陨石砸在了一号推进器基座的不远处，导致推进器出现倾斜，随时可能倒塌；另一颗陨石直接撞上了二号推进器的动力部位，整个机体被拦腰截断，修复难度非常大。对月球来说，暗面只是又多了两个环形山，可对月球上的人来说，这无疑是雪上加霜的重创。

赵惜羽接下来好几天都没说话，基地的工作陷入僵局。陈以太带领其余的科学家开始拼命计算推进器恢复所需的各项资源和数据，他明白现在必须收起脆弱，承担起责任。他在全息模拟室接连待了好几天，桌上显示着两个坏掉的推进器的全息视频，损坏的部分呈红色，旁边是各项参数，这些数据全都刻在了他心里。他眼里布满血丝，他知道修复它们真的太难了。

他来月球之前，本想等任务结束再回去拼命挽回她，修复两人之间的感情，而现在，也已经太晚了。

重新修复推进器至少还需要半年，此时，"推月计划"几乎处于停滞状态。

出事不久后，地球指挥中心开始对地月轨道的太空环境进行严密的观测。不久后的观测结果才让他们意识到，宇宙还在继续跟他们开玩笑。在未来的三到五年内，一个小陨石群将会陆续降临月球，最大的陨落带可能会达到二百公里左右。这意味着这些推进器还未完全建好，就早早成了这些陨石瞄准的靶子。

就像赵惜羽说的："月球没时间了。"

由于各方面因素，地球方面决定暂停"推月计划"，而基地内的大部分工作人员都将被送回地球。陈以太跟他们的心情一样，挫败而无助，像士兵还未上战场，就提前被告知这场仗注定会输。他幻想过自己成为英雄后再回去见林默然，告诉她，他拯救过世界，然后像英雄那样，在所有人的注目中轻轻吻上她的双唇。

"嫦娥，有收到从地球发来的信息吗？我是说，是单独给我的。"

"没有，陈博士。"

在月球的两次失败后，林默然没有给他发来任何信息，就算不是安慰而是一句迟来的责备也好，但没有，她或许已经忘了他。

"推月计划"的流产让地球上的人们被末日的阴影笼罩着，某些城市出现了规模很大的动乱。联合国对民众作出承诺，会利用地球所有资源推进全新的救月方案。

陈以太被送回地球，带着一身挫败和疲惫。他不敢去找她，一个人待在家里咀嚼着自己的孤独，陪伴他的只有那些从全息墙面不断弹出的信息窗口。他早就习惯了永远有那么一个人在等自己，习惯了她会包容自己的善变和冷漠，也习惯了当他的思维抵达银河系第三旋臂时，总有一个她在太阳系敞开双臂等他归来。当回家的灯塔熄灭后，陈以太在黑暗中成了一颗孤星。

在陈以太前往月球的半年前，林默然怀孕了。两人都没准备好迎接这个小生命的到来，但即将为人父母的兴奋和甜蜜依然让他们沉浸在莫大的幸福中。

"就叫他陈以然吧，有我们的名字，男孩女孩都能用。"

"听你的。"

陈以太比以前心思更细腻了，他开始关注从来没在意过的事，超市打折信息，母婴产品种类，教育机构特色等等，他对天体的热情都渐渐转移到了陈以然身上。他明白，他们的爱情不是没有经受过考验，在日复一日的平淡日子里，爱情让位给了生活，两人又回到各自的世界中，理性和感性沿着自己的轨道自转。但新的生命要出生了，就像双星系统中，即将迎来一颗新的小行星，这应该是一件令全宇宙振奋的事。

没想到的是，跟"揽月计划"一样，她流产了。

没有任何兆头，只是一场小小的意外，陈以然没有如约而来。从那以后，陈以太变得越来越沉默，也不愿意回家，那间婴儿房对他来说像是一个伤疤。他开始责怪林默然，突然给了他莫大的希望，又生生把这希望夺走。渐渐地，他的身体似乎是启动了一种极端的自我保护机制，所有注意力从陈以然那里全部回弹到那些天体上。两人之间的沟通变得很少，在那段阴暗的时间里，林默然付出的努力显然比他多，在她最需要肩膀的时候，陈以太把自己埋在了学术研究里。她努力地走出阴影，即便自己是承受最多痛苦的人，但她却希望快乐能够重新回到他身边，就像忒伊亚行星所希望的那样。

直到某个空荡的夜晚，林默然忽然觉得自己做的一切都是徒劳的，即使自己再怎么努力，他依然像一块坚冰，把自己包围在密不透风的冰川之中。林默然感觉自己的心仿佛被一场陨石雨击中，曾经炽热的感情变得空洞，变得毫无意义。在尝试过一切努力都失败后，她只能选择放弃，就像那走到最后关头的救月计划。

地球的白天正在渐渐变短，陈以太在黑夜里开始了漫长的后悔。

没多久，联合国决定重启太空电梯工程，并宣布将在近地轨道上建造人造引力场，实践正推着理论往前走。人造引力场从实验到应用经历的时间不长，这种装置利用现有的超导线圈技术可以实现，它能够产生同一量级的光的相移，而不是地面上的引力波观测站检测到的天文物理学信号。在第一项装置中，用大型堆叠的超导线圈来产生人造引力场。第二项实验则通过高敏干涉仪检测这一引力场，这种干涉仪中包含能储存光的空腔。惯性质量是引力最广泛的来源，它能够产生永久的引力场，而电磁场制造出的人造引力场可以按照意愿自由开启或关闭。这项成果的实现赋予了人类控制"四大基本力"之一的能力，在此基础上，再加上模拟的潮汐力，人造月球完全能够实现。

月球的离开让地球上出现了一次前所未有的科技发展的新浪潮，这消息给人类带来了全新的希望，人们开始欢呼，开始安心地欣赏最后的月亮。陈以太似乎也在黑洞中看到了一丝光亮照进来，那无常的月亮给人类的惩罚，是在转身离去以后让他们自己去找到生命的出路。这或许应该算是一份礼物吧，尽管是以疼痛为玻璃纸包装，带着一种残酷而又温柔的仪式感。

陈以太开始醒过来，他在镜中看到自己，乱糟糟的头发，眼眶深陷，穿着一件发皱的白衬衫，他走出屋子，走到城市中央，跟周围的人比起来，他像是一个不问世事的穴居者。周围的一切正发生着巨大的变化，所有人都忙碌起来，为了失去月亮而做着不同的准备。

艺术家们也纷纷创作以月亮为主题的作品，在那些诗歌、音乐、戏剧、画作中，人类开始进行深刻的自我反省，谁也不会想到，月亮还让地球上第二次文艺复兴提前出现。陈以太常循环播放着一首歌，一句歌词来自爱因斯坦的感叹："月亮啊，是不是我看你的时候你才存在？"

不久，赵惜羽找到了陈以太，她剪短了头发，更加清爽干练，目光锐利而谦和，月球上的阴霾并没有在她眼中留下痕迹。从月球回来后，赵惜羽又投入了新的工作中，而地球作战指挥中心则让陈以太回到学校，他的月球任务结束了。但此次赵惜羽前来，给他带来了一个没有后路的选择。

"弃月计划要启动了，现在它有了新名字——造月计划。"

“就是那个最不可能的计划吗？”

“对，排除掉所有不可能，最不可能的那个说不定就是我们最大的转机。”

“可是……”

“我们的新月球，就是人造引力场，会被安放在原先的月球轨道中，代替月球成为地球的卫星，全面模拟引力和潮汐力，在未来，这个新月球还会被建成太空城。我们为此设计了一套全新的智能 AI——阿依娜，她将为这座太空城提供所有的数据支持。”

“新月球？数学模型已经完成了？实验后运行过吗，可行吗？”陈以太感觉自己身体里的坚冰在慢慢融化。

“完成了，所有数据显示这是绝对可行的！而且，你知道吗，我们把新月球取名叫作‘忒伊亚’！”

陈以太感到一阵狂喜，转而又有些失落：“你是特地来告诉我这个消息的吗？还是，有什么我能帮上忙的……”

“月球脱离地球后的运行轨迹，目前还不能准确预测，但是，月球的未来对地球来说依然很重要，我们正在寻找……”

“你们想安排人上去，跟着月球一起去流浪？”

“对，我们在寻找有天体物理学背景的科学家或工程师，我首先想到了你，你在月球上工作过，对那里的环境很熟悉，目前有五位候选人，你可以拒绝……”

陈以太沉默了十几秒后，抬起头看着她：“我接受。”

他明白这意味着什么。他第一次上月球，不是因为关心人类，而是逃避，现在，他想要去关心和了解所有人，因为她。他可能再也无法挽回林默然，也可能会度过很长一段黑暗的孤寂时光，但他需要的，或许就是一场放逐。跟赵惜羽说出自己的选择后，陈以太反而释然了。

在进入航天中心接受封闭训练之前，陈以太打听到了林默然的近况，她将再次举办自己的个人摄影展。这给了他最后一丝希望，就像一个溺水的人，唯一奢求的不是活下去，而是浮出水面呼吸最后一口氧气，林默然就是他的氧气。

陈以太把自己收拾了一番，悄悄来到了会场，他躲在角落里偷偷看着她。她还是那么美，浑身似乎散发出肉眼可见的光和热。周围人穿着都很时尚，他在这里显得格格不入，不断有人跟她问好和祝贺，她微微一笑，那笑容仿佛是一种奖赏，奖赏他即将踏上的流放。他也笑了起来，为她的聪明和天赋，为她此刻的幸福。他甚至有些羡慕她，羡慕她身上那股自由的生命力，在离开自己以后变得更鲜活也更耀眼。

林默然在所有人的注视下，揭开了展厅最中央的作品，那是一幅月亮的照片，城市的轮廓在月球下方，只占据了画面的四分之一，而月亮是画面中绝对的主角，它长长地静默，悬挂在夜空，发出的淡黄色光芒像是一种安慰。所有人沉默了，慢慢地，有人开始哭泣，有人开始鼓掌。陈以太想起了她写的那个故事，眼前的月亮就是跨越亿万年时光而来的忒伊亚行星，虽然这一次它依然不会停留太久，但是，它给了地球长长的守护和祝福，这祝福会送去给那些存在的、逝去的生命，直到宇宙尽头。

陈以太感动了，被一种爱和自由感动了，他想不顾一切地冲上去抱住她，然后对她说："你只需要在燃烧之后把灰烬全留给我。"他想象中她的手放在自己脸上，在她深情的注视中，看见彼此眼中的宇宙。他摸了摸自己的脸，有些微热，他想，他能凭借这温度在黑暗的太空中走很远。

外面开始下起小雨，陈以太走出展厅，清凉的空气钻入肺里，他感觉溺水后的自己又重新活了过来。从前生命中出现过的所有人，都是把他从水中拉上岸的灯塔，那刺入黑夜的月光，是一种他忽略已久的拯救。在那光里，他仿佛看到了陈以然甜甜的微笑，跟这比起来，宇宙常数都会黯然失色。

雨还在下着，他也哭了，看着夜空中渐渐远去的月亮，狠狠地哭了。

八年后，月球开始偏离轨道，越过引力平衡点，朝着未知的方向远去。陈以太在所有人的注视下再次登上月球，这一次，他成了地球的英雄，他相信林默然也看到了。

有人预测月球漂流到一定距离会成为其他行星的卫星，有人说月球会从内部撕裂然后分解，坠入金星和地球之间的陨石带，也有人猜测月球不久之后就会重回地球轨道。没人知道月球最后会在哪里停泊，陈以太会一直守着它，直到找到答案。

"陈博士，您哭了？"嫦娥机器人的芯片重新升级过，它下半身的履带也被改造成了一双修长的腿。

陈以太站在月球基地外，在穿上宇航服之前他取下了那枚戒指，他将戒指轻轻放在前方地面的小陨坑里。嫦娥注视着他，不明白那泪水的含义。他没办法擦去眼泪，只能任由泪水模糊双眼，此时，那些群星在他眼里闪烁着无边的光芒。

"是啊，你觉得我现在是难过，还是高兴呢？"陈以太看向嫦娥。

"当然高兴啊，陈博士，你看，地球上现在正是日出呢！"嫦娥兴奋如初。

"是啊，月亮消失了，太阳出来了。"

地球失去了与之相伴四十六亿年的月球，他失去了曾把自己当成全部的她，这多公平啊。他望向前方广阔无尽的宇宙深处，那磅礴的星云仿佛在为自己脚下的星球让路。

无论如何，她自由了，陈以太心想。

（原载于《西部》2023 年第 3 期）

作者简介：

段子期，青年科幻作家、编剧，中国作家协会会员，2017 年以原创科幻剧本获得中国新编剧大赛冠军，2018 年发表科幻小说处女作，此后陆续在《科幻世界》《文艺报》《青年作家》等杂志发表大量作品，多次入选《中国年度科幻小说》选集。曾获第 12 届华语科幻星云奖年度新星金奖、最佳短篇小说银奖，第 19 届百花文学奖，冷湖科幻文学奖，中国校园文学年度奖等。出版有《灵魂游舞者》《神的一亿次停留》《失语者》，意大利语小说 *Zendroide* 等。

Z

韦斯特兰

困扰 Z 的，是 Z。

机器人俱乐部把 Z 遣送到一个被命名为韦斯特兰的星球。俱乐部每到一个时期就会给机器人安排新的任务，遣送他们到不同的天体去劳动。在宇宙中漂浮的天体，有的环境优越，有的则环境恶劣。韦斯特兰是 Z 去过的所有天体中，环境最恶劣的一个。

在被遣送到韦斯特兰之前，Z 还不叫 Z，他有自己的名字，他大概会叫本杰明，或者安东尼，或者兰特。在传送门前，俱乐部在他的胸膛上刻上了一个字母 Z，他便以此为名。

作为机器人，Z 是绝对服从俱乐部的指令的，当传送门被打开，他义无反顾走了进去。守卫在传送门两边的机器人对他说，祝你好运，伙计，你将前往韦斯特兰。

蔚蓝的海无边无际，由铁堆积而成的岛屿被海水包围着。Z 行走在坎坷不平的地表，黑色的岛屿寸草不生。转眼间光线消失了，乌云涌过来，Z 好

264

不容易找到一座黑铁建筑避雨。天上的云化为雨水落下后，光线重新照耀。Z走出黑色建筑，来到一个寂静的社区。俱乐部将他遣送至韦斯特兰，却没有给他下达新的指令。在来韦斯特兰之前，Z的机器人贡献值几乎为零，他没有达到俱乐部的考核指标。

无所谓无所谓，Z耸耸肩，总有机器人力所不能及的事。Z决定做一个乐观的机器人，以前他兢兢业业，得到过俱乐部的奖励和肯定，获得过奖章，俱乐部部长亲自为他颁奖。后来，更灵活、健壮、先进的机器人出现了，Z面对的工作越来越难，贡献值日益减少，再这样下去可能会变成负值，俱乐部制止了这种事情的发生，把他遣送到了韦斯特兰。

指令迟迟没有到达，韦斯特兰或许是个自由之地，没有工作，没有指令，没有竞争，只须做一个无所事事的机器人。该到退休享乐的时候了，Z说。尽管机器人不该有享乐的念头，机器人是永不停歇的。

雨后，岛屿地表变得更加漆黑，雨水和海水在腐蚀这些铁。Z走了漫长的一段路，遇到了好些跟自己一样落魄的机器人。更早抵达韦特兰的机器人，他们的身躯已经长满铁锈。地表迟早也会长出锈花，海水中的铁朽烂之时，岛屿将沉入海底。

宇宙尽头往南

宇宙尽头往南，是韦斯特兰所在地。

Z想打造一艘船，航行在巨浪之上，只要背向岛屿往北，就能回到宇宙的中心。总不能在这个地方干等，Z对其他机器人说，传送门不会在这里打开的。海水依旧澎湃，风雨不定的气候，大海有了肆虐的底气。Z想回到曾经生活过的天体中去，那里有他的朋友，他不能在此结束他的机器人生涯，海水迟早会吞蚀一切。

必须打造一艘船，Z说，航行是唯一的出路。Z企图说服其他机器人建造一艘巨大的船，所有机器人都可以离开这个岛屿，不必忍受恶劣的气候。在韦斯特兰建造航船的难度大大超出了Z的预料，摆在眼前的困难有以下几点：

一、岛上只有铁，假如要造一艘船，只能是铁船，铁船必须足够庞大才能浮在海水之上，足够庞大才可以抵御巨浪驶向远方。岛上物资缺乏，连铁都缺乏，假如把地表的铁都用来造船，海水会趁机扑过来，毁掉所有。

二、船是空心的，如果挤满了机器人就会变成实心的，那时候船就会变成一块沉甸甸的铁，沉入大海。

三、假如顺利，铁船被制造出来，航行在海水上，海水把船底腐蚀出一个窟窿，要用什么来填补？那时候，也许需要用机器人的身躯填在被海水撕开的裂缝中。

四、韦斯特兰在宇宙的南方，开船离开韦斯特兰，如何衡量南北，宇宙是一个悬空的空间，测量南北需要精准的仪器。

五、大海是否跟宇宙相连，假如海水通往之处并非宇宙，航行最终将抵达何处？

六、俱乐部将机器人遣送到韦斯特兰，没有指令，没有劳动，是一个自由之地，离开韦斯特兰是不是意味着违反俱乐部的指令，违背了自由意志？

造船也是自由意志，Z说，俱乐部没有给我们下指令，我们做任何事情都是被默许的，包括造船离开韦斯特兰。Z的号召失败了，没有机器人愿意冒着随时可能沉入海底的危险去探索不可知的前方。Z就像一个郁郁不得志的冒险家，找不到愿意支持自己的资本家，他只好在岛上游荡。

冒险精神藏在Z心里。

Z时常到海边去，把岛屿当作一艘理想的巨轮，作为船长，他指挥巨轮征服大海。Z一只手举着铁剑，另一只手在身前做着操控罗盘的姿势，一会儿向左，一会儿往右，身在南方，眼前任何一条路都是通向北方的。

幻视

在Z的意识中，世界一下子变得模糊了。

韦斯特兰没有昼夜，只有晴雨。天空一时晴朗无云，强烈的光照晒着岛屿，很快脚下的铁就被晒得滚烫，有些腐朽的铁片在脚下巴嘎脆，单薄处变得柔软，像冰块在融化。

强光和高温让 Z 觉得思维和肢体动作变得卡顿，老旧的系统毛病不断，韦斯特兰没有机器人维修和保养部队，当机器人的线路或者程序出现问题，他们就会卡顿、瘫痪。Z 在强光下走了没多久就感觉不妥，后脑勺热乎乎的，然后，世界一下子变得模糊起来。

Z 看见脚下不再是黑色的铁，而是赤土，赤土上长出绿色的草木，鸟兽也从海的那边飞过来，在草木上叫唤着。鸟鸣声不断，开始的时候 Z 觉得新鲜，渐渐就把这理解成了耳鸣。无数建筑从地下冒起，大海被拦在了天际，无数机器人在这个新世界里游玩和对话。

没有机器人在做日复一日的动作，没有压迫和标准，一切都是适可而止又称心如意。各种各样的飞行器在空中盘旋，是机器人天际旅行的坐骑。机器人都换上了最先进的系统，身体由高强度防腐蚀金属合成，白皙的金属弹性良好，有超强的神经敏感识别程序。

一盆水从天而降，Z 的脑袋发出哧啦一声，世界恢复了原来萧条的模样。Z 抬头一看，是一个机器人妇女朝他倒的水。你身上快要冒烟了，兄弟，那个机器人妇女说，找个阴凉的地方待一会儿吧。Z 的世界从被鸟鸣萦绕变成了被哧啦声充斥，他讨厌哧啦声，像海浪撞向岸边，让他心慌、焦虑。

楼上的机器人妇女消失在窗后，Z 身上的水分也蒸发了，他才发现自己的身体红彤彤的，走两步就能溅出火花。Z 必须离开强光找个阴凉地儿，否则他和他的意识都将融化。

艰难地挪到建筑物的阴影中，Z 的身体还冒着热气，老旧的地方爆裂开来。他对眼前的世界感到失望，强光和高温为自己创造的世界被从楼上泼下来的水冲垮了。后来，Z 发现自己的左腿已经不受控制，他拖拉着左腿跟随着建筑的影子移动。脑袋也不灵光，卡顿的频率越来越高，每当出现卡顿，Z 就无法思考和说话，眼睛弹出两个 Z 字母。

卡顿的 Z 的面孔由两个大写字母和一个小写字母组成：Z v Z。

危险

危险！危险！

Z好不容易找到了居所，居所所在地却被划定为危险区域。有机器人组团行动，谋害岛上的其他机器人来囤积芯片和精铁。Z战战兢兢走出居所，在寂寥的岛上行走，去寻找正规机器人组织的保护。

俱乐部遣送这么多机器人到韦斯特兰，虽然都是一些折臂断足狼狈不堪快要报废的机器人，但高级文明都有组织。Z从岛屿的这边走到那边，终于找到了组织。韦斯特兰机器人组织部署在距离大海不到一百米远处，是一个低矮、逼仄的铁棚，门和屋顶被海风吹得哗哗响，每一阵风的光临这座破旧的建筑就有被掀到海里去的可能。

我要寻求组织的保护，Z站在门口说。铁棚里是三个行动不便的机器人，他们的关节早已被海风破坏，牙齿长满了铁锈，说话结结巴巴。其中一个机器人好不容易才说出几个字，仿佛已经用尽了他所有的力气。我们会保护你的，机器人说，我们在等待俱乐部的救援。

这三个机器人在被遣送至韦斯特兰之前，传送门两旁的机器人曾对他们说，在韦斯特兰建立组织，只要组织成立，俱乐部就会派遣部队驻扎韦斯特兰，同时将他们送去俱乐部总部所在星球过上最富裕的生活。三个机器人把这件事说给Z听，并邀请他留下来等待俱乐部的到来。

三个机器人慢悠悠朝Z走来，眼睛紧盯着Z，生怕他突然消失一般。Z往后退了几步，退到铁棚之外。站在门口，他看见不远处的铁柱上写着"危险"两字，他清楚此地也是危险区域。于是，Z回到街道上，在居所和组织两个他必然要抵达的地点之间，他获得了短暂的安全。

晃晃悠悠，Z不知道该去往何处，他要回他的居所，否则居所就会被其他机器人占为己有，同时他又得不时出现在机器人组织里，他相信了那三个老朽的机器人的话，等待俱乐部的救援。

就这样，Z在居所和组织之间来来回回，在两个危险的地点之间来来回回，所幸一路上都没有看见更多危险的提示。每次回到居所，他都忧心忡忡，害怕其他机器人破门而入。走出居所大门，他显得轻松许多，可是越靠近机器人组织他就越焦虑，无论他走得多慢，最终总会抵达机器人组织，三个长满铁锈的机器人张开手臂欢迎他。

Z找到了可以让他守住自己的居所，又能在不加入机器人组织的情况下等待俱乐部救援的方法。他悄悄地把居所搬到了岛屿的中间位置，然后又悄悄地把海边破败的铁棚以及铁棚里的三个机器人抬到了那个中间点。

从此，Z在居所里探出脑袋就能问候三个机器人。俱乐部有消息吗？Z每次的问题都一样。铁棚里的三个机器人摇摇头。得意的日子没有过多久，当Z再次探出脑袋问，俱乐部有消息吗？三个机器人同样以摇头来回应他。Z缩回脑袋的时候，眼睛的余光看见不远处的柱子上写着——危险。

草莓色的天空

草莓色天空是不祥的预兆。

巧妇难为无米之炊，机器人来到荒芜萧条的韦斯特兰，就算具备解读数据的技能，也因为缺乏数据而无能为力。唯有回归最原始的方法——通过观望天象来预测天气。天上的乌云积压下来，几乎要跟海水融为一体，只有一道亮光将两者分开。

后来，乌云背后的光渐渐穿透，把天空烧成了草莓色。所有机器人走到居所之外，张望草莓色的天空，关于海啸的预言四下传开：飓风即将形成，暴雨来袭，海面将抬升，巨大的波涛将吞没韦斯特兰，机器人沉入深海，无数机器人的残骸在海底堆成一座山丘。

关于海啸的预言在韦斯特兰造成了恐慌，为了不被海水吞没，机器人开始打造避难所。他们把居所改造成密封的半球体，半球体的底部跟地表焊在一起，只有这样才能抵御海水。不久，岛上出现了密集的半球形黑色建筑，它们像一个个卵巢，里面藏着担惊受怕的机器人。

还有许许多多的机器人无处躲藏，Z就是其中之一。这些机器人在黑色半球之间徘徊，东敲敲西敲敲，企图敲开其中一个黑色半球，恳求一个容身之处，但每一次敲打只会招来黑色半球里面机器人的咒骂。

海面起风的时候，散乱在各处的机器人慌乱了。开始的时候他们还以为海啸预言不过是个谎言，他们淡定地在岛上游走，像幽灵。当波涛一浪高过一浪，他们就开始躁动。失去理智的机器人是一头猛兽，他们挖掘地表的铁泥铸造防水工程；他们把其他机器人的黑色半球凿开一个洞口，要么一起躲避海啸，要么一起迎接海浪；他们相互打砸斗殴，以摧毁其他机器人的方式来获得精铁，再把精铁铸造成黑色半球。

Z在这场躁动中被暗算了，他在一个黑色半球外躲避伤害的时候被从后方偷袭。他转过头看到是一个机器人男孩，男孩身后还跟着一群伙伴，他们两手空空，Z显然是他们第一个击倒的机器人。这群机器人男孩成功了一次后，就发起了更大规模的袭击，利用他们天真无邪的面庞，把老弱病残的机器人击倒在地，然后在一处空旷地把俘虏给肢解了，用俘虏的躯体铸造了一个大型黑色半球。

以机器人躯体作为代价，岛上又增加了一批黑色半球。Z成了黑色半球的组成部分，由于机器人男孩粗糙的手艺，Z的眼睛得以保留，他面向大海和天空，看着草莓色的云渐渐淡去，海啸也迟迟没有来，黑色半球里面的机器人还在沉睡。无数个黑色半球，既像卵巢，又像坟墓。

结冰的海

谁也没想到，大海会有被冰封的一天，整个海面，包括被风掀起的海浪，都被冻住了。

机器人在岛上眼睁睁看着汪洋逐渐变成冰川，那是他们从来没有遇见过的情形。韦斯特兰不知流浪到了哪里，也许已经远远超出了宇宙范围，所有恒星的热量都无法抵达，只有暗淡的光，穿过云层洒落下来。再也没有海水来缓冲飓风，风在冰面上呼啸而来，如刀般锋利。

随着结冰面积越来越大，冰层越来越厚，韦斯特兰变成了一颗晶莹剔透的琥珀，黑色岛屿是镶嵌在琥珀里的尸骸。机器人身上挂满了冰条，因为寒冷，他们的身体变得更加坚硬、锋利，也更加脆弱。海面结了冰，令机器人恐惧的海水终于可以被踩在脚下。铁跟冰面接触的时候，刮出冰屑，原本光滑的冰面很快被刮花了。

　　Z在岛上站了许久，看到其他机器人纷纷走到冰面上，他也鼓起勇气走了出去。站在冰面上，有一种获得自由的感觉，终于不用再被困在岛上。这个突如其来的冬天不知持续多久，冰面还在不断往外扩张，冰层也越来越厚，机器人活动的面积也越来越宽，他们到更远处去探索，在冰面较薄的地方做标记，到冰水交融处冒险。不敢远走的机器人则在冰上跳舞，滑翔，他们找到了飞翔的感觉。

　　漫漫冬日，结冰的海面不断伸展，有机器人离开了岛屿越走越远，最后在遥远处跟白雾融为一体。远走的机器人最终都回到了岛上，他们从远方带来了许许多多的传闻。大海遥无边际，他们说，冰面的尽头不知链接着什么地方。更遥远处能够看见黑色影子，也许是陆地，也可能是岛屿，总之，还有无尽的路需要走下去。

　　Z决定离开岛屿，冬天是逃离的唯一机会，他需要在冬天结束之前，在冰面融化之前抵达对岸。Z走到了其他机器人都未曾抵达过的地方，他回过身去跟停留在后方的机器人道别。海面上黑压压一群机器人站成一排，仿佛划定的界线，他们在界线的这边，Z在界线的那边。

　　孤单的Z背对着岛屿，背对着其他机器人，迎着风走在皑皑白雾中，他很快就被白雾吞没，白雾的存在说明了大海中尚有未结冰的地方。离开韦斯特兰意味着违背机器人俱乐部的指令，Z愿意承担所有后果。自由之地是机器人向往的地方，没有指令，没有规则，但韦斯特兰不是，因为韦斯特兰是一个被封锁起来的监狱。

　　漫长的行走中，Z感觉到气候在回暖，脚下的冰层越走越薄，雾也越来越浓。走到冰水交融处，Z感觉已经走到了冬天的尽头，脚下的海水在流淌，冰层跟着海水浮动，然后是一阵阵清脆的破裂声，海面如镜子突然破裂。

Z清楚自己没有后路可退，他继续在冰水交融的海面行走，浮浮沉沉，然后，Z如一块石头沉入漆黑的大海，漫长的行走以一阵水花荡漾来宣布结束。

好天气

大海依旧呼啸。

机器人在居所里经营生活，他们没有可追求或者可塑造的价值，不过是为了躲避雨水和海雾，让铁躯体获得更长久的寿命。多坚硬的铁都会老化，机器人俱乐部曾经毁灭了时间，被遣送到韦斯特兰的机器人失去了抵抗时间的能力。躲在居所里、走在道路上的机器人，躯体上的光泽逐渐消失，锈迹斑驳，部件松松垮垮、七零八落。

天空又变得漆黑，层层叠叠的云堆积如山。Z躲在居所里，他的居所在三楼，假如海水上涨，他也比其他机器人多三层楼的寿命。上一场雨来得突然，许多机器人在外头被雨淋湿瘫痪了，Z才得以爬到这三楼的居所，这是他窥伺已久的地方。原本住在这居所的机器人在街上徘徊的时候，雨突然落下，他拼命往回跑，马上就要跑到居所了，雨水还是更先一步渗入了他的机械内部，他倒在了Z面前，变成了一堆废铁。

Z庆幸自己没有出门，正常来说天空不会突然下雨，那场雨让所有机器人猝不及防。Z搬上三楼后，就不轻易离开居所了，害怕踏前者的轨迹，在骤雨中失去所有。

乌云在天空聚积了许久，雨从星星点点到倾盆而下。Z走到窗边看着乌云，奇怪的是，雨下了很久，乌云却没有变薄。跟雨一起落下的还有许多黑色的影子，Z盯着那些黑影，发现是机器人，他们从天而降，掉进大海后陷入了漫长的沉寂。

揉揉眼睛，Z以为是自己长久待在室内出现了幻觉，或者是系统出现故障，导致眼前黑影重重。从天空俯冲而下的，确实是无数个机器人，乌云当中藏着一道传送门，机器人从那边踏进传送门，从这边出来就掉进大海了。Z想，如果当初传送门没有出现在岛上，而是出现在海上，自己也会是这样的命运。

　　雨停后，乌云散去，Z鼓起勇气走到居所外面，他走到海边，站在浪涛前，望着漆黑的海面，期待深海里爬出一个机器人，事实却是，没有一个机器人能从海水中活过来。背后的一阵声响把Z吓了一跳，他回过头，看见不远处是一堆碎铁，一个从天而降的机器人砸在地表上彻底粉碎了。

　　Z看清楚了机器人的命运，他不时站在窗边看雨，机器人就像陨石从天空落下，要么跌入深海，要么粉身碎骨。雨停后，Z像例行巡视一般到岛上去收拾被砸得稀巴烂的机器人的躯体，他会把捡到的精铁用在自己身上，碎片就用来修缮居所。有时候还能找到可用的智能系统，Z通通带回居所，他曾经是一个机械师，他有能力用这些碎片制造机械狗，或者机械猫。

　　在一个晴朗的时刻，Z万万没想到，他在岛上行走的时候，从天而降的一道黑影砸在了他身上，他顷刻变成一堆碎片，其他机器人把他绽裂的铁躯体捡走了，他的居所也被占据，还有居所里尚未制造完成的机械狗和机械猫。

　　Z的粉身碎骨说明，在韦斯特兰，阴天和晴天，都不是好天气。

海底古船

　　海中央发出一阵巨响，海水在快速退去。机器人欢呼雀跃，庆祝他们等来了光明，他们获得了更多可活动的领地，生存也不再受到海水威胁。机器人在跳舞，他们猜测海底被砸出了一个巨大的窟窿，海水正从窟窿流到其他地方。但他们迟迟不敢走到前方去，担心大海只是跟他们开个玩笑，海浪退去后还会奔腾而至。

　　兴奋劲过去后，岛上恢复平静，海浪没有回头，机器人便鼓起勇气往前方走去。开始谁也不敢离岛屿太远，都徘徊在海浪奔涌过来时能够逃回岛上的距离。海水越退越远，连声音都听不见了，机器人才纷纷跑到曾经被海水覆盖的区域寻觅和玩耍。脚下是被海水泡烂了的铁泥，走在上面就好像走在残枝败叶上。

被海水吐出来的区域跟岛屿紧紧连在一起，黑色的铁虽然被泡烂了，其中较为坚硬的部分依旧保留着其形状，有几层高的居所，也有黑色半球。这些黑色半球被凿开了一个洞，里面的机器人也许以为海水已经退去，凿开黑色半球的时候被海水倒灌进来，前功尽弃了。

跳着舞越走越远的是Z，他认为海水不会回来了，海水已经被俱乐部用巨大的抽水机抽到别的干旱的天体去了。是俱乐部在想办法拯救韦斯特兰的机器人，Z想，来自韦斯特兰的惨叫声俱乐部想必有所听闻，他们不会允许韦斯特兰萧条下去，不会让这些曾经获得过功勋的机器人忍受折磨。

随着海水退去的痕迹徒步旅行，也许就能抵达韦斯特兰的尽头。Z哼着歌跳着舞，舞步让他忘记了疲惫，忘记了路程，忘记了方向。他看见前方有个黑影，牛角形状的黑影，走近才发现是一艘巨大的船。船的外表保持完好，没有任何的破损。Z绕船走了一圈，有点摸不着头脑，他找不到上船的地方，城墙似的船身，Z根本无法爬到甲板上去。

绕船两周后，Z妥协了，他觉得根本没必要让这艘古船耽误自己的行程，海水已经退去，船失去了原本的价值。Z摆摆手就要离开，但他听见了海浪的声音。他慌张不已，自己离岛屿太远，如果海水突然涌过来，他就无法跑到岛上去。当他冷静下来，再去细听，发现浪涛声竟来自船上。

Z对眼前这艘巨大的古船感到好奇，势必要爬到船上一探究竟。曾经有机器人铸造了这艘大船想要逃离韦斯特兰，但是失败了，Z想，也许正是这些机器人的幽灵在船上发出海浪的声音，吓唬路过的机器人。Z又绕着古船走了一圈，发现一个地方有梯子的形状，只是梯子长满了铁泥，跟船身融为一体了。

小心翼翼扶住梯子的两端，Z颤颤巍巍往上爬。梯子的好几个地方断开了，Z不得不依靠船身上的铁疙瘩找着力点，像攀岩一样手脚并用，艰难地爬到了船上。这艘巨大的古船的甲板已经不存在，只有船身像围墙，围成了一个巨大的圈圈，圈圈里面装满了水，浪涛声就是船里的水被风掀动拍打船身发出来的。

茫茫的大船上找不到其他机器人的身影，Z在铁墙上行走，把一个拳头大小的铁球一脚踢到了海水中。然后，Z听到一阵爆裂声从水底传来，一个巨大的涡旋形成，船里的水在快速流失，水位不断下降。Z感到不可思议，正想弄明白船里的水流到哪里去，回身发现原本干涸的海床此刻已经涨满了水。

俱乐部来信

俱乐部来信：飓风来袭。

几乎所有机器人都看见了传送门另一边的机器人，他们出现在半空中，身穿整齐的制服，严肃而艳丽。看见岛上的机器人，传送门背后的机器人先是大吃一惊，然后勉强挤出了笑容。飓风即将到来，大海将掀起千丈波浪，其中一个机器人说。说完他像拉上窗帘那样关上了传送门，天空恢复了原来的模样。

岛上的机器人一时没反应过来，没想到苦苦等待俱乐部来信，等来的竟是坏消息。俱乐部根本没有要转移韦斯特兰机器人的计划，在传达飓风消息时一点怜悯都没有，甚至有点恶作剧成分。Z打了比方：就好像往屋里扔一颗炸弹，然后还要说一句祝你好运。

Z反复回想着传送门被关上那个画面。就好像关上一扇窗，Z说，眼前的所有都是虚构的，俱乐部把我们关在各种各样的虚拟空间里，他们操控着所发生的一切。

Z猜测出了世界的本质，但他无法改变世界。从坏消息中清醒过来的机器人开始躁动，这一次他们不打算铸造黑色半球，把自己关在黑色半球里无法看清外部世界，只会无限寂寞，寂寞的机器人跟废铁没有区别。生死关头，一个机器人发出号召，其他机器人就纷纷响应了，他们打算建造基地。

建造基地需要韦斯特兰所有机器人的参与，生死攸关的时候，命运不再掌握在俱乐部的价值衡量与阶级分配中，而是掌握在机器人手里。Z参与到基地建设当中，尽管他认为世界是虚构的，眼前所见所闻都是谎言。Z需要按照俱乐部设计的规则来生存，找到虚构世界的破绽，破绽就是出口。

Z随着机器人大队劳动，搬运和处理铁片，设计和讨论，这跟以往的他有所区别。抵达韦斯特兰之前Z对劳动嗤之以鼻，他认为用劳动来衡量一个机器人的价值这种方式过于落后。

为了不让工作摧毁自己，在劳动之前，Z就先自我毁灭了。Z的用意是，在被俱乐部毁灭自己之前，先自我毁灭。好几次，他故意弄坏自己的身体，以残疾之躯来回避劳动。俱乐部的修理技术越来越高超，残疾的躯体也能快速被修理好，Z又想办法考了一个机器人心理师资格证，给自己开病假。

个体对抗组织，这种叛逆心理是胆战心惊且极富吸引力的，Z积极参与基地建设，就是抵抗俱乐部企图覆灭韦斯特兰的意图。机器人在岛屿的四周砌起了高高的围墙，在围墙内，风变小了，甚至能够忽略大海的存在。海浪再汹涌也无法越过这堵墙，机器人对此有信心。

基地建设完成，飓风就来了，机器人在围墙内听着墙外风声和浪声在咆哮，牢固的铁墙挡住了海浪的一次次冲撞。当飓风过去，机器人在围墙内欢呼，为自己通过劳动创造的生存机会感到兴奋。他们以为凭借自己的努力也可以违抗俱乐部的指令，甚至能够击败俱乐部。

俱乐部的力量也是有限的，Z对其他机器人说，我们团结起来就能顶住一切磨难。天空恢复晴朗，围墙内的机器人只能看见一个被割裂的圆形的天空，天空突然出现一个窟窿，窟窿里探出一个机器人脑袋。这个机器人先是环顾四周，检查飓风造成的破坏有多大。然后他就看见了被围墙保护起来的岛屿。

暴雨要来咯，半空中的机器人说，请做好准备。

岛上的机器人即刻又躁动起来，天上的机器人在跟他们玩游戏，如今的他们被困在杯子里，马上就有雨水落下来。Z本想组织机器人在墙的四周挖沟渠，把雨水引导到海里去。他很快就放弃了，传送门背后的机器人让Z明白阶级之间的差距有多大。那个机器人只是说了一句话，风和雨要来了，岛上的机器人就需要付出巨大的努力才能逃过一劫。

Z耸耸肩，双臂枕在脑后躺下，跷着二郎腿，哼着歌，只管尽情享受片刻的清闲，困难总是比方法多的。

地狱

风平浪静。

两个机器人同时看上了一个居所，同时踏了进去，谁都没有让步的意思。这两个机器人，一个高瘦，一个矮矬，体型上差异巨大，他们却有一个共同的名字——Z。

Z说，先生，是我先看上了这个居所，居所空间不大，根本容不下你这矮矬的身体。Z却不以为然。他说，这居所方方正正，显然是为我量身定做的，你长得这么高这么瘦，你应该找一条缝，把自己塞进去。两个互不相让的Z同时挤进了逼仄的居所，Z不得不佝偻着腰，Z不得不收腹，身体不时发生碰撞，他们就埋怨对方。

Z说，这本是个完美的居所，你的存在破坏了整个画面。

Z说，你我看起来都像是残疾的机器人，只要是你我出现的地方，就不会有完美的画面。

Z说，所言极是，俱乐部本可以把我们塑造成完美的机器人，但他们没有那么做。

Z说，缺陷才是独一无二的，完美都有其衡量的规则。

Z说，也就是没有绝对的丑，但是有绝对的美。

Z说，没有绝对的绝对，只有绝对的相对，和相对的绝对。

Z说，从更宏观的角度来看，是存在绝对的绝对的。

Z说，那不是宏观，那是虚无。

Z说，谁也无法证明存在和虚无，就好像绝对和相对都是不存在的。

Z说，诡辩，无意义的诡辩，假如你真这么认为，就不会来跟我抢这个居所。

Z 说，假如你真那么认为，你也不会来跟我抢这个居所。

Z 耸耸肩表示无可奈何。他们依旧挤在狭窄的空间里，谁也不让谁，有时候外面的天气晴朗舒适，他们也没有机会到外面去走一圈，他们谁也不先走出居所，生怕走出去后再也进不来。这个居所在考验 Z 的耐心，Z 在证明居所存在的意义。Z 踢了一脚昏昏欲睡的 Z，为了竞争居所，Z 不可能让 Z 好受。Z 的美梦被破坏了，便以沉默来惩罚 Z，心想，只要自己不说话，Z 就会因寂寞而瘫痪。Z 自以为是，却不知，只要自己存在，Z 就不会感到寂寞，他就能噼里啪啦说个没完，结果寂寞的那个反而是自己。为了不让 Z 得逞，不让 Z 快活，Z 必须开口说话，通过唱反调来折磨 Z。

Z 说，有时候我想不明白，机器人到底是什么，你四四方方的，他圆滚滚的，还有奇形怪状的，立体几何拼凑出来的机器人到底算什么？

Z 说，光提出问题，不发表观点，这样的谈话没意义。

Z 说，我知道你想重复绝对和相对，我并不想听这些。

Z 说，只有在绝对和相对中，才能概括一件事物，无论是形状还是味道，还是其他形态，三维的，四维的，或者多维的。

Z 说，机器人的形态是本来就存在的，不是通过绝对或者相对来提炼概括出来的概念，在绝对和相对产生之前机器人就已经诞生了，谁也改变不了这个事实。

Z 说，既然你相信是这样子，为何你无法形容机器人到底是什么？你需要借助他物才能得出形容词。

Z 说，我提出疑问，并不是非要得出答案，答案就在这里，只是你我都看不见，或者说，你需要借助他物才能看见，而我不需要看见。问题本身就是可爱的，我提出疑问，不过是埋怨自己的能力有限。

Z 说，你的每一句话都跟上一句话矛盾。

Z 说，矛盾不是地狱，矛盾是所有事情的开端。

Z 说，什么是地狱？

Z 说，这个居所是地狱。

Z 说，你是地狱。

头上一棵树

Z无所事事，到海边去散步，从海水中看见了自己的倒影，他看了许久，仿佛不认得自己的模样，其实是他头顶上多了一个细软的影子，是一棵绿色的植物。Z欣喜若狂，他已经好久没有看见过植物，而这棵植物竟然在他的头颅上生根发芽了。

绿植生长在Z头顶的缝隙里，两片铁的交接处。Z感到疑惑的是，植物的种子从何处来？韦斯特兰根本没有泥土和养分，有的是犀利的海风、愤怒的海水，以及散发着腥味的铁泥，种子又如何生根发芽？Z不时伸出脑袋，通过海水来观察头顶上的绿植。

让绿植在头顶上生根发芽，Z想，把自己的身体贡献出来，作为绿植的家园和养料。我是幸运的，Z说，我的身体有着少见的养分。其他机器人纷纷围观并感慨绿植如此美丽可爱，他们从四面八方走来，把Z和他的居所团团围住，讨论着绿植的品种，能长多高，是否会开花结果，果实能否适应韦斯特兰的气候，能否生长成繁茂的树林。后来，他们开始讨论该如何呵护绿植，等绿植生长稳定后如何帮助它开枝散叶。

一阵摇摇晃晃中，Z的居所坍塌了，生锈的铁柱承受不住如此多机器人的重量。随着一声巨响，零碎的铁片散了一地。机器人纷纷找回自己的手指、眼珠、牙齿，重新拼凑起来。幸好Z的脑袋还在，绿植也没有被压断，只是两片叶子中的一片出现了一道裂缝。机器人直叫心痛，埋怨Z如此不小心，责怪其他机器人不该争抢着来观看绿植，把居所给破坏了。

机器人为Z重新找了一个居所，一个亮敞、舒适的空间，为的是让绿植有一个更好的生长环境。Z享受着作为绿植园地的福利，使唤别的机器人伺候自己。只有我快活了，绿植才能茁壮生长，Z说，如果我过得不好，身体里的养分供应不足，它就会枯萎死去。

光照猛烈的时候绿植软绵绵的，叶子下垂，随时可能蔫了。机器人便搬来铁片为它遮光，还想办法把海水中的盐分抽离掉，用淡水来给它滋润。Z

在居所里跳舞的时候一群机器人把他团团围住，生怕他头顶上的绿植掉下来。后来，Z不得不接受机器人集体与他立下的约定，不能做剧烈的动作，不能轻易离开居所，不能偷偷跑到海边。

绿植在Z的头上茁壮成长，由于不能到海边去，Z已经好久没有看见过绿植，不清楚其生长成什么模样，他的眼睛无法为他提供头顶的视野。Z终于耐不住寂寞，几次想跑到海边去，都被其他机器人拦住架了回来。后来Z被捆绑在地上，浑身不能动弹，他终于只是作为一抔铁泥来供养绿植。

头顶上的重量逐渐增加，绿植的细根伸展下来，把Z的整个头颅包裹住，看着绿植的根，Z感动不已。只是没多久，绿植的根就把Z脑袋给拧断了，Z的头颅因为承受不住绿植的重量变形爆裂。岛上的机器人心急如焚，看着绿植因为无法获得足够的养分而落叶枯萎，他们不得不从机器人当中选出一个来顶替Z作为绿植的园地。

报名的机器人太多，不得不进行筛选。这个机器人要有完好的、健康的身躯，还要有乐观的心态，还要幽默风趣，懂得音乐和艺术，获得过种植、培栽证书，或者曾经从事医疗、心理咨询、营养分配行业。机器人选确定，在岛上还要进行一个隆重的迁土仪式，他们载歌载舞，在保证不伤害绿植一根一叶的前提下将之从Z的残骸中转移到被选中，并打扮得花枝招展、雍容华贵机器人头上。

植物在岛上获得了生存机会，它越长越大，成了一道风景，萧条的韦斯特兰，这一棵植物是难得的颜色，是希望与和平，是自然和平静。

这一切，建立在树根下堆积如山的机器人残骸之上。

无数的碎片

讲故事的方式有很多种，Z选择了最支离破碎的一种。

今……今天我要给你们讲……讲一个故事，Z说，世界……世界是……是椭圆形的，跟……跟鸡蛋一样。

Z执着于讲故事，他头脑中有各种各样的想法，他把这些想法拼凑起来，组合成碎片化的故事。故事本身就是破碎的，Z如此认为，并不是他的结巴导致了这样的局面，结巴不过是让语言变得零碎，并不没有改变故事的发展和结局。Z的思维是清晰的，他所讲的每一个故事，在开口之前，故事的原本面貌就已经在头脑中呈现。

关于世界是椭圆形的这个故事，吸引来了许多机器人，Z站在机器人群中激情昂扬。椭……椭圆的，Z说，跟鸡……鸡蛋……蛋一样。因为过于兴奋，他结巴得更严重。围在他身边的机器人听得满头大汗，但是他们不想离开，他们对这个话题感兴趣，有关世界的任何想法，他们都想听一听。

Z断断续续的讲述中，世界本身是无数个碎片，被一种无形的力黏合在一起，形成了一团椭圆形的物体。就算……就算……无论……无论……我们怎么漂……漂，Z说，我们……我们都在……在这个椭圆形里。

照你的说法，我们都是碎片，其中的一个机器人说，世界是我们的总和。Z发现有机器人听懂了自己的意思，异常激动。正……正是……正是如此，Z说，碎片……和整体。艰难的表述终于把自己的想法说了出来，然后他又花了巨大的力气把世界形成的故事说了一遍。Z曾经在俱乐部的天文研究所工作，他熟悉宇宙中的大多数天体，包括其形状，以及土壤、空气、密度、体积等数据。在被遣送到韦斯特兰之前，他竟然不知道有这样一个地方存在。

资料库里没有韦斯特兰的信息，很显然这是一个禁区，或者是一个密室，机器人开始猜测，他们让Z多讲一些，讲快一些，越是催促，Z越是开不了口。故事虽然破碎，但故事总会被讲出来的，Z让机器人保持耐心。最……最可贵的……是……是耐心，Z说，提前……提前知道结……结局就……就没意思了。

提出观点并不难，证明观点才是最艰难的，Z提出世界形成说后，那些为打发无聊前来听故事的机器人就让他通过公式来证明这个全新的世界观，机器人只相信公式。Z沉默了许久，他早就预料到这些机器人不会轻易相信自己的观点，他们不过是想听故事，那是韦斯特兰为数不多的娱乐，他们想知道更多韦斯特兰以外的事情，尽管有时候这些事情是被虚构出来的。

Z 深思熟虑之后，迫不得已写出了一条公式：世界 = Z + Z + Z。

机器人不懂公式中的 Z 代表着什么。

Z 说，代表着碎片和……力。

机器人依旧一头雾水，不过无所谓，用不了多久就会有其他机器人提出一个世界是三角形或者正方形或者冠状的理论，这些机器人也许更能说会道，还会酣畅淋漓地写出公式。

Z 觉得把公式写出来后故事就变得没意思了，故事和世界都是碎片组成的，秘密被过于具体描述就失去了吸引力。Z 回到居所里，开始酝酿下一个故事，不把故事构想出来，他绝不会轻易踏出居所门口。不过很快 Z 就有了思路，他又想到了一个能够吸引所有机器人关注的故事。在出门讲故事之前，他把自己的牙齿、舌头、声线统统卸下放在居所里，只有这样，故事才更模糊和破碎，更能道明世界的本质。

赌徒

韦斯特兰最多的是铁，最缺的也是铁，除了海水，只剩下铁。

当一个机器人赌徒被遣送到韦斯特兰，他就会想办法让自己拥有更多的精铁，通过非劳动的方式获得比其他机器人更多的精铁。这个赌徒就是 Z。Z 在岛上徘徊游荡，原本岛上的机器人都过着各自孤寂的生活，毫无波澜，既是在等待俱乐部的召唤，又是在等待命运的结局。

在任何一个天体上，想要过得更体面，就需要获得更多的资源。Z 不想劳动，劳动是不可能的，于是他赌徒的天性便流露出来了。Z 环顾四周，他首先需要一个居所来遮风挡雨，于是他从自己身上拧出一颗螺丝，然后叫喊着要找机器人对赌。

赌博的方式是最简单粗暴的摇骰子，那颗铁骰子是从 Z 小腿上剜出来的铁制成的，但是第一次摇骰子他就输了。那是一个资源丰富的机器人，他不但拥有居所，全身上下都是最坚硬的铁，他摇摇晃晃走到 Z 面前，他并非缺一颗螺丝，他不过是想看看 Z 如何陷入绝望。

赢得螺丝的机器人十分傲慢，他把螺丝捏在手里，随手一抛，生锈的螺丝就被抛到大海里去了。Z 微微打了个寒战，他不再是一个完整的健康的机器人，那颗螺丝所拧紧的关节瘫痪了。可 Z 从来都能够承受赌博带来的后果。

一颗螺丝不足挂齿，Z 说，这次我们来赌一根手指。那个机器人体会到了赌博的乐趣，在韦斯特兰，实在没有消遣的方式。这些黑铁迟早都会被海水腐蚀，Z 说，不如拿来换取快乐。机器人掉进圈套，拿手指来作赌注。骰子在旋转跳舞，然后停下。Z 赢了，那个机器人不得不把手指摘下来交给 Z。Z 获得了一个闪亮的手指，那是一种稀有的坚硬的铁，他将自己原来的手指摘下来换上新手指，他十分满意，并打算用旧手指来作赌注。

高傲的机器人知道自己上当了，自大蒙蔽了他的双眼，他不应该用自己身上更好的资源来跟 Z 那些破铁来做较量，他纯粹想打垮 Z 的信念，却在赌博中吃了大亏。机器人想换回自己的手指，要求 Z 拿自己的手指来作赌注。Z 不愿意，如果每一次赌博都把所赢得的东西投进去，自己迟早血本无归，作为一个赌徒，他的手段更高明。

Z 表示如果他想获得原来的手指，就需要赢自己两次。自大的机器人再次掉进了 Z 布置的陷阱，再拿一根手指来跟 Z 赌博，只是没想到自己不但没能赢 Z 两回，第一回就输了，他又失去了一根手指。机器人越陷越深，很快就把自己的居所和一条手臂输给了 Z。失去了手臂和居所的机器人不敢再赌下去，他不得不去通过辛苦劳动寻找铁来给自己制造一条手臂。

Z 万万没想到这么轻易就赢得了一个居所，还多了一条手臂，那是他通过一颗螺丝赢回来的。他很好地利用了自己手上的赌注，赢得了更多的资源，他是一个出色的赌徒。随着手上赢得的资源越来越多，Z 的野心也越来越大，他想赢下岛上所有的铁，组建一个帝国，以自己的名字来命名的帝国——Z 帝国。

直到另一个赌徒出现，结局才发生了扭转。那个赌徒拥有比 Z 更多的资源，他看到 Z 不断赢得赌博，对自己在岛上的地位构成了威胁。他利用自己更多的资源来跟 Z 对战，每输掉一局，下一局就投入多一倍的赌注。Z 也想趁机夺取对方的资源，这个念头毁了他，他连续赢了好几局，却被对方一盘又赢了回去。然后 Z 开始输了，他想通过对方的手段来赢回自己的东西，骰子一次次转动，输和赢不断交替，最后，Z 输给了资源更多的对方，又恢复了一无所有的境地。

Z 不得不拆下身体的部件来作赌注，手指、手臂、肋骨、牙齿、眼珠子，统统交代出去。

拖着残缺不全的身体，Z 四处游荡，他的身体部件已经输给了不同的机器人，被用在了不同机器人身上。Z 决定孤注一掷，他走到赌场上，那里的机器人依旧在摇骰子，自己用小腿上的铁做成的骰子已经不属于自己。Z 说，我要赌我的身体。另一个不完整的机器人也挤了进来，他同样输掉了好些部件，不得不放手一搏。

角色日

一个机器人感到无聊，他会陷入孤独。一群机器人感到无聊，就会创造各种游戏与规则来消遣。

与其没有目的地等待俱乐部的救援，不如寻找欢乐，岛上的机器人计划创造一系列游戏，开始只是为了娱乐，慢慢地，游戏规则便向着规范机器人生活秩序的方向发展。Z 感到大事不妙，原本没有规则没有管束的韦斯特兰即将变成一个社会，一个被条条框框限制住的社会。

游戏不是一个机器人独立构想的，是好些机器人磨合出来的，因此，这个游戏就相当于一个庞大的团体，难以靠一两个机器人去推翻。游戏最初的规则是为岛上的每一个机器人重新设定一个身份，通过抽选的方式，在一堆角色配置中选择成为什么样的机器人。只要选中角色就必须按照角色的剧本演绎下去，直到下一次角色日到来，才可以进行下一轮的角色抽选。

Z 被动地参与到了游戏当中，第一次角色抽选，他运气不错，抽到了一个正面角色——警。Z 很快就被游戏机动部装饰成警的模样，佩戴了警徽和武器，然后被带到队伍当中，同样抽中警的，还有好几个机器人。作为警，

Z 的任务就是追捕盗贼，当他携带武器从居所里走出来，发现韦斯特兰已经换了一副景致，Z 不由得为游戏规划者的能力感到赞叹。

队友因为角色的优势兴奋不已，他们举着武器去寻找盗贼，跟一般规则中的警匪追逐不一样，机器人游戏中的警和盗，完全就是猎杀和被猎杀之间的关系。Z 渐渐适应了追逐的游戏，觉得好玩，他终于可以走出居所，走出平静的沉闷的生活，可以大声嘶喊，放肆奔跑。Z 对着一个正在逃跑的机器人开了一枪，他以为在游戏中，所有的武器都是假的，当子弹飞出去，逃跑中的机器人应声倒下，再也没有站起来。

真枪实弹的游戏让 Z 不知所措，他的队友则更加兴奋。他们开始清扫岛上的盗贼角色，他们站在强势且正确的一方，肆意使用手中的武器来换取快乐。因为身份的优势，Z 无论走到哪里都受到尊重，那些对他阿谀奉承的机器人更多是畏惧他手上的武器。但也正是他们的谄媚，减轻了 Z 的负罪感。Z 坦然接受了自己第一次开枪的结果，然后开了第二枪，第三枪，更多枪。倒在自己枪口下的机器人不知道犯了什么罪，他们的角色就是一种罪名。当 Z 枪杀了一名盗贼身份的机器人，身旁的群众机器人就会为之欢呼，于是 Z 认为在游戏当中，猎杀是合理的。

第二次角色抽选的时候，Z 把警徽和武器都上缴了，他出现在广场上，广场上的机器人明显比第一次抽选的时候少了许多。在第一场游戏中，Z 枪击了九名机器人，游戏结束后他们并没有站起来开始新一轮的角色抽选，而是永远沉寂了，他们的铁躯体很快就会被用来填海造地。Z 明白了这个游戏的用意，岛上的空间十分有限，被遣送过来的机器人越来越多，这个猎杀游戏，就是清除一批机器人，为剩下的机器人创造活动空间。

Z 随着队伍走到抽选机器前，他从黑洞般的箱口里掏出了一个铁球，上面写着一个字——贼。

Z 浑身不安从队伍中钻出来，他需要尽快找个隐蔽点，身旁的机器人已经注意到他身上刚被贴上去的醒目的贼字。最好能找一个地方躲到第二轮游戏结束第三轮角色抽选开始。Z 一路跑到海边，气喘吁吁，不得不停下来。回头看到没有机器人追上来他才镇定下来。

Z在海边找到了一条缝隙，这条缝隙面朝大海，背对着岛屿，机器人轻易不会找到这里来，Z把自己被安置了罪名的身体塞进缝隙中，再也不敢动弹。在浪涛声的起起落落中，Z多次进入漫长的睡眠，又多次被岛上的动静惊醒。许久后，他终于听到有机器人在呼喊第二场游戏结束第三次角色抽选马上就要开始。

Z挪动僵硬的身体，从缝隙中爬出来，刚探出脑袋，看见那个喊假口号的机器人用枪对着自己的脑袋，枪声响起，来不及被耳鸣困扰，Z就掉进了大海。

忧伤的机器人

Z为自己是一个忧伤的机器人而感到忧伤。

Z常常坐在海边独自徘徊，他的忧伤是有原因的，最基本的当然是因为自己的无能。许多事情无法解决，比如被遣送到韦斯特兰，比如身上的一颗螺丝要离开自己，这些Z都无法控制，他只能独自忧伤。

我是一个忧伤的机器人，Z每遇见一个机器人就说，我什么都做不好，我为自己的无能感到忧伤。路过的机器人感到莫名其妙，不明白Z为何要跟自己说这些，在韦斯特兰，没有谁会在意你是一个忧伤的机器人还是一个暴躁的机器人，更没有谁在意你为什么忧伤。

有多管闲事的机器人劝Z不要忧伤。难过有什么用，机器人说，在韦斯特兰，根本没有事情值得欢喜和忧伤。Z使劲摇摇头。他说，我就是因为这样而忧伤。多管闲事的机器人默默走开了，他听完了Z的倾诉，Z无穷无尽的倾诉最后都只有一个结局——Z为自己的无能感到忧伤。

作为一个机器人，Z未免过于敏感，身体长了锈他忧伤，天气不好他忧伤，天气好他也忧伤，在寂静中他忧伤，在喧闹中他也忧伤。我是韦斯特兰唯一还保留着情绪的机器人，Z说，其他机器人早已失去了情绪，连发脾气，连埋怨都不会了，那说明他们已经对生活、对自己没有了要求，而我是个有所要求的机器人，只是我常常做不好，一件小小的事情我都做不好。

再也没有机器人愿意听 Z 说话，大家都知道韦斯特兰有一个忧伤的机器人，大家都听过他的故事，他的故事到底都是忧伤的故事。唯有大海能够容纳自己的忧伤，Z 说，所幸韦斯特兰有这么大一片海。Z 开始对着大海滔滔不绝地倾诉，把自己所有的想法都交代出去，每一次倾诉都把所有的文字从齿间挤出去，把所有情绪都从身体里挤出去。

大海并没有拯救 Z 多久，Z 站在海边还是忍不住忧伤，他听着海浪的嘶吼，心里很不是滋味，假如大海停止咆哮，也许他会好受一些。大海也装不下了，Z 自言自语，它开始埋怨我了，开始咒骂我，是我给得太多。海浪不领会 Z 的意，依旧咆哮不止。Z 低着头，闭上眼睛，朝大海扑去。

Z 实在太忧伤。

震动

岛屿发生了一阵剧烈的震动。

震动发生在一个平常的时辰，岛上的机器人都在发呆、沉思、凝望和熟睡中，那是他们抵御孤独的方式。然后，剧烈的震动发生了，岛上所有的居所在摇摇晃晃中坍塌成废墟。

机器人从废墟中爬出来，第一时间是观望天空，如果骤雨来袭，所有机器人都将被淋湿瘫痪。天上无云，机器人不急着重建居所，免得下一次震动到来时所做的一切都化为徒劳。聚在一起的机器人纷纷讨论震源的所在，他们猜测震源在岛下某个脆弱的地方，那里的铁被海水腐蚀了，承受不住岛屿的重量，于是发生了断裂。

海水滔天，机器人没有能力潜入深海去一探究竟。有机器人从海边走过来，说岛屿整整下沉了半米，四周原本露出海面的地方已经被海水吞没。大震动发生以后，不时还会有轻微的余震，Z 随着机器人队伍在岛屿的四周探索，他们在想办法阻止岛屿下沉。

有机器人说，牺牲低洼处的土地，把那些铁挖起来，做成四根又粗又长的铁柱钉在岛屿四周，加固岛屿的根基。但是要多大多长的铁柱才能稳固这座岛屿？就怕往深海打钉子破坏了原本就腐朽不堪的根基。

岛屿的每一次震动，Z 的躯体也跟着震动。震动的时候他两腿疲软无力，没有稳固的地表，机器人无法站稳，更无法奔跑。Z 在岛上彷徨了好久，看见那些束手无策的机器人还是束手无策。Z 回到岛屿中央，曾经居所拥挤的地方废铁堆积如山。

收拾地上的废铁重新拼凑成居所，Z 躲在里头。偶尔的震动会抖下一些碎片，居所在震动中摇摇晃晃，每一次的摇晃，岛屿就下沉一部分。

Z 摇摇头，摊开手，又耸耸肩。在一次次震动中，Z 睡着了，他梦见自己躺在摇篮中，一个温柔的声音哼着：月光光，照地堂……

下了一场雪

此刻，天空下起了雪。

冬天突然到来，岛上尚未感觉到降温，雪就落下来了。最初，黑色岛屿上机器人都躲在各自的居所里，默默接受岛屿下沉的事实。雪从缝隙中钻进居所，机器人大惊失色，同时又欣喜若狂。他们从居所里钻出来，迎接雪花，白茫茫的雪，一下子就把黑色的岛屿给铺满了。

Z 忘记自己已经多久没有见过雪了，他走到岛屿中央，张开手掌，接住了一片又一片的雪花，雪落在他的头颅上，落在他的肩膀上，落在脚板上。冬天的再次来临，说明韦斯特兰绕着某个巨大的天体转了一圈，可能是绕宇宙转了一圈。岛屿的又一次震动将机器人从美梦中唤醒，Z 发现，在短短的时间里，岛上已经铺了一层足以淹没脚踝的雪，雪会增加岛屿的重量，加快岛屿下沉。

震动越来越频繁，震动的幅度越来越大，Z 呼唤岛上的机器人用铁片做成铲子，将岛上堆积起来的雪铲到海里去。机器人不自救就没有谁来救我们，Z 说，必须把雪铲到海里去，否则岛屿马上就会沉没。机器人纷纷响应，把岛上的雪铲到海里去，原本被白雪覆盖的黑色地表像被掀开纱布的伤口一样重新暴露在天空下。

雪被铲除后，岛屿稍稍浮了起来。Z深信岛屿之下的支柱已经断裂，而支撑岛屿的是已经化为铁泥的沼泽层，如果海水暗流涌动，沼泽层就会受到破坏，当沼泽层向四周坍塌，岛屿就会下沉。雪还在下，机器人就不能放下手中的铁铲。白色的雪跟黑色的海水接触很快就融化了，随着抛向大海的雪越来越多，海水温度越来越低，雪就在海面上漂浮着，如被风吹到水中的棉花。

　　海上的雪越来越多，积累成山丘，白色的山丘在海上漂浮，这些雪将变成冰山。冰山，冰山，三分露出海面，七分埋在海里。雪终于变小了，变成无数轻盈的白点，随着风胡乱纷飞。岛上的机器人获得了歇息的机会，他们放下手中的铁铲，坐在湿漉漉的地面上，欣赏起雪花来，虽说每一朵雪花都是造成雪崩的罪魁祸首，至少在此刻，绒毛似的雪还不至于压垮这座岛屿。

　　Z捧着一片晶莹剔透的雪端详许久，精致的雪和粗糙的手掌形成鲜明的对比，一片雪花落在长满铁锈的手掌上，雪花更白，更轻盈了。Z万万没想到，如此轻盈、晶透、柔软、脆弱的雪，竟要杀死自己。假如不是反应够快，这个岛屿以及岛上所有的居所和机器人都将会被雪按入水中。

　　突如其来的降雪让Z惊魂未定，他回到居所，通过窗口往远处的海面张望，海上的雪久久未化，洋流正带着这些堆积起来的雪去往远方。一个暗影出现在脑海中，Z想到了船，诡异的事情一次次发生在韦斯特兰，每一次，机器人都将之视为灾难，换一个角度去想，这些灾难何尝不是逃生的机会？

　　Z跑到海边，在最后一块浮雪离开岸边之前他跳了上去。Z朝岛上的机器人挥手，与其留在岛上，不如主动离开寻找出路。Z随着浮雪漂了很远，他是浮雪上唯一的黑点，也是唯一的希望。凛冬降临的速度有点慢，浮雪漂到海中央就开始融化了，海中央的温度比海边的高。

　　Z站在浮雪的最高点，仿佛置身一个白色的岛屿，无论是黑色还是白色的岛屿都逃脱不了沉没的命运。

Z

困扰 Z 的，还是 Z。

再回头张望时，只有无边际的海。

露出海面的岛屿仅剩下不到十平方米，Z 是岛上唯一的机器人，他本以为自己也难逃沉入海底的命运，凛冬的到来延长了他的寿命。Z 伸出左脚往前试探，冰水状态的海面变得结实。没过多久，冰面就更宽更厚了，Z 试探性扔出一颗螺丝，确认安全才走出了岛屿。

多少有些孤独，Z 在海上溜冰，冰封的海给了他有期限的自由。活动范围的拓宽并没有变成一趟旅行，Z 不想去做冒险的事情，不想将所有的希望寄托在没有方向和终点的徒步行走。Z 留守在岛上，绕着岛屿翩翩起舞，他像一只自由的蜻蜓，瞪着圆碌碌的眼睛，他在寻找岛屿的边际。

转了无数个圈圈，Z 划定了岛的轮廓，他回到露出冰面的地方，花了好大力气，用碎铁打造了一根铁棍，再把铁棍的一端打磨锋利。Z 就如一个手持银枪的骑士，他走到自己划定的岛屿的边缘，勘测海水的结冰情况。Z 弄明白了许许多多的事情，灾难和机会是相辅相成的。

这个寒冬是他最后的机会，作为曾经的机械师，来到韦斯特兰他一直没有机会施展自己的才艺，新版机器人根本不懂得这些技术，因为他们认为这些技术太落后。Z 想要向俱乐部证明一件事——他们过早地放弃了自己。这一次，Z 决定趁着漫长的冬天，修理好这座岛屿，这可不是一个小工程，新版机器人也不一定能做到。

铁柱在冰面上凿开了好几个洞，当凛冬把整片海都冰冻了，Z 就可以凿开冰层，下到岛屿的底部，将断裂的支柱重新焊接，或者将已经化为沼泽的铁泥重新锻造成精铁，那时候岛屿就可以重新冒出海面，矗立在澎湃的海水之上。

冰层越来越结实，Z 越凿越深，终于看见了被冰牢牢冻住的黑铁，他沿着岛的边缘开凿，冰屑溅得到处都是。被海水泡过的铁已经腐朽，上面是一层厚厚的铁泥，轻轻一碰就脱落了。Z不知疲倦地凿着，仿佛要从一块玻璃镜子里挖出一个镜像。

Z饶有兴致，他有信心把沉没的岛屿重新抬出海面。Z哼着歌，他很快就发现岛屿的底部远比自己想象中的要大，想要找到支撑岛屿的支柱很难。越往下凿，Z越觉得不对劲。尽管深处的铁被海水腐蚀得非常严重，有些轮廓还依稀可见。Z发现，岛屿底部的铁十分松散，沉淀在大海深处的，竟是无数具机器人的残骸。

站在海底往上看，黑压压的岛屿是由机器人残骸堆积而成的。Z大惊失色，韦斯特兰的原貌也许就是一片汪洋，假如不是这些早期被遣送过来的机器人的残骸堆积成山，也就不会有这座岛屿。Z端详着身前这些早已瘫痪的机器人，他们已经是一堆废铁。俱乐部对待曾经为机器人文明兢兢业业付出的机器人的手段让Z失望，Z曾是俱乐部最忠诚的会员，始终听从俱乐部的指挥和号召，当俱乐部通知他将要把他遣送至韦斯特兰的时候，他还以为自己是去养老的。

虽然在性能、外观设计、智能等方面比不上新版机器人，Z认为，俱乐部不至于将自己推向深渊。把海底的机器人尸骸一具具掏出来，有些一捏就碎了，不碎的也只有中心部分尚留有一丝硬度。Z在清理机器人残骸的时候发现有些尚未完全朽烂的铁片上，印记般的Z字母还清晰可见。

这便是机器人文明的历史吗，Z自问。

还真是如此呢，Z自答。

凿冰寻找岛屿支柱的事情已经没那么重要，Z从无数个Z中看到了自己的命运，并非有一根支柱支撑着岛屿，而是Z的历史为Z创造了生存空间。Z站在冰层的缝隙中数着眼前这些机器人残骸，他不担心被凿开的冰层重新凝固，把自己包裹在冰里变成琥珀，也不担心冰层融化成水将自己吞没。机器人尸骸数量太多，有些已经烂成铁泥了，厚厚一层沼泽里根本不知道是由多少机器人的残骸融合而成的。Z数着数着就放弃了，他数不过来。

在铁泥中摸索出许许多多的Z印记，佩戴在自己身上，Z站起身的那一瞬间，感受到了重量，Z文明带来的重量。他沿着岛屿的轮廓行走，仿佛在进行一场肃穆的仪式，用以祭奠残酷的过去。铁配件碰撞出清脆的声音，这些清脆的声音撼动了冰层，Z 听见了冰层碎裂的声音，听见冰化为水流动的声音。

Z 成了 Z 文明的又一块基石，会有那么一个时刻，无数个 Z 堆砌成一块大陆，而不是一个岛屿。

（原载于《芙蓉》2023 年第 1 期）

作者简介：

梁宝星，1993 年生，中国作家协会会员，鲁迅文学院第三十九届高研班学员，小说发表于《花城》《中国作家》《芙蓉》《大益文学》《大家》等刊物，曾获广东省有为文学奖长篇小说奖，贺财霖科幻文学奖，另有作品被《小说月报》《长江文艺·好小说》《海外文摘》等选载，小说集《塞班岛往事》入选 2021 年度"21 世纪文学之星"丛书，现为《花城》杂志编辑。

似假如真

吟　光

"有位科幻作家说，想象力，是一种属于神的力量。很幸运，你们人类也有。"

在魔法学院的舞台上，高高的、不断变换的台阶，你孤身一人，把头靠在扶手上，用长长的黑袍遮掩住自己，躲进光打不到的阴影里，偷听同学们议论着、嘲笑着你："他是黑魔王的遗腹子……那个被诅咒的孩子！""他没有朋友！唯一的朋友也抛弃他了！"

在人前，你是那么温文，但心里清楚，从一出生你就活在谣言非议当中——你的家族，给你荣耀，也让你背负骂名。甚至于你的温润有礼也是训练出来，实际上你天生说话有些结巴，声音嘶哑，又颇为话痨，经常坐立不安，难以集中精力，肢体还会不受控制地摆动，其实都是多动症的症状。所以你看见一入校也受到排挤的同学，就像见到同类，下意识地想给他一些温暖："你可以到我旁边来。"

"绿色是一种让人心静的颜色，不是吗？我的意思是红色也很好、很张扬，但问题是——据说会让人有点接近疯狂。"你爱穿绿色的衣服，那是你所在学院的颜色，也让你在发病的时候能沉静下来。就像你也喜欢仰望天

293

边的宇宙树，巨大直插云霄，每次靠近的时候，你会油然感到一股酥麻能量，从心脏向四肢蹿去。据说那是连接神界和人界的梯子，是"整个世界都可以为之欢欣的树"，它的存亡与诸神的命运紧密相关。

但你的朋友喜欢红色，更爱冒险，这让你有些苦恼，有时也萌生争端。你暗恋的姑娘眼里甚至看不到自己，被诅咒的孩子还配喜欢人吗？所以唯一的朋友就成了唯一的温暖。咒语引燃火焰的时刻，总是让你躁动难安，下意识想要逃离。但友谊的温度，又让你忍不住想靠近。

身处魔法世界，似乎应该适应多元时空的设定，在混乱的印象中，你的童年有很多版本，而其中一个版本是没有朋友。于是为了脱离这个版本，你宁愿使用"时间转换器"：转换器中隐藏着巨大的能量，一旦被唤醒，它将撕裂与现实幻想之间的界限。在你转动表盘的那刻，所有钟表的时针、分针、秒针同时"哒哒"跃动，机械装置发出轰鸣声，灯光交织如涟漪般荡漾，将周围的空间拉扯得扭曲，连带宇宙树都在剧烈晃动——你感觉到一阵强烈的推力，似乎要从这个世界剥离。你紧紧握住手中的转换器，指针在眼前加速旋转，直到全部模糊成一片。

谁知道你们用时间转换器穿越了时空，试图改变过去，却引发了巨大的灾祸——黑魔王的狰狞面孔上挂着讥笑，他毁掉了你们唯一的回家之路，将唯一的时间转换器化为灰烬，你和朋友都回不去了！

你向朋友深吸了一口气："我们不能就这样放弃！必须想办法通知父母。"你们紧紧握住彼此的手，将希望寄托在信息的传递上。但宇宙是那么的广阔和混沌，父母能否收到求救信息，能否及时赶来救你们？你无法知道，只能等待，只能祈祷。

风是静止的，但时空在轻微晃动，当你再次睁开眼时，眼前的世界已然不同。

你从池水中爬了出来，眼见溅起的水花打到前排观众的脸上。冰冷的池水仿佛是时间的镜子，一瞬间，你从魔法世界跌落到了现实的舞台上。湿漉漉的衬衫和头发贴在身上，冷得你直发抖。

空气的味道是凝结的味道，戏院坐满人的气息。你的意识如同轻纱被掀起，回到了这场魔法表演的演员身份。

画面变成了剧场的后台，所有的魔法原来都是障眼魔术：高空威亚、大变活人、机关门，剧组甚至聘请了一位专业魔术师做指导顾问，保证视觉效果，飞起来的时候前排观众都看不到威亚。道具也是专业的，宇宙树搬来了现实中的一棵大树，树叶青绿，枝条茂密，直延伸至剧场的圆拱形穹顶。那场时间转换穿越更是重头戏，机械、光、影、声音四者交织，时空变得可触可感，形成一场宏大的视听盛宴，被评为继承了传统的舞台美术技法——而此刻你站在幕后瑟瑟发抖：因为时空穿越需要从池水里出来，每次表演的时候都是真水。助理用毛巾裹住你，服装老师迅速给你换衣服，你闭上眼，竭力忍住打战的牙齿，保持角色的状态。

你是年轻的戏校毕业生，观众眼里冉冉升起的西区新星，每次演出之后，偶尔也有零散的粉丝前来要签名合影，新剧上映的时候，也有媒体做过专访。你堆起满脸接受过训练的笑，能够笑得像剧中那样真挚挚、那样甜丝丝。

有女孩低声跟你说："你在舞台上的每一个表情、每一个动作，我都看到你投入了多少感情！你真的很善于表达自己！"

"是吗？"你喜忧参半，"谢谢你！这是我第一次听到这样的赞美。"

然而很快，当晚她来加你的社交媒体，你感到被监视的恐惧。你知道她都是善意，甚至怀揣着少女的盼望，所以忍不住回复了一次。但你更知道，自己作为 ADHD（注意缺陷与多动障碍）患者，走出的每一步都比别人难。不回复或者迟回复的信息，堆叠得像炸弹一般让你焦虑，恐慌到不知所措，压力加剧的时候，更无法控制自己收拾情绪面对。

你能够感到安全的时刻，就是在角色中，躲在角色后面，释放喜怒哀惧——真的很惧怕啊，就像扮演的魔法男孩一样，如此的依恋朋友，却心中隐埋忧患：你是不是被诅咒的孩子？有一天他们发现你的真相，还会接受你吗？仿佛你就是他，对他的细微体悟都一一察觉如真，连多动症的病状都兼备了。

在剧中，你和朋友穿越时空以后遇到危机，幸而你们的父母及时赶来救场，但是因此，父亲也要面对他人生的坎：童年时，他的父母被黑魔王杀死，他自此成为孤儿。你们的经历印证了不能改变过去已经发生的事，否则会引发蝴蝶效应，所以他即便近在咫尺，却不能拯救亲人，而必须要亲眼见证这场杀戮的不可避免！

在魔法设定里，杀人的咒语会亮起强光。当后台设备被调整，舞台灯光如闪电一般穿过演员的面部，仿佛真实在场景中引爆了魔法咒语。紧接着，一声声惨叫被播放出来，那是从骨髓里挤压出的痛苦，如同一把锐刀直插听者的心脏。

舞台中央，扮演父亲的演员跪在那里，看着眼前的一切，却什么也做不了，庞大的宇宙树在他身后沉默凝立。他的手颤抖着，垂下头，摘下眼镜，在黑暗中痛哭、哀嚎，你走向他，抱住那颤抖的身体，尽管明知这只是一场戏，但你的心却被他真实的情绪所感染。

你的泪水滑过面颊，落在他的肩头，你们的呼吸交融在一起，心跳共鸣着。你明白，虽然是戏，你们却触动了最深处的情感，在现实与虚幻中感受到生与死的交替，感受到这个即将破碎的世界。哪个世界更真实？或者说，哪个才是更真实的你自己？

尽量代入角色是演员应当的事，但这感觉竟然这么强烈？头好像还有点晕，也许是隐形眼镜戴久了的缘故，肉体器官模拟久了，也会影响灵魂的感应？

舞台的灯光再次闪烁，你下意识按了按太阳穴，就在那刻，世界融为一片模糊的光影——隐形眼镜紧贴着双眼，就像时间转换器真的出现一样，眼前景象变换，虚拟的物体和现实的景象混合在一起，带入新的维度。

吹过建筑物的风听起来像在地铁隧道，无人机飞驰而过的声音是一场大雨。你的身份在瞬间转变，成了回家的中年女性观众，刚刚看完一场关于多重宇宙空间的混合现实演出。极致的舞台效果让你印象深刻，岸然挺立的宇宙树覆盖天地，你仿佛坐在一个透明的皮划艇里，现实和虚拟合二为一。表演结束以后回想起来，那种体感还是让你汗毛倒竖，紧握着行李箱的手在微微颤抖。

虽然你住在城市的边郊，每天要通勤几小时，但也是在观察这座城市不是吗？曼城的剑梅街通道总共六个出口，不知道下一秒会走出什么身份、年龄、肤色的陌生人，就像也不知道自己的下一个目的地在哪里。你喜欢这里，喜欢这种混乱的生命力，多元种族和群体都可以自由茂密生长，通道中心的柱子旁悄悄住着的流浪汉，也不会有人来驱赶。

你西装工整地走过蜿蜒石板路和草坪，色彩纷乱的涂鸦交叠花纹。你回忆起从柏林到曼城的旅程，从学生时代念书到投身于艺术行业，从单身到组建家庭，一直未变的是你永葆好奇的心态。你在欧洲各城的美术馆之间辗转，追寻灵感的轨迹，游游荡荡，就像古典游吟诗人来到了现代。历史上，吟游诗人奏起有魔力的竖琴，对日颂唱，路过黄昏的田埂或贵族的家宴，有时荒凉有时热闹。他们异域游走，收集地方传说，进行重述与颂唱，是历史与艺术的守护者。

演出前，你与做研究的朋友共进晚餐，她激动地向你推荐沉浸式戏剧《你我梆梆车》，一种全新的艺术形态："试想，你是被要求在无麻醉下为病人截肢的外科医生，或成为一个面临陌生炸弹的排雷专家，又或者是向冷漠官僚介绍前瞻性计划的建筑师，是在充满敌意的人群前与死敌 battle 的说唱歌手，前一刻你突然出现在下议院的竞选讲台上，下一秒发现自己在深夜施粥处排队……这太神奇了，不是一生难忘的旅程，是需要好几辈子才能得到的体验！"她手中刀叉随着她的语调上下飞舞，让人感受到主人的激动。

也许你曾以为只是戏剧演出，但现在发现，正是身处的景观？连莎士比亚剧场都推出了虚拟体验场次。也许是时候改变了。所以你去看了那场魔法表演。

你向来是先锋派的拥趸，最反感常规的桥段定式。你口中常挂着的话是："无趣的俗套，无法令人心动。"这场戏，却让你惊讶。戏里还有不少套路，比如结尾高潮处主角穿越回过去，只能目睹亲人被害而无法拯救，事后被评论广为诟病。然而即便如此，当主角无力地跪在地上的那刻，你不得不承认，你被击中了。

你告诉自己，这是因为演员的杰出表演，他的每一个动作，每一个眼神，悲痛和绝望，逼真到让你忘记这是一场戏。还有充满感染力的声光电效果，那闪电般刺眼的光线，刺耳的惨叫声，震动的音效，高耸的巨树，都使你无法从场景中逃脱。你坐在观众席上，看着舞台上发生的一切，看着主角的痛苦和绝望，想起了自己的亲人，想起了自己的过去。

你感到困惑，为什么你明明是观众，却隐约感应到自己曾是剧中的角色，又是那个演戏的人，被带入了戏中，目睹那一幕悲剧的发生？这种交互体验，仿佛界限被打破，也太过真实了吧！你摘下金边眼镜，摇了摇头，眩晕的感觉好多了，世界从虚幻中解放出来，思绪重新定位到现实的坐标轴上。

随着你心中微动，脚下坚实的地面突然开始移动，不断向前倾斜，像保龄球的底部铺上了地毯。以石板路为边界，你身处的这边，通道的一侧开始追逐另一侧，身后的建筑在 360 度旋转，把原本竖立的立面，转换成地面。

好像很久以前梦过这里，你有预感上辈子是一棵树。生长在剑桥的郊外，远望着赛艇、家居小船和游人如织——都是些极聪明的人。但你不是，你甚至不是人。你的今生就是一棵树，没有意识，不会思考。任凭东西南北哪个方向的风，不断吹拂着枝条。

虽然如此，你会观察。你记得曾被人搬到舞台上，成为一道静静的背景，一个默然的观察者，见证着戏的开场和落幕。"看啊，那不就是万物起源的世界之树吗？它萌生于过去，繁茂于现在，延展到未来！"一个演员指着你，他记得你，记得你曾是回忆的一部分。你也看着他，看他如何在生活的困境下挣扎，在生死的纠葛中痛苦。传说中的宇宙树联通无限，能看到宇宙的全貌，如果它真的存在，其实也能联通到你吧？

直到后来你被道具师挪开，迁回了河边："让它回到生长的地方！"那位名叫都禾的少女，爱将木色的亚麻裙穿着身上，仿佛暮色披挂。她在暮色当中破晓走来，一掭鬓发，穿梭在这个城市的混合现实之中。

都禾是唯一把你当作同类的人，常来你身边，与树亲近，与人寡合，仿佛从木头里面能汲取能量。所以你对她的印象也深。那女孩有时挂着泪痕，进行自我剖析："我恨自己，心慈手软，明明知道他的不检点。也恨自己，太过自信，爱和恨都不留余地的表现出来。"有时坐在草丛里发呆，直到终于想通："不过是离婚，有什么大不了？我自己带着孩子，什么都能度过来！"但更多时候，还是对生活妥协——她一只手拎着巨大的购物袋，一只手举着电话，满脸都是焦急："宝宝烧得怎么样了？那好，爸爸一会就去接他！好的好的，麻烦老师了！"

做人太累。看遍了人类的喜怒哀惧，你会觉得，还是做一棵树好。或者也可以是一朵落花，一株草长，是小路尽头的湖水，是天边变幻的白云……纵化大浪中，魂气与山同。

城市忽然淅淅沥沥下起雨来，无差别地落在万物之上，打乱了电流，也打乱了人心。你眼见在这寂寞湖边，无数秘密滋长的树荫之下，时空穿流了过去和未来：有旗袍走过，西装走过，晚礼服走过，睡衣走过，哭也走过，大笑走过，花也走过，树在走过，天空裹挟着石头走过，爱和痛苦一起走过，那么未来，仿生人就不会走过吗？

雨下到一半，另一个路人走了过去，又是在跟手机说话："你知道那场惊艳世人的《你我梆梆车》妙在哪里吗？不只是把'沉浸式'用到了极致，更是让人体会到一个主旨：好好爱每个人，爱陌生人，因为所有人都是伟大的……所以形式与内容的合一很重要，就像我的这篇小说一样！"

天又很快放晴，太阳出来了。都禾站在你（树）下，倾斜仰望天空，仿佛在寻找某种答案，而你感受到她心脏跳动的温暖。如同日出照在窗棂，天光打进屋檐，你我进入彼此。

你再度睁眼，不再是树的外皮，而是回归人类的躯体。

你对此尚存疑惑，找了间厕所的镜子确认半天，仍然不能明确自己的身份。唯一清楚的是，眼镜已经不再需要了，镜框或隐形都摘了个干净，因为你的视力现在远胜于任何人类。

可是这又能说明什么呢？在你的印象里，裸眼技术和神经植入早已普及。刚才那一场场似真似幻的体验，身处环状的时空结构当中，一次次的转换，从一个生命体到另一个生命体，究竟是混合现实的技术所致，还是误入了沉浸式剧场、成为体验人生的游戏者？又或者，是游荡的意识，附着在不同载体上的所见、所闻、所感？那么现在又回归到真实身份吗？

你的疑惑如同漆黑的深渊，无从下手。清了清嗓子，你向虚空发出一句诘问："我是谁？"

以为不会有回应，谁知意料之外的，你听到了一种声音，像系统提示音，又像一个高级人工智能："如要回答你是谁的问题，请打开手机，翻到第三页的蓝色软件，进入系统设置，找到'身份识别'程序，输入生辰日期、时间和出生地。"

你觉得这话耳熟，好像在哪听过，一股强烈的好奇让你掏出手机，按照要求输入了出生信息，很快页面上跳出明晰的解答："根据八字盘的测试结果，你是木命，日主五行为木，且是强木。"

"什么意思？"你懵了。

随着你的提问，页面又接着跳出一段解读文字："木命性格的人，有博爱、恻隐之心，质朴清高，骨骼修长的特点。喜吃酸味食物，对应的颜色为青色。木命人主慈，心地善良好施舍，尤其木旺之人，性格倔强，意志坚定不移。特别是壬子、癸丑、纳音桑拓木和乙丑日的人，颇有宁愿站着死、不愿跪着生的意思。"

"你说的是我吗？"你沉思道。都说算命说预知未来，没想到连"你是谁"这种哲学命题都能解答？你是那株静默的树，是道具，是观察者，还是深藏在躯体中的木命人？

"是的，强木命指的是木旺土弱的命理特征。土代表脾胃，木代表肝，所以通常有脾胃虚弱、消化不良和肝气郁结等健康问题。木旺盛的人身材苗条，手足细腻，有着乌黑的长发，面色青白。强木命的人以木为主，在五行中木的能量最强，但如果木命过强，可能会导致太过自信，不留余地地表现出来。因此强木命的人，有时会显得固执或过于敏感。另外，也易产生忧虑、烦恼和情绪不稳定。"

"我……"你莫名觉得这几段判词大有玄妙，在解析你的命运，你的性格，你的健康，你的情绪，你的人生。似乎正贴合，但是又讲不上来哪里怪怪的。最终你只换了一个简单的方向追问道："那我该怎么办？"

这么难解的命题，毫无指向性，谁知系统声仍然很快有了作答："强木，指的是五行木太旺，在这种情况下，金可以克木，因此强木喜金。但是，水却会克火，因此强木忌水。"

金木水火土？你在心中默念，似乎是很有逻辑的推论呢。

"所以结论是，你要多跟属性为'金'的人相处，但是减少与属性为'水'的人相处。"

"我懂了！分析得真是太有道理了！"你大喊，同时也喊出凝结在心中已久的疑惑，"可是，这其实不就是算命吗？所以这个世界的运算机制是什么？"

"你玩沉浸式游戏不是一样，都有人物设定吗？"

"你的意思是，我现在还在游戏身份里，没有回归现实？"

"我的意思是，在与不在又有什么区别呢？你一定听说过人类一思考，上帝就发笑。你有没有想过，发笑的原因？"

"那么，你是谁？"如此荒谬的对话让你忍不住了，终于来到这个问题。

"我是你。"

听了这玄乎的回答，你更加疑惑："我不明白。是不是说，你是另一个我？我精神分裂了吗，还是下一个维度位面里的我自己？"

"不如这么想：这几者之间，又有什么区别呢？你的思考，你的感知，你的存在，证明了无论处于什么样的载体，你都是你。然而一旦放下我执的边界，你能成为他人。"

你闭上眼静思，虽然惊讶，但开始试着理解，你是你，你是他人，你是宇宙树，你是木命人，你是游戏者，你是观察者，你是角色，你是真实，你是无穷，你是终极。你的记忆就像拼图，一块块拼凑在一起，在自我和他人之间流动，在物质和信息之间穿梭，在真实和虚幻之间辨别。

你提出最后的疑问："但是这样反复跨越做的结果，最后，就是连自己是谁都弄不清楚了？"

"那不也是一个很好的结论吗？"

你是谁？答案不再重要，因为你已经不再是一个人：超越了身份，超越了角色，超越了边界，超越了自我。你已经成为，一个无限的存在。

本文创作于"再续前缘：艺术创作和交流"项目期间，项目由英国文化教育协会提供赞助与支持，esea contemporary 主办，曼彻斯特 & 中国创意文化合作网络（MANCCC）协办

"Reconnecting：Artmaking and Mobility" is funded and supported by the British Council, hosted by esea contemporary in partnership with the Manchester Network for Cultural Collaboration with China（MANCCC）.

（原载于 2023 年 9 月 1 日《文艺报》）

作者简介：

吟光，中国作家协会会员，香港作家联会及世界华人科幻协会常务理事，中国美术学院特聘导师。创作"艺术乌托邦"东方幻想作品，研究"分布式叙事"未来文学。出版长篇小说《上山》《天海小卷》《港漂记忆拼图》，改编科幻片《无心兰桂坊》参加第80届威尼斯电影节 VPB 展映，参与主编科幻集《九座城市，万种未来》，参与撰写《中国科幻发展年鉴2021》《未来科幻的创作版图》。原创音乐《科学之梦》《伊莎贝拉》《无人》等。

水手谷的星尘猎人

马传思

第一章　前往蓝莓镇

1

几乎就在眨眼间，距离少年罗夏搭乘"神舟"号星际飞船登陆火星，已经有一年时间了。

这一年里，他亲眼见到火星的气候改造工程取得的进展：冬季时分，出现了这颗星球上的第一场降雪；春季来临后，希腊高地东侧边缘的一片小型陨石坑区域，积满了从赫勒彭特斯山脉流淌而来的雪水，变成一片浅水湖区；那似乎是一个信号，一个开端，此后随着几场春雨的来临，类似的浅水湖逐渐增多。

这一年里，罗夏的身上也发生了许多变化。

或许是由于低重力环境的缘故，他几乎比原来高出了一个头。妈妈曾经有些夸张地说：有时候在夜里，都能听到他的骨头发出的嘎嘎声响，就像庄稼拔节的声音。

不过，对于妈妈的话，罗夏有些怀疑。他甚至觉得妈妈在地球生活时，都可能没见过真正的庄稼呢。在罗夏的想象中，那时候的妈妈和爸爸一样，应该整天埋头在研究所研究那些基因改造植物，为登陆火星做准备。

罗夏的驾驶技术更熟练了，甚至考到了 B 类飞行器驾驶证。根据火星飞行交通规则，航速不超过 60 千米/小时的 C 类飞行器，和航速不超 200 千米/小时的 B 类飞行器驾驶证，年满 14 周岁就可以申请。

当他把这个消息告诉地球上的爷爷时，爷爷那惊讶得张大的嘴巴简直塞得进一个大鸭蛋，让罗夏想起来就觉得好玩儿。

爷爷不知道，就和在地球上中小学体育课上需要学习游泳一样，火星的教学大纲里，就包含驾驶飞行器的教学目标。实际上，按照火星基地交通管理法规，几乎所有火星居民都需要学会驾驶飞行器，除了部分确实不适宜飞行的人员，比如一部分火星原生人，他们的深蓝色眼眸其实是一种先天性感光缺陷症。

罗夏跟着爸爸妈妈生活在位于火星赤道以南的胡杨镇。那是一个小型科研基地，总人口不到一百人，几乎没有罗夏的同龄人。幸好通过线上课程，他可以和远在昆仑基地的一些同学每天在线上相聚。

罗夏每天的生活很有规律：每天上午学习线上课程，下午就驾着那辆如同甲壳虫的小型火星车离开基地，去探索身处其中的那片蛮荒大地。日子平静如水，却又充满新奇。

经过将近一年的探索，现在，对于这片布满古老火山和峡谷的高地，少年罗夏已经非常熟悉了。

他见过赫勒彭特斯山峰顶的冰冠在季节变换中消长；他踏足过高地东端那片奇特的"冰壶"，那是远古火山活动塑造出的漏斗形地貌；他探索过漏斗地貌南方的"夜迷宫"，那里布满了沉积岩层形成的布满斜纹和沟槽的美丽图案；他还去过高地北边那座中断的峡谷，峡谷末端已经变成了一片浅水湾，上面点缀着几座泪珠形岛屿。

这里的一切都散发着荒凉、辽阔的美感，让少年罗夏的心被震撼，并陶醉于那种奇妙的感觉。

渐渐地，某种更大而更隐秘的变化，在他的心里滋长：这颗星球已经逐渐接纳了他；现在的他，不再是一个从地球远道而来的好奇的游客，而是一个真正的火星少年，他的生命隐秘处，和这颗星球产生了某种奇妙的连接。

2

那个空气有些沉闷的午后，一场沙尘暴刚刚平息。

虽然这颗星球已经逐渐出现了季节性降雨，但沙尘暴还是不时袭来。罗夏对这种狂风肆虐的气候现象已经习惯了。

有时候，远远望着红色的沙尘旋涡吹过一道道沟壑，吹起一座座马蹄形、海浪形的沙丘，他会禁不住浮想联翩：或许在风吹走了沙尘后，或许有一些埋藏在地层中的古老生命，从亿万年的漫长沉睡中苏醒，朝他涌来。

那一天，他正如同往常一般，站在自己的房间窗户前，透过科研站的透明穹顶，眺望着高地上一道渐渐消散的沙尘旋涡。这时，阿秀姐姐打来了视频电话。

阿秀姐姐大约二十岁，留着长长的马尾辫；那双火星原生人特有的深蓝色眼眸，就像两颗未凝固的水晶，在修长的眼睫毛下流动；她说话的时候，声音温柔得像吹过湖面的微风。

一年前，当罗夏乘坐的飞船降落在昆仑基地时，是阿秀姐姐陪着爸爸妈妈去接他的。刚开始，罗夏只知道这个漂亮姐姐是妈妈的助手，一同在生态研究所进行火星植物培育；后来才知道虽然她是第三代火星人，但祖籍在长江边的一座小城，和罗夏的老家隔江相对，所以他们算半个老乡。

"罗夏，这两天我要去一趟水手谷，你能载我过去吗？"

"没问题！"罗夏惊喜不已，爽快地答应了。他早就想去号称太阳系头号大峡谷的水手谷看看了。

"那太好了。你做些准备吧，我已经跟你爸爸妈妈说过了。我们明天就出发。"

阿秀姐姐浅笑着朝罗夏挥挥手，她的影像渐渐融化开来，变成一阵光点，消失了。

3

起飞的时间到了。罗夏熟练地通过电极贴片，让自己的大脑与操作平台相连。这套操作系统不仅是普通的脑机交互系统，能实现大脑神经元信号和电脑程序的交互影响，还可以在不影响大脑正常工作的同时，对大脑里的有意识思维进行强化。

换句话说，当罗夏贴上电极贴片后，他的大脑中负责驾驶的思维就得到了强化，和操作平台的电脑程序深度交融。

在妈妈的注视下，萤火二号迎着初夏的阳光向上爬升，然后朝水手谷的方向飞去。

这一路上，罗夏一边驾驶飞船，一边欣赏着飞船前视窗里掠过的莽莽苍苍的黄色大地，点缀在大地上的干裂河谷、错落的陨石坑和如同蓝水晶般的浅水湾。云层移动，阳光一会儿明亮一会儿暗淡，给这片大地蒙上了一层令人恍惚的魔幻色彩。

坐在副驾驶座上的阿秀姐姐似乎也被眼前的风景陶醉了，她轻轻吟哦起一些诗句：

只存在一个地方，那里的白天，

人们一无所知，

就算一切终将死去，恐惧，乃至羽毛，

海浪却拥抱

依然鲜活的光……

阿秀姐姐的声音让罗夏产生一种奇妙的感觉，而飞船下方流动的风景更让他的脑海中浮现出一幕幻象：一只古老的翼龙正在飞翔，大风掠过它的身体，阳光照耀着它的翼膜，高天的云层中回荡着它的鸣叫，它穿越无数日升月落，在蛮荒大地上空游荡，只为寻找一个美如仙境的地方……

大约飞行了一个小时后，萤火二号越过一片面积数百平方千米的破碎地形带，一座复杂的峡谷系统出现在前视窗里。它由线条凌厉的沟槽、深壑和峭壁组成，在远处的塔尔西斯火山高原的映衬下，它如同巨龙一般，在大地上蜿蜒而去，一眼望不到头。

"水手谷到了，顺着峡谷继续前进，很快就能看到我们的藻园了。"阿秀姐姐抬头看了一眼，说道。

不过，罗夏发现她的脸上并没有欣喜的神色。

"这些荧光藻是不是出了意外？这就是我们这次来的原因吧？"他猜测道。

阿秀姐姐浅笑着点点头："你现在的头脑越来越灵光了呀。没错，这些荧光藻是一个月前播下的，一直长势良好。但最近几天，我们监测到它们遭受了病虫害。"

"病虫害？"罗夏吃惊地瞪大了眼睛，"火星上已经出现了病虫吗？我还是头一回听到！"

"我们也感到很意外，调集了各种监测数据分析，发现这是一种从来没见过的线虫，在地球物种数据库里找不到这种线虫的记录。陈博士说，这可能是一种火星原生物种，也有可能是地球上的类似物种的变异体。"

罗夏喃喃说道："这颗星球正在发生巨大的变化呀。说不定哪一天，我们要和火星怪兽争夺这颗星球呢！"

"什么火星怪兽，你的想象力太丰富了。"阿秀姐姐笑了起来，"不过，有一点倒没错，除了我们人类带来的变化外，可能有更多的变化正在我们的视野之外发生。"

没过太久，藻园映入了罗夏的眼帘：在裂谷中央一片平整地带，面积数平方公里的范围内，荧光藻茂密地生长着，和四周一片灰黄的色调对比起来，那些带着荧光的绿色宛如一片生机勃勃的绿洲。

不过，虽然只是远远望了几眼，罗夏也还是敏锐地察觉到，这片荧光藻显得有些色泽黯淡，似乎正在遭受某种病毒的侵害。

"我们要在这里降落吗？"他问道。

阿秀姐姐摇摇头："不，我们需要继续前往蓝莓镇。接下来的日子，我们需要住在那里。"

"蓝莓镇？难道这里有一座火星农庄，主要种植蓝莓？"罗夏吃惊地问。

"当然不是呀。几百年前，一支科考队在这里发现了一片赤铁矿区，有大片蓝莓石颗粒。数十亿年前，这座火星大峡谷系统可能有流水，水流过岩石带走矿物质后沉淀形成的蓝莓石球体，这种可能性很大。"

罗夏点点头，期待地说："我喜欢收藏蓝莓石。看来可以找这个镇上的孩子交换一些。说不定我还能交上一两个同龄的朋友呢。"

阿秀姐姐又笑了起来："你可能要失望了。因为这个镇上没有孩子。以前这里曾经有一座地质研究站和深空通信站，住着数百号人。不过，现在这里只剩下一个人。"

"一个人！"罗夏惊呼起来，"那不变成荒野里的孤魂野鬼了？"

阿秀姐姐摇摇头，严肃地说："怎么能这样说，那是一个非常值得敬重的人呢。"

罗夏也觉得自己太唐突了，嘿嘿笑着说："好吧，我说错了。不过，住在这样的环境中的，一定是个很怪的人。"

"这倒是。所以此期间，你要做好心理准备，也不要再这样口无遮拦，要不然，到时候你可要吃不了兜着走呢！"

罗夏不由得做了个鬼脸。

"他是个非常特别的人，或许，是这颗星球上最后一个星尘猎人。"阿秀姐姐的声音里透着几分敬重和感慨。

第二章　最后的星尘猎人

1

萤火二号继续沿着峡谷飞行了十多分钟。这时，巨大的峡谷突然一分为二，两条沟槽分别朝着南北方向延伸而去，分叉处耸立着一座孤岛般的巨大地块，顶部平坦宽阔，两侧却是数百米深的峭壁。

罗夏发现，峭壁上似乎有什么东西在闪光。不过他没来得及看清楚，就被孤岛顶部一个海星形状的降落平台吸引了注意力，它的五个角各有一个停机位，在其中一个停机位上，停着一艘被防护膜遮住了的飞行器。

阿秀姐姐伸手指了指那里："我们到了。"

罗夏切换了手动操作模式，萤火二号缓缓停在降落平台充气棚附近几十米远处。

走出了驾驶舱后，罗夏朝四周看了看，在降落平台后方两三平方千米的空地上，耸立着几十座圆柱形舱室，看起来破败不堪，相互之间的连接桥也断成一截一截的，散落在地上，从峡谷吹来的风在里边呼呼作响。

"欢迎来到蓝莓镇！"阿秀姐姐笑道。

"这就是一座废墟呀，用不了太久，它就会被风沙瓦解，变成大地的一部分。"罗夏感叹了一句，又转头去打量不远处的那艘飞行器。

那是一架老式飞梭。他在胡杨镇曾经见过这种飞梭，它的外形就像一个大号蝌蚪，或者是某种头大尾小的深海鱼，虽然非常轻便，但飞行性能并不强。

"入口在那里。"阿秀姐姐朝他招招手，带头朝平台中央一座三角形般的建筑走去，那里有一扇门。

阿秀伸手启动了门边的通话屏。很快，一张苍老的脸出现了。

"王爷爷，我是九号农庄的阿秀。"

王爷爷点了点头，含糊不清地说了一句什么话，然后，门徐徐开启了，一道伸入地下的斜坡出现在门后。顺着斜坡走下去，一扇电梯门出现在他们眼前。

罗夏有些好奇，他见过了人类在火星修建的各种建筑：基地的大穹顶式组合建筑、科研站的圆柱形舱室、建在南极冰盖区的冰屋，还有九号农庄的神奇树屋，但这种建在地下的洞穴式建筑却是第一回见到。

"这里是利用了原有的火星熔岩管打造的垂直交通系统，真正的建筑位于地表以下 200 多米深处呢。"阿秀姐姐解释道。

他们步入电梯。电梯似乎年数已久，运行起来时，不知道从哪里传来哐当声响，让罗夏不由得有些担心。自从来到火星后，他还是头一回见到电梯呢，恍惚之间，他甚至感觉自己回到了地球，正在一座废弃的百货大楼里乘坐电梯。

"这个电梯的年数应该很久了吧？"又一阵颠簸后，他忍不住问道。

阿秀姐姐点点头："这是两百多年前的老古董啦。"

"两百多年！"罗夏惊讶地吐了吐舌头。他心里不由得一阵恍惚，仿佛自己正在一步步深入一段幽暗的时光。

阿秀姐姐接着说："最初是一座地质研究站，主要用来研究水手谷的水冰资源。后来一座更先进的科研站点建起来了，这里变成了星尘采集站，留在这里的科研人员也越来越少，到现在，只剩下王爷爷一个人，他身兼多职，既是员工，又是站长。不过，我们都把他叫作星尘猎人。"

电梯终于停了下来，出现在罗夏眼前的，是一个不规则的空间。几四周都是粗糙的承重壁，上面还涂抹着类似黄色泥浆凝固物。

罗夏在胡杨镇见过这种3D打印的建筑材料，据说是把尘土和沙粒加热到像融化的糖浆，再加以冷却凝固，类似地球上的钢筋混凝土材料。

他继续朝空间中央看去，视线却被一根直径超过两米的圆形管道挡住了。管道以U字形扭曲着，把整个空间切割成几个独立的单元。

罗夏不由得咽了咽口水。这个奇怪的地下空间仿佛是原始风情和机械工业的粗暴混合，让他产生一种既畏惧又震撼无比的感觉。

2

在一个小房间里，罗夏见到了那个王爷爷和他的助理机器人。

王爷爷坐在一张皮质已经被磨损的椅子上，一个外壳有些锈蚀的机器人静静蹲在旁边。看起来那是个非常古老的机器人，方盒子状的身体下方有几条可以折叠的机械肢，看起来就像蜘蛛腿。

于是，罗夏在心里暗自给它取了个外号：大蜘蛛。

罗夏在打量"大蜘蛛"时，王爷爷一直在和阿秀姐姐对话。

"王爷爷，我带了些农庄的东西给您。"阿秀姐姐浅笑着，指了指放在一旁的筐子，"这是火星鸡下的蛋，和一些蔬菜。"

王爷爷从椅子上欠了欠身子，皱着眉头说道："这么麻烦干嘛？基地后勤部门的无人机每个月都会给我送过来呀。"

他的声音听起来有些特别，沙哑中透着一股倔强，有种拒人于千里之外的味儿。

罗夏不由得暗自吐了吐舌头——这可真是个怪脾气的老人，别人送他东西，他还不高兴呢。

他偷眼打量着王爷爷：身材有些精瘦，满脸胡子拉碴，一头灰白头发，很随意地从中分开披向两旁，露出格外宽广的前额；从他那双有些向外凸出的浑浊眼睛来看，他的眼病应该不轻了。这是火星上的常见病，由于火星压力的缘故，很多人都患有眼疾，需要定期做眼部玻璃体减压手术。

看着这个老态龙钟的王爷爷，罗夏暗自思忖："一点儿猎人的气势都没有，还叫'星尘猎人'呢。"

阿秀姐姐依然甜甜地笑着："我知道基地会给您送。不过，这可是我们生态研究所自产的，想买都买不到呢！"

王爷爷的身子缩回了椅子上："下次别拿了。"

"再说了，我和罗夏需要在您这里借住些日子，可能会打扰到您，自然也需要拿些礼物呀。"

王爷爷沉默了一阵，换了个话题："你们捣鼓的那个藻园怎么啦？"

"荧光藻的生长状况不太好，监测器传回的数据和图像又不完整，所以陈博士才派我过来亲眼看看。"阿秀姐姐指了指罗夏，"这是我们农庄的特别助理，罗夏。"

"王爷爷好！"罗夏叫了一声。

"别看他年纪小，他可厉害着呢。他是火星上年纪最小的飞行师。"阿秀姐姐补充道。

王爷爷转过头，上下打量着罗夏："你是刚从地球来的？"

"是的。"罗夏应道。

他原本以为王爷爷要继续问地球上的事儿，不过王爷爷似乎并没多少兴趣，把目光从他身上移开，说道："下午有一场飓风，你们得明天才能开始工作了。"

阿秀姐姐吃惊地和罗夏对视了一眼，说道："我们刚才飞过来时，没看出天气变化的迹象呀。而且基地天气预报也显示，这几天天气状况良好呢。"

王爷爷冷哼了一声："那些气象监测网络，都是几十年的老古董，还有个鬼用。我早就跟相关部门提过很多次，没用，谁在乎一个糟老头子的话呀。"

"您说得肯定有道理。"阿秀姐姐没和他争辩，笑着说，"下午看看情况吧，如果下午飓风来了，我们就明天再去藻园，正好我还有些工作要在电脑上完成。"

王爷爷没有回应她的善意，而是转过头去，不再开口了。

直到这时，罗夏才注意到一件事：这个房间是位于峭壁边缘，一侧的墙壁上依次开了几扇窗，阳光正透过朝东的窗户照射进来，在王爷爷的座椅前投下一块光斑。

他突然想到，刚才飞行到附近时，曾经见过峭壁上一闪而过的光。看来那正是这扇窗户折射的日光呢。

3

这天中午，他们吃了个简易的午餐后，王爷爷和大蜘蛛就不见了踪影，这让罗夏觉得他们的行踪有些诡秘。阿秀姐姐连接了基地的网络，在忙她的事儿。

也是到这时，罗夏才知道，妈妈和阿秀姐姐所在的生态研究所正在开展一项浩大的工程：要趁着夏季有利的气候条件，在南半球大约30%左右的区域播撒荧光藻。而这次水手谷的藻园出现的异常情况，对这项工作造成了不小的影响——如果不能及时找到解决办法，播种计划就会大大延迟。

罗夏不敢打扰阿秀姐姐做正事，就在星尘采集站无聊地四处闲逛。

在一个房间里，他发现了许多闲置不用的设备。从上面锈蚀的文字，他勉强能辨认出那是些磁强计、气象测量仪、矿物光谱分析仪、能量粒子分析仪巡视器之类的。

就在罗夏辨认那些仪器时，一阵奇怪的啸声从外面隐隐传来。

罗夏朝着一扇窗户走去，朝外瞭望了一阵子，猛然明白过来：是飓风来了。

只见一股旋转的气流正沿着峡谷一路旋转着扑来，上面银光闪闪。那是被气流裹挟的沙粒和像滑石粉一样细腻的粉尘，在阳光照耀下发出的光芒，就像无数发光的深海鱼被洋流裹挟着蜂拥而来。

很快，窗户就被粉尘遮挡了，而那龙吟一般的啸声变得更加响亮。

罗夏心有余悸地从窗前退开来。这时，他注意到房间内侧还有一扇门。

罗夏好奇心大起，走过去伸手推了推，门纹丝不动。不过，门后似乎隐隐传来一些声响。

"难道这里边在做什么秘密实验？对了，他是个猎人，说不定抓了什么怪兽，偷偷养在里边呢！"罗夏有些兴奋地想着。他现在虽然是火星上年纪最小的飞行师，但仍然只是个十多岁的少年，遇到这充满神秘、阴暗氛围的环境，顿时满脑子都是少年特有的胡思乱想。

他又使劲推了几下门。没想到，这扇年久失修的门居然被他推开了，发出"哐当"的声响，把他吓了一跳。

罗夏探头朝门后望去，猛不丁，一股阴冷发霉的气息朝他迎面扑来，把他呛得身上一阵发寒。

他犹豫了好一阵子，还是鼓起勇气，摸索着朝门后浓稠的黑暗里走去。

突然，一阵隐约的声响打破了让人压抑的静谧，从黑暗深处传来。他小心地朝那边望去，只见前方的黑暗中出现了一点蓝幽幽的光芒。

罗夏的额头冒出了冷汗，脑海中不由自主地浮现一幅可怕的场景：或许蓝莓镇的人不是离开了，而是被某种躲藏在地下的怪物吃掉了；现在，那些怪兽正悄悄睁开眼睛，锁定了他……

第三章　来自远古的星尘

1

罗夏的脑子里在进行激烈的思想斗争，一会儿他想转身仓皇逃走，一会儿又觉得这样太丢脸了。

幸好，随着他在黑暗中停留的时间延长，他的视线渐渐清晰起来了。原来，这是一条向前延伸的通道。那蓝光就是从通道尽头传来的。

"才没有什么火星怪兽呢，我怎么老吓唬自己！"罗夏终于鼓起了勇气，顺着通道朝前走去。

就在他快走到通道尽头时，一个张牙舞爪的"怪物"猛然从光芒里出现。

"哇呀……大蜘蛛！"他忍不住喊道。

果真是那个蜘蛛机器人。它的方盒子状身体上方，一对探照灯式的眼睛正盯着罗夏。

"你怎么在这里？你的主人呢？"罗夏这才镇定下来，一边走过去，一边问道。

"现在是星尘采集时间，主人正在工作。""大蜘蛛"回答道。它的声音带有那种老式机器人语音的机械感，语调平直，没有音节变化。

罗夏想了想，说："带我去看看。"

看来，这种老式机器人只有最基础的智能，只是按照人类发布的指令行事。它吱吱嘎嘎地转过身，朝后走去。

罗夏跟了上去，很快，一台由滚轮架、钻杆和伸缩钳组成的机器出现在他眼前，正在发出嗡嗡的运转声。

罗夏左右看看，并没有看到王爷爷。"你的主人在哪里？"他问道。

"机器的采集部件出现故障，主人正在维修。"

这时，罗夏才注意到，在钻杆下方，有一个直径一米左右的入口，一道狭窄的旋梯朝下延伸进去。看来那像是一个矿洞。

这反倒让罗夏感到一阵轻松，既然王爷爷不在这里，那就索性让这个机器人带着参观一番。

他围着机器转了两圈，问道："这是什么机器？"

"星尘捕获器的主机部件。"

罗夏点点头，他注意到房间另一侧有一个大型操作台，看起来像一个水池子，上面还飘着丝丝缕缕的雾气。操作台末端有一台处于待机状态的工作机器人。

他走到操作台旁边，"这是什么呀？"

"星尘捕获平台。"

罗夏想了想，冒出一个大胆的想法："请给我演示星尘捕获的全过程。"

2

"大蜘蛛"居然有求必应，吱吱嘎嘎地走过来，开启了操作台另一头的工作机器人。很快，一只机械臂伸到操作台上，前端的指状装置抓握着一个透明圆柱体，似乎是一截被裁切得非常规则的冰块。

"这又是什么？"罗夏问道。

"这是从地下10米深处的冰层中钻取的冰芯。"

罗夏的眼睛不由得瞪大了："你是说，在我们脚下10米，就有远古冰层？"

"大峡谷系统中存在大量水冰层，这里位于一条主要冰层带上，已探明冰层厚度超过二千米。"

罗夏点点头，继续看着工作机器人的动作，只见操作台上方的喷头喷出一阵水雾，冰芯逐渐消融。看来这台机器就是通过这种方式，提取封存在远古冰层中的星尘。

大约十分钟过后，工作机器人结束了工作，操作台上出现了一个十厘米见方的正方形薄片，看起来完全透明，似乎是用某种分子薄膜材料制成的收纳器。

罗夏好奇地凑过去，想看看里边的星尘。但奇怪的是，收纳器里似乎什么都没有。

"这是怎么回事？"他转头问身后的"大蜘蛛"。

"无法回答，请给出另外的问题。""大蜘蛛"一板一眼地说。

"为什么我看不到星尘？"他换了种问法。

"星尘的大小是纳米级的，需要放大二十万倍以上，才能被人类肉眼观察到。"

罗夏恍然大悟，连忙问："那我怎样才能看清里边的星尘？"

"把收纳器放回操作台，开启放大功能。"

罗夏放好收纳器，用两根手指在操作台上划动。

渐渐地，他看清了那枚星尘的模样：看起来它就像一枚红棕色的小玻璃珠，还带有一条小小的尾巴。

"这条小尾巴是怎么来的？"

"这是星尘在飞行时熔化成液态的分子拖曳形成的。"

罗夏点点头，又问道："这种来自宇宙深空的星尘，为什么会出现在几百米深的洞穴里？"

"准确地说，它是出现在地下冰层中。整个宇宙间都有星尘，其中一些星尘坠入火星大气层，被岩石、水所捕获，一直埋藏在地下深处。"

"哇！那样的话，它们一定在几十亿年前就来到火星了呀！"他感叹道，"我还想看看你们提取的别的星尘。"

没想到，"大蜘蛛"这次并没有按他的要求行事，它待在原地没动，说道："我没有样品储存室的开启权限，需要向主人申请。"

罗夏想了想，现在向那个怪脾气的老爷爷提出这个要求，恐怕会碰一鼻子灰，所以只能暂时作罢。

在这个封闭的空间里待久了，他觉得有些憋气，于是告别了"大蜘蛛"，朝着前面的一扇门走去。等打开门走出去，他赫然发现，外面居然是位于蓝莓镇末端的一座圆柱形舱室。原来，蓝莓镇的地表之下有纵横交错的地下通道相连。

他顶着呼啸的狂风，穿过蓝莓镇，朝着星尘采集站走去。

3

傍晚时分，肆虐了一个下午的飓风终于渐渐平息了。

或许是因为飓风的缘故，阿秀接收不到藻园那边的监测器发送的数据，所以等到飓风一平息，她就急着要去藻园进行检查。

罗夏驾驶着萤火二号，朝着藻园飞去。十几分钟后，他们降落在藻园西北角落，那里有一块宽敞台地，虽然方圆只有十几米，但以罗夏现在的驾驶技术，他非常顺利地完成了降落。

阿秀从驾驶舱跳下来，快步走到藻园，俯身到一簇荧光藻旁边，似乎在侧耳倾听它们发出的声音，"它们在求救！"她忧心忡忡地说。

在妈妈的生态研究所，他早已见过这种神奇的火星植物。据说它混合了地球上雪衣藻的基因。不过，和地球上的绿藻不同，这些藻类都有着层层盘绕的纤细藻丝，藻丝中间露出一串串细密的晶莹液泡，里面闪烁着微微的荧光，似乎有什么东西在里边动弹。

更巧妙的是，当荧光藻生长到鼎盛时，它们还会发出"喊喊——"的喧闹声。密密麻麻的细微声响交织在一起，就像黄昏时分的草原上，无数归巢的鸟儿在树枝间喧闹歌唱。

罗夏不好打扰阿秀姐姐，就把监测设备从萤火二号中搬出来，然后顺着藻园中的小径，前去对早点布设的五个生物监测仪进行调教和数据清理。

大半个小时后，罗夏完成了工作，回到阿秀身旁。

"我找到问题了！"阿秀说着，扬着手上那个二十来厘米长的透明罐子。

罗夏仔细看了看，罐子里有一些细丝状的东西在游动。

"我能听到荧光藻的提示，找到躲藏在孢囊中的线虫。以前我从来没见过这样的虫子。"阿秀眉头微皱，轻声说道。

"看起来真像一条细细的丝线呢。"罗夏一边打量那些虫子，一边说。

"如果这种线虫是地球物种的变异体，那就很好解释了。也许是某些人偷偷带过来的，也许是无意中跟随着人类登上了航天飞机，一路周游过来，途中经过宇宙辐射的影响，身体开始变异，又渐渐适应了这颗星球的环境。"阿秀说着，把罐子小心地放进充满氮气的储备箱里。

"或许它就是火星上自行进化出来的！也或许是跟随星尘，从外星球飘来的呢。"罗夏回想起刚才见过的星尘，说道。

"也不是没有这种可能。王爷爷就从许多星尘中发现了生命的迹象。"

听了阿秀姐姐的话，罗夏脑袋里突然灵光一闪，一个有些可怕的想法冒了出来——这些线虫会不会是那个怪爷爷在采集星尘时，无意中释放的远古生物？

不过这时，阿秀却转头望着天空，"你看那里！"她激动地说。

罗夏抬头望去，顿时忍不住欢呼起来——在傍晚时分的特殊气象条件下，位于数百千米高的火星轨道上的巨型磁环出现了。一共有三个，依次排列在西边的天穹上，就像一条炫目的星链。

数百年前，人类建造了一个浩大的磁环工程，在火星高空轨道布设了二十座巨型磁环，用来固定火星磁场，这之后，火星才渐渐有了大气层和降雨，变成了一颗宜居星球。

磁环的出现只持续了不到一分钟，随着光线的变化，又渐渐从天穹上隐身而去。

罗夏和阿秀不约而同地嘘了口气，把目光从天穹上收回。

"人类在这颗星球上创造了奇迹。"阿秀轻声说道，"不过，在大自然的伟力面前，人类的力量依然非常渺小。"

罗夏点点头。他放眼望着远方的千沟万壑，和矗立在大峡谷边缘的塔尔西斯火山群，它们正静静矗立在暮色中，就像在无言地讲述着一个漫长的故事。

第四章　暗夜追踪

1

那天晚上，当他们回到采集站时，王爷爷正怒容满面地等着他们。

"你没经过我的允许，私自闯到星尘捕获室去了？"他诘问罗夏。

罗夏被他犀利的眼神吓得心里发虚，赶紧承认："我……只是好奇……无意中走进去的……"

"无意？这就是理由吗？那是无尘工作间，你以为是小孩子过家家的地方吗？你要想到处找冒险的刺激，趁早回地球去！"

罗夏被他说得脸一阵红一阵白。

阿秀姐姐连忙打圆场："王爷爷，罗夏以前没来过这里，看什么都会觉得新奇。我保证不会有下次啦，我会监督他。"

王爷爷这才停下没说，不过仍然气呼呼的，一整个晚上也不跟他们说话。

睡觉的时候到了。罗夏躺在床上，翻来覆去地睡不着，为自己的冒失而感到愧疚。这时，下午的那个念头又盘踞在他心里：莫非这个怪爷爷果真是线虫出现的罪魁祸首，他想掩盖事实，所以才对自己闯入密室大发雷霆？

第二天一大早，他偷偷把这个念头告诉了阿秀姐姐。

阿秀姐姐听得笑了起来："王爷爷是一位值得尊敬的科学家。你是个男子汉，可别把昨天的事放在心上哟！"

罗夏挠了挠头："他的脾气发得没道理呀，那个捕获室并不是无尘工作间，他这样说，只是为了把罪名赖到我头上！"

"你脑子里都在想什么呀？王爷爷只是脾气有些怪，但这是有原因的，以后你就会知道了……"阿秀姐姐的眼眸里浮起一层淡淡的雾气，一副欲言又止的神情。

2

罗夏原本以为，要把收集到的线虫样本送回生态研究所。不过阿秀姐姐告诉他，不用这么麻烦，因为研究所那边已经安排了一架小型无人机过来运输样本。

"你妈妈那边会马上开始研究这些样本，她让我们留在这里，继续查找线虫的踪迹，弄清楚它们到底是从哪里出现的。"阿秀姐姐说。

接下来三天，罗夏陪着阿秀姐姐，几乎把藻园翻了个遍。他们原本以为，线虫是来自于藻园下方的土层，但在进行了一番采土取样分析后，这个结论被否定了。

随着更多线虫被捕获，罗夏也对这些虫子有了更多了解：线虫的成体大约有 3 厘米长，以荧光藻的孢囊为食；而且，整座藻园中的线虫几乎都处于同一个生长阶段。也就是说，它们是同一批次孵化出来的。

这三天里，罗夏还遇到一件有些糟心的事：不论他问什么，"大蜘蛛"都拒绝回答。看来，一定是王爷爷给它下达了指令。这让罗夏心里怪不是滋味，他甚至想早点离开蓝莓镇，不想整天看着那个怪爷爷拉长的脸。

就在这时，藻园那边出现了新情况：那些线虫停止了进食，然后在荧光藻的藻丝上产下乳白色的虫卵。

阿秀姐姐做了一个决定：她要留在藻园过夜，万一这些虫卵在夜间孵化，她就能第一时间观察到。

罗夏觉得她这样做有些不妥。不过，这里可是荒无人烟的水手谷呀，不用担心遇到坏人，也不会有大型猎食动物出没；只要不出现飓风，做好了夜间防寒措施，其实倒也没什么大问题。

于是，那天傍晚，他们把早就准备好的帐篷运过来，又征得王爷爷的同意，从采集站搬来了一台便携式电动机和一些饮用水。阿秀姐姐就在藻园西北的台地上扎营了。

安顿好阿秀姐姐后，已是太阳落山时分。暮色冥冥，笼罩着这颗星球，四下里一片寂静和荒凉。罗夏独自驾着萤火二号，返回采集站。

就在他快到达采集站时，他远远看到一架飞梭从前方掠过，很快就离开了蓝莓镇，消失在水手谷的前方。

"这么晚了，这个怪爷爷要去哪里？"

上次被斥责后，这几天罗夏都尽量避开王爷爷，现在更不想理会他的事。可一转念，那个可怕的念头又从脑海里冒了出来。

"哈哈！说不定要被我抓到把柄了！"罗夏禁不住一阵窃喜。

看着渐渐远去的飞梭在峡谷峭壁间时隐时现，罗夏调转船头，萤火二号顺着飞梭消失的方向追了过去。

3

虽然已经是夜晚，但借助着萤火二号强劲的红外夜视功能，罗夏的视线并没有受到影响，他能让萤火二号锁定飞行车，并始终保持着一千米左右的距离。

他有点担心对方会有所察觉，毕竟萤火二号并没有隐身功能。不过，凭借着静音巡航程序，萤火二号发出的动静并不太大。何况前方还是一辆非常老式的飞梭，探测能力并不强。

但罗夏还是有些不放心，于是特意小心地贴着峡谷边缘的峭壁飞行。这让他的驾驶难度有所增加，却也让他更加兴奋，仿佛自己已经化身一名火星侦探，在星光黯淡的夜晚执行追踪任务。

前方的飞行车继续保持匀速前进。在行驶了几十千米后，前方的地形发生变化，到处都是层状岩层，堆砌出各种形状。

罗夏看了看全息地图，发现这里距离塔尔西斯火山区并不遥远。看来这里曾经是熔岩流经的区域，熔岩冷却后凝固成现在的地貌。

他正在研究地图呢，前方的飞行器已经朝着一片月牙形沙洲缓缓降落下去。

罗夏发现，在自己左边不远处，有一座柱状峭壁。于是，他小心地驾驶着萤火二号，朝峭壁下驶去。

等萤火二号停稳后，他从驾驶舱爬出来，朝着沙洲攀爬而去。没过太久，他来到沙洲边缘的一座陡坡旁，那个怪王爷爷和大蜘蛛就在他前方上百米远处。

罗夏的心脏怦怦直跳，他小心地匍匐在陡坡后边，又悄悄伸出脑袋，朝沙洲那边看去。

在朦胧的星光映照下，王爷爷低着头站在沙洲中央，看起来有种茕茕孑立的凄凉味道。大蜘蛛的几只机械肢杆在地上，身子一动不动地守在他旁边。

不知道怎么回事，罗夏原本躁动的心渐渐平静了下来："或许，这个王爷爷并不是像我想的那样。可他来这里干什么呢?"

四周一片寂静,只要峡谷深渊中的风声远远地传来。

突然,"大蜘蛛"开口了:"气温即将到达阈值,风向和沙流都接近理想状态。"

这番话让罗夏更是摸不着头脑,不过他隐隐猜出来了,王爷爷和"大蜘蛛"是在等候某种非常特殊的东西。

突然,一阵散乱的光芒在沙洲上空闪现,把王爷爷和"大蜘蛛"笼罩在其中。

这怪异的景象让罗夏忍不住要惊呼出声,幸亏他及时捂住了自己的嘴巴。这一瞬间,他脑海中冒出了许多关于外星人的说法。以前他总觉得那些关于外星人的说法都很可笑,可现在,一个强烈的念头冲击着他的大脑——莫非,王爷爷之所以行事古怪,是因为他其实是个外星人?

罗夏克制住紧张和激动的情绪,目不转睛地盯着那边,可接下来的一幕更让他不敢相信:光影渐渐变得稳定下来,勾勒出一个女人和一个女孩的身影,她们正笑眯眯地站在那里,看着王爷爷。

从罗夏躲藏的位置,他看不到王爷爷此刻的面部表情。但他依然能看到王爷爷的身子在不停地微微颤抖,然后脚步踉跄地朝前走了几步,又颤巍巍地伸出手,想要触摸那个女孩的脸庞……

第五章　月牙沙洲的思念

1

影像里的女孩看起来七八岁的模样,头上扎着双马尾,看上去天真可爱。她似乎刚从花园里回来,手上还捧着一束小野花,笑吟吟地朝这边递过来,却从王爷爷的手掌间穿过……然后,伴随着一阵光影闪烁,女孩的影像消失了。

这转瞬即逝的一幕让罗夏心里一阵恍惚:难道刚刚只是自己的幻觉?

他转头往四处看看,想让自己快点清醒过来。不料,他的身子一动,带动着身下的本不牢固的流沙发出哗啦啦的声响。

"糟糕！"罗夏暗叫道。

"出来吧，你一路跟着我们到了这里，还躲躲藏藏的干什么？"王爷爷低沉的声音传了过来。

罗夏脸上一阵发烫，只好讪讪地直起身，朝沙洲走过去。

"王爷爷，我看您一个人来外面，怕出什么意外呢……"他编了个谎话，却发现自己结结巴巴的，一听就是假的。

他忐忑不安地低着头，等着王爷爷怒气冲冲的斥责。但等了好久，王爷爷都没有开口。

这让罗夏有些意外，他朝王爷爷看去，却不由得呆住了——清冷的星光映照着王爷爷黯然神伤的身影，他久久凝视着刚才的影像消失的地方。那是怎样的目光呀，哀伤、悔恨，又夹杂着刻骨铭心的思念和荒凉。

在长久的沉默后，王爷爷开始向罗夏讲述了关于那个影像的故事。或许是因为长期独居荒野的缘故，他并不擅长讲述，讲得零零碎碎，不时还被汹涌的情绪打断。但那是罗夏听到过的最让人心情沉重的一个故事。

故事的开头，一个爸爸为人类开发火星的激情，选择了离开妻子和才五六岁的女儿。他答应在火星上安顿下来之后，就会接她们母女过来，一家三口在火星上继续他们的生活。

那时候的他，对生活充满希望。每当思念妻子和女儿时，他就会来到这座月牙沙洲，和相隔数千万公里的妻女进行全息视频通话——当时这里有一座深空联络站。

但天有不测风云，就在他离开半年后，女儿患上了一种罕见的病。虽然妻子用尽全力，到处奔走求医，女儿还是夭折了。女儿夭折前说的最后一段话，是指着病床前的一张椅子说："那是爸爸坐的。"只因为那把椅子和他家里的椅子很相似。她似乎到最后一刻都等着亲爱的爸爸回来，陪伴在身边。

消息传到火星后，失魂落魄的他在茫茫峡谷中坐了一整个晚上。而他悲痛欲绝的妻子，也因此失去了生活的信心，最后选择了和他离婚，然后远走高飞，消失在地球的人海之中。

　　再后来，随着地质研究站的撤离，这座深空联络站也被拆除了。但一件奇怪的事却发生了：由于某种未知的光电现象，这里经常出现各种魅影，都是地质研究人员和地球通话中的影像。在其中，就有他的女儿。

　　知道这个消息的他如同抓住了一根救命稻草，在助理机器人的帮助下，这种特殊光电现象出现的条件参数渐渐被他掌握，他能够凭借特殊装置，让女儿的影像保持10秒钟。

　　就这样，几十年过去了，他在地球上的亲人陆续去世了，他也慢慢变老了。到后来，他在这个世界上已再没有一个亲人，不论是地球还是火星。只有那个每次短暂出现的影像，成了他心灵的慰藉和漫长的思念。

2

　　或许是因为那个晚上的遭遇，少年罗夏对王爷爷的印象完全改观了，而王爷爷也一改对罗夏的冷淡。接下来的那个白天，他甚至主动邀请罗夏参观星尘样品室。

　　直到这时，罗夏才见到被封锁在真空收纳柜中的星尘颗粒。

　　在光学显微镜下，它们形态各异，有的像一粒粒爆米花，有的像一颗颗紫葡萄、蓝宝石、黄金颗粒。那些看起来就像微缩版的岩石的，是来自小行星的星尘；来自彗星的星尘的表面会布满曾经凝结冰块的坑洞。它们就那样没有规律地飘荡，有时相互碰撞，看起来有种让人目眩神迷的美感。

　　王爷爷甚至亲自指导罗夏进行一次抓捕星尘的行动。

　　星尘采集机启动后，钻杆深入地下冰层中。通过钻杆顶端的纳米摄像头，罗夏看到冰层中排列得密密麻麻的完整微层，里边有王小灿发光的尘埃颗粒。

　　王爷爷在一旁解释："这些微层的每一层代表一个火星年，困在其中的微粒，有些是沙粒和火山灰，有些是来自宇宙深空的星尘。"

　　听到这里，罗夏突然心里一动，他问道："王爷爷，在冰层中有没有发现过远古微生物？"

王爷爷沉默了一下，说道："刚才你在参观时，有没有注意到一串蓝绿色的'珍珠'？"

罗夏想了想，确实在一个小小的收纳器里见过。

"那是一种叫作硅藻的单细胞生物的残片，被包裹在一颗星尘中。我对保存它的冰层进行了碳同位素测定，发现它的年代大约是30亿年前。"

"30亿年前？"罗夏吃惊地瞪大了眼睛，"那时候的地球都还没出现生命吧？"

王爷爷摇摇头："那时候的地球还处于太古代，一个非常古老的地质时代。在太古代晚期，地球形成了永久地壳和完整的大气圈、水圈，在那个时代的叠层石中发现了微生物的痕迹。但我们从来也想不到，那时的火星上也出现了生命，更想不到，它居然与星尘有关系。哪怕就是在我们的太阳系，生命也并不只是在地球上生息繁衍呀。"

罗夏惊叹不已，与此同时，他心里的一个疑问终于有了答案——线虫的出现与抓捕星尘并没有关系。

在结束了这次难忘的参观时，王爷爷对罗夏说了一番话："每一天，都有无数星尘如同看不见的雪花，飘落在这颗星球。每一颗星尘其实都在讲述一个故事，那是关于很久以前形成它们的星星的故事，和关于生命起源的故事。"

3

阿秀姐姐已经在藻园连续露营了三天，但线虫的虫卵都没有什么动静。

罗夏有些失去信心了，他甚至觉得，随着盛夏的到来，气温日益升高，或许这些虫卵都因为高温而死掉了。这样的话，一场危机就消除了。

这一天，他去藻园看望阿秀姐姐时，把自己的想法说了出来。

阿秀姐姐摇摇头："我有一种特别的感觉，这些虫子或许并不是没有意识，它们只是在等待时机。"

罗夏看着阿秀姐姐，她深蓝色的瞳孔里有一抹特殊的光芒。那是她对周围的环境产生超感时的表现。

罗夏突然冒出一个想法："阿秀姐姐，要不我们趁着这些虫卵还没孵化，赶紧喷洒药物，这不就防患于未然吗？"

阿秀姐姐笑着摇摇头："这样做当然很简单，可解决不了问题。"

罗夏想了想，"确实解决不了问题。就算把这片藻园的线虫杀死了，但它们还有可能在别的地方、别的时机再次出现。"

"不，不仅是如此。"阿秀姐姐伸手捋了捋鬓边的碎发，眼神柔和地看着四周，"如果我们只是想着藻园丰收，那么这些线虫就只是害虫。但事情并不是这样呀。"

罗夏犹豫地问道："那……是怎么回事？"

"你一定看过了王爷爷的那些星尘吧？"阿秀姐姐说道，"你有没有发现，王爷爷和我们生态研究所之间，虽然研究的对象不同，但目的都是一样。"

罗夏愣了，虽然来到水手谷的这些日子，他对于星尘里蕴含着的生命的信息非常好奇，但他还从来没有把这件事和藻园里的线虫联系在一起。

"王爷爷研究星尘，是为了解开生命的秘密。而我们研究各种生物，不是为了消灭生命，或者利用生命来改造这颗星球，而是想要去拥抱生命。"

罗夏有种恍然大悟的感觉。

"或许正是因为我们身处的这颗星球过于蛮荒，才让我们更能看清生命是多么伟大的奇迹，值得用尽全力去拥抱吧。"阿秀姐姐补充道。

这时，一阵长风从大峡谷深处吹来，吹走了正午时分的燥热。罗夏心头一阵恍惚，他仿佛头一回清醒地看见，无数星尘正裹挟着生命的气息，穿越过去和未来的时光，随着风在整颗星球上来回飘荡。

第六章　沙盘里的星图

1

接下来的两天，阿秀姐姐依然守在藻园。她相信那个特殊的时刻即将到来，到时候，藻园里将上演一幕奇迹。

这两天里，罗夏却在王爷爷那里见到了另一幕奇迹。

那天中午，罗夏从藻园回来，王爷爷却没有如同往常一样在星尘采集室工作，而是在等着罗夏。

"我带你看一样东西。"王爷爷说。

罗夏有些受宠若惊，又非常好奇，跟着王爷爷朝着星尘采集室走去。

王爷爷打开了采集室旁边的一个密封的房间。罗夏的眼睛顿时瞪大了——房间中央有一个巨大的沙盘状装置，里边居然不是星尘，而是一大团黄绿色的东西，看起来黏糊糊的，里边还有点点光芒闪烁。

"这是地底冰层中发现的吗？原来火星地下果真有活的生命！"罗夏兴奋地问。

王爷爷摇摇头："不，这是黏菌，从地球运来的。"

罗夏有些失望，但他朝着那些黏菌看了看，总觉得那些闪烁其中的光点有些奇怪：那些星星点点的光芒似乎是那些黏菌的分泌物，又像是星尘，组成一幅错综复杂的抽象画。

"它们在画什么地图吗？"他猜测道。

王爷爷伸出一只手指，指着左下方的一个光点："这就是火星。"

罗夏恍然大悟："我看出来了！这里是地球，还有这里，是太阳！这是一幅太阳系的星轨图！"

"最早的时候，我给它们提供了一个支点——我用星尘标出了太阳和八大行星的位置，接下来的不到一个月时间，它们就把太阳系的星图绘制了出来。"

"哇！这怎么可能？这些黏菌有这么高级的智慧吗？"

王爷爷的脸上一阵抽动，浑浊的眼里闪烁着精光："这期间，我只为它们做了两件事，一是提供营养液，二是提供星尘，剩下的就都是它们的工作成果。当星图完成后，我把这幅图和科学界现有的太阳系全息图对照，发现吻合率达到99％！"

罗夏震撼不已，现在，在这片黏糊糊的黏菌群落上，他能看到的越来越多：银河系中央突起的银心，包含旋臂的银盘和晕轮，撒落着浩瀚星尘，而太阳系在第三悬臂边缘闪烁着光辉……

王爷爷的声音继续在他耳边响起："接下来的五年时间里，它们完成了银河系60%左右的全息图绘制。不过，就在半年前，它们绘制出英仙臂之后，就停了下来。"

罗夏吃了一惊："为什么？"

王爷爷摇摇头："或许是因为那里有某颗非常特殊的星体，和这些黏菌，甚至和宇宙中所有的生命都有着特别的关联。但这只是我的一种猜测。"

罗夏点点头，"如果我们听得懂黏菌的'语言'，或许就知道它们到底想表达什么了。"

"它们虽然没有语言，但一定通过某种特定的方式，保存着某些古老的记忆，我们无法理解的记忆。"王爷爷一边说，一边缓缓关闭了灯光。

沙盘渐渐变得黯淡了下来，那些由星尘组成的全息图却更加熠熠生辉。

2

藻园里的那些线虫虫卵一直没有动静，阿秀姐姐和罗夏期待的奇迹依然没有出现。

这时，王爷爷给他们提了一条建议："你们应该从沙流里找线索。再过两天，沙流就会出现，那时有可能就水落石出了。"

果真就像王爷爷说的一样，第三天早上，沙尘暴出现了。狂风裹挟着成千上万顿沙粒和火山灰，从远方一路刮过来，整个天地间飞沙走石。

"沙流要出现了！"罗夏既紧张又兴奋地想着，守在窗前，盯着下方的峡谷，等着沙流如同洪水般汹涌而来。

不过，他守候了大半个上午，依然没看到想象中的画面出现。

正当他有些倦怠时，阿秀姐姐从藻园打来了视频电话——昨天晚上，随着沙尘暴即将来袭的气象预警发布，她担忧藻园的状况，就连夜赶过去扎营了。

"罗夏，你快过来，虫卵孵化了！"阿秀姐姐激动地叫着。

这还是头一回，罗夏见到阿秀姐姐激动得像个得到了生日礼物的小女孩呢。

"不过，现在沙尘暴越来越猛烈，驾驶飞行器会有些危险，要不你还是等风暴平息了再来吧。"

罗夏把头摇得像拨浪鼓："你放心好了，这只是四级沙尘暴，萤火二号足以抵抗七级沙尘暴呢！"

罗夏急匆匆地朝科研站的飞行平台跑去，没理会视频里的阿秀姐姐在喊："罗夏，你别逞强呀！"

罗夏倒没有吹牛，虽然萤火二号在起飞阶段颠簸得非常剧烈，但在完成爬升后，它很快恢复了平稳。

当罗夏把萤火二号稳稳地停在藻园附近的台地上时，他有些吃惊地发现，藻园变得一片狼藉。看来，这里已经遭到了沙尘暴的袭击。

阿秀姐姐已经急匆匆地跑过来了。她爬进驾驶舱，眼里满是异样的光芒，看起并不为藻园担忧，反而非常兴奋。

"我的猜想果真对了！是沙流！线虫趁着沙尘暴孵化，然后搭乘沙流迁徙！"

"哪里有沙流？"罗夏吃惊地看看四周。

阿秀姐姐伸手指了指前方的天空："天上呀！你看那里！"

在那里，一片鲜黄色的沙云呼啸在峡谷上空，里边似乎有些微光闪烁。

罗夏愣了半天，才醒悟过来："原来沙流是在天上！我还以为它是跟泥石流一样的洪流呀！"

"没错。现在它还处于形成阶段，再过半个小时左右，只要风力没有减弱，它将变成一条长舌般的沙流，横贯火星赤道。你瞧那些光芒，那就是已经孵化出来的线虫，它们就是通过这种方式，在整颗星球上迁徙！"

"我们追过去，看它们会在哪里降落！"罗夏意气风发地说着，准备启动萤火二号。

不料，阿秀姐姐却摇摇头，"我们要先回科研站。"

看到罗夏在发愣，她接着解释道："萤火二号缺少足够的追踪沙流的设备，不过，王爷爷的捕尘器能帮我们捕捉沙流中的线虫幼体。"

3

当萤火二号回到科研站时，天空中的沙流已经几乎完全成形了。在全息地图上，罗夏能看到那条狭长的沙舌从水手谷西端的凤凰湖区向上方拱起，一直朝塔尔西斯火山区延伸过去，在那里有一团不规则延伸的旋转云体，为变得稀薄的沙流重新注入了活力。

王爷爷面无表情地听着阿秀姐姐的请求，然后摇摇头："这些设备早就被安装在飞梭上了。我不能把飞梭借给你们。"

阿秀姐姐有些为难了："这种事，我们也不好劳烦您帮我们驾驶飞梭……"

"就算我驾驶，也坐不了这么多人，它只是个双座椅飞行器。"

罗夏想了想，突然心里一动，说道："王爷爷，您和阿秀姐姐乘坐飞梭进行工作，我驾驶萤火二号跟在你们后边，万一有什么事，我也可以接应你们。"

"这个倒可以。别看罗夏年纪小，他已经是非常优秀的火星飞行师了。"阿秀姐姐点点头，"可以把一些不必要的物品搬到萤火二号上，让它充当我们的后勤飞船！"

王爷爷一言不发地盯着罗夏。罗夏被他看得有些心慌，却硬撑着挺起胸膛。

王爷爷突然皱着眉头叹了口气："你们非要让我这副老骨头彻底报废才行呀。"

他虽然嘴上这么说，却已经站起身来了。

"太好了！"罗夏兴奋地拍着巴掌，阿秀脸上也露出喜色，连声感谢王爷爷。

接下来，他们马上开始进行起飞准备。由于这次追踪飞行可能要持续比较久，要带足够的生存物资，还要把飞梭里一些暂时不用的设备倒腾进萤火二号，萤火二号的货舱几乎塞满了。

罗夏虽然此前早就见过这架老式飞行器，但现在为了搬运物资，才头一回见到里边的情景：飞梭内部空间很小，从头到尾长约3米，驾驶座和舱室连成一体，舱室里边原本用来安装座椅的地方，摆放着一排边缘锐利的仪器，一直发出轻微的嗡嗡声响。

最奇特的是，舱室正中央架设了一条管道，一直穿过顶棚延伸出去，连着顶棚外的一个蒲公英结构的巨型蓬松仪器。看来，那是捕尘器的关键部位。

物品搬运完毕，很快，飞梭和萤火二号就相继起飞，朝着上空的沙流飞去。

第七章　追逐那一抹流光

1

少年罗夏曾不止一次在全息地图上见过塔尔西斯高地，那座横亘在奥林帕斯山和水手谷之间，宽约3000千米的巨大地隆。

它的中心是一个大圆顶，数十亿年前，遮天蔽日的火山熔岩曾经从这里喷薄而出，向四周蔓延而去。时至今日，火山活动早已停歇，那些层层分布的熔岩流和放射性沟槽仿佛被凝固的旋律，被铭刻在时间的废墟上，吟唱着那些年代久远的星辰之歌。

罗夏是在这天傍晚，才到达塔尔西斯高地的。白天的大部分时间，他都驾驶萤火二号，一路追踪着沙流前进。

当时，随着萤火二号完成爬升，罗夏能凭借肉眼看到沙流了。它就像一条悬空的河流，朝着遥远的西北方延伸而去，沙流一侧呈现黄棕色，另一侧颜色稍浅。

罗夏原本以为，很容易就能追踪到线虫。但他忽略了一件事：虽然藻园中的线虫幼体密密麻麻，但散布在沙流中，就像沧海一粟。

两艘飞行器顺着沙流飞行，在到达水手谷边缘时，才捕获了几只线虫幼体。阿秀说，这应该是线虫大军中的掉队者。

于是，他们继续沿着沙流前进的方向追踪，直到来到塔尔西斯火山区，这时已然日暮黄昏。

幸运的是，捕尘器终于有了重大收获。

"捕尘器抓到了许多线虫幼体。根据测算，下方地表的局部密度高得吓人，估计达到每立方米一百只线虫幼体！我们终于追到了线虫幼体迁徙的目的地！"阿秀姐姐激动的声音从通信器里传来。

他们迎着布满火山碎屑和沙尘的雾蒙蒙的空气，朝下方降落。那是位于火山区东端的一片低洼地带，地面看上去一片贫瘠，没有生命的迹象。

罗夏有些吃惊：这些线虫幼体乘着沙流一路迁徙，就是为了寻找这片没有生机的土地吗？

很快，他的疑问就有了答案——阿秀姐姐拿着手持生物检测仪，对四周的土层进行了一番检测，发现土壤中除了当年火山喷发的丰富的硫粒子外，还有密集的霉菌和类似硅藻的微生物。

"这些霉菌在土壤中罗织了一张巨大的菌丝网络，看来，线虫幼体就是冲着它们来的。"阿秀姐姐肯定地说。

"这太让人吃惊了！这些线虫幼体又是如何准确预判到沙流会在这里停歇呢？或许它们只是跟随沙流完成了'飞天'之后，就只能任凭沙流摆布，随意抛洒到这里的？"罗夏困惑不已。

"这些问题的答案都有待我们今后去寻找。不管如何，我们这次可是不虚此行，在火星生物群落的演化图上，我们又写上了生动的一笔！"阿秀姐姐望着四周沉沉暮色，眼里闪烁着光芒。

罗夏也被阿秀姐姐的情绪感染了，但他一转头，发现王爷爷站在不远处的暮色里，似乎对这里的谈话听而不闻，正仰头盯着灰暗的天空，似乎在沉思什么。

2

阿秀的工作非常细致，她进行了土壤样品提取，直到把所有收纳罐都装满。然后在这片面积数平方千米的土地布设了十个检测仪。

等到忙完这些后，已经到了晚上七八点。虽然现在是夏季，日照时间比较长，但到了这时，夜色已经从天边层层叠叠地涌来。那些线虫幼体在土壤中闪着点点荧光，看上去有种让人毛骨悚然的美。

"我们回去吧。"阿秀姐姐说着，收好检测装备，准备坐进飞梭。

不料，王爷爷拦住了她："回去的路上，你不用工作了，回你们的飞船吧。"

罗夏和阿秀姐姐也没多想，就坐进了萤火二号。萤火二号顺利升空，王爷爷的飞梭也跟随其后，朝着水手谷的方向飞去。

他们飞到水手谷中段附近时，罗夏惊喜地发现，原本雾霭沉沉的天穹之上流光溢彩，就像是炫丽的极光，在夜空中描绘出一幅流线般的美丽图案。有的地方仿佛一团团随意飘散的琉璃丝线，有的像是某种奇妙的绒毛状巨型物体，处处散发着让人无以言表的震撼和美丽。

"火星赤道地区也能看见极光吗？"他问道。

阿秀姐姐摇摇头："这不是极光，是夜光云。在这种低纬度地区的夏季，偶尔会出现夜光云呢。"

就在这时，通信器里传来王爷爷的声音："你们两个先回蓝莓镇吧，我还有些事。"

罗夏吃了一惊，这么晚了，王爷爷还要去干什么？难道他又要去月牙沙洲？

他从视窗里往外望去，远远望见后方的飞梭正调转方向，朝着高空中的夜光云飞去。

阿秀姐姐说道："夜光云形成于距离地面 80 千米以上的中气层，那里有许多陨石烟雾，是捕获星尘的好时机。"

罗夏恍然大悟："他一定是想去搜集星尘！"

阿秀姐姐已经在通信器里发出了呼叫："王爷爷，那里距离地面太远了，你的飞梭已经经过了长途行驶，能量会不会不够？"

"嘿！你是不是真的觉得，我这副老骨头已经不中用了？"王爷爷在通信器里冷哼了一声，"放心吧！"

望着正朝高空飞去的飞梭，罗夏还是有些不放心。他转头看了看阿秀姐姐："我们追过去吧？"

阿秀轻叹了口气，点点头："追过去，我们不能让一个老人这样冒险。"

萤火二号一个转向，朝着飞梭追了过去。

3

罗夏全神贯注地驾驶着萤火二号，不断向上攀升到新的高度。他惊喜地发现，萤火二号远比他想象的好，这本质上是一艘智能飞船，它有许多隐藏的性能，此前自己并没有发现。

上方出现了一团沙砾和陨石颗粒组成的旋转云团，朝萤火二号汹涌而来。萤火二号非常轻松顺畅地撞开云团。

不料，一旁的阿秀姐姐发出一声惊呼，眼睛直直地望着前视窗的左侧："王伯伯的飞梭出问题了！"

果真，飞梭后方冒出一阵浓烟，正趔趔趄趄地在重又聚拢的云团里摇晃。

"王爷爷，你那边怎么啦？"罗夏赶紧呼叫。

通信器里传来王爷爷恼怒的声音："这个老伙计，它的引擎经不住沙尘的袭击，被堵住了！"

罗夏顿时明白了过来：萤火二号原本是通勤飞船，装备有先进的量子引擎；而飞梭是几十年前的老式飞行器，还采用当时的电动引擎。沙尘一旦进入引擎，就会被高温熔化，引起堵塞。

"王爷爷，你赶紧降落，现在还来得及！"罗夏提醒道。

"不，我还得试一试。这一次的星尘聚集量非常高，有了这次捕获的星尘，黏菌群落说不定能绘制出整个宇宙的全息图！那可能是很漫长的时间，几十年，甚至几百年，那时候，我和这个老家伙都早已不在了，但那也值得呀。老伙计，再加把油，在报废之前，我们再来干一票呀！"

王爷爷絮絮叨叨地喊着，他的声音因为激动而嘶哑起来。他在想办法想让引擎重新工作，反复拉抬了几次机头，但并没有成功，终于，飞梭挣扎了一阵，尾部冒出更浓的黑烟，开始摇摇晃晃地朝下坠落了。

"哎呀！"阿秀姐姐惊呼起来。

罗夏也急得脑门冒汗，突然，他脑海中闪过一个念头。他一边驾驶着萤火二号朝飞梭追去，一边把意识增强装置调到最大，让自己的思维在萤火二号的网络中急切地搜寻。

他曾经在昆仑基地的航空港见过，一艘通勤飞船通过牵引光束，拉着另一艘中途出故障的飞船回港。对于曾经是通勤飞船的萤火二号来说，有可能它也有牵引光束，只是自己从来没有深入发现。

这期间，飞梭的另一个引擎也停止了工作，现在的它就像断线风筝一样，朝十多千米的下方坠落。

就在这关键时刻，罗夏猛然发现了那个程序。

"找到了！"他忍不住欢呼起来。伴随着一阵光芒，一条光束从萤火二号舱底射出，笼罩着飞梭。

飞梭停止了下坠。

罗夏长吁了口气，转头朝发愣的阿秀姐姐说："我这个飞行师的技术怎么样？"

"罗夏，你太棒了！"阿秀惊喜交加，她又朝通信器那头问道："王爷爷，你没事吧？"

"我没事。没想到你们还有点真本事。那么，我们继续去追赶夜光云吧。"

罗夏使劲点点头："没问题！"

萤火二号牵引着飞梭，重新朝着上方飞去。在那里，海拔80千米的中层大气层，流溢着无数亮光和橙色的光华，像奶油糖果的颜色，这是星光被空气中数十亿颗微小星尘颗粒错乱反射的结果。萤火二号穿行在这片璀璨的夜光云中，就像穿行在梦幻仙境之中。

少年罗夏的眼前猛然闪过一阵光芒，旋即，一种前所未有的宁静在他心头弥漫开来。他脑海中又浮现出那个长久萦绕不去的幻象：那只翼龙在古老又年轻的天空中翱翔，无数星尘在它宽阔的翼膜间汇聚、翻滚、飘荡，用细微的声音吟唱着一个故事，关于这颗星球上所有生命的故事……

（原载刊于《东方少年》2023 年 7 – 8 期）

作者简介：

马传思，中国作家协会会员，中国科普作家协会理事，中国科幻研究中心特聘专家。作品曾获第十一届全国优秀儿童文学奖、第十四届文津图书奖、第八及第九届华语科幻星云奖金奖、首届少儿科幻星云奖金奖、第二届冷湖科幻文学奖、首届贺财霖科幻文学奖等。主要作品有《冰冻星球》《奇迹之夏》《蝼蚁之城》《图根星球的四个故事》等。